哈佛百年经典

埃涅阿斯纪

[古罗马]维吉尔◎著
[美]查尔斯·艾略特◎主编
田孟鑫/李　真◎译

北京理工大学出版社
BEIJING INSTITUTE OF TECHNOLOGY PRESS

图书在版编目（CIP）数据

埃涅阿斯纪 / （古罗马）维吉尔著；田孟鑫，李真译. —北京：北京理工大学出版社，2014.5（2019.9重印）

（哈佛百年经典）

ISBN 978-7-5640-8661-9

Ⅰ.①埃… Ⅱ.①维… ②田… ③李… Ⅲ.①史诗–古罗马 Ⅳ.①I546.22

中国版本图书馆CIP数据核字（2013）第306711号

出版发行 / 北京理工大学出版社有限责任公司
社　　址 / 北京市海淀区中关村南大街 5 号
邮　　编 / 100081
电　　话 /（010）68914775（总编室）
　　　　　82562903（教材售后服务热线）
　　　　　68948351（其他图书服务热线）
网　　址 / http://www.bitpress.com.cn
经　　销 / 全国各地新华书店
印　　刷 / 三河市金元印装有限公司
开　　本 / 700 毫米 × 1000 毫米　1/16
印　　张 / 18
字　　数 / 260千字
版　　次 / 2014 年 5 月第 1 版　2019 年 9 月第 2 次印刷
定　　价 / 49.00元

责任编辑 / 申玉琴
文案编辑 / 申玉琴
责任校对 / 周瑞红
责任印制 / 边心超

出版前言

人类对知识的追求是永无止境的，从苏格拉底到亚里士多德，从孔子到释迦摩尼，人类先哲的思想闪烁着智慧的光芒。将这些优秀的文明汇编成书奉献给大家，是一件多么功德无量、造福人类的事情！1901年，哈佛大学第二任校长查尔斯·艾略特，联合哈佛大学及美国其他名校一百多位享誉全球的教授，历时四年整理推出了一系列这样的书——《Harvard Classics》。这套丛书一经推出即引起了西方教育界、文化界的广泛关注和热烈赞扬，并因其庞大的规模，被文化界人士称为The Five-foot Shelf of Books——五尺丛书。

关于这套丛书的出版，我们不得不谈一下与哈佛的渊源。当然，《Harvard Classics》与哈佛的渊源并不仅仅限于主编是哈佛大学的校长，《Harvard Classics》其实是哈佛精神传承的载体，是哈佛学子之所以优秀的底层基因。

哈佛，早已成为一个璀璨夺目的文化名词。就像两千多年前的雅典学院，或者山东曲阜的“杏坛”，哈佛大学已经取得了人类文化史上的“经典”地位。哈佛人以“先有哈佛，后有美国”而自豪。在1775—1783年美国独立战争中，几乎所有著名的革命者都是哈佛大学的毕业生。从1636年建校至今，哈佛大学已培养出了7位美国总统、40位诺贝尔奖得主和30位普利策奖获奖者。这是一个高不可攀的记录。它还培养了数不清的社会精英，其中包括政治家、科学家、企业家、作家、学者和卓有成就的新闻记者。哈佛是美国精神的代表，同时也是世界人文的奇迹。

而将哈佛的魅力承载起来的，正是这套《Harvard Classics》。在本丛书里，你会看到精英文化的本质：崇尚真理。正如哈佛大学的校训："与柏拉图为友，与亚里士多德为友，更与真理为友。"这种求真、求实的精神，正代表了现代文明的本质和方向。

哈佛人相信以柏拉图、亚里士多德为代表的希腊人文传统，相信在伟大的传统中有永恒的智慧，所以哈佛人从来不全盘反传统、反历史。哈佛人强调，追求真理是最高的原则，无论是世俗的权贵，还是神圣的权威都不能代替真理，都不能阻碍人对真理的追求。

对于这套承载着哈佛精神的丛书，丛书主编查尔斯·艾略特说："我选编《Harvard Classics》，旨在为认真、执著的读者提供文学养分，他们将可以从中大致了解人类从古代直至19世纪末观察、记录、发明以及想象的进程。"

"在这50卷书、约22000页的篇幅内，我试图为一个20世纪的文化人提供获取古代和现代知识的手段。"

"作为一个20世纪的文化人，他不仅理所当然的要有开明的理念或思维方法，而且还必须拥有一座人类从蛮荒发展到文明的进程中所积累起来的、有文字记载的关于发现、经历以及思索的宝藏。"

可以说，50卷的《Harvard Classics》忠实记录了人类文明的发展历程，传承了人类探索和发现的精神和勇气。而对于这类书籍的阅读，是每一个时代的人都不可错过的。

这套丛书内容极其丰富。从学科领域来看，涵盖了历史、传记、哲学、宗教、游记、自然科学、政府与政治、教育、评论、戏剧、叙事和抒情诗、散文等各大学科领域。从文化的代表性来看，既展现了希腊、罗马、法国、意大利、西班牙、英国、德国、美国等西方国家古代和近代文明的最优秀成果，也撷取了中国、印度、希伯来、阿拉伯、斯堪的纳维亚、爱尔兰文明最有代表性的作品。从年代来看，从最古老的宗教经典和作为西方文明起源的古希腊和罗马文化，到东方、意大利、法国、斯堪的纳维亚、爱尔兰、英国、德国、拉丁美洲的中世纪文化，其中包括意大利、法国、德国、英国、西班牙等国文艺复兴时期的思想，再到意大利、法国三个世纪、德国两个世纪、英格兰三个世纪和美国两个多世纪的现代文明。从特色来看，纳入了17、18、19世纪科学发展的最权威文献，收集了近代以来最有影响的随笔、历史文献、前言、后记，可为读者进入某一学科领域起到引导的作用。

这套丛书自1901年开始推出至今，已经影响西方百余年。然而，遗憾的是中文版本却因为各种各样的原因，始终未能面市。

2006年，万卷出版公司推出了《Harvard Classics》全套英文版本，这套经典著作才得以和国人见面。但是能够阅读英文著作的中国读者毕竟有限，于是2010年，我社开始酝酿推出这套经典著作的中文版本。

在确定这套丛书的中文出版系列名时，我们考虑到这套丛书已经诞生并畅销百余年，故选用了“哈佛百年经典”这个系列名，以向国内读者传达这套丛书的不朽地位。

同时，根据国情以及国人的阅读习惯，本次出版的中文版做了如下变动：

第一，因这套丛书的工程浩大，考虑到翻译、制作、印刷等各种环节的不可掌控因素，中文版的序号没有按照英文原书的序号排列。

第二，这套丛书原有50卷，由于种种原因，以下几卷暂不能出版：

英文原书第4卷：《弥尔顿诗集》

英文原书第6卷：《彭斯诗集》

英文原书第7卷：《圣奥古斯丁忏悔录 效法基督》

英文原书第27卷：《英国名家随笔》

英文原书第40卷：《英文诗集1：从乔叟到格雷》

英文原书第41卷：《英文诗集2：从科林斯到费兹杰拉德》

英文原书第42卷：《英文诗集3：从丁尼生到惠特曼》

英文原书第44卷：《圣书（卷Ⅰ）：孔子；希伯来书；基督圣经（Ⅰ）》

英文原书第45卷：《圣书（卷Ⅱ）：基督圣经（Ⅱ）；佛陀；印度教；穆罕默德》

英文原书第48卷：《帕斯卡尔文集》

这套丛书的出版，耗费了我社众多工作人员的心血。首先，翻译的工作就非常困难。为了保证译文的质量，我们向全国各大院校的数百位教授发出翻译邀请，从中择优选出了最能体现原书风范的译文。之后，我们又对译文进行了大量的勘校，以确保译文的准确和精炼。

由于这套丛书所使用的英语年代相对比较早，丛书中收录的作品很多还是由其他文字翻译成英文的，翻译的难度非常大。所以，我们的译文还可能存在艰涩、不准确等问题。感谢读者的谅解，同时也欢迎各界人士批评和指正。

我们期待这套丛书能为读者提供一个相对完善的中文读本，也期待这套承载着哈佛精神、影响西方百年的经典图书，可以拨动中国读者的心灵，影响人们的情感、性格、精神与灵魂。

目录 Contents

主编序言

普布留斯·维吉留斯·马罗（即维吉尔）是古罗马皇帝奥古斯都的朋友，也是罗马帝国早期伟大的诗人代表。他于公元前70年10月15日出生在意大利北部曼图亚附近的一个小农家庭，出身低微，曾在克雷莫纳、米兰和罗马求学。因为战事原因，时局动荡，维吉尔后来又回到他的家乡，在那里待了一段时间，潜心进行《牧歌集》创作。尽管他从未当过兵，也没有证据显示他参与过任何政治活动，但他却因战争遭受了严重的迫害。执政官为了分配土地给复员士兵，征用了他父亲的农场。后来维吉尔通过屋大维的个人关系，重新拥有了这块土地。但随着执政官的更替，他的拥有权又被剥夺了。他被迫放弃他的遗产，冒着死亡的危险游过明乔河逃离此地。他的余生在遥远的罗马南部那不勒斯、西西里岛和其他地方度过。当他声名鹊起，他的朋友和赞助人赠予他大笔财富，其中不乏最有名望的奥古斯都和麦克那斯——当代麦克那斯文学集团的核心人物。公元前37年，他完成了《牧歌集》的创作，并于公元前30年，出版了伟大的务农诗篇《农事诗》。维吉尔的创作通常是字斟句酌，反复推敲，这部仅2000行的诗歌就花费了他七年的心血才完成。

《农事诗》的面世，确立了维吉尔那个时代最杰出诗人的地位。恰逢内战结束，百废待兴，胜利者奥古斯都忙于巩固其伟大的帝国政权。在这重大的时期，人们借诗歌来反映国家生活的表现形式开始盛行。维吉尔花了十一年创作了他的长篇史诗《埃涅阿斯纪》，并计划再用3年完成最后的修订。但他还没来得及完成最后的修订工作，就在公元前19年与奥古斯都从雅典返回的途中，身患疾病，于9月21日逝世。他被安葬在那不勒斯，他的墓地后来成为人们顶礼膜拜的圣地。

当那个年代的人们不断地褒扬《伊利亚特》和《奥德赛》时，却又往往贬低了《埃涅阿斯纪》，因为它的精神没有迎合当代人的口味。近2 000年来，维吉尔一直是影响欧洲文化最强大的因素之一，如果我们忽视了这位伟大的诗人是非常愚蠢的。一位研究维吉尔算是最好的评论家曾说过："维吉尔受到各个时代文坛大师们的一致推崇，这种褒奖肯定了他作为人类历史上一位伟大的语言大师的地位，他的语言描写极富感染力，文风沉稳刚健。他的作品中饱含醇厚而真实的情感，对世事的深谙洞察、高尚的情操、炽烈饱满的感情，以及语言的音律美，这些特点吸引着不同时代的人们去领会它深邃的思想、丰富的感情、力量和让人不可一语概括的深意。"

维吉尔细腻风格中的微妙之处常令翻译家们无法传神地再现原作的精髓。但德莱顿是驾驭英文诗歌音律的大师，他将维吉尔的史诗内容用充满生气和铿锵有力的对偶句的形式表现了出来。为德莱顿担任校对的诺伊斯教授说："尽管公众的欣赏水平几经变更，德莱顿的译本仍然当之无愧地被认为是这位最伟大的罗马诗人的标准版译本，像《荷马史诗》的为数不多的译本一样，他的译作也堪称独一无二的经典之作。"

德莱顿的"献词"也是其行文风格的优秀典范，从中我们可以一窥这位17世纪英国评论界顶级大师的文风和观点。

查尔斯·艾略特

献 词

致

最可敬的约翰·诺曼比侯爵、马尔格雷夫伯爵，

以及最高贵的嘉德勋章骑士

评《埃涅阿斯纪》

约翰·德莱顿[①]

一首这样的史诗，无疑是表现人类灵魂的最伟大的工程。它的目的是塑造完美的英雄形象。这一目的表现在诗中，虽然只是一种启示，却足以使人开心：因为它是统一的、一致的、伟大的。即使那些编织其中的最小、最微不足道的事件也是为了实现主要目的而存在的必要部分，或使其更容易发展。它们如此必要，以致如果没有它们，诗就不完美了，不方便人阅读了。那么人们就无法找到现在的这种阅读的乐趣了。

诗行构建严密，没有留下任何空白。即使空隙中所填之词也不是废

① 约翰·德莱顿（1631—1700）在英国被封为“桂冠诗人”，是英国古典主义时期重要的批评家和戏剧家。

物（这容易成为一种腐蚀破坏的力量），而是砖石。它们或许细碎，却拥有同样的风格，对空隙的填补也甚是恰当。即使是最细小的部分也有史诗的品格，所有叙事都如此庄重、高贵和高尚，完全没有滥竽充数的东西。不像阿里奥斯托[①]和其他人在他们的诗歌中插入的一些无关紧要的闲谈，把人带入另一种乐趣而偏离了史诗的初衷。前者提升了灵魂，将其内化成美德；后者降低了灵魂，将其转变为恶习。前者执着于诗的目的，为了完成作品，紧贴主题、兢兢业业、字斟句酌；后者步伐懈怠、偏离轨道，就像一个侠客被困在施了魔法的城堡里，不能继续追寻他原定的事业。比如斯塔提乌斯[②]努力向维吉尔学习；比如维吉尔也曾经努力地学习荷马。希腊人举了两个罗马人的例子：在为庆祝普特洛克勒斯葬礼的游戏中，维吉尔模仿了荷马，同时也改变了游戏的形式。而希腊诗人和拉丁诗人均从这一主题中选取场景。虽然承认事实，但并不是为了从中提升，而是为了装饰，或至少，为了方便。大家可以注意到，斯塔提乌斯，在整首诗中所想要的是行动和决断，而不是停留。他本可能因为卡帕纽斯、提丢斯，或他的七个守护神中的其他人的死（这些人都是英雄），或者更恰当地说，因为两个兄弟的悲剧结局——城池被围，继任者草草为他们举行了葬礼——而留下来。诗人在第一、第二章节之间曾写到过他背离方向，如有预谋地犯过错。因为他曾杀死一个皇族的婴儿，其手段毒如蛇蝎（作者也认同其邪恶）。而他的目的是死去的人的荣誉，或者说是为自己谋取荣誉。现在，如果这个无辜的人和他的底比斯有任何关联，如果他推进或阻碍了城池的攻占，诗人可能会找到一些遗憾的借口，使读者不能早早目睹注定的围困。这样一来，诗人笔下的卡帕纽斯就拘泥于他的两个不朽的前任，而他的成功就取决于他的事业了。

如果说，当今的经济须关注这首史诗，哪怕是最细枝末节处。这对一个普通读者而言，似乎也是偏离了主体，因其本身似乎就是独立的；然而

---

① 阿里奥斯托（1474—1533），意大利文艺复兴时期著名诗人。代表作长诗《疯狂的罗兰》。

② 斯塔提乌斯（45—96），罗马帝国作家，因诗作赢得盛誉。

它的灵魂对于整个世界而言，却是有本质上的巨大的优势，它能教化人文科学和自然科学，使人对历史更为熟悉，还可丰富人对观察生活的感触。如此，难到还不足以将这伟大的著作告知天下吗？因此在这儿，我想快速地谈几点有关效仿自然的众多规则中的几个——我不会讲严格的方法。这些规则是亚里士多德从荷马的《伊利亚特》和《奥德赛》中得到的，并将其运用到了戏剧中；此外，他还观察齐鲁、欧里庇得斯和索福克勒斯的戏剧被搬上影院的过程，从中学习，得出了舞台剧源于史诗的观点。叙事，毫无疑问，先于表演，并为其制定了规则；先前艺术的呈现，随着时间的推进，被优雅地通过视觉和听觉展示出来。荷马的史诗中适合舞台演出的章节，被放大成为一个个剧幕。编剧们从史诗中抽离出四肢，然后扩充为整个身体。诗人缩略了的，他们加以放大。从一个赫拉克勒斯，他们可以将其变为一个无限小的侏儒。而且，他们还为所有的东西赋予了人的灵魂。从荷马，他们伟大的创造者那儿，获得了众多具体的神。起初，这些想法只是闪过脑海，最终却变得成熟起来。荷马虽没有使这些人物形象动画化，但他们的形象和思想却是源自他。他的统一的、一致的、伟大的工程被编剧们根据戏剧的需要，部分地选取运用。若是荷马还在，必定会告诉那些编剧：他们的选段太少了；一幕剧中的故事太单调了；重要的是，他们编选过的戏剧，指南作用受到了限制，被他们限制在了自然或人为的一天之中。因此，他会教他们如何将他缩小了的放大，以及按照同样的规则，如何将放大了的缩小。悲剧是人类生活的缩影，史诗是未经删减的初稿。说到这儿，我得打住了，我的阁下，因为我刚意识到我几乎跑到别的主题上长篇大论了。我是想证明并没有绝对的必要性将舞台演出按照以前的惯例，限制在24小时之内。这一点是亚里士多德主张的，而希腊的舞台剧确实也是这么实行的。但我以为，对于一些太长的戏剧，在某些情况下，是可以允许更长的演出时间的，特别是对英国的戏剧来说，因为它们比法国的戏剧需要在事件上有更多的变化和曲折。高乃依本人经过长期实践后逐渐得出，古人规定的时间太短，不足以编排和完成一个伟大的演出。而更好的机制是打破原有的限制，将时间延长以免省略了美好的部分。激发激情，然后使其冷静，净化心灵，使其摆脱傲慢，并以人类的悲剧往往跟随在辉煌之后为佐证。简而言之，即放弃傲慢之心，引进同情之心，这就是悲剧的巨大作用。我不得不承认，如果两者相结合，其伟大将和此前的自大一样真实。但习惯会在三个小时的警告后就被认可了吗？顽疾会突然治愈吗？江湖骗子可能会承诺那样的神效，但一个有经验的医师是不会那么干的。史诗也不是匆匆写就的，它是慢慢完成的。它所带来的变化可能是潜移默化，慢慢发生的；但其疗效绝对是更好的。悲剧的作用，如我之前所说，是来势凶猛却无法延续的。因此，如果要我回答，我会说悲剧更能引人注目，但剂量需要不断地加大，所以我得严肃地说，一部史诗中的美德比许多悲剧加起来还要多。一个人谦卑了一天，而他的骄傲在第二天就回来了。化学药物更多地用于缓解疼痛而不是根治疾病，因为它的本质就是给人以迅疾的感官刺激，而不是深入病根。我将用草本药物比喻史诗，因为它含有更多的实质，它们依靠它们的质量和重量起作用。亚里士多德将悲剧称为更高贵的一个原因在于它是短效的指南，它的整个作用只在24小时内。他还可以说蘑菇比桃子更好，因为它的作用在于一个晚上。如果物品不是太多，一个二轮战车比一个大型机械好，因为绕着柱子走更节省空间。月亮是不是也比土星好，因为它一个周期不到30天，而土星接近30年。它们的周期都是和它们的数量级有关的，同样地，运行快慢、时间也与其相关，所以不足以用来证明谁更好，谁更完美。此外，有什么悲剧中包含的美德不是在史诗中的呢？虚心使人进步，骄傲使人落后；美德会有善报，恶德会有恶报——这些在戏剧中缩小了的部分，在史诗中才能更为明朗。史诗中英雄身上闪耀的品质，诸如，慷慨、坚定、耐心、虔诚以及所有诗人赋予他的美德，都是最初激发起我们赞美之情的所在。我们天性易于模仿我们钦佩的人，而重复的行为会形成一种习惯。如果英雄的主要品质是邪恶的，比如像阿奇琉斯对复仇强烈而执着的愿望，当然他的道德是有益的，又如我们得知在伊利亚特身上这种愤怒是有害的，那么这将给希腊民族带来千倍的弊病。阿奇琉斯的勇气是应该被模仿的，而他的傲慢，对将军的不服从，对死去敌人的残忍和冷酷，以及将自己的尸体送给自己的父亲，这些都是不应被模仿的。我们在读到这些行为的时候，对它们是痛恨的，而我们不会模仿我们痛恨的行为。诗人只是把它们展示给了我们，而这些就好比石头和流沙，是应该避免的。

通过这个例子，评论家认为没有必要将英雄所有的品质都塑造成美好的。如果他们是一致的，就是诗意的美好：呈现在我们眼前的这个人物具有完美的道德，十分美好，他的整个都值得我们模仿。这就是我们作者笔下的埃涅阿斯，是史诗中的完美形象，是画家和雕塑家心目中的唯一形象，是真实人物无法展现的形象。这是神的美好品性赋予在了人的肉体之中。当阿奇琉斯被塑造成悲剧的角色，他就长上了疣，长上了痣，带上了坚固的品质，那些在舞台上表演出来的阿奇琉斯已不再是阿奇琉斯。因为他的创作者荷马对他的描述，即使美德中略有缺失，也不失为一个完美的英雄。贺拉斯在荷马之后，将其重塑，并搬上舞台，赋予了他很多缺陷。因此，这些英雄形象要么在史诗中完美无缺，要么在戏剧中有众多缺陷。总之，我们要知道，决定优点的原因是，史诗是源于性格品质，悲剧是源自冲动热情。而热情，如我之前所言，是猛烈的，像急性瘟热需要强烈迅速的药物治疗。而思维习惯的形成就像慢性疾病，需要逐渐地改变，从根本上治愈。这其中，大排泄虽然有时是必要的，但良好的饮食、纯净的空气以及适当的运动则是更为重要的部分。按照这种观点解释，诗歌的两种呈现方式都是为了彼此适当的目的。舞台剧更为活泼；史诗则需要更多的闲适之情，但在需要时也可以活泼；而戏剧设计的对话是从中选取的更为活泼的部分。一个像金鸡纳树皮，给我们一个及时的疗效，缓解我们一时的疼痛；而另一个根治了大瘟热，给了我们一个健康的习惯。太阳照亮以及鼓舞了我们，驱散大雾，用它的白昼之光温暖着大地，但玉米的播种、成长、成熟以及收获使用则是随着时间、在适当的季节进行的。我向参与这项伟大事业的人致敬，对演员们的崇高致敬，对投身这两首诗的所有的人员致敬。但悲剧还是从史诗中借用的，而所有借用的东西都不如原有的尊贵，因为它们缺乏自己的东西。果真如此，一个君主可以借出他的主权，但借用这一行为却使得王权降格了，因为他想要，君主提供给他了而已。假设戏剧中或诗人创作的人物是难以置信的，而英雄史诗给了他一个创作的范例，因为那才是起源，如荷马是舞台剧的鼻祖。我不知道有哪一个优势可以使得悲剧夸耀于英雄诗之上，无论是从视图、阅读、壁橱里的展示还是戏院方面来看。这是史诗一个无法匹敌的卓越、其特权的主要分支，甚至请允许我这样说，不带任何偏袒地说，这里的演员分享着诗人的赞美。阁下知道，一些现代的悲剧，在舞台上十分美好，但我相信你不会读它们。特立冯，一个书商，给我抱怨说，这些作品在他的书店里根本无人问津。戏剧中繁荣的诗人在寻常小巷中趋于沉寂；不仅如此，那些看过听过他欣欣然放肆言行的人不会认为他是一个好诗人了。它们就像一种庄严的浮夸，崇高的童心。只有大自然可以给人一个真诚的快乐，不是模仿，不是怪诞的图画，不是一个长着鱼尾的美丽女人。

我还可以补充说，很多诗作，在阅读时，不仅愉悦，而且真是很美；但当其出现在舞台上时，可能就显得荒谬了；而这不仅是因为贺拉斯谓之的诗的精妙在斯库拉、安提法忒斯以及卡鲁伯底丝[①]的转换中不能以歌剧的形式呈现，还因为阿奇琉斯和埃涅阿斯的力量如果由我们矮小的人物在舞台上演出就会显得滑稽可笑。我们可以相信他们击溃了军队，在荷马史诗中也好，在维吉尔史诗中也好，但戏剧中的《新赫拉克勒斯毁约》是个例外。我努力不再多举那些不能或不应该在舞台上呈现的诗作，因为我拟在这一论题上所说的已经远远超出我的本意了，而且我也应该避免引起不必要的争端。如果说这是我第一次在这一争论上表明我的观点，我请求重视史诗的卓越之处，因为在翻译维吉尔的史诗时，我感到十分艰辛。尽管我自己也写悲剧，但我已经不止一次维护过这两位史诗大师的权利了，赞成对抗戏剧的不利之处，全然没有考虑过自己正在从事的职业。我把我的

① 在荷马史诗《奥德赛》中，奥德修斯在卡鲁普索和伐西亚岛之间漫游时，在海上一个岩洞里遇到吞吃水手的女海妖斯库拉；在崖边遭到莱斯特鲁戈尼亚部族的面目狰狞、如巨兽猛怪的安提法忒斯的袭击；逃脱了在一棵巨大的无花果树下栖居着的、吞吸黑水的神怪卡鲁伯底丝的魔爪。此处引述贺拉斯在他的代表作品《诗艺》中赞扬荷马史诗在《奥德赛》中故事的铺陈转折更具有艺术性。

观点交付给您来评判，因为您是我所知最有资格来决定这争论的人。您来指导这项事业吧，我的阁下，本不需要我来展开这一话题的。您的《散文诗集》发表时没有署名，我刚读时，并不知道是您的书，但我读了一遍又一遍，带着满腔的欣喜之情，获益良多。我不是在奉承您，也不是想因此使自己显得更加崇高，也没有丝毫的妒忌。我并不愿意别人教我应该怎么写史诗，应该怎么构思、设计悲剧，写出更好的诗行，或者加入更多的评论，我自己也教不了别人。一个有天赋的诗人，在成长的过程中研习诗歌的基本定律，可能会从同辈那里获取很多的灵感；但要他赞扬他们，却是极为勉强的。

比起意愿，他更有责任承认这一点，但在他的赞扬中会有一丝怨念：我承认我从这本论文集中学到了东西，我承认我想获得知识。坐在长凳上的法官可能会出于好意，或至少出于兴趣，鼓励一个孱弱的律师陈述原告的起诉，但却不愿意赞扬他的兄弟——一个高等律师在公开审问时的陈词，特别是当其控制了他的法律，揭露他对被赋予的神职的疏忽。我必须承认，我给了不知道的作者以他应得的评价，但谁能为我和为剩下听说我读过这首诗的诗人评价呢？我们是否本不应该力争将自己的名字写在扉页之上呢？也许我们太赞扬推崇它了，以至于我们忘记了责难。我们天生讨厌不署名的评论家，就像女性不喜欢讽刺作家一样，因为我们好像在黑暗中被咬了，而不知道拳头应该向何处回击。但伟大的阁下总能力排众议，找到出路。我喝彩不是因为礼貌，而是出于喜欢；而一些人也可以作证，我能有幸与这样一位人交谈，而且这么多年来几乎是天天交谈，是需要雄心壮志的。如果我有意欺瞒您，上帝会知道的。如果您要强索一个赞美，我将真心地说，就是我认识了您。没有什么比赞美一个久已存在的恩人更容易了。如果我的赞美是合理的，世界将同意我的赞美；如果我的赞美有溢美之嫌，世界将原谅它是一个感激的逢迎。但匿名送给我又强迫我评论，这是违背我兴趣的，是不完全公平的。让我评论，好像政治；掩藏您的品质，可能您知道您作品的成功之处，但又担心一般的赞美都是源于您的美德，而非文章。这样，就像阿佩利斯了，站在您的维纳斯身后藏起来，听来来往往的人的赞美；这样受到赞美的就是作品，而不是作者了。我在想这是不是您人生中最有趣的冒险之一呢？

在有关史诗和戏剧的偏好问题上，我已经让阁下费神看了我太多的赘述，但还没有正式回答亚里士多德提出的任何一个问题，也没有和达西尔提出的极好的意见达成一致。但我想，在没看这本书之前，我可能已经涉及了一些反对的意见；而给阁下的这封信，我不想让它变成一篇有关英雄史诗的论文，而想让它成为一篇轻松的书信，多多少少谈到那一话题就好，效仿贺拉斯第二本书写给奥古斯都的第一封书信，以及写给皮索斯的书信，我们把它们称为诗之艺术。在两封书信中，无论斯卡里格，这位鼻祖，还是海因修斯称看到了贺拉斯遵循的某种方法，或是他们认为他们看到了某种方法，我是什么痕迹也没看出来。我曾拿起这本书，又放下，只要开心，就反反复复研究；在前序献词的整个过程中，我都将保持这种松散的陈述笔调。在开始的部分，我可能旁征博引说了些其他的，但都是有关这一话题，谈论史诗的伟大优秀之处，也表达我在翻译过程中所遇到的困难。因此，我将史诗和悲剧进行对比不能说是离题，因为从各个方面来说，归结起来而言，两者都是人类智慧的伟大结晶。

同时，我斗胆借用一下已被别人说过的话来给出这个推论，即有关英雄史诗的评论太少，而且多数不是古今大家的评论，它们受到的赞扬还不及它们的部分和那些无足轻重的某些章节多。

这么多年来只有一部伟大的《伊利亚特》，一部《埃涅阿斯纪》。隔了很久才又出现了一部《被解放的耶路撒冷》[①]。我不是想说时间隔得太久，而是说卓越程度。在这三个人出现以后，一些宫务大臣可以升迁了，一些权威的评论家可以有事儿可做了，可以避免大批乌七八糟的小诗人了。这些小诗人迫切地希望可以得到认同，而全然不顾质量。马维斯就不会用他的——

福耳图那·普里阿摩斯驾驶着高贵的小独木船来打扰您，让

① 意大利诗人、文艺复兴运动晚期代表人物塔索的代表作品。

您耳根不净了。

这纯粹是浮夸，烟雾比火光多。就好像贺拉斯会从后面跟你讲话，不从前方来逼迫你；普尔西、博博亚尔多和阿里奥斯托会叫道："给意大利的诗人留一席之地吧，给维吉尔的后代一个公正的交代。"修道士之祖圣路易斯、斯扣底利会以他的阿拉克里喊道："为神圣的国王和野蛮的征服留点儿余地吧。"沙普兰疾呼他的女仆不应同海伦和拉维尼亚平起平坐；斯宾塞为他的《仙后》做了一个更好的请愿，使其行动成功了，或成功了一次；弥尔顿没有选取魔鬼做他的英雄，而是选择了亚当；巨人成功阻止了骑士，将他驱逐出自己的领地，让他和他的女郎在世界上漫无目的地飘荡。举了这么多例子，我就不再提英国的诗歌了。如果他们值得赞扬，我会给他们我该给予的赞扬，但他们并不在我提到的这三个人之列，没有像他们那么实至名归。

在我结束史诗和悲剧的比较之前，我想再重申一下我对于前者优于后者的评论，史诗至少在一点上是有优势的，这不禁让我想起了塞格雷在翻译《埃涅阿斯纪》的序言中提到的，还是博叙讲的，我记不清了，不过这个不重要了。史诗的风格比，或者说应该比戏剧更高贵。这一点评论是十分正确的，原因我已经讲过了。悲剧的创作依靠的是热情，体现在对话，这两者都不喜用过多的暗喻，而这却恰恰是叙事诗喜欢的。一个诗人在舞台上不能讲得太过直白，因为诗的语言是超凡脱俗的；如果不是梦幻的陈述，就失去了意义；但阅读的过程中，我们可以慢慢品味。如果一个作者用大胆的表达描述了一个甚美的场景，我们一开始没有完全理解，我们可以慢慢地思索品读直到我们找到其中的妙处和卓越。这和我之前所说治疗身体的疾病是一个道理，要循序渐进。但大排泄的过程必须立即见效，不然就失去了疗效，至少在当前这一次中，而不应当不断加大剂量。我们要趁热打铁，但抛光的过程则需要潜心静气。因此，我的阁下，请您谅解我的健忘；史诗和悲剧各有所长，但谁更胜一筹并没有定出，这需由您来决定，看对于人类而言，是逐渐纠正他们的习惯礼仪更重要，还是急速根除傲慢和铁石心肠更重要。

我现在得回归到我当前的主题上来了，别再想着在海外进行更多的战争了，就像汉尼拔，我现在要被召回保卫自己的国家了。维吉尔遭到了很多人的攻击，攻击他的人可说是结成了一个阵营；而我现在得尽我所能来为他辩护。但他们主要的抨击是针对他的道德，以及史诗情节发展的时间太长，还包括对英雄角色形象和品质的反对。其他的我就略去不讲了，权当作对文法学者的吹毛求疵。或者最坏，一个伟人用笔时一时疏忽在纸上斜画了几笔；又或者当成一部伟大诗歌微不足道的瑕疵，诗人在世时无暇顾及的小缺点罢了。墨高庇对古人可能提出的质疑进行过回答；我最近读过的一些书，如塔内吉·勒费尔夫、瓦卢瓦王朝，还有其他一个我叫不出名字，上面也有类似的回答，但全是些不足取的没有多大意义的回答。它们开篇都谈了他的诗歌的道德性，这一点我在别处已经谈到过，现在仍需要再提一下，肯定不会如荷马的那么高贵。让我们都公正地讲，我也不想让自己前后矛盾，我可以说的是，维吉尔史诗的作用之于他那个时代的罗马人是和荷马之于被认为其生活和繁荣过的那个时代的希腊人是一样的。荷马的道德准绳是敦促联盟的必要性，理解在联邦和统一战线中，各位王子要团结才能缔造一个强大的帝国；同时他还强调军队的纪律性，联合部队中的几个主要首领要服从最高司令。为了向希腊人灌输这一道理，他阐释了盟友营地中因不和带来的毁灭性结果，以及最高首领与手下的主要首领产生争端所导致的后果。阿伽门农提出挑衅，阿奇琉斯以怨报怨。双方在争端中都是有错的，因此双方都会受到惩罚；侵略者在不利的条件下也会向低于自己的一方被迫提出和平诉求；背弃者拒绝原谅，他的固执会以友谊为代价。这就是愤怒的自然偿还，一个人的愤怒最终会伤害到自己，而且伤得最深。愤怒越盛，开解得越少；只有愤怒本身存活了下来。同时，希腊军队在损失中再次受损，而其中一半要归结于复仇和讨还的害处：

国王有过，人民受罚。

正如诗人在第一部分中所举的例子，分裂不和带来了恶果，而调停之后，团结带来了好运。赫克托尔一死，特洛亚就衰亡了。而荷马，很可能是因为生活在中世纪君主制向希腊帝国的过渡时期，他的国人微弱力量的联合不足以抵制不断入侵的敌军以维护他们的自由。这就是荷马的道德，是所有批评家认为比维吉尔史诗更高贵的地方。但那并不适用于这位罗马诗人所生活的时代。要是维吉尔处在恩尼乌斯的时代，对西庇阿陈词，那么他也可能用同样的道德了，而不像现在这一个了。对于那时的罗马人而言，他们的危险源于迦太基王国，就像希腊人当时面临着亚述人和中世纪君主制一样。而我们要把他的写作的背景纳入考量，他所处的时代正是旧王朝颠覆，奥克塔维安领导建立了新王朝，或者说是罗马人一致同意用军队和武力建立了新王朝。联邦从马略和苏拉挑起的内战中元气大伤，而平民百姓从中几乎挣脱了贵族的枷锁。马略和苏拉，就像暴民的首领，表面上代表大众的利益，反对压迫者，寻求自由；实际上是为了自己的复仇，不受法律的制约，报复他们的私敌。而苏拉，推倒了对方的首领，但也不过是把自由和改革挂在嘴边。对于宗教事业，只是一个现代的反抗动机，是基督教神职人员为了改造异教徒的发明。可以肯定地说，苏拉，无论他怎样宣称，他带给罗马人的益处并不比在他之前的马略多；他所做的不过是牺牲了更多的生命，从敌人那儿攫取了财产，满足了支持他获得权力的人。这就是这两个阵营所做的革新。参议院和众议院是政府的两大基础，其中一方的胜利总是以另一方为代价，因此在这之上的建筑必定会衰亡。而暴政的产生必定是建立在这两者的毁灭之上。如此就需要进行法律基础和宪法的修正。就像一个身体健康的人住进医生的房子，被他的房东——医生，好说歹说错服了药，当他一死，受益的必定是医生。“我非等闲”——在苏拉的墓志铭上写道，“但在这里我会更好。”

在这两个篡位者死了以后，联邦似乎开始恢复，有段时间还略有抬头。但这件事始终是一个痨疾，需要长期的将养。庞培、克拉苏、恺撒尝到了独断专权的甜头，每一个都成为另一个发展的跳板，建立了虚假的友谊。是他们分裂了帝国，都要为此承担责任。他们都被认为是那个时代的有公德心的人，但他们其实是关注自己利益的爱国者。联邦在这些管理者的经营下，表面看起来光鲜亮丽，他们讲大话，但实际上是在浪费国家的命脉。阁下，请原谅我重复这些您已知道的信息。克拉苏死后，庞培发现自己被恺撒欺瞒，于是与其关系破裂，在参议院打压他，并颁布了很多对他不公的法令。受伤的恺撒无力对抗贵族派系，因为贵族那时是最至高无上的（他属于玛丽一族），因此他只能诉诸武力，但他的反抗是针对庞培的，不是针对自己的国家。国家的宪法在他的眼里是神圣的，不会因为个人的错误而被滥用。他最终获胜了，上帝是站在他这一边的。恺撒变成了一个幸运的君主，被冠上了永久独裁者的头衔。他被自己的儿子谋杀，对于他的儿子我是不敢评论，也不敢公开议论的[①]（尽管但丁在他的炼狱里曾把布鲁特斯和卡西乌斯以及加略人犹大一起，放入了魔鬼的口中）。

因此罗马人是十分容易被骗的。在一个世纪内，一而再，再而三地被奴役，而且还是在同一种改革的借口之下。最后，腓立比的两场战役给了自由决定性的一击[②]。不久以后，联邦被屋大维依靠管理和运气变成了一个君主国。有一点不可否认，即专制政权落入其他人手中，不会比两次落入恺撒手中更好。阁下很清楚维吉尔对于后者的评价：他在一旁看见了联邦资源匮乏导致的没落；领导阶级被破坏了；新建立的参议院退化了，或者说腐化了，他们安插自己的心腹，担心被排挤。而我可以十分确信地说，我们伟大的作者（正如常言所说，有良好判断力的人一般都比较诚实），心中仍然怀揣着共和国的信念。

虔诚，乃卡托赋予他们的义务。

我将引用《埃涅阿斯纪》第八卷中的一行来佐证我的观点，此外我就不需要其他论据了。

如果他没有好好研究他主人的脾气，那么即使换一个王子，

他也会走向毁灭。

---

① 据史料记载，有60多人参加了刺杀恺撒的行动，这次刺杀计划的主谋是布鲁特斯。布鲁特斯的母亲是恺撒的情妇，恺撒十分喜欢布鲁特斯，并且尊重他的意见，像对待亲生儿子一样对待他。有人怀疑布鲁特斯就是恺撒的儿子。作者在这里亦指这一点。关于布鲁特斯为恺撒之子的说法，史学界是持怀疑态度的。因为布鲁特斯出生时，恺撒仅15岁，且布鲁特斯的母亲成为恺撒的情妇也是10年之后的事。

② 公元前42年10月，恺撒的支持者马克·安东尼与恺撒的继承者屋大维在东马其顿的一个城市腓立比决战恺撒的行刺者布鲁特斯和卡西乌斯。安东尼和屋大维在这场战役中获胜。

但奥古斯都没有不满，至少我们没有发现。加图在他自己的诗——《极乐世界》中这么写道：让我们订立这样的法律，让圣洁的灵魂有权和污浊之流分开。一开始，罗马的皇帝是选举的，政府也一定要有参议院才能运行。罗木路斯不是世袭的王子，但他死后，还是因为生前为人类所做的贡献受到了神圣的荣誉，因此可以说是他们自己创造的一个神。而塔克文[①]因为公然的暴政和管理不善，而最终被正义驱逐。这就是选举君主的背景。不是想管闲事，只是想陈述一下我自己的观点，我认为蒙田的观点，所谓正直的人应当对政府的形式满意，对现存的根本宪法满意，是他从他的先辈那儿得来的，是根据他出生的国家得来的。尽管他一边大胆地声称，如果他能选择自己的出生地，他会选择威尼斯。这个地方，我倒不是喜欢。原因有很多。我宁愿成为一个英国人。

但是，从冗长的闲谈回到正题，我认为维吉尔对他生活的时代背景进行过成熟的权衡。即完全的自由是无法重新获得的；当前的解决方案会在同一族系或是在采用此方案的机构中存在很长一段时间；他会保留父辈从征服占领中获得的财产，而同时也会从中受益被人尊敬和爱戴；征服者虽不是善类，但却为其创造了最好的；和平的艺术是因为他而繁荣起来的；如果人人都能安静，就人人都会快乐；尽管现在他握有重权，掌控一切，但很大一部分的权力是和参议院共享的；他可能被选入联邦传统事务处理室，然后被从中衍生出来的权力所管制，时不时地休会，和以前一样，面临被公众意见解雇的危险。他行使他的职权是为了公众利益而不是为了自己从事这项伟大事业的乐趣，如我所说，诗人考虑并总结过，如此管理是出于国家的利益。他还向人们灌输，要用敬意来对待王子；并靠着这种敬意来表明他们对他的服从，而这种服从可以使他们开心。这就是他的神圣诗歌的道德。诗人诚实，对国王尊敬，并从国王那儿获得一种神圣的精神，再把这种尊敬的一部分反射到罗马人民身上。而这些罗马人起源于特

① 古罗马王政时代的一个家族，分别为第五和第七王。因暴政和独裁而被驱逐的是第七王卢修斯·塔克文·苏佩布。

洛亚。这一点不仅对当代，而且似乎对子孙后代都是有利且必要的。罗马人是特洛亚的后裔，朱利叶斯·恺撒是朱利叶斯·埃涅阿斯之子。这种已被认可了的观点对维吉尔而言已经足够了。尽管也许他自己不这么认为，反而以为埃涅阿斯曾在意大利居住过；但这已经被波查特斯明明白白地证明了。而荷马认为朱庇特决心将王权变为由埃涅阿斯一家世袭，但他没有提到朱庇特会领导殖民地变为另一个国家并居住下来。因为罗马人十分重视特洛亚人是自己祖先这一事实，因此我不必再证明这一点了。即便是恺撒大帝留下的封印，尽管我们知道是在他死后才刻出来，作为他神化了的标志，我们依然会说这是一个古物，因为上面印着金星的标志。尽管埃涅阿斯的作者临终遗命是将作品焚毁，因为不够完善，但奥古斯都强烈要求要保存它。我不得不怀疑其中一个原因是作品对于奥古斯都而言有一种使命感和荣誉感。因为在这之中，奥古斯都神圣的祖辈被诗行歌颂了，被贴上了不朽的标签，而他是不允许这样的诗行遗失的。

即便是伟大的罗马家族在那个时代的繁荣，也不仅只是因为君主的庇佑，也还有他的庇佑。阁下知道他在作为军舰的船长和战争中的首领时，是用什么演讲提到他们的。即使是一些意大利族裔也没忘了提及。这些都是散落在整本埃涅阿斯中的星星。但在第五卷中，有整体的讲述。而且在翻译过程中，我不禁注意到，他对一些家族特别喜爱，以诗中英雄的身份给了他们更多的荣誉和奖励，如在葬礼上，用游戏来纪念安奇塞斯的光荣。我就不再强调他们的名字了。在我的头脑之中还形成了另一种对应的观点，即那些在诗中没有获得嘉奖的族系曾激怒过诗人，或者曾使奥古斯都丢过颜面。这是诗人的诗性在复仇。正如贺拉斯所言的，他们是本性急躁的诗人。当一个诗人被完全惹怒了，他将为自己寻找正义并不顾要付出多少代价。尽管我不能从其他评论家那儿找到相同的观点，但我不认为这只是我的臆想，因为诗人至少自己是可以评价另一个诗人的。所谓不是不报，时候未到。我之前已经暗示过了，所有罗马人都得到了维吉尔的庇佑，因为维吉尔说他们是特洛亚人的后裔，这个祖先对他们有着极大的影响。我们和法国人有相同的幽默：他们若认为他们是谁的后裔，我会说是赫克托尔；而我们英国人的祖先是埃涅阿斯，我们由他命名，从他那儿成长。如果斯宾塞还在，肯定会十分喜欢这个观点。因为他的亚瑟王子，或者他称作其他什么的，是一个特洛亚人。所以，荷马的英雄是一个希腊人，维吉尔的是一个罗马人，塔索的是一个意大利人。

我有点越界了，已经偏离了我道德引导的轨道。不过，如果阁下不反感，我就十分安全。

迄今为止，我认为我已为作者进行了辩护。但是，正如奥古斯都仍沉浸在埃涅阿斯的身份问题中（有关这一点我会在谈到诗人赋予英雄的品行时再做说明），我必须准备好这一议题，说明他如何对王子和人民进行了巧妙的调停，让双方都不生气而又对双方都有好处。这是一个智慧且诚实之人品质的一方面，借此也可以证明朝臣是可以不无赖的。我仍将继续讲我的思想，将其作为一个自由的话题。这是我一直以来的风格。尽管这些可能不是荷兰评论家会讲的东西，也不是法国人敢讲的东西。我已经跟阁下陈述了我对维吉尔的看法，他不是一个武断的人。他对自己的主上尽心尽职，提供良好的建议，教他如何在新的君主政体下恪守本分，如何赢得臣民的喜爱。他被称为国父是当之无愧的。从这一点来考虑，他是把一个旧王朝覆灭后，新王朝会在其废墟上重新建立作为他诗歌的基础。这样一来，就和埃涅阿斯的背景相合了。埃涅阿斯不能假称是普里阿姆斯的直系后裔，因为他的父亲安奇塞斯只是皇室的第二个分支；而赫勒努斯才是普里阿姆斯的儿子，他如果不死，可能会合法地在埃涅阿斯之前宣称继承权。这可能就是维吉尔要提到他的原因。他没有忘记普里阿姆斯是小儿子波利特斯之子（这一点在第五卷中出现），后被皮鲁斯杀害（这一点出现在第二卷），也没忘记交代埃涅阿斯只娶了普里阿姆斯的女儿克列乌莎，这样当其他男性皇室成员不在后，他就有了头衔。而在这种情况下，诗人又赋予了他第二个头衔，那就是选举的国王。幸存的特洛亚人选他来领导他们，让他在一个殖民地居住下来。伊利翁纽斯在致狄多的讲话中，明确称他为国王。我们的诗人眼中只有奥古斯都，因此并不渴望从朱利叶斯·恺撒那儿得到继承权而获得成功（那只是一个从征服中获得的头衔），因为通过武力获取的也终将通过武力而丧失。对于民众而言，更应该给予而不是夺取，因为那样的礼物实际上是等同于信任的。维吉尔以墨赞提乌斯之名给我们举了一个例子：他以暴力统治，最后被驱逐，其结局和所有暴君应得的结局一样。我们的作者还以阿提努斯为例，给我们展示了另外一种统治方法。阿提努斯是萨图努斯的后裔，据我所知，属于第三阶层。他被描述成一个公正和亲切的王子，心系人民的福利，经常同参议院商讨促进大众利益的举措。我们可以看到，当他进入议会大厅时，总是议会的首领人物，总是第一个发言，但他总是耐心听取他人的意见，而且总是能避免时代可能会给他造成的伤害。这样的人物才是君主继承人的合适人选，生来就是国父。

埃涅阿斯尽管迎娶了国王的女儿，但在他的岳父大人在世时，他是没有任何爵位的。他自己满足于照顾那些不属于拉提姆地区的神。我们伟大的作者似乎与拉提姆相关是在罗马扩张之后。罗马人采用了他们征服地区的神，或者将其接纳，成为他们联邦的一员。借此，他自然而然地接触到了高级祭祀的事务，这也是奥古斯都倾注了心血的地方。这样一来，他就变得比护民官的职权还要神圣不可侵犯了。因此，这样一个判断力超群的作家在埃涅阿斯的第二卷中设置了潘土斯死后职位空缺这一情节不是平白无故的。因为他的英雄要胜任这一职务，并使奥古斯都满意。我所知的评论家都没有注意到那一段。如果他们没注意到，我确信他们应该注意一下，如果他们注意到了，我觉得也是应该的。维吉尔的用语极为平实：

神圣的特洛亚，他们孩子的庇护所。

至于奥古斯都，或他的叔叔朱利叶斯，曾声称埃涅阿斯要世袭，要封爵，门儿都没有。埃涅阿斯的确没有成功晋爵，但他被选任了，特洛亚注定要永远灭亡：

推翻亚洲国度普里阿姆斯
是出于神灵的意志。

—《埃涅阿斯纪》

事实上，奥古斯都曾决心重建那座城市，并在那儿建立都城。但贺拉斯特意写了一首颂歌来打消了他的念头，说那个地方是受到了诅咒的，即使被建起来，神也会毁了它。于是，君主就将这个不会给罗马人民带来好处的机会搁置了。至此，我的阁下，我想我可以总结一下，奥古斯都的脑海里仍有血统观念。如果他的诗人没给这个好建议，他还是希望自己成为一个神圣的君王。

我将省去一些事实材料不够充分的反对意见，以节约出更多的空间来回答以下问题：接下来最重要的是什么？这一点批评家们理得清吗？因为这一点和我们诗人给予英雄的行为属于同一层面，也是奥古斯都眼里最突出的问题。这些行为对神是虔诚，对父亲是忠顺，对身边的人是爱，对百姓是关心，在战场上是勇气和行动，对服从他的人是感激，对整个人类是正义。

虔诚，正如阁下所见，是先于一切，作为他性格中最主要的品质。而这一词语在拉丁文中的表达比在任何一种现代的语言中都更能完整地展现。因为它不仅包括对神的忠诚，还包括对父辈的爱以及对亲人的一种温柔的感情。为了证明这一点，特洛亚的诸神和他自己的家邦守护神都来和他一起并肩作战。整个旅程，他们都陪伴在他身边并给他建议。而且他们最后将他送到了他们自己的故乡意大利。他背着父亲，领着小儿子，妻子还跟在身后，由于恐惧或是无知，她跟丢了他的步伐，于是他又回到敌人中不离不弃地寻找她，直到她的鬼魂出现告诉他别再寻找时，他才离开。对于他对父亲在世时的责任，我不再赘言了。当其父死了以后，他痛心疾首，设立了游戏来纪念他，甚至在极乐世界中通过他曾经的指挥来追忆他。我也不多说他对于儿子的温柔了，这在诗中很多地方都有体现。但同时，他天性的同情又原谅了他，不然，就成了史诗的不完美之处了，因为我们本对他的开心没有确定的预测，但最终的这一障碍还是没有移除。对于他性格的其他部分，比如作为君王和将军，我不需要说什么。因为埃涅阿斯的整体是一个持续的实例。而从中无论我发现什么职责，都会让我难过。简单地说，我想向阁下证明我这个神圣的英雄是正确的，而通过您又可以向读者说明这一点。但塞格雷在他翻译《埃涅阿斯纪》的卷首序言中已经总结得极好，因此我不必再重复，而且作者也公正地宣称过了。我同意他的观点，从那儿学了不少，因此我很乐意这么讲，即，公正地说，法国的评论家比英国的好，正如他们的诗人比英国的糟糕一样。因此我们一般认为，他们对于战争的策划比我们内岛的居民有更好的了解。但我们也知道，我们在真正的战场上是更胜一筹的。他们的将军好，我们的士兵强。但如果他们非要一较高下，在这儿显然是不合适的。我也许会说除了塔索，和其他民族和诗人相比，都差不多。我希望我的判断是对的，这只是为了我的国家能被公正地对待。这之中的一部分荣誉有赖于您，我的阁下。您的观点一直都是最公正的，您总能和睦地处理；您用词讲究，表达有力有气概，行文流畅，转折处读来既容易又舒心。如果您愿意让我们刊印更多的册数，您的实例将使所有的格言戒律都不必要了。同时，您所写的东西被承认了，特别是对于诗人而言（他是一个国家的代表，虽然并没有获得超过同辈的更多赞美），将是我们语言的一个重要的修饰，就像最好的香水总是装在最小的玻璃瓶里。

当我谈及阁下的英明时，绝不是离题。因此，我都不必请您原谅这一点。回头再说塞格雷，我本不打算过多引用他的言辞，但还总是时不时地提及。因为他的序言是一篇完美的评论：内容充实、表意明确、条理清晰。而我的显得太松散，而且正如我的本意，这是一篇书信。然而我详述了很多他不敢涉及的话题，因为冒犯一位专制的主人是十分危险的，而并非所有拥有和奥古斯都同样权力的主人都拥有和他一样的仁慈。简而言之，阁下，我不会重复他的论调，因为我想呈现给您我自己的想法。他对每一卷的注释和评论都是类似的称颂，而我，因为想表达自己的观点，所以会省去了较华美的部分。

他注意到了维吉尔将虔诚置于英勇之前，使其成为英雄最主要的性格特征。我已经在博叙那儿说过，诗人不必把他的英雄塑造成一个圣人。因此，荷马和塔索赋予他们的第一个英雄不同的品质，而他们自己则遭到了谴责。但维吉尔想塑造一个完美的王子并将这一点暗示给了奥古斯都。奥古斯都就是他诗中的埃涅阿斯。所以诗人发现自己有义务将他的英雄塑造成一位没有瑕疵、完完全全的圣人，从开篇到结尾都无比虔诚。毫无疑问，塔索在我之先就发现了这一点，因此他将他的英雄一分为二，分别赋予戈弗雷和里纳尔多以虔诚和勇气，作为各自的主要品质和行为。而荷马则选择了另一种道德表现方式，他把阿伽门农和阿奇琉斯都塑造成为邪恶的代表，因为他的目的是通过展示邪恶的坏处来引导人们向善。我避免再说重复的话。以下是对塞格雷的话字对字的翻译：

“维吉尔曾思索过，奥古斯都最大的德行在于其对人们统治的完美艺术，由此，他在位时间逾四十载，且国运昌盛。他认为他的君主英勇神武、知书达理、受人爱戴、有雄辩之才、懂政治而且虔诚。他将这一切都赋予了埃涅阿斯。但考虑到虔诚包含了一个人对上帝、对子民、对亲人的一切职责，他决定将其作为英雄人物的主要品格。这样，他就可以塑造一个完美的榜样了。实际上，有些人认为英勇获得的赞扬优于因其他美德获得的赞扬。而这些人没有考虑到，只有英勇而没有其他美德不能使一个人获得任何真正应得的赞扬。英勇，不过是无畏的勇气，可能和很多好的品质分离而和很多坏的品格相结合。一个人可能很英勇，但却缺乏虔诚，生性恶毒。但如果是虔诚，就不会发生类似的情况。因为虔诚会摒弃所有的恶习，而包含勇气和其他美好的德行。比如说，一个人很英勇，却看着他的神被亵渎而不去捍卫他们，又或者，一个人驱逐自己的父亲，在最后关头抛弃了自己的君子。这样的人，我们难道能赞扬他吗？”

这就是塞格雷将虔诚置于勇气之前的理由。我不打算追随他的脚步，把英勇或者无谓的勇气单独地剥离开来评论。这也是维吉尔将虔诚作为埃涅阿斯主要品质的原因，但当然是从历史的角度而言。总结一下，也是我第一次总结，我们的诗人将虔诚作为英雄的主要品质是因为其他的德行建立在虔诚之上。并且他接着告诉我们，十年的特洛亚战争中，埃涅阿斯成了国家的第二大功臣（他把赫克托尔放在第一位）。而这，连荷马也不得不忏悔。他在所有的情景中都将自己的国人或是希腊人设定为主人公，而却低估了特洛亚首领的能力。但维吉尔借狄俄墨得斯，把力量和勇气塑造为一种更高的品格，这一点塞格雷却忘了引用。

我没有理由让自己和维吉尔同时出现在您的眼前。但阁下您也许有兴趣了解，拉丁文作者对希腊文作者的作品进行了改良，暗示荷马将决斗的优势赋予他自己的同胞是错误的，因为狄俄墨得斯明显是希腊人中的第二功臣。而当尤利西斯在选择夜间征战的同伴时，将他置于埃涅阿斯之前，因为他有自己的头盔，只想寻找一个英勇的同伴将他带到安全的地方，这就可以表明他对荣誉的观点了。

因此这个法国翻译家继续写道："那些评判埃涅阿斯缺乏勇气的人，要么是没有理解维吉尔，要么是对他的解读不够，不然也不会提出这么一个容易反驳的指责了。"在此之上，他给出了很多关于英雄勇气的例子。我若要一一重复怕是会让阁下疲惫。我也没有必要再把诗的最后三卷誊抄过来。简而言之，他的勇气胜于阿玛迪斯、蓝斯特罗或者整个圆桌武士。短兵相接是对侠客最完美的评价。"要回答这个问题，"塞格雷继续写道，"就是他要从事和完成如此艰难的事业并不困难，因为他有被赋予了魔力的士兵。所以这样的指责应该在针对维吉尔之前，先针对荷马。对埃涅阿斯的批评，阿奇琉斯身上同样具有，尽管阿奇琉斯没有他们也无懈可击。而阿里奥斯托、两个塔索（伯纳多和托尔夸托）甚至我们的斯宾塞，总的来说，都是现代诗人，但都模仿了荷马和维吉尔：要么是第一个，要么是最后一个，或者是中间的。""谁知道呢？"塞格雷说，"他命中注定的盔甲就只是一个讽喻的防护，并不比神的特殊保护更重要。就像维吉尔诗中，占星家们所说的天生的（维吉尔精通占星术），深受木星、金星和太阳的影响。"但我不会坚持这一观点，因为我知道您不相信这种技艺。只有贺拉斯、佩尔西乌斯和奥古斯都本人才会信。但为了给维吉尔辩护，我敢肯定地说，他在这一问题上比他的前辈和后辈都更加谨慎。埃涅阿斯没有战争运，就如苏格兰人常说的，这样的人，要么是无铁，要么是无铅。这一实验证实了他的军队并不是无坚不摧的；他在母亲的帮助下，杀死了图尔努斯，结束了战争，说明他的的确确痊愈了。然而在这整个过程中，诗人并不敢将奇迹写得太过，而只是把他还原到原来的英勇。他仍旧无力对抗他的敌人，但我们能看到他面对军队重整旗鼓攻击图尔努斯时的勇气。我就不需再多说了，因为维吉尔自己对此进行了辩护，证明了他的英雄配得上这个名字。我就不需要再补充了。那些把勇气放在英雄品质第一位的人会认为埃涅阿斯是个二流的胜利者，但他并不是那么低等级的。但受到这一观点的影响，他们不认为埃涅阿斯是个勇士，因为他常常哭泣。而这一点，对他们眼中的勇士来说是不会频繁发生的。

首先，如果眼泪是懦弱的标志，对荷马的英雄我还有什么好说的呢？阿奇琉斯是不是也该被当成胆小鬼？他难道比埃涅阿斯哭得少吗？这样说来，维吉尔肯定是优于他的老师了。因为两个英雄都曾出现因失去挚爱而痛心疾首：布里塞伊斯被希腊人强行掳走；克列乌莎永远离开了丈夫。但阿奇琉斯是沿着咸海岸咆哮，像个呆子对母亲抱怨倾诉，而他本该拿起武器来为自己受到的伤害而报复的。埃涅阿斯就要显得绅士一些了，因为他是把父亲和儿子安顿好以后，才重新涉险寻找自己的妻子，看她是不是还活着的。而从这儿，阁下可以看出维吉尔的技巧，他不是平白无故写这些柔情的章节的。埃涅阿斯所说的，狄多都听到了。他是一个如此深情的丈夫，对后来的这位遗孀所做之事对他来说也没有能挑剔出毛病来的，对她同样柔情。维吉尔有一千个隐藏的闪光点，可惜我没有时间一一列举。

塞格雷在关于英雄之泪这一主题上，观察到了历史学家的评论，亚历山大在读到阿奇琉斯伟大行动时流泪了。尤利乌斯·恺撒同样对此表示了赞赏，他出于同样的高贵的羡慕，为亚历山大的胜利而流下了泪水。但如果我们仔细观察，我们就会发现埃涅阿斯的眼泪都是在值得称颂的场合流的。他的眼泪出自天性的同情和温柔，比如在迦太基神庙里，他想起他的朋友为国捐躯而哭泣；为他的先锋帕里斯的不幸离世而哀悼；为他的同伴，年轻的帕拉斯的早夭而感伤。剩下的我就不一一列举了。然而，即使是对这些眼泪，尖刻的评论家们都敢横加指责。他们使得埃涅阿斯只比圣·斯卫式英雄好一点点，好像别人一直在哭。一位评论家十分大胆地写道，埃涅阿斯很胆小，他举证史诗第一卷的开篇，说他看到暴风雨临近，不仅哭泣，而且还浑身颤抖：

他惊奇地颤抖：

喘着粗气，强打着精神。

但这一点，我之前已经回答过了。他感到害怕，不是为自己，而是为他的人民。谁能给一位君主一个更好的褒奖，或者根据读者的喜好推荐一个英雄？暴风雨威胁着人民，所以他哭了；他曾向意大利保证过，因此他要完成这一诺言，要祈求上苍。这一切都始于一场风暴。他比别人更早更快地显示出虔诚之心和恻隐之心。莫伊尔先生是我十分欣赏的一位年轻绅士，自从他告诉我，先人们把溺死视为一种被诅咒的死亡方式，因此，如果我们那时候允许他害怕，对于他和他的臣民来说，那正是有理由恐惧的时刻。我想除非我们的那些对手告诉我们，他很后悔当初没有对神谕抱有更多的信心，那么这个争论已经没必要继续进行了。但是他又怎么能肯定他正确地理解了神谕呢？赫勒努斯有可能错了；麦丘利可能含糊其词；甚至他的母亲也可能奉承他，说他可能要进行一段旅行，如果恰巧成功了的话，他就会成为一个帝国的创立者。事实上他母亲对他的命运也是持怀疑态度的，不然她就不会代表他向朱庇特献殷勤，神对此做出了以下答复：

无须恐惧，金星未变，

命运之神就在你们一边。

尽管如此，这位女神虽深感安慰，却也不敢肯定；即便得到了这样的答复，她仍始终怀疑朱诺在唆使朱庇特对付她的儿子。关于他是否能改变他的命运这个问题，在天堂尚无定论。维吉尔的文章中的某些段落给人的感觉是，他认为朱庇特虽不能改变命运，却可以推迟它到来的时间。因为在他书的第十卷的结束部分提到，朱诺恳求放图尔努斯一条生路，用改变命运的能力来谄媚她的丈夫——求你宽恕！她的丈夫优雅地答道：

如果本来就要死亡，只是时间问题

在年少时就应该祈祷——我让你知道：

造物轮回，你要抢在厄运到来之前。

你却沉迷如此之多的闲暇时光。如果还要

要求上帝完全宽恕整个肉体和灵魂

就让战争改变它，用勇士的遗体哺育希望。

众神之王承认他无法改变命中注定之事，上面提及过的那本书中记载，雅典娜死后，他去安慰大力神赫拉克勒斯，赫拉克勒斯在把长矛投向图尔努斯之前乞求过他帮助：

于是，在高高的特洛亚城墙边

许多孩子纷纷坠下，被堕落的神杀死

包括我的后代。即使他的命运

在等待，一切都很圆满（？）

那时他清楚地知道，他的儿子注定要如他所预见的那样死去，他无法拯救他。罗伯特·霍华德爵士是一位非常优秀的人，我认识的人中没有谁比他更熟悉斯多葛学派的教义了，一次我偶然与他谈论起用朱庇特的力量来延迟灾难的到来，他指出，从哲学家和诗人们的共同证言来看，朱庇特并没有能力推迟命运的效应，哪怕仅仅推迟一小会儿。因此我引用了维吉尔持相反意见的诗文：

造物轮回，你要抢在厄运到来之前。

他如此回答，而我经过缜密的判断认为，朱庇特之所以允许朱诺去将图尔努斯从危险中召回，是因为他预知到他的死期未到；命中注定朱诺会在那时候去救图尔努斯，而他允许她去也是遵从了命运的安排。

我们的主人公勇气可嘉，我无须多说些什么来为此辩解，如果他因其人格问题而再次遭受攻击，那么我可能真是被蒙蔽了。但他是因为同那些女士理论而受到指责，她们伙同了很多人一起来针对他，就因为他有了一段错误的爱情，就因为他抛弃了狄多。我不能因此责怪她们，因为老实说，这件事给她们的男伴提供了一个不好的先例。但是，如果我能成功地把他救出来，她们可能从她所付出的代价中吸取教训，她最好避开洞穴，那是她们所选择的最坏的避雨场所，特别是当她们的情人在身边时。

塞格雷从一开始就敏锐地观察到，那些在埃涅阿斯离开迦太基时，指责他冷酷无情的人，也曾指责他总是爱哭、同情心泛滥、像女人一样常与那些有不幸经历的人感同身受。他们对他性格的描述前后截然不同，而维吉尔把他还原成一个善良的讨人喜欢的个体。他们把这种矛盾的产生归咎于维吉尔，将自己的错误推脱得一干二净，真是无耻之极。他们说，维吉尔对他的这位主人公的性格描述前后不一致：既心存感恩又忘恩负义，既富有同情心又冷酷无情，说到底，他是一个既变化无常又自私自利的人；在见到他之前，狄多不仅收容了他受日晒雨淋的军队，给予他们保护，并且还与他们分享她的统治权：

我怎能不怜悯这些军人？

而城市则由你拥有。

这样的恩德应该被永远铭记，更应该受到尊重，因为有她的爱作为前提。那样真挚的情感，自然而然地伴随着慷慨、勇敢，并且主动去取悦他们；在那边我们也引见他们。但是在她做了这一切后，他仍然有权拒绝他们；在两人在一起后（可以称为婚姻也可以认为是单纯的取乐），他就不能再随意地索取或离开；他接受了这份情谊，如果他知道感恩的话，就应该始终如一。

我的主啊，我尽全力与他们争辩，避免让这些女士认为我是为获利才这样写，这事儿发生在了卡德沃思医生身上，也可能发生在我身上。卡德沃思医生非常不愿意成为神祇、成为上帝，许多人认为他没有回应他们的祈求。请您至少听一听另一方的说法。塞格雷为维吉尔辩护，朱庇特下达的诸多绝对命令可以解释这位主人公冷酷无情，而他的突然离去，虽然看似忘恩负义，但同时，他很明智地记住了你，维吉尔虔诚地将这作为埃涅阿斯的首要性格，这也是允许的，而且我认为是必须的，抛开其他的不说，他首先是一个感恩的人，为他的意大利的神明找一个避难所，我认为正是这些神明许诺给他的族人一个统一的大帝国。作为一个虔诚的人，他会为了情感或报恩而背离朱庇特的命令吗？宗教必须以道德诚信作为基本准则，否则人们就会怀疑其真实性；但是直接遵从天启不受道德责任的约束。所有诡辩家都认为盗窃是一种破坏道德法律的行为；但是假设我把神圣的事物同不敬的食物混淆在一起，那么是不是因为埃及人的财物是通过天启转赐予他们的立法者的，所以以色列人的行为就仅仅叫夺取而不叫抢劫了？我承认狄多是一个不折不扣的异教徒，因为她不相信朱庇特会派遣麦丘利去做如此不道德的事。但此事维吉尔做出了回答，除此以外不需要别的回应：

本分男人的命运神也难以觉察。

尽管如此，塞格雷承认，因为他的性格的原因，他离开她的时候有一些感性。

但让维吉尔自己来说的话，他仍然爱着她，但又不得不遵从神的意旨，这让他矛盾不已：

爱护她的心是沉重的，

我伤心很多事情的发生，它们削弱他伟大的爱。

站在人的角度来看待整件事，我认为大家都没有错；相对于维吉尔或埃涅阿斯来说，朱庇特更应该承担责任。诗人似乎发现了这一点，因此让被放逐的主人公和被遗弃的女子在地狱相遇，此时再做申辩已经太晚了；相对地，她也并不满足，即便是听见他的声音时。现在塞格雷不得不放下他的防备来为作者辩解，声称《埃涅阿斯纪》是一个不完美的作品，这位神圣的诗人在复审它之前就去世了。哦，一部主人公史诗中偶尔出现一两个引人入胜的事件是多么实用啊！麦丘利的故事很普通，但维吉尔不得不把它安插在这里，否则主人公的诚信就会受损。至于那位女性，如果他们控制住了那帮逃兵，就无法在他身上展现出酒神巴克斯对俄耳甫斯那样的宽容，因为，太过不屈不挠有时可能反而却是个错误，而在受恩惠后追求不屈不挠并且表现得忘恩负义则是一种无法被原谅的罪行。但将引人入胜的事件安插在适当的地方，正好可以展示维吉尔出众的判断力，同时在别的文章中引用，以此来巩固这个主题；假设我无法为主人公正名的话，至少要把诗歌完成；因此我必须把它们的起因区分开来。让《埃涅阿斯纪》依附于焦点事件，只能减缓冲击力；但是这样的处理是无与伦比的。深受荷马影响的柏拉图得出所有诗人都该被放逐的结论，但认为在放逐维吉尔之前至少要给他一些奖赏。但是我认为，他应该被赦免，而且不但应该被授予奥古斯都的奖金，还应该接受罗马人的感谢。

爱是《埃涅阿斯纪》中的主题，但需要注意的是，男女之爱所占篇幅并不多，只有第四卷细致描绘了爱情的萌芽、发展、升华和结局。

在第四卷中，狄多为了维持体面而压抑着内心的悸动，但言辞之间却流露出心事。她的姐姐首先证明了她的不竭的热忱；其次是她的民众。在这场爱情里，维纳斯和朱诺、朱庇特和麦丘利，都不值一提，他们都是旁观者。然而，事情的发展却是——他爱意渐冷，她爱意渐浓。她很快就发现了变化，或者说对某些变化感到怀疑，疑心越来越严重，不久就转变成了嫉妒，然后转为愤怒；接着她开始表现出不屑并提出威胁，然后变得卑微开始乞求，但是都没有用，于是绝望、诅咒最终成了她的行刑者。

除了男女之间的爱情，《埃涅阿斯纪》中更多的还是大爱。因为对祖国的爱，为了它的恩泽与荣耀而去关心它所关切的，是所有人的本能，更是我们共同的责任。一位诗人在此基础上又往前迈了一步，他努力为它争取荣誉，对于他来说即便这只是部分原因，那就是正当的；他不拘泥于真理，也不受历史法律的束缚。荷马和塔索从希腊和意大利神话中选择他们的主人公，因而得到了应有的赞扬；维吉尔将他的主人公塑造成了一个勇士，却是为了从他身上折射出罗马人以及奥古斯都。但是三位诗人都明显偏好各自的人物，支持各自的祖国。

因此，我的主啊，我希望我很好地实现了我的诺言，为这位诗人正名，无论假骑士变成什么样。至少按照亨利·沃顿的定义，诗人因其国家的荣誉和利益，实际拥有如同使节一样的特权。

于是我便开始为把埃涅阿斯和狄多塑造成同时代人的这个著名的时代错误辩解；这两个人物生活的时代比迦太基建立之时还要早两百年。在阿波罗之前，维吉尔就因此错误而受到指责。神祇很快就发现对此他无法给出合理的解释，事情就明了了：他因提出了这个折中的办法，为了他其他的功绩，允许他的儿子做任何事；成为一个君王，就可以赐予他豁免权，让他得到宽恕。但是，这种特殊的大赦令绝不会成为范例，也不会成为给那些弱小的继任者的无知辩解的借口。他颁布法令，今后再也不允许诗人在一位女士出生前两百年就推测她会为爱而死。为了用这个故事来说教，维吉尔成了那个获得特免权的阿波罗。他杰出的判断力造就了创作诗歌的法则；但他不会拘束于这些法则：年表充其量就像蜘蛛网一样，他稍一用力就能穿透。那些模仿他的人最好谨慎做出选择，一件朦胧的事物，一个遥远的年代，创作起来可能很愉快，但很难制造矛盾。无论是他还是那些罗马人都曾读过圣经，他犯过的唯一错误就是错误地估算了年代。但维吉尔的信誉是如此之好，以至于他所写的这个故事被认为像荷马所写的那些真实的史诗一样可信。同时代的奥维德紧随其后，用维吉尔新创作的狄多塑造了一个古代女英雄；以她的口吻，写下了在她临终之前口述给那些忘恩负义的逃难者的信；但不幸的是，使用维吉尔使用过的同一话题来写作，对他来说就好比班门弄斧。我可能对此有一定的发言权，因为这两本都是我翻译的。创作《爱的艺术》一书的这位著名作家没有任何自己的写作特色，他只会借鉴那些大家的写作方式，自身却没有得到提升。他的失败之处在于不够自然，强行改变他原来的风格，他本来很擅长写诙谐幽默的文章。这些蒙蔽了他的崇拜者，为了赢得他们的尊重他更加偏好维吉尔。但如果他们喜欢的不是作家本身，而是别人的影子的话，那么作家并不需要这样的崇拜者。

亚里士多德说，只有不符合艺术审美的诗歌，没有错误的诗歌；因此一个优秀的诗人不一定非得是个严苛的年代学者。既然奥维德和别的诗人创作的有违自然规律的小说能得到我们的表扬，我们又怎能像塞格雷一样，因维吉尔创作了一部有违时间顺序的小说而指责他呢？除此之外，《变形记》还有什么别的令人惊叹的奇迹呢？这些就如所述的那样美丽，而且富有内涵，并且隐含了教导性的神话；但是应该给出罗马和迦太基之间持续战争的最初原因，就如维吉尔在本节中所做的，伴随着这么多美丽的事物以及对他的祖国的尊敬，通过小说来引出事实也是一种可选择的方式，但只适合马罗这类有极高智慧的人；塔索在他的某次演讲中表示了对他的这种方式的欣赏。写作往往要避免与众所周知的历史事实矛盾，但他没有遵从这条规则，比如，他把汉尼拔和西皮奥同亚历山大放到同一个时代；但是在古代风俗习惯的深色壁龛中，一首伟大的诗歌可以也应该虚构一些东西，如果这些东西能给你的主题增添色彩的话。相反，当一个病中的诗人渴望创作出人们喜爱的诗歌时，所有的病痛和努力都不值一提。但是如果这些小说是愉快的（通常情况下是这样的），如果它们是一致的，如果它们的开头、中间部分和结尾都很出彩并且还有很好的技巧和衔接，那么这样的作品就是不负其盛名的。比如维吉尔创作的关于狄多和埃涅阿斯的篇章，即便是最尖酸刻薄的批评家也意识到，如果他遵照陈规，削减掉埃涅阿斯这个绝佳的修饰，他可能可以避免受到不公平的指责，但这会让他的诗歌失去其最美的元素之一。我将会在下篇文章中更多地谈谈他们对他的指责，对他创新诉求的指责。同时我几乎可以断言，对这节篇章的敬意不仅仅在埃涅阿斯讨人喜欢的娱乐性，也包括他的年龄，他所获得的名声经过了时间的酝酿；与他同时代的奥维德就此给出了最好的表述：

爱不是身体一部分，而是整体

否则它就是一个非法的契约。

我的主啊，你可能注意到了，奥维德说，非法的契约，意味着他认为狄多和埃涅阿斯的婚姻绝不是合法的。当时在被放逐后写下的那些诗节，他在写给奥古斯都的信中这样写道："阁下将我流放，让我创作《爱的艺术》和我那荒唐的《挽歌》；然而在你所青睐的诗歌中，尽管将狄多和埃涅阿斯带入洞穴，把他们留在那里，却没有让他们以诚相待。请陛下恕我冒昧，给艺术扣上禁忌之爱难道比付出与行动更加错误？"但那个宫廷诗人奥维德是一个如此糟糕的侍臣吗？以至于为了给自己开脱就无端指责他的主人？维吉尔认为那是一段合法的婚姻，就连掌管婚姻的女神朱诺也亲自现身为其正名；她才是对此最有发言权的人。我们可能觉得仪式很简短，但对狄多来说这不仅仅意味着爱情，还意味着她将成为寡妇。墨丘利本人虽然站在一个完全对立的角度，但还是通过可怕的妻子的讽刺承认了这段婚姻。"可怕的"这个词暗示，他不仅承认埃涅阿斯的丈夫身份，而且还斥责他没有尽到丈夫的责任。现在，请阁下您注意，为什么维吉尔如此执着地要成就这段婚姻呢？好像他自己就是新娘的父亲一样，急切地想把她交到新郎的手中。其实那是为了给后面要写的离婚作铺垫。他是一个比奥维德更出色的奉承者，我推测他对于不久之后君王和斯克利波尼亚的离婚有自己的想法。他描述了埃涅阿斯脸上的酒窝，通过这个外表的共同特征来证明他和奥古斯都来自同一个家族。因此，当我们还在说着那些稀疏平常的英语格言时，他通过让君王传承祖先的外貌来讨好他，又让这种相似性不违背当时的审美观，好一个一箭双雕。一个妻子离开后又再找一个，对当时的罗马人来说是一件需要勇气的事。如果诗人没有欠当的争辩，我们应该原谅他作为一个异教徒的低劣和无知，他们的道德水准也就如此。早在我打算提出异议之前很久就已经不再惧怕您的权威了，您的权威在宗教法庭一类的地方举足轻重，但我不用在那里为我们的诗人辩护。另外，反对他的呼声众多，从马克罗比乌斯时代持续到现在，我认为有些吹毛求疵了。我曾暗示过这点。他们将其创新的欲望控诉为死罪，我必须承认，语言表达意味着诗人必须是一个创作者，如果不能创作，那他就一文不值。他从荷马、阿波罗尼斯·罗德斯和在他之前的其他诗人那里借鉴了很多东西，因此当他第一次看到这样的指责时，感觉很奇怪。但如果最初创新的观念能被接纳，现在诗歌的形式和各个部分都会大不相同，塞格雷说，斯卡里格认为，如果那样的话特洛亚的历史很可能仅仅是由荷马或维吉尔虚构的了。如果没有希腊诗人或其朋友将其整理成我们偏好的阅读顺序，就不会有老妇人，不会有小大人，有的仅仅是从他们口中说出来的话。这样的话，就如所罗门所说，太阳之下再无新鲜事物。如果荷马和维吉尔的荣誉被剥夺，那谁还愿意做创造者呢？凡尔赛会不会成为一座普通的新建筑，因为宫廷的建筑师不得不模仿之前的建筑？所有伟大的建筑里都有既舒适又富丽堂皇的墙壁、门、窗户、公寓、办公室和房间。所有的英雄史诗里都得有描述、修饰、语言，等等；这些都是诗歌的共同载体，用自然的方式进行装点；每个诗人都有权使用它们，就像每个人都有权享有空气和水一样。为什么需要水？因为水是生存的必需品。但换句话说，有关此部作品的争论，是针对它的主要情节、结构以及构思；这就是原著区别于仿作的地方。《埃涅阿斯纪》有部分内容与《伊利亚特》和《奥德赛》相似；前六卷中都有模仿荷马的《奥德赛》，而在他的后六卷中都有模仿《伊利亚特》的痕迹。但是我们能因此推断着两部史诗描述的是同一段历史吗？维吉尔《埃涅阿斯纪》中的其他部分没有创新吗？对不同事件的处理构思难道不是他自创的？埃涅阿斯去意大利，在特洛亚殖民地的基础上建立罗马帝国，只字不提他对他的守护神的敬意，不仅让他拥有维纳斯的血统，而且让他们如此之像，以至于女神都可能把奥古斯都误认为她的儿子，这些情节又是从何处借鉴的？他从普通的传说中获取故事的素材，就像荷马从埃及女祭司处获取素材一样。卢克莱修教导他不要刻意塑造主人公，要赋予他虔诚和勇敢等杰出的特质，让他能有所成就，拯救他的国王和国家。但诗人把他的虔诚刻画得更为成功；他成功救出他的父亲和儿子；他的神明将自己置于他的保护下，见证了他的忠诚，并履行承诺，让他在意大利取代了他们。多亏荷马和其他的诗人，才有他的这些优秀情节的创作和设置。抄袭是一回事，源于真实的模仿又是另一回事。抄袭者是缺乏独立思维的模仿者，贺拉斯认为这样的人与动物无异，因为他已经没多少为人的特质了。拉斐尔的模仿素材来源于真实，而那些模仿拉斐尔某部作品的人，只是以他的作品作为模板罢了。他们是在翻译他的作品，就像我翻译维吉尔的作品一样；他们远不及拉斐尔，就像我远不及维吉尔一样。在模仿拉斐尔时也有一些创新，比如，所描述的事物是真实的，但有作者自己的想法和构思。尤利西斯旅行，埃涅阿斯也旅行；但是他们两人都并非第一位旅行者，该隐在他们出生之前就去到了梦乡，但是两位诗人都不知道有这样一个人存在。如果尤利西斯在特洛亚被杀害，然而埃涅阿斯必须经由海路，否则永远无法抵达意大利。但是两位诗人的构思设计是不同的，就如他们的主人公旅行路线不同一样；一人回家，一人去寻找一个家。我再回到第一个比喻上来：假如阿佩利斯和拉斐尔各自画一幅燃烧中的特洛亚，现代画家不一定会比古代画家画得好，虽然他们都没见过真实的场景，都无法从真实中获取灵感。那些城市在他们出生之前就已经被烧毁了。但是，这个比喻要说明的是，他们不会用同一种方式来构思：阿佩利斯会将皮鲁斯与其他所有希腊人区别开来，呈现出他正试图强闯普里阿姆斯的宫殿的情景，将他置于美丽的光线下，把他放在作品中的主要位置；因为阿佩利斯是一个希腊人，他会以此来为他的祖国争取荣誉。至于拉斐尔，他是一个意大利人，也是特洛亚人的后人。在他的作品中，他会把埃涅阿斯塑造成主要人物，但很可能不是背着父亲、一手牵着儿子一手牵着一群神衹、后面还跟着妻子这样的场景。在一幅画中，虔诚的艺术的优雅度不及勇气的艺术的一半。他宁愿画他杀掉安德罗格斯或者短兵相接的情景；火光照亮了他的脸，让他在一群特洛亚同胞中更加突出。我认为这仅仅是从两个诗人不同构思方式的比照。不能说维吉尔抄袭荷马，这位希腊人只是比他更先下笔而已。如果非要说我已经承认有部分相似之处的话，我认为在这些部分维吉尔都超越了荷马。海中女神的离开而留下的眼泪和狄多的愤怒与死亡有相似之处吗？在《奥德赛》中，海中女神的激情以及由其引发的暴力从何而来？如果这是抄袭，那批评家们告诉我们，这和原文的格局、特征、色调是一样的吗？非要说相同的地方可能只有他们都被贬入地狱，但这也并非荷马首创，荷马也是借鉴了俄耳甫斯和欧律狄刻的故事。但是尤利西斯旅程的结局是什么？埃涅阿斯通过在他父亲的鬼魂面前诵读戒条来作为保证：他去是为了给他展示族人中那些成功的英雄人物，罗木路斯旁边是他的守护神——奥古斯都。安奇塞斯同样也在指导他如何在意大利战争中取胜，如何在荣誉中结束战争；换句话说，为奥古斯都即将统治的帝国奠定基础。这是作者的高尚的创作；但是它已经被诸多路边涂鸦者抄袭过了，现在这正变得让人生厌，更多的是因其技巧而非共同点。最后，我可以肯定地说，维吉尔阅读荷马的作品学会了模仿他的创造性，即学习荷马的模仿方式，这就好比画家拉斐尔在学习过程中逐渐摸索仿效。因此如果我有能力写英雄史诗的话，我也可能模仿维吉尔，但创作是我自己的；不过我应该尽力避免没有主见的照搬。我不会给有同样的人物、顺序和结果的故事冠以其他名字，然后视作自己的创作，如果这样的话，每个普通读者都会一眼便发现我是在剽窃，然后大叫："我曾在维吉尔的作品中读到过这些，而且语言表达和韵律都比这个更好。这就好比在低矮的绳子上杂耍的戏班小丑笨拙地模仿戏班主在高绳上的灵巧动作一样。”

不想再叨扰阁下，可我还有一个异议。我在另一个法国批评家那里读过，至于是哪个批评家我就不说了，因为说出来和他的名声有些不符。他说，维吉尔在创作激烈的情节时——比如，在描述战斗中愤怒的主人公时，他努力尝试将我们的情绪激发到最高点——然后突然使用一些比喻，把读者的注意力从主话题上转移开来，白白将其浪费在了琐碎的影像中，他的任务是把水烧开，然而他却在往大锅里倒冷水。

几乎所有写英雄史诗的诗人多多少少都会有这样的问题，但是我认为维吉尔在这方面还算好的。他是一个非常优秀的艺术大师，不会留下这么容易被攻击的弱点。就如我先前所说，比喻并不适用于悲剧，因为激情才是悲剧永恒的催化剂，因此它充满了暴力；在应该生动活泼的地方使用比喻会减弱文章的态势，它们让对话显得不自然，除非是在戏剧中。戏剧中的暗喻最好隐含在一个词语中，否则会让人难以接受。这种修辞手法在英雄史诗中却会产生相反的效果，使用它通常是为了引发赞赏，这无可厚非；但与其相比，还是恐惧或希望、同情或憎恨抑或某种忧虑更符合暴力的本质，更容易让人物立体起来。我不得不承认，如果比拟和描述太过冗长就会让读者感到恶心。我记得有一次，也就一次，维吉尔写了一个14行的比喻，而他对声名的描述也就这么多字而已。这两方面他都受到了指责，我认为他有可能会缩减它们，如果他生前有时间复审的话，但是这些错误只是偶尔而为。我观察了他在文章中运用的比喻，并非像批评家们所说的那样出现在情节焦灼的地方，事实上维吉尔往往在情节缓和的地方才会使用比喻。他尽力用他的描述让我们兴奋起来，然后为了避免这样的热情消散，他才重新加入了一些适当的比喻，这样既阐明了他的主题，又不会让读者觉得扫兴。我应该尊重你的权威，但请让我再举一例，剩下的就留给您自行辨别，当您再回顾《埃涅阿斯纪》原文的时候，不要被我粗糙的译文所影响。在书的第一卷中，海神尼普顿管控海洋，埃俄罗斯在朱诺的请求下，未经尼普顿的同意掀起风暴。尼普顿用双手击碎了巨浪，驱散了乌云，恢复了晴空。海仙库摩托埃和海神特里东并肩用力把船只从锐利的岩石缝里推了出来。诗人在这里加入比喻做出阐释：

就像在群众集会上突然发生骚动，
当一些不法之徒因激怒而暴动起来，
火把和石块乱飞，
因为愤怒很快就找到武器。
这时倘若他们看见了一个德高望重、受人尊敬的人物，
就会安静下来，
竖起耳朵肃立倾听他说什么，
他的话果然平息了他们的怒火，
使他们的心情平定下来；
同样，当尼普顿王眺望着大海，
乘上战车，
任骏马在开阔的天空下奔驰，
马车所到之处，
澎湃的大海顿时安静下来了。

这是维吉尔在诗中第一次使用比喻，也是全诗中最长的一个比喻；原因我上文中已经说明了。当这场风暴处于狂怒中时，使用任何影射都不恰当，因此诗人与其用别的事物与它相较，还不如用它自己来做比较；这样他就不用再做别的说明了。如果他能做说明，也只能是不合时宜地炫耀似的美化，并且会转移读者的注意力：因此他将其放在了后面更为合适的地方。

无论是在古代还是在现代都有针对《埃涅阿斯纪》的指责和批评。至于那些针对某段文章的特例，马克罗比乌斯和庞塔拉已经做出了相应的回答。如果我想要吹嘘自我的话，大可直接采用他们的反对意见和解决办法。就像一个乡村牧师在朱尼厄斯和特雷米留斯没有在场的情形下，就从神父手中接手了圣体陈列。或者知道作者名字却对此只字不提。

紧接着就不是异议的了，因为其中隐含了一个错误：即便维吉尔将故事的时间扩展到一年多，但这也并非他的错。至少亚里士多德并未对此

做出明确的限定。荷马故事的时间设定，仅仅在两个月以内：我确定塔索没有超过一个夏季，如果我仔细审查他的话，可能还能减少到不足一个周期。诚然，很多普通读者对此争论的关注度，可能还不及一个农夫对今年的2月是有28天还是29天的关注度高。

龙沙以及塞格雷计算，这首诗的时间跨度长达一年半。安奇塞斯在冬末或者是初春的时候死于西西里岛。埃涅阿斯在将他的父亲埋葬后，紧接着就出海前往意大利了。他对于第一卷中所描述的暴风雨感到很吃惊；那是这首诗歌开始的场景，也是故事情节开始之处。他穿过风暴来到了非洲海岸，在迦太基度过了整个夏季，紧接着就进入了冬天，在初春的时候再次出发前往意大利，却遇到了反方向的风，又再次回到了西西里岛。到此，这段故事情节跨度正好是一年。然后他为他的父亲举行了周年祭，然后又前往库迈；自此，时间就与他和拉丁努斯的第一次交易衔接上了。图尔努斯围困了他的宿营地成为战争的前奏，他为了解困而去寻求帮助，回来后通过第一次战争解围，达成了十二天的停战协议；在第二次战争中袭击了劳伦土姆，然后又与图尔努斯短兵相接；他们认为以上所有这些事件的时间跨度至少有四到五个月。这么算下来，我们仍然无法肯定不足一个周期的情节跨度超过了一年半。

塞格雷又通过另一种方式来估算；鲁奥斯并未否定他的计算，而是依据此发布了有关维吉尔的一系列评论。

他将安奇塞斯死去的那一年安排在冬末或初春，是他认识到，之后第一次在海上看到埃涅阿斯正在被暴风雨推往非洲海岸的时间，才是故事真正的开端。他进一步承认，埃涅阿斯离开迦太基的时间是冬末，而狄多又让他多逗留一段时间，这才进而引发了争论，可以从狄多的表达中推断出时间线索：

> 即使在冬天，你也可以让你的舰队整装待发。

但是，鉴于龙沙的追随者认为在埃涅阿斯埋葬他的父亲后，就立即动身前往意大利（虽然是暴风雨将他推送到迦太基海岸的），塞格雷绝不会赞同此种推论，但更大的可能是他在西西里岛待到了七月中旬或者八月初。这时他的主人公第一次在海上露面，然后开启了本诗的故事情节。哪里是图尔努斯之死的开端，哪里是故事的终结，毋庸假设，在此期间的时间应该是十个月以上：在夏末到达迦太基，当年冬天一直待在那里，在初春的时候离开，第二次在西西里岛做了短暂的停留，到达意大利，发起战争，合理的判断是十个月的时间。龙沙的追随者们对此做出的回应是，在去意大利之前七年的时间里，在西西里岛除了埋葬他的父亲就没什么可做的了——但他是一点都没耽搁就开始了他的第一次探险吗？塞格雷回答，根据希腊人和罗马人的礼仪习俗，他父亲的葬礼将会被推迟数天；这段时间，他需要整修他的船，毕竟经过了长时间的航行，也需要让他受到风暴洗礼的船员在舒适的海滩上好好休整一下。当然这些都只是双方的假设，但看上去塞格雷等人的说法更有根据。在狄多的宴会上，她先热情款待了埃涅阿斯，根据描述那是一个夏日的夜晚，在他的故事开始时就快结束了；因此恋爱应该是在秋天，和后面提及的打猎也比较吻合，在酷暑渐渐消退的时节，冬天欢快地紧随而至，正好满足了季节还有他们爱情的要求；然后他在冬末离开，这点已经得到了证实。埃涅阿斯是在春季到达的第表河口，这正好增加了这种观点的可信度；在第七卷中，诗人通过对鸟儿歌唱、黎明降临以及美好景致的描写来完美地勾勒出了这个季节：

> 那红霞自海面缓缓升起，
> 黎明女神身着橘黄色盛装，
> 驾着玫瑰色的战车，
> 光彩熠熠夺目，
> 照亮了整个天空。
> 风停了，海上忽然风平浪静，
> 只有船桨在平静无痕的海面上费力摇荡，缓缓前行。

接下来的这些情节的时间跨度至少有三个月：当埃涅阿斯去阿卡狄亚人那里寻求帮助时，他发现他们的军队正准备出征，就缺少一位指挥官；所以根据这个计算，埃涅阿斯并没有花上一年的时间来完成这些，最多可能不过是一周的时间。

对俄里翁的起义的认同，导致了在书的第一卷中开头时所述的暴风雨，比起其他情节，塞格雷更看重这个。我通过阅读牧歌中的一些段落，特别是田园诗，发现根据当时的知识标准来看，我们的诗人还是一个严谨的天文学家。在伊利翁纽斯（维吉尔两次委任他大使的职务，是特洛亚优秀的发言人）与狄多的对话中可以看出，他把那场风暴归结于俄里翁（猎户星座）：

突然猎户星座升起，我们在海上遭遇到了暴风巨浪。

他要么是说日出前要么是说日出后出现的预兆。在天亮以前从太阳的光线下方升起即是星座的日出前升起，而在白天快结束的时候出现与太阳周期相反的即是日出后升起。

经目前的计算，猎户星座的日出前升起发生在七月的第六天，这时候他会在海上引发暴风雨或搞出一些暴风雨的预兆。

根据我的观察，我对维吉尔的布局设计还有一些话要说。他的故事布局模仿过荷马，但不是完全照搬。这种故事布局早在罗马和希腊有神祇的宗教时期就已经建立了。很大程度上来说，两个国家崇拜的是同一个神明。特洛亚人也是一样的，我认为罗马人更宁愿认为他们宗教仪式是来自他们那里而非希腊人那里；因为罗马人自认为是特洛亚人的后代。这些神祇都有各自的职位，有主管的神祇，也有特俗的侍从。因此朱庇特的身边有加尼墨德[①]和麦丘利，有朱诺和伊里丝[②]。维吉尔不能凭空虚构出一些臣子来，他必须以他的宗教为基础来塑造人物。因此不能说这些人物是他从荷马那里抄袭来的，比如阿波罗、狄阿娜[③]等神祇，和希腊诗人一样，他也为这些人设置情节；但是这些情节是他自己创作的。在特洛亚毁灭后，维纳斯将海神尼普顿纳入自己的阵营；因此在《埃涅阿斯纪》的故事开头，他出场次数非常多：平息埃俄罗斯制造的暴风雨，把特洛亚人的船队安全护送至意大利，途中只有与他讨价还价的引航员丧命。我遗漏掉了

① 加尼墨德，希腊神话中特洛亚的美貌男孩儿，朱庇特将其带到奥林匹斯山，做神的斟酒者。

② 伊里丝，朱庇特和朱诺的使者，彩虹女神。

③ 狄阿娜，也叫阿尔忒弥斯，阿波罗的孪生妹妹，月亮女神。

上百个事例，却唯独记住了这两个，以此来证明维吉尔一般是利用他的布局来演绎这些事物，可在他之前演绎这些事物却都没有布局。什么时候海面上发生风暴的频率比猎户星座升起的时候更高？埃俄罗斯制造的风暴还未到来时，如果在这么多艘船里有一艘会被打翻，而这艘船恰巧是由俄朗特斯指挥的，这是多么奇妙啊？如果没有奇迹，帕里努鲁斯或其他人睡着了，掉到了海里，原因是通过观察天象的方式监视和保障航道安全而过度疲劳？睡神修普诺斯说不清的问题埃涅阿斯却给出了清楚的解释：

大海依偎着宁静的天堂

帕里努鲁斯赤身躺卧在沙滩上。

但布局有时候也有些似是而非的，为了取悦读者并赋予故事各种令人惊奇的可能性。除此之外，它还填补了罗马人的空虚，并发现了众神都在毫不掩饰地关注着他们祖先的一举一动。而接受着宗教熏陶下的我们，会有各种绝好的事情降临到我们头上，有万能的上帝的特殊旨意引领着我们渡过难关，有守护天使的照顾，因此我推断英雄史诗可以依照伊壁鸠鲁的原则来书写；如果有必要的话，我可以很容易地给出论证，否则我就不浪费口舌了。

维纳斯开启了她儿子埃涅阿斯的双眼，让它们注视着那些在那个死亡之夜攻打特洛亚的诸神，我们也一同分享了这份荣耀下的快乐（这里塔索并没有一味地照搬被围困的耶路撒冷）。但是在海神尼普顿、朱诺或雅典娜的神助下，希腊人也完成了使命。维吉尔在“卡密拉”一节中的布局是最粗糙的，讲的是俄丕斯在她情人的操纵下杀死了阿伦斯。其次就是第十二卷，讲的是维纳斯治愈了他的儿子埃涅阿斯。但是在这些诗篇的末尾就显得非常必要了，图尔努斯将在那天被杀死，受伤的埃涅阿斯无法进行一对一的战斗，除非他的伤能奇迹般地治愈。诗人考虑到她从克里特岛带来的“白藓”无法那么快产生效果，又没有圣水，他就自己混合了一些。毕竟，他的布局看起来可能没那么暴力，所以我们看见主人公一瘸一拐地走在图尔努斯身后。伤口已经愈合，但是他大腿的力量还没有恢复。但我们的作者为什么会让埃涅阿斯在这么重要的时刻受伤呢？那些盔甲是由伏尔坎和他的学徒一起锻造的，怎么他的腿甲就比盔甲的其他部分更容易被破坏呢？这些困难解决起来并不容易，遗憾的是维吉尔生前没有足够的时间来进行改进；虽然他曾复审过，并且发现了那些错误，可惜他还没来得及纠正就死了，因为不愿意留下一个不完美的作品，所以他最后的遗嘱就是让人把《埃涅阿斯纪》烧掉。而阿伦斯是被一位女神给射杀的，这个布局还算正常，受伤的战神和维纳斯使用的是狄俄墨得斯之剑。有人可能会想，两位神明可能曾请求拥有刀枪不入的能力，或者至少是不会受到致命伤害的能力；除此之外，他们所流出来的液体和我们凡人的血液差不多，除了名称和颜色以外，几乎没有差别。至于贺拉斯在《诗艺》中说的，除非在极为特殊的情形下，否则不应该刻意布局：

差异并非万能，但它是灵魂之扣。

他认为这个规则也同样适用于戏剧，其意思无非就是当戏剧中的谜题即将被解开之时，只能采用一种方式；而不是相反，让神明扔下一根绳子，完成观众所期待的事。但是这和史诗中所采用的布局完全不是一回事。

最后，那些不断扑打在图尔努斯的盾牌上的小枭鸟，在他的头部四周拍打着翅膀，让他在战斗中失去斗志，警告他正在走向死亡。在众多的异议声中，我可能会把它放在更恰当的位置；那些缺少勇气的批评家将这段话作为指责维吉尔的主要证据。他们说作者不仅在决斗之前给予他保护，而且在一开始就给了他刀枪不入的盔甲和宝剑，让他处在有利地位；那剑并不是图尔努斯的，而是由伏尔坎为他的父亲锻造的，还有一件他匆忙抢来的武器，属于他的战车御者墨提斯库斯；在这之后，有着特洛亚人血统且不信任此事的朱庇特，虽然曾处于中立的位置，但还是在扳倒图尔努斯一事上轻推了一把，派出一只尖叫的猫头鹰来阻挠他，想借此给命运女神一件抵押品，就此事他们引用了维吉尔的话：

我不畏惧你的暴风骤雨

但我惧怕神和丘比特的敌人。

对此我的回复是，这个布局完全是诗人为了修饰而采用的，并不是必须的。弥尔顿也借鉴他平衡度的设置，但结局却是不同的：第一，当他知道接下来不会再有战斗时，他让全能神给加百利和撒旦设置了局限；然后他降低了好天使的级别，提高了恶魔的级别，这和维吉尔正相反；我是凭着一名作家的感觉来翻译这三节诗的：

丘比特拥有两份同样的菜肴

在两个不同的地方可以享用；

他诅咒劳作，因为负重导致死亡。

我在翻译时是这样分析这些词语的，quern damnet labor（诅咒劳作），维吉尔在别处给出了解释——damnabis tu quo que votis（您将限制人们的祈祷）——来表达繁荣的意思。有些偏题了，让我们再回到主题上来。我前面说过这里的两处平衡布局和狄妸娜都只起修饰作用，没有它们决斗也一样会取得成功。因为当埃涅阿斯和图尔努斯在祭坛前相向而视时，图尔努斯看起来有些沮丧，脸上也没有血色，就好像在决斗前失去了胜利的信心一样；而且不仅仅是他，他的同伴也是这样，如果用身体的比例来衡量两位战士的力量的话，结论是不公平的争斗，他们的首领处于下风。于是朱诺（她也有同样的想法）借机想要打破协议，重新再战。而朱诺只是事先简单地告诉仙女，他的弟弟会去作战：

去挑战命运或神的力量；

所以，没有必要恐慌图尔努斯的幽灵，他预感到自己即将到来的命运。他的命运是逝于接下来发生的争斗中，从这种意义上来说，维吉尔的一些话可以适用：你叫我不要害怕你的微弱的力量，而他说：我恐惧神和朱庇特。我怀疑只有副词“仅仅”可以用来解释：“这并不是你所谓的勇猛，给我的只是忧虑，但是通过这种前兆，我同样发现，朱庇特是我的敌人。”此外，狄阿娜最重要的使命是警告朱诺。我可能会进一步认为，埃涅阿斯如此渴望战争，现在他与图尔努斯的争斗胜利与否决定了他将拥有的，然而图尔努斯明白地拒绝了争斗，让他的姐姐替他向敌人传达想法。我说，她不仅要去做这些，最主要的是同意如此去做。从他的言语中就可以看出他是如此了解自己的姐姐：“哦，姐姐啊，前不久，我知道了你在战争中破坏人们订立的条约”，我对此思考了很长一段时间，我必须遵守我在参考文献中对于翻译的解释，除非我要将序言编撰成卷，您深深畏惧其后那么多页数。我所写的既是对维吉尔的赞颂也是对他的辩护，我只能用自己粗俗的英语进行无谓的复制，复制诗人前无古人、后无来者的思想和言语表达，诗人的语言在那个年代最终趋于完美，这是由他和贺拉斯所创作的。我会给予您我的建议，这一对好朋友互相请教对方的意见，在此期间，他们努力超越，似乎已经有了合适的主意，优美的辞藻和和谐的数字。根据这一模板，贺拉斯写下了书名：以他的讽刺诗集和书信为指导，创作了另一种文体：避实就虚——因此，如他所说，近似谈话更倾向于散文，而不是诗歌。但是维吉尔并未打算写抒情诗歌，他的诗歌中充斥着高雅、婉转、美妙。他所用文字不仅仅精挑细选过，并且根据声调进行排列。他把文字进行调整，把原来打破和谐的文字进行重新排列。我不能自夸说自己在诗句方面造诣颇深，但是我努力想仿照他，第一位英国人，他的设计在数字、言辞选择上拥有独特见解，并且把辞藻按音韵美进行排列。出于最后的考虑，我尽量避免了诗句中的停顿：例如for，wherever之类词语的运用，这些停顿使得诗篇变得粗糙，我们可能还需要一些带有辅音词语的语言。如果不是拉丁语，元音和辅音按比例混杂在一起，然而维吉尔认为，元音在某种程度上起到平衡作用，从而缓和诗句中的停顿。在维吉尔研究的诗歌中，这些不同也仅仅体现在发音上，粗糙的语言也可以描述同一种事物，但是没有另一种更具权威。奥维德很少使用，因此他的诗律并不能称为甜美浪漫。意大利人每隔一两行就要注意一次，因为他们的语言有着冗余的元音。他们的金属柔软，不添加合金就无法铸成硬币，从另一方面来说，这个原因已经提到过，我们所能做的就是让语言变得美妙：我们不仅选择使用优雅的辞藻，也要选择使用优雅的声调，以表现出对语言的掌控力。诗人必须要有充足的词汇储备，有管理语言艺术的能力来使仅有的几个元音发挥其优势，让他们能表达得更加确切。他还必须知道元音的性质，哪一种元音更响亮，哪一种更柔软美妙，从而根据不同情况的需要安排它们。他学到了诗歌的众多秘密，这些可能是从维吉尔那里学到。如果他凌驾于维吉尔之上，根据自己的感觉创作，那么法国有那么一句谚语，用在他身上恰好合适，那就是：教别人的人是导师眼中的傻瓜。

维吉尔研究埃涅阿斯有十一年之久，然而他并没有完成。我认真地考虑过，我希望用三年翻译完他的作品，然而我又用了四年多的时间来纠正错误，以求可以拿出更能让人接受的版本，如果诗人希望他的作品可以为读者接受，他就不能对读者有太多的敬畏之心。对于那些吵嚷着说我不能再推迟出版时间的用户，我并不以自己的年纪和疾病当作我失败的借口，我能说的就是我需要时间。如果错误并不经常为之，我希望您的坦诚和您对我的宽容可以让您体谅贺拉斯：

在一首诗中如果你多多美言几个美女，我也不会

责怪，因为它不会造成注意力分散，

它是一个小小的人性的反映。

你可能也会观察到，在我的记忆中，在整篇诗歌中，需要一个停顿时，一个元音在另一元音之上。但是一个词以元音结尾，下一个词就要以辅音或者同等词语开头。例如W.H的发音规律，以及双元音都是此类例证。我以字母Y的适用范围为例，当一个词语以Y结尾，下一词语的首音节是元音，就适用Y。这是这一字母的一般规律，在读音下沉前，没有元音可阻隔在另一元音前，就像他，她，我。维吉尔认为有时在模仿希腊语言时，保留两个元音互通，正如在这篇诗歌第三田园诗中所表达的：

我们提供牛奶、果汁和羔羊，但不会很快送达。

我很早就研究了英语材料，包含所有诗律的写作规则，在其中，我处理了韵脚、音韵长度和停顿的精确表达。法语和意大利语都不能体现其中一二，至少他们杰出诗人所创作的诗歌并没有很好地体现出来。我确信很少有人可以让诗如下面这两行一样美妙：

尽管深邃却仍然清澈，

尽管性别有异却毫无迟钝。

强壮没有范围，不会过剩。虽然深刻但却清晰；虽然温和但不呆板；强大却不粗鲁、不滥用武力、不沾沾自喜。还有谁能找到诗句美妙的原因呢。在交谈中，我把这些诗句给我朋友鉴赏，让他们进行评鉴。但是错误

很难在现代语言中得以纠正；因为法语和意大利语也同我们的语言一样，忽视了韵脚在史诗中的运用。我没有完全观察到这一规则，由于我自称在随后的诗人中没有独裁者；如果我指导他们写出良好的诗句，他们希望自己的天赋可以给予他们创作的力量和作品的美妙；而且，最重要的是您建议我不要出版所知的这一点，我把您的建议当作指令，我完全执行它，直到您撤回指令，让我的想法得以自由发挥。同时我可能会忽视一些事情，我要明白，拉丁语中的维吉尔和英语中的斯宾塞都是我的导师。斯宾塞让我大胆地使用亚历山大体，因为考利先生经常在他的颂歌中使用，我们通常也称为派英达风格的诗。其与判断一同使用时，为诗篇增加了威严性。并阻止感觉过剩，体现到另一行诗句中。在史诗中，以前法语和意大利语以及我们的语言一样，只有五个韵脚，或者说只有十个音节。然而到了龙沙时期，我想诗人们发现所作诗歌，如果不增加另一个韵脚，其语言不足以支撑整个史诗结构。这实际上则是给予了三音格诗一些发展。但是三音格诗的发展需要更多活力而不是力量，其语言如英语一般，不需要肌肉大力运动。我们的诗人和诗都被其压制。质量而非数量是英国人的座右铭。法国已经建立了其语言标准，阳刚的活力则是我们语言的魅力所在。他们的语言是诗人的天赋所在，与英语相比它比较轻浮，更加适合十四行诗，情歌和哀歌，而不是史诗。自由的思想和言语是它们的主要天赋，但是史诗太过庄严，不适合加以修饰。画家以一贯的梦幻稀疏画出仙女，但是黄金和刺绣之类的点缀的重担保留给女王和女神。维吉尔从来没有频繁的转换，就像奥维德，他在诗中运用的比较多：宽恕，来自地狱的宽恕。

这种转换是美妙的，但是他在俄耳甫斯和欧律狄刻中使用，而没有在其伟大的诗集中使用。我曾经在他的《埃涅阿斯纪》中使用过，但我认为这是一种错误，就像奥维德一样，并不能让读者更好地理解：半牛半虎的丈夫。

我认为法语是急需天赋的语言，法国人也急需一个有天赋的诗人，他们把希望全部寄托于他们伟大的作家身上，我已然忘记这个作家的名字，也忘记了我在何时读过他的作品。

如果奖励可以造就一个伟大的诗人，大师则不会期望这种奖赏。如果有维吉尔的智慧，他便能比照奥古斯都去创作。

史诗并不随着法国的发展而发展，如果要发展，也是随着英格兰的发展而发展。斯宾塞只读过博叙法则，没有人天生拥有天赋，或者天生就学识渊博。但是法语的表现力并不等同于它的技巧，迄今为止，我们仍需要技巧来做出更好的表现。塞格雷写的前言非常精彩，虽然他的版本比他两兄弟都好很多，或者说比其他部分维吉尔的都好，但是这前言完全没有高度。汉尼巴尔卡罗在意大利人心目中是一个伟大的名字，他的《埃涅阿斯纪》译文有很多都是过度用意，尽管他在无韵诗的写作上独占鳌头，将自己从现代韵律的桎梏中释放出来（如果那是现代的，因为勒·克拉克近来告诉我们，而且我也相信大为圣经旧约中的诗篇也是如他们翻译出来的那样，是以不定的押韵而创作的）。我不会说题外话，虽然我对此非常有兴趣，但是也仅限于说说，要写出更好的韵律，就要写出更好的无韵诗。韵律自然是一种约束，即使对那些可以轻松写出韵律的伟大诗人也同样如此。回到我们这位意大利译者身上，他是韵脚诗人，他与维吉尔并驾齐驱，并没有落后于他。

我在很多地方都摒弃使用鲁奥斯（Ruæus），并在一些地方与他大相径庭。我会给出两个例子，因为这两个例子很相似。

帕拉斯说，在战斗之前就已经转向图尔努斯。鲁奥斯认为，“父亲”一词是指厄凡德尔，帕拉斯的父亲。但是，如果他的儿子被杀害，或者他被杀害呢，他又怎么能想象厄凡德尔就是帕拉斯的父亲？诗人当然倾向于朱庇特，他是人类之父，帕拉斯希望他可以站在公平角度观察整个战争，不偏向图尔努斯。不久之后，也就是决斗开始前，朱庇特安慰着赫库列斯，帕拉斯之死发生得太过突然，赫库列斯不能阻止这件惨剧的发生（尽管这位年轻的英雄不断为其祷告），因为上帝也不能掌控命运之轮的转动。以下这句诗歌：

如他所说，鲁图利亚拒绝了他的凝视。

同样鲁奥斯也做了分析：朱庇特说了这些之后，立即把眼光转向鲁图利亚，看到了决斗的整个场景。我用另一种方式进行描述，他把眼光转向战场，并不会让人察觉他心中的不快。然而朱庇特承认，他不能改变命运，并且为此感到悲伤。在我看来赫库列斯应该转移视线，而不是沉浸于这个场景中。虽然我认为我已经跟随着维吉尔的感觉，但是我仍不是很自信。

我已经说过，虽然维吉尔曾经傲慢自大，但那也是为了我的祖国的荣誉，因此我会大胆地承认，这本英语译文拥有更多维吉尔的精神在里面，更胜于法语和意大利语的译文。我的一些同胞已经成功翻译了此类戏剧和其他维吉尔的作品，特别是您，您对于俄耳甫斯和欧律狄刻的观点非常精彩。在已经逝世的作者中，罗斯康芒的西勒诺斯不值得有太多赞扬。我对于约翰·德纳姆爵士、沃勒先生和考利先生的功绩十分敬佩。我努力将自己的雄心壮志提高到能与他们同样的水平，或者不落后于他们。

很久以前，我接手这项工作，对原文并不陌生，我也对维吉尔进行了研究，研究了他的性格、举止、管理数据的明智、感官清醒的节制，这些都让我们的想象力得到满足，为我们带来乐趣。但，首先，维吉尔表达优雅，对数字控制协调。正如我在先前论文中所讲的，词语之于诗歌，如同色彩之于画作。如果构思好，起草准确，色彩的绚丽引人注目。斯宾塞和弥尔顿的语言近于英语，维吉尔和贺拉斯的语言则近于拉丁语，我通过模仿他们而努力拥有自己的风格。我进一步承认，我最主要的目标是愉悦读者，读者有足够的洞察力，在拉丁语方面他们更加偏向于维吉尔。塞格雷根据读者判断力把他们分为三类（如果他愿意，他也会对其他作家说此类的话）。三类人中的最底层，他把此类人称为小井市民，诸如剧场中坐在上层走廊中的观众，他们只有些智慧的毛皮，却更喜欢吹毛求疵、幻想和讽刺短诗。这些是暴民读者。如果说维吉尔和马修代表议会，我们已经知道谁会获胜。但尽管他们出现，大声哭泣，他们有点法国胡格诺派，或者荷兰农民的味道，与牲畜混在一起，但并不是归化的，每年在帕纳塞斯山他们都没有土地，因此也没有投票的权利。撰写他们的作者有着相同的水平，都是江湖骗子的水平，或者说是嘈杂场所的大师级水平，他们也有他们的倾慕者。但在通常情况下，他们的屈辱是读者逐渐积累了自己的感官（他们更愿意去读一些更加高级的书来与人交谈），很快他们便被弃若敝屣。当奔流的瀑布不再，这些作家便会搁浅，诸如马德里的曼卡纳，只能用干涸的灵感滋润他的创作。有一个中间类型的读者（我们有一个中间类型的灵魂），就像有着一个更长远的洞察力，仍然不能判断准确。我说的不是那些行贿的聚会，如果没有堕落便会更好。但是我的意思是一个可以温暖年轻人的团队，尚未识别浮夸中的不同，或者招摇卖弄的句子，以及真正的高尚。以上这些都是与马修或者欧文的讽刺短诗相关，但他们都把维吉尔定位在斯塔提乌斯或卢侃之下。我必须说，他们的诗人是都有着相同的倾慕者。他们都代表着诗歌的伟大，但这一类伟大，如塞内卡人（Seneca）描述的一样，都是身体的不良习惯，都会不断肿胀。如果作者判断成熟，他们就会将这些弃若敝屣。年轻的读者们经常被学校里的教学法、他们的导师，或者旅行中的管理员所误导。这三种读者中的很多人都是傻瓜。我知道的那么多自负的作家在其作品出现七八个版本之后声名扫地，他们的读者仅仅限于年轻人，这也是他们声名扫地的原因。他们的首次亮相都格外成功，但是没有之前所说的智慧，他们也不是上帝，因此根本不可能屹立不倒。

我已经命名了两种判断，但是维吉尔并没有写任何一种，从他所列举的例子中，我没有信心可以取悦最低等和中间等级的读者。

维吉尔选择取悦最高等的读者的决定是明智的，最高等读者的灵魂和他们真实的理解都是最明智的。这些人很少，他们从不盲目赞许，也不会轻易丢失，因为他们从不轻率给予。他们自身的判断有一定的吸引力，使得其他人按照他们的感觉而来。为此，这首举足轻重的诗在第一次亮相时就获得全世界瞩目，获得全世界人民的喝彩，并不知不觉地深入读者群中：研究的越多，就越喜欢它。每次开始阅读都能发现它的美妙之处。然而这由生动的想象创作出的诗歌，即使时间逐渐消逝，其光彩也丝毫不减，裁判之光犹如钻石般耀眼，擦拭越多，就越光亮。这就是维吉尔的《埃涅阿斯纪》和马里尼的《阿多内》之间的差别。

这种声誉是我的目标。没有我拥有的这种抱负，创作诗歌的火焰通常会被他人熄灭。然而，维吉尔把恩特拉斯作为鼓励我的榜样：他热情激昂时，年轻的胜利者也不能站在他面前。我们发现长久的竞争并不是为了天赋，而是为了难以获得的荣誉。正所谓丹皮尔（Dampier）在其《航行》(*Voyages*)中告知我们的，生产黄金国家的空气永远不会是有益健康的。

我早已考虑过，想要取悦那些最高等的读者，并不是逐字翻译诗歌就可以的，维吉尔就是其中之一。因为他的诗歌的独特之处就在于他的选词，这也是我把他的诗歌排除在其他史诗体诗歌之外的原因，除非我可以用那些受到辅音限制的单音节词，这些词是我们母语的重量所在。我承认，尽管很少发生，单音节词所作的诗篇也有可能读起来很协调美妙，我见过一些例子。

诗中有许多明亮的辅音，尽管这些词都是单音节词，但是其艺术性的排列让词语的音调读起来更加朗朗上口。这是真的，我一直都有关注这首诗歌中的其他部分，我从来没有做出选择：我不是匆忙，就是维吉尔没有给我机会装饰这些词语，一个单音节词可以把诗篇变成散文，尽管这种情况很少发生。我所使用的方法并不是逐字翻译的那样狭隘，也不是像释义那样宽泛，一些词语我会省略，而有时我也会添加自己的见解。然而，我希望省略的是有关环境的描述，这些在英语中没有什么优雅性可言，而补充的我也希望可以轻易从维吉尔的感觉中推断而出。这些感觉似乎（至少我的虚荣心是如此认为）并没有深入他，而是由他而生。维吉尔比其他诗人都要简洁，但他的优势在于，他的语言可以在一个很小的空间里包含很多的内容。现代语言拥有更多的冠词和代词，除了时态的迹象和用例之外，我们的语言都是建立在先人错误的基础之上。罗马人在希腊语之上创造了他们的语言，众所周知，希腊人在其语言尽善尽美之前被奴役了数百年。他们拒绝一切符号，节省能节省掉的所有冠词，在禁止使用两个词来表达的情况下，从一个词中理解，这就是为什么我们不能像他们一样表达简洁的原因。例如，父亲这个词，不是特指一个父亲，而是包含你的父亲，我的父亲，他的父亲或者她的父亲，这些都包含在这一个词中。

这种例子在现代语言中并不罕见，这也限制了我们要比古代使用更多的词汇。但先前观察到维吉尔的语言也试图做到简洁，并同时兼顾优雅，我追求完美从而放弃了简洁。维吉尔就像是龙涎香，香气浓郁，但是太贴近身体，要从低级的麝香或麝猫香中提取，就像是语言的美妙不会由另一种语言中提取出来一样。

整件事，我宁愿掌握释义与逐字翻译，以求不失音韵美而更加接近原作，更加接近其文字的美。那些文字，我必须说都是修饰颇多的。这些文字在我们的语言中依然保持了它的美妙，我努力将其呈现，但是大多数的文字都需要省略，因为它们不能通过其他任何语言表达出来，只能通过它本身。有时维吉尔一行中用两个，但是史诗中缺乏的不止一个，对其他必须补偿。这就是语言的不同之处，或者说是选词不同技巧。我可以假设，希望有法语译者一样多的理由，把所有的材料都给予作者，如果维吉尔以英语为母语，生活在这个时代，我已经努力将维吉尔的语言尽量还原到他所说的。我承认，按照我的要求来说，我并没有成功，然而我也不应该完全得不到赞赏，在某些方面，我可能已经复制了维吉尔的清晰、纯粹、轻松和壮丽。但是在结束这个前言之前，我还没能有机会在这个问题上走得更远。

当我提及派英达风格的诗，我应该说我在诗中提及，我经常使用三连音押韵，因为它们同样与感觉联系在一起。然而，我通常把两者联系在一起，并将最后一个三连音转换成为派英达风格。因为，除去其呈现的威严性，它限制了这三行诗歌的感觉，在诗歌加长到第四行时，感觉变弱。斯宾塞是这些英文诗歌的最好例子，查普曼[①]在翻译《荷马史诗》时就遵循斯宾塞的原则。考利先生也遵循这两者，其后功成名就的作家也同样如此。现在我认为史诗的大宪章，作为一个英国人，我已经丢失了太多先人赋予我们的东西。让法国人和意大利人重视他们的规则性吧，我之前说过，我现在再重复一次，法语的纯度受到影响，也影响到了他们史诗体诗

① 约翰·查普曼（1559？—1634），英国作家、戏剧家和翻译家，曾翻译《荷马史诗》。

歌。史诗体诗歌所用语言大多是完全比喻形式，然而他们最惧怕比喻，维吉尔没有例子可以使用。通过那愉悦的火焰他们可以警告自己，不要太过靠近，以至于烧掉自己的翅膀，他们可能接近他们的导师。并非他的语言没有超过其他诗人，他知道他的特权可以延伸到多远，丝毫不会冒险。从另一方面说，古希腊诗人品达罗斯的诗，语言不很纯粹，也太过暴力。但同时我要为他辩解，尽管因为时代的不公，他被迫在学习外语的年纪远行，他也同样学习了母语的优美，与其他语言一样，这是早期发展的结果，否则我们也不会用任何一种优雅来撰写。因此，通过在国外获取他在国内失去的，例如在阿卡迪亚的画家看到了一个冲突，手臂被砍断，他回来后说，菲利普·西德尼爵士很好地指挥了争斗，但是画家却没有手来呈现这样的场景。

还有一件事使我推测斯宾塞。他们都把半行（或者说半首诗）在一行中间断开，我承认这种情况在《仙后》中并不常见，甚至有几个可能发生在他选择的长诗节中。考利先生已经发现没有一种适合史诗，都太过抒情。我认为这不会在所有希腊语或者拉丁语诗歌中，除了维吉尔的诗歌，毫无疑问维吉尔有那么做的权利。但我相信诗人从未使用这种半行规则，我认为有以下两个原因。第一，我们没有发现他的田园诗或者农事诗中使用任何半行诗，他给这些诗歌以致命一击，但是他所作的《埃涅阿斯纪》，至少那么短的完美之作他留下的并不完整，我们都知道他鉴定评判得多么不易。第二个原因，我有理由相信他打算填补完所有的半行。

考虑到这些，我避免使用半行诗，不愿像亚历山大的倾慕者一样过分地去模仿维吉尔，因为这并不能帮助他们纠正错误。我相信您到现在仍会相信我的观点，您会觉得那些半行诗就像缪斯匆忙做出的半成品，像是尼罗河中的青蛙和巨蛇，一部分进入人们的生活，一部分仍是未成形的泥块。

我意识到整首诗有不完美的部分，希望时间的流逝可以把它雕琢得更加完美。但是我为薄伽丘找到理由，当他被谴责说他的一些小说没有精神上的升华，我可以这样回答，查理曼大帝领导圣骑士，但他也从未招募他们。领袖可以是英雄，群众都是由普通人构成。

我一定会告诉您，从一开始的《农事诗》第一卷到最后的《埃涅阿斯纪》，我发现在翻译每一本举世瞩目的书籍时，我会感到越来越困难。维吉尔是著名诗人，我对其有所研究，我继承了一小部分他的才气，用一种不如拉丁语的语言来撰写，即使拥有同样的情感，也很难变换使用词组。处于需要或选择，甚至他自己经常用相同的词汇去表达同一件事物，也经常重复先前用过的两或三个诗节。文字的撰写并不像铸造硬币那样简单，然而我们知道，信用并不单单指银行，也可以指国库，裂缝一旦出现就只会越变越大。维吉尔要求我每行都要用新词，这已使我词穷。所以后面的部分要比开头和中间部分更有负担，因此《埃涅阿斯纪》的第十二章比第一章和第二章耗费了我双倍的时间。如果维吉尔再让我翻译另一本书，我会变成什么样子？因为缺少赚钱的机会，我已经减少支付公众资助金。我使用了以前用过的词语，只能接收一点新词汇了。

除了这种困难（我挣扎其中，并想要努力改变），还有一种困难是所有的译者都克服不了的。尽管已经提及程度，我们要与作者的情感联系在一起，极小的事物也不能增加或忽略，我认为这是一种令人厌恶的痛苦。但是我们是他人的奴隶，就好像是种植葡萄的奴隶，而收获的葡萄酒则归主人所有，如果有时土地贫瘠，产量不高，我们势必会受到鞭打；如果收获颇丰，我们的悉心照料得到应有回报，也不会得到丝毫感激。骄傲的读者只会说我们完成了自己应有的使命。但这也没什么，让作者的感情得到读者的理解，我们不能随意扰乱诗歌的顺序，不然就无法把作者的意思准确传达给读者。作者是思想和文字的掌控者，可以随意改变转换，直到他认为已经协调到最好。但是可怜的译者没有这样的权利，他的译文是与作者的思想紧紧联系在一起的，他必须用特定的表达方式来表达，这就是为什么译作有时不如原作精彩的原因所在。如塞格雷观察到的，一些拉丁语词汇有很美的音律，而这些词汇都在现代语言中流逝了。他在《埃涅阿斯纪》第一章中举例说明，如果我翻译“甜蜜的墨角兰”，读者会认为我误解了维吉尔，对于那些所谓的乡村气息的词语，对事物有着和谐的描述。但是，拉丁语的读音更令人愉悦，它在辅音中混合了元音，让我们认为这首诗比一般的史诗更加出色，足以使他名垂青史。温床并不适合于上帝的子孙。

如果不能复制他，那又谈何模仿他崇高的思想和文字呢？

任何试图模仿她的人，
……卡拉迪斯帮助达达林
在天空展翅飞翔，并给透明
桥一个名称。

哪种现代语言或者诗人可以用千万诗句中的一句来表达庄严的美？

敢于鄙视财富的人，
就可以成为神人。

就我而言，我失去了认知它的权利，我思考时蔑视整个世界，我翻译时轻视我自己。

我恳求您和所有的读者，当您接受我的版本时，暂时把维吉尔放在一边，即使原文的精彩没有全部呈现，也会有还算可以的精彩之处。但是像斯宾塞的《弗洛里》就如同雪花，当真实版本出现，他的版本就同雪花一样融化消失。我不会为自己找理由，证明自己犯了一个假定的罪行，而被一些虚伪的评论家轻易指责，不仅对于我的译作，而且对于许多我已经译成拉丁语的原作也是如此。这确实是事实，我发现英语词汇很有意义而且音律优美，不会从拉丁语或其他任何语言里借用，当我想用熟悉的语言时，我会先在外语中进行搜寻。

如果音律美不是我们创造并发展的，谁可以阻止我们从国外引进？我无法将国家的珍宝从国外归还，但是我从意大利带来的，我在英格兰所用的，仍在使用并将继续使用下去。如果硬币是可以使用的，那它就会在人们手中流传。我们的母语如此丰富，生死皆可使用。我们的英语足够支持我们表达所需表达的事情，但是如果我们要有富丽辉煌的文字，那就需要从别处借鉴了。诗歌需要装饰，但并不一定是由古老的日耳曼单音节词中获取。因此，如果我在古典作家作品里找到优雅的文字，我通过自己使用这些文字而将其归化，如果公众同意如此，那我就如此为之。但是不是每个人都可以区分卖弄学问和诗意之间的区别，因此，不是每个人都适合创新。一般来说，诗人必须首先确定他所要描绘的世界在拉丁语中是美好的，接下来再考虑是否同意英语所用的习语。最后听取他人的意见，例如学习两种语言。最后，由于没有人是绝对可靠地支持他使用这些文字，因为如果一首诗中有太多的外国语言，这并不会帮助本地读者阅读，反而会让他们反感。

现在我即将完成，并期望您会喜欢。但首先，请允许我感谢在完成这项工作期间帮助我的人。劳德戴尔伯爵给了我他最新的《埃涅阿斯纪》译本，这是他在我计划翻译前刚刚完成的。我并没有想要，但是随后我书籍的销售商给予我的一些建议，让我认为我可以接受它们，我也拥有授权书。他下定决心出版他的书籍，这本书在我出版我的书籍两年之前完成，如果他没有逝世，这已经完成了。然而，他的手稿在我手中，当我质疑自己的感觉时便以此为参考，因为没有人会比他更加了解维吉尔。我听说他的朋友们拥有一份更加准确的译文，他们很乐意出版，读者们会相信我所说的并不是奉承。除了这些看起来微不足道的帮助之外，康格里夫先生帮助我重新回顾《埃涅阿斯纪》，帮我把我自己的观点与原作者观点进行比较。我不会觉得让这位年轻人帮我指正错误是件丢人的事情。这是真的，康格里夫轻易帮我发现很多错误，我也乐于改正它们以让我的译文更加准确。

另外两个让我感谢的朋友，他们却不希望自己的名字在这里出现。他们看到我的时间紧迫，便同情我又将《维吉尔的一生》一书赠予我，《田园诗》和《农事诗》的两个序文都是我整个译文的参照，可能最前面的两首诗我并没有参照。如果我把他们的诗句用作自己的创作，我会引以为傲，就像特伦斯就将西皮和兰蒂斯的观点用于自己的创作中。然而相同的形式会一直延续，相同的定律也证明这是同一个人的作品，您熟悉我的风格，以至于怀疑某一部分是他人所做。

在我加速赶工作时，您会看到我的诚意，我不会解释为什么我不经常写出航行的恰当方位，陆军兵役或者任何行话，我只能说维吉尔避免使用这类词语，因为他不是为水手、士兵、宇航员、园丁、农民这类特定人群所写的，他是为一般大众所写，特别是那些吃着上等面包而言语犀利的上层人士。在这种情况下，足以让一个诗人为让读者看得懂而通俗描述，避免使用不适当的词语，并且不会影响到所学习的所有事情。

我省略了《埃涅阿斯纪》第一章中前四行诗句，因为我认为这四行诗不如整篇诗歌中的其他诗句，最终会让人们相信它们不是维吉尔所作。第二行中的形容词“邻近的”之间有着极大的空白，第三行结尾处的名词性实词“领域”的意义太过冗长隐晦，与维吉尔诗歌简明的风格不符。“纵使贪婪”对维吉尔来说是太过大的修饰词，“我们欢迎农夫的耕作”都是不必要的，与他之前所表述的没有任何关系。“比比皆是的武器”比其他都糟糕。“毛刷”是塔利在他的诗中所用的一个单调的绰号，这只是对六步格诗中空白的填补，将前言和维吉尔的作品连接在一起。前言作者以“这是我的”开头，在第四行拼凑了“但现在”，以求感觉统一。如果这些词语都不是无用的，我就被欺骗了，尽管法语译者并不这样认为。对我来说，我宁愿增加图卡和瓦里斯的部分，也不愿意缩减。

我知道这可以用维吉尔在第四行诗中所想来回答，他在一开始就维护他所使用的标题“埃涅阿斯”，这同《农事诗》第四卷中最后一行如出一辙。我不会再从其他方面回答，而是将这四行诗与大家所熟知的维吉尔的其他四行诗做比较，因为只有维吉尔可以这样写。如果他们不能区别爬行和飞行，让他们放下维吉尔，去看一看奥维德的《德庞多》。维吉尔需要的并不是先前诗人支持他的观点，他庄严的态度足以使他傲视群雄。这些诗句都是多余的，我不会把这些诗句放在维吉尔诗的前面，以拒绝它们出现在我的序言中。

从前我跟丛林中的牧羊人一起，
用燕麦笛吹唱他们的乡村爱情，
歌声流淌到邻近的田地——
那里玉米花絮绽放，丰收在即，
农夫们正为硕果累累的土地施肥。

（贪婪的情郎感激歌）

如果在这六行中没有一句总结的诗句，前言的作者不会给我机会让我可以更好地创作，即使已经道歉，我仍然在整篇翻译中错误地理解了维吉尔。时间紧迫，对语言的自卑，韵律的麻烦……我找了诸多借口来掩盖我的错误，但仍不能证明我的冒失。是什么有益于我，让我承认自己没有在任何一行诗中很好地理解他？甚至我自己也忏悔，并经常反问自己："为什么要让我尝试？"没有其他的答案，我会比其他人带给他的伤害要小得多。

我很满意在我抓起铅笔所绘画像前，所想到的一些微小的相似之处，尽管我对那最糟糕的肖像也很满意。《田园诗》第六章中，有些巫婆，有俄耳甫斯，还有一些其他特征，都被准确地呈现，但是那些假日作者只为了消遣而写，如果他们尽力完成，在其完成后才会对我们展示。

请您以您一贯善良的本性愉快地接受我给予您的这份微不足道的礼物。我为您清除了一项麻烦，承认它的瑕疵，以此进行防护，尽管有些部分囊括在诗篇中（如厄里克托尼俄斯通常骑着战车以掩饰他的跛脚），这些根本无法隐瞒，尽管您严格的判断决定您不能够原谅这种行为，但是也请您纵容。如果荷马允许在这么长的翻译中，偶尔有一些小瑕疵，那也允许我有些瑕疵吧。你可以原谅我《奥伦—蔡比》及其中的错误，我希望在这篇译文中不会有很多错误，因为我翻译的是一位给予我很多正确例证的作者的文章。尽管我从不乞求您和高贵的多赛特伯爵的亲族，甚至他人的施舍，或者寻求施舍，然而至少我期盼你还记得我。所以你的家族是不会忘记一位老仆人的。我经常施恩惠，但很少要求回报。我不会说您鼓励我这种态度，至少，如果我的劳动没有换取应有的回报，我会谴责您的判断。至于我的敌人，我永远不会认为他们值得我做出回答，如果你有回答，他们不敢指责你想获取这一方面知识的意图，直到他们自己创造出比你的诗歌更好的文字。处于这种原因的考虑，我拉长了我前言的篇幅。我不想成为一个诗人，一个重要的批评家，我会因缺乏判断力而压力剧增，会让我的赞助人因缺乏谅解而蒙羞。但是这都不会是您，因为你语言的艺术，很快就会感到疲倦。至少，当他开始感到疲倦，教堂的大门为他敞开。我可能会在长长的布道后进行短暂的祈祷，继续我的寓言：祝你永远幸福长寿，继续为国家效力，鼓励创作美好的文字和对诗歌进行恰当的修饰。这并不是任何人都可以认真完成的，除了谦逊的您，威严忠实的上帝的仆人。

埃涅阿斯纪

Virgil's aeneid

〔古罗马〕 维吉尔

卷一

引言——七年的海上漂泊，特洛亚人正朝意大利驶去。风神在朱诺的请求下，兴了一阵可怕的风暴把大海搅乱，船身颠簸得厉害而后沉没。人们四散分离。海神驱散了风神，平静了大海。埃涅阿斯一行安全到达了非洲迦太基。维纳斯向朱庇特倾诉着儿子的不幸。朱庇特安慰她，派出麦丘利让迦太基的土地和新建的城堡接待特洛亚客人。埃涅阿斯外出考察周围环境时，遇见乔装女猎人的母亲维纳斯。她把埃涅阿斯隐蔽在云雾里来到迦太基，在那里他看到他失散的朋友，他们正受到女王的热情款待。维纳斯施了个诡计，让狄多女王在内心深处燃起爱情的火焰。狄多请埃涅阿斯讲述其经历——即二、三卷的内容。

我要讲述的是战争和一个人的故事。这个人被命运驱赶，离开特洛亚的海岸，来到了意大利拉维尼乌姆之滨。因为残忍的朱诺忘不了前仇，使他无论在陆地还是海洋，都历尽了各种艰难困苦。他还必须忍受战争的折磨，才能建立自己的王国，把故国的神祇安放到拉丁姆，自此之后才有了拉丁族、阿尔巴的君主和伟大的罗马帝国。

缪斯啊，请给我启发，为什么天后如此愤恨，让这个如此虔诚的人遭受这么大的危难，经受这么多的折磨？为什么天神的心竟能如此愤怒？

从前有一座古城叫迦太基，推罗移民居住在此，它和远处的意大利第表河口遥遥相对。这儿物资丰富，人民富足，骁勇善战。据说朱诺对它的钟爱甚过所有的国土，萨摩斯也只能屈居第二。她把她的兵器和战车都存放在迦太基，如果命运之神允许，她会让这座城池去统治全世界。但是她听说特洛亚人来到这里，有一天他们将会覆灭推罗人的城堡，从而统一这片辽阔的国土，并以强大的军力消灭利比亚。这是命运规定好的。朱诺为此感到害怕，那场特洛亚战争仍浮现在她的脑海。在和特洛亚人的战斗中，她一直支持希腊人。至今在她的心里还记得使她愤怒的缘由，和它所引起的剧烈的烦恼。帕里斯的裁判和对她的美貌的藐视，仍铭刻在心头。她憎恨这一族人，她也不能忘记加尼墨德所受的恩宠。这就是她愤恨的根由，于是她让这些没有被希腊人和残酷的阿奇琉斯杀绝的特洛亚人在大海上漂流，使他们离拉丁姆远远的，成年累月地任凭命运摆布，在无边际的大海上漂荡了七个年头之久。罗马的建成真是非一日之功啊！

正当特洛亚人扬起风帆，把青铜船头的船驶入大海离开西西里岛时，这时候朱诺往下俯视，看见特洛亚人的船只。她心中怀有无法消除的苦恨，自言自语道："怎么，难道我就应该半途而废吗？难道我连阻止特洛亚的王子去意大利的力量都没有吗？不错，没有得到命运的批准。为什么只因小阿亚克斯一个人的疯狂罪过，雅典娜就能够焚毁希腊舰队，淹死希腊大军？她借来朱庇特的闪电之火，从云端掷下，刺穿阿亚克斯的胸膛，然后又让一阵旋风把他卷起，钉在一块尖尖的岩石上。她兴风作浪，使得大海翻腾，驱散舰只。而我贵为众神的皇后，又是朱庇特的姊妹和妻子，难道应该徒劳地跟特洛亚这一族打这么多年的仗？今后谁还会向朱诺的神灵致敬，在她的祭坛上奉献牺牲来祈求她的佑护呢？"

朱诺女神心里充满怒火，喃喃自语地向埃俄利亚行去。那儿是乱云的故乡，孕育狂风的地方，烈风和风暴在巨大的岩洞里挣扎着，号叫着。在这儿统治它们的君王——埃俄罗斯王禁锢着它们，对它们加以管制和训诫。狂风在岩洞里怒吼，山谷中充斥着巨大的回声。埃俄罗斯王高坐山巅，手持权杖，安抚着它们的傲慢，平息着它们的怒气。要不是他这样做，狂风必然把大海、陆地，甚至高高的苍穹统统卷走，一扫而空。所以拥有一切权力的天父鉴于此，就把它们关进黑暗的岩洞，用一座大山压在上面，还派一个王来监管它们。根据严格的监管条例，这位王可以依此来管制它们，而一旦有令，也可以放它们出来。

朱诺低声下气地向他请求道："埃俄罗斯王啊，众神之父和万民之王赋予了你权力，使你能平息风浪和掀起风暴。现在有一族我所憎恨的人正航行在提连努姆海上，他们想把被征服的特洛亚的家神带往意大利，重振特洛亚。你在海上刮起大风，沉没他们的船只，吹得他们七零八落，把他们的尸体抛在大海上。为了酬谢你的功劳，我一定让伊俄匹亚嫁给你做妻子，她是众多体态窈窕仙女中最美的一个，她会陪伴你左右，给你生儿育女。"

埃俄罗斯回答道："天后，你想怎么办就怎么办，我完全听从你的吩咐。我的权力，我的国家，朱庇特的恩典，我所有的一切都是你的恩赐，感谢你给了我呼风唤雨的力量，又让我进入神列。"

埃俄罗斯说完，挥动三叉戟朝岩壁薄的地方击去，各路飓风形成一条线，从敲开的缺口处冲出来。狂风旋转着席卷大地，向大海扑去。南风、东风还有从非洲吹来的阵阵狂风涌向大海，掀起了万丈狂澜。接着传来人们的呼喊声、缆索的撕裂声。闪电惊悸，雷声隆隆，刹那间天昏地暗，海面一片漆黑，死亡的气息笼罩了一切。立刻，埃涅阿斯感到无比的恐惧，四肢瘫软地呻吟着。他把手伸向天空，大声呼喊道："你们是多么幸福啊，能死在故国的巍峨城垣下，死在亲人身边啊！为什么没让最勇敢的狄俄墨得斯在特洛亚的战场上亲手把我杀死？而勇猛的赫克托尔在战场上却被阿奇琉斯的长枪刺穿身躯，高大的吕西亚王撒尔佩东也倒下啦，西摩伊斯河的波涛卷走了多少勇士的盾、盔和尸体啊！"

埃涅阿斯还在呼号的时候，一阵呼啸的北风撞在他的船帆上，激起高入苍穹的浪头，船桨顿时折断，随后船身倾斜着倒向一边。接着海水高高地涌起，像一座巍峨的大山。船上有的人高悬在浪头的顶端，而另一些人则看见海水陷了下去，露出海底，海底的泥沙被汹涌的波涛搅起。南风又接着把三艘船送上了隐藏在水下的礁石上——这些海中的礁石，像隐藏在海面下的一条巨大的脊背，人们把它们叫作祭坛。东风把三条船从深海驱赶到浅滩流沙中，围困在沙堆里，他们的朋友骇然看见风使他们的船搁浅。还有一条船载着吕西亚人和可靠的俄朗特斯，埃涅阿斯亲眼看见一道巨浪铺天盖地地撞在船尾，把舵手打落舷外，头朝下地栽到海里。这条船在原处转了三圈，一个旋涡就让它葬身了海底。可以看到在荒凉的大海上稀稀疏疏地漂浮着几个人，还有战士们的装备、破碎的船板和从特洛亚救出来的珍宝也漂在海面上。伊利翁纽斯的坚固的船，勇敢的阿卡特斯的船，和另外两艘船——一艘载着阿巴斯，另一艘载着年迈的阿勒特斯，都经不住风暴的摧残，船身的接头松了，接缝开裂，无情的海水先后涌了进来。

海神尼普顿被咆哮的海洋搅得坐立不安，意识到是各路飓风放出笼了，心里很生气。于是他便从汹涌的波涛间伸出脑袋，眺望大海。他看到埃涅阿斯的船队支离破碎地漂泊在海面上，特洛亚人被波涛和倾覆的风云所压垮。他明白这是他妹妹朱诺因为生气而玩的把戏。他把东风和西风唤到跟前，对他们说：

“你们真是胆大妄为！没有我的批准竟敢把苍天和大海搅作一团，掀起山样高的巨浪？我非把你们——且慢，我最好先把汹涌的波涛平息，然后我再重责你们以好补偿过失。你们赶快退下，回去告诉你们的主子：执掌海洋的权柄和这支无情的三叉戟，不是交给他的，而是交给我的。他的领地是那险恶的岩石。东风，那就是你们的家；让埃俄罗斯在他的领地里大逞威风去吧，在那禁闭众风的牢房里称王称霸去吧。”

说完，他用双手抚平了汹涌的大海，驱散了团团乌云，让灿烂的阳光重新照耀平静的大海。海仙库摩托埃和海神特里东并肩用力把船只从锐利的岩石缝里推了出来，尼普顿亲自用三叉戟撬起搁浅的三艘船，让它们重新漂浮起来。然后他乘上轻车，任凭大海的骏马拉动着，轻松地穿越在波涛的水花间。这就像在群众集会上突然发生骚动，当一些不法之徒因激怒而暴动起来，火把和石块乱飞，因为愤怒很快就找到武器。这时倘若他们看见了一个德高望重、受人尊敬的人物，就会安静下来，竖起耳朵肃立倾听他说什么，他的话果然平息了他们的怒火，使他们的心情平定下来；同样，当尼普顿王眺望着大海，乘上战车，任骏马在开阔的天空下奔驰，马车所到之处，澎湃的大海顿时安静下来了。

精疲力竭的埃涅阿斯一行挣扎着向最近的海岸驶去，他们驶向利比亚海岸。这里是个深邃的海湾，一座岛屿形成大门，大门两侧把海湾掩护起来，阻挡着来自海上的一切浪潮。海岸两侧有令人望而生畏的山峦，高耸入云，峰峦荫蔽的广阔水域显得寂静又安全；山峦后面，长着枝繁叶茂的大树，树叶倾垂下来，山峦上的灌木丛，投下阴暗的树影；在山麓下有一个岩洞，洞内有清澈的泉水和天然的石头形成的座位，这是海仙们的洞府；在这里，埃涅阿斯的疲惫的船只不需要缆索和有爪的船锚来牢牢系泊。埃涅阿斯把残存的七条船集合到这里。特洛亚人渴望陆地，下了船，满心欢喜地踏上沙地，还滴着咸涩海水的身躯便躺倒在沙滩上了。阿卡特斯做的第一件事就是拿出火石打火，火星滚落在干透的树叶上顿时燃烧起来。他在四周围上干柴，熊熊的火苗很快就蹿了上来。历尽艰辛而感到疲惫的特洛亚人拿出所保住的粮食和石磨、面缸，开始在火上烘干被海水泡烂了的谷粮，再用石磨碾碎。

这时，埃涅阿斯登上一块岩石，翘首远望，希望在遥远的海面上发现被风浪打散的船只，那也许是安泰乌斯的船，或卡皮斯的船，又或许是凯库斯的船。他一眼望去，却没看见任何船只，只见三头鹿在海岸游荡，后面还跟着一大群鹿，排成一长列沿着山谷在吃草。埃涅阿斯马上停步，拿起弯弓和快箭（忠心的阿卡特斯随身携带着这些武器），他首先把那几只领头的雄鹿射倒，它们高耸的鹿角似茁壮枝丫，接着又射其余的鹿，这些鹿在茂密的树丛里四处惊奔，最后埃涅阿斯胜利地把七头鹿都射倒在地才罢手，那正是幸存船只的数目。接着他回到海湾，把猎物分给众位朋友，还分些酒给他们。那酒是在西西里海滨时，善良的、英勇的西西里王阿刻斯特斯作为临别礼物馈赠给他们的。这时他对众人说道，安慰他们的悲伤："朋友们，困难对我们来说并不陌生，我们过去经历过的痛苦有比这更大的，上天会帮助我们结束这些苦难的。你们尝到过斯库拉的愤怒，也在驶近岩石之际听到过岩石内发出的吼声，还到过独眼巨人库克洛普斯的岩洞。振作起来并打起精神吧，忘掉忧伤和恐惧吧，将来有一天你们还会饶有兴趣地回忆起今天的遭遇呢。我们经历了这么多的艰难险阻，克服了各种各样的困难，我们的目标是拉丁姆，命运之神会让我们在那儿得到安息和平静的家园；我们将在那儿重振特洛亚王国。所以同伴们要坚持下去，留得青山在，准备迎接未来的好日子。"

他嘴上虽是这样说着，脸上也洋溢着充满希望的表情，心里却万分忧虑难过，独自一人忍受着痛苦。其他人准备处理猎获的鹿，好好享用一番。有人剥下肋骨上的皮，露出肉来；有人把肉切碎，把肉叉在叉上；还有人在沙滩上支起铜锅，点起火来煮肉。他们吃着鲜美的鹿肉，喝着陈年老酒，渐渐恢复了体力，伸开四肢躺在草丛里。一席盛筵消除了饥饿，收拾好餐具之后，他们长谈着，为失散的伙伴担忧，一面心存希望，希望他们仍然活着，一面又怕他们已经走到了生命的尽头，听不见人们的呼唤了。恪尽职守的埃涅阿斯的心里有时惋惜精神焕发的俄朗特斯，有时哀悼阿弥库斯的不幸，以及吕库斯的可怕的遭遇，有时为英勇的居阿斯和克罗安图斯悲哀。

晚餐和悼念结束了。众神之父朱庇特站在天顶用目光盯着点缀着风帆的大海和无边无际的陆地，望着海岸和芸芸众生；他眼光落到了女王狄多统治的利比亚王国。正当朱庇特为特洛亚人的处境而忧虑之时，维纳斯的眼睛里却闪着泪光，十分悲伤地说道："你主宰着世间众人和诸神的命运，你的闪电之火令我们害怕，我的埃涅阿斯和特洛亚人在哪里冒犯了你？你夺去了多少人的性命，阻断了他们在这世上的一切道路，让他们到不了意大利？你不是亲口答应过，特洛亚祖先的血液将会随着时间的推移凝结而形成罗马人，他们将重振特洛亚王朝，他们将统治一切海洋和陆地。父王，什么理由又使你突然改变了心意呢？自从特洛亚毁灭后，你的话的确平息了我的怨气，未来的前景也可弥补它的厄运。可是现在特洛亚人灾难重重，仍被厄运追逐着。至尊的王啊，他们的苦难什么时候才能到头啊？当初安特诺尔是从希腊人的围困中逃了出来，设法平安地渡过了伊里利亚海湾，经过海湾顶端的利布尼亚王国，甚至还到了提玛乌斯河的源头，那里的河水咆哮着顺着九个河口奔腾而去，汹涌的波涛淹没了田野。但安特诺尔就在那儿建立了特洛亚人的定居点，命名为巴塔维乌姆城，又给城里的居民特洛亚的名称，把特洛亚的武器悬挂起来，如今他已安享清闲的日子了。可是我们呢，你的子孙，你答应会让我们登上天堂，如今却只是因为一个朱诺的愤怒，你就让我们丧失船只，让我们远离意大利的海岸，这不公平啊。这是敬神的人该得到的回报吗？你就是这样让我们重建王国吗？”

天父微微一笑（他的笑容能平息风暴，使天空晴朗），衷心地吻了吻女儿说道：“放心吧，亲爱的女儿，受你佑护的人，他们的命运没有改变；你会看到你的城邦和拉维尼乌姆巍峨的高墙，那是我答应过的。心胸宏大的埃涅阿斯在天上也有他的一席之地；没有任何理由改变我的主意。为了消除你对他的忧虑，我还可以向你透露命运之书中的秘密，你要相信：埃涅阿斯将在意大利打一大仗，并取得胜利，他将驯服倔强的人民，为他的人民制定法规，建立秩序，他将在拉丁姆统治三年，也就是击败鲁图利亚人之后的第三个冬天。不过他的儿子阿斯卡纽斯，现在名叫尤路斯，就是未来利乌姆王朝鼎盛时期的伊路斯；他将把国都从拉维尼乌姆迁到阿尔巴·隆加，把它的城池建造得固若金汤，他的统治将长达三十年之久。在这里，赫克托尔的后代将统治整整三百年，直到后来王室出身的女祭司伊丽雅同战神玛尔斯结合生下一对孪生兄弟。后来被母狼喂养长大的罗木路斯，披着褐色狼皮，将继承王位，建立玛尔斯的城堡，他是罗马人的先祖。我要让罗马人成为世界的主宰，他们的统治将永无止境。连心怀仇恨的朱诺也将转变心意——尽管现在她把苍天、大海搅得一团糟——也将和我一起爱抚这些世界的主宰者，这就是穿着袈裟的罗马民族。五年后特洛亚家族就要征服弗蒂亚、著名的米刻奈和阿尔各斯。这光辉的特洛亚族系将会诞生一个恺撒，他将统治万邦，他的声名将远播宇宙，最伟大的罗马人就是尤路斯的后裔。有朝一日他也会登入天庭成为神，满载着东征的胜利品；人们也会呼唤他的名字祈求他的保佑。从此以后，人间将会实现永久的和平；银发的‘信义’女神，护卫家庭的维斯塔女神，罗木路斯和他的孪生兄弟雷木斯将制定法律，战神的可怕的大门将用精巧的铁栓彻底锁住。凶恶可怖的嗜杀者将被牢牢关在门内，坐在残忍的武器上，两手用一百条铜链紧紧绑住，张着可怕的血口吼叫着。”

说完，朱庇特就派出麦雅的儿子麦丘利前往迦太基，让迦太基的土地和新筑的城堡欢迎特洛亚客人，狄多也不会因为不了解命运的安排而将他们拒于国门之外。麦丘利动荡着翅膀，掠过广阔的天空，迅速地来到了利比亚的海滩。他立即传达了朱庇特的命令。腓尼基人遵从神的意志，把一切敌意都抛弃了；女王狄多首先表示善意，友好地接受了特洛亚人。

这时恪尽职守的埃涅阿斯，整夜思索，夜不能寐。天一亮，他就动身去考察这块土地，看风把他们刮到了何处的海岸，这里住着什么样的人或野兽，因为他看见这里的土地没有耕种的痕迹，然后告诉同伴们他的发现。他把船只泊在海湾边凸出的岩石下，周围长着茂密的树丛，树叶的阴影掩盖了它们；他出发了，只有阿卡特斯一个人陪伴着，两支阔刃长矛握在手里。在树林深处，他遇到了他的母亲维纳斯。她装扮成少女的模样，携带着斯巴达打猎女郎的武器，又颇像特拉刻女郎哈帕露刻，她跑得比奔马和赫布路斯河的急流还要迅速。她肩上挂着一弯弓，像一个女猎手一样。头发在风中飘拂，飘动的多褶的短衣拦腰打了一个结子，双膝赤裸着。她先说道：“喂，年轻人，你们有没有看见我的一个姐妹？她背着一个箭袋，穿着有斑点的猞猁皮，在这儿游荡，也许吆喝着追一只口吐飞沫的野猪。倘若你们看见过，请告诉我她在哪儿。”

维纳斯说完，她的儿子埃涅阿斯回答道：“我没有看见也没有听过你的姐妹，哎呀，姑娘，我该怎么称呼你呢？你的相貌和声音透出超人的魅力；你一定是位女神，你是太阳神弗博斯的妹妹吧？或许是一个仙女吧？好吧，不论你是谁，我求你帮帮忙，解救一下我们的苦难吧；请你告诉我们，这是什么地方啊？我们被抛到了何方？一场风暴把我们送上海滩，我们在世界上迷航了很久。倘若你告诉我们，我们一定亲手把众多牺牲奉献在你的祭坛前。”

维纳斯回答说：“我受不起这样的尊荣；我们迦太基的姑娘习惯于这样的装束，身上背着弓箭，脚上穿着深红色的高筒皮靴。你眼前看到的这块土地是腓尼基人统治，我们是推罗移民，阿格诺尔的后代管理着这国家；他们的周围是利比亚，那里的民族野蛮又好战。统治迦太基的狄多女王来自推罗城，想逃避她的哥哥。这是个又长又曲折的故事，我可以把其中几桩大事给你说说。她是希凯斯的妻子，希凯斯是腓尼基人中最富有的地主，不幸的是她非常的爱他。当她还是一个小姑娘的时候，父亲就把她许配给了希凯斯，这是她的初婚。但是她有个哥哥叫匹格玛利翁，是推罗的君主，一个不仁义的暴君。匹格玛利翁和希凯斯之间发生了冲突。匹格玛利翁财欲熏心，竟偷偷地在神坛之前趁希凯斯毫无防备的时候，一刀把他杀死，这真是亵渎神灵啊，他毫不考虑自己妹妹的感情；匹格玛利翁捏造成篇的谎言，长期欺骗着伤心的妹妹，用虚假的理由给她希望。在她睡觉的时候，尚未埋葬的希凯斯的亡灵出现在她的梦中，面色苍白得可怕；亡魂告诉她在神坛前的可怕罪行，露出被钢刀刺穿的胸膛，并揭露出宫廷里的全部阴谋。他催促她迅速离家逃走，并告诉她去他从前埋着祖传的财宝的地方，让妻子取出财物，供路上的花费。这些话使狄多感到无比惊骇，开始准备逃亡，她把那些憎恨和惧怕那凶残暴君的人们召集起来；他们夺了一艘恰好装备停当的船，把金银装上了船。贪财的匹格玛利翁失掉了他的财宝。整个事件都是一个女性领头完成的。他们一路航行来到了非洲海岸，就是你现在看到的这座新迦太基，它高大的城墙和正在建造的高耸的城堡。他们买了用一张牛皮能圈起的土地，因为这个缘故，这座城就叫毕尔萨。她以自己的财物为基础，赢得了越来越大的地区。但是，请问你们是谁，你们从哪里来？要往哪里去？”

埃涅阿斯听了这些问题，从内心深处发出一声叹息，说道：“女神啊，如果要我把我们多年来经历的灾难说完，可能会花上你很多的时间。我们是从古老的特洛亚来的，不知你听说过这个名字没有，我们浪迹天涯，在大海上漂泊，遭遇了一场大风暴，恰巧把我们带到了利比亚的海岸。我是虔诚的埃涅阿斯，船上载有从敌人手中救出来的我们的家神。我声名远播于天外，我要到意大利去，我的先祖，天神朱庇特的后裔，就来自那里。我遵从天意，在我的母亲维纳斯女神的指引下，我带了二十条船驶上弗利吉亚海；现在只有七条船免遭暴风和惊涛骇浪的袭击幸存了下来。现在我来到了这利比亚的荒原，成了一个沦落天涯的外乡人，一无所有。起初被赶出亚洲，现在又被赶出欧罗巴。”说到这里，维纳斯打断了他的悲诉，对他说道：“不论你是谁，我想天上的神是不会恨你的，你还自由地呼吸着空气，还好好地活着，你已来到了推罗人的城市。顺这条路往前走，你就能到达女王的宫门。我可以告诉你，风已经改变了方向，你的船队都被吹回到了安全地带，你的同伴们都回来了。如果我的父母没有白白地教会我鸟儿的飞行，那让我告诉你关于失散的船只和朋友重新回来的预言吧：看那十二只快乐的天鹅，排成长列，朱庇特的神鹰从天空中扑下来，穿过长空正追逐着它们，把它们吓得各奔东西；它们有的已经落到地上，排成一行，有的俯视着地面，看着落在地上的天鹅。正像这些天鹅，安全回到地面之后，就在地上嬉戏，发出翅膀扑打的声音，有的在天空成群自由飞翔，高鸣着；同样你的船只和年轻力壮的水手们，有的已经安全抵港，有的还张着船帆向港口驶来。所以你只管顺着前面的道路继续走下去就是了。”

维纳斯说完，转过身去，她的颈项散发出玫瑰色泽，光彩照人，仙人般的头发散发出天上的芳香；她的长衫垂到脚下；她轻盈的步态也证明她是一位女神。当埃涅阿斯认出那是他母亲，追着她迅速消逝的背影，急忙喊道：“为什么你也这样残忍啊？为什么总以弄人的装扮欺哄你的儿子呢？为什么你我不能手牵手，倾心地谈一谈呢？”

埃涅阿斯一面责备母亲，一面向城堡走去。维纳斯用一层浓雾遮住埃涅阿斯和阿卡特斯，云气像一件厚斗篷把他裹住，任何人都不能看见他们或接触他们，或阻挠他们以好询问他们是来干什么的。她自己则升上天空，前往帕佛斯，兴高采烈地回到自己的家，那里有她的庙宇，一百座祭坛总是绕着阿拉伯的馨香，鲜花编成的花环散发出芬芳。

这时埃涅阿斯和阿卡特斯急忙顺路向前走去。不一会儿，他们登上一个山坡，山坡就在城旁，站在坡上可以俯视全城和城堡。埃涅阿斯惊奇地观看气势宏伟的宫廷建筑，看着高耸的石头大门和宽阔的街道，路面铺得平平的。城市还在扩建，推罗人正在起劲地忙碌着：有的筑城墙，搬运土石砌堡垒；有的丈量土地，准备建造房屋。人们在为新的国家制定法律条文，选举官员和受人尊敬的元老。在这儿，人们在挖凿港口；另一处，人们在给一座剧场打下宽广的地基，有人从石矿里凿出高大的石柱，立在未来的舞台旁做装饰。就像初夏一群蜜蜂在阳光下、繁花中忙碌工作，有的从巢里领出已长成的幼蜂，有的把芬芳的蜂蜜塞满蜂房，有的帮忙卸下外出寻食者的负担，有的将那些从蜂巢里被赶出来的懒惰的雄蜂集合起来，大家都在乱哄哄地工作，空气中散发出甜甜的蜜香。抬头望着城市的高楼，埃涅阿斯说道："多么幸福的人们啊，你们的城邦已经筑起来了！"他向人群走去，混杂在迦太基人中，一团云雾包裹着他，没人看得见他。

城中心有一片浓荫覆地的树林。当初腓尼基人航行到此，遵照朱诺的指示挖出了一个物件，那是一个骏马的头，象征这个国家在未来世纪里将以勇敢善战和生活富裕而闻名。腓尼基的狄多正在这里为朱诺建造一座大庙，庙里祭品丰盛，令人感觉到女神真的存在。一级一级台阶直到青铜的门槛，门框用青铜包裹，两扇门也是青铜的，在开关的时候门轴发出吱吱的声响。在树林里，一件新奇的事情使埃涅阿斯第一次感到不害怕，使他在历尽艰辛和折磨之后，第一次敢憧憬未来，感到自信。在等候女王的时候，他环顾了这座庄严而又华丽的神庙，惊讶这座城市的富足，惊叹能工巧匠们高超的技艺。他看到一些壁画，它们按次序描绘着特洛亚战争，因为这场战争已经远播海外，家喻户晓了。画上有阿伽门农和墨涅劳斯，有普利阿姆斯，也有残忍的阿奇琉斯。埃涅阿斯静静地站在那儿，眼睛里流着泪水，说道："阿卡特斯，世界上还有哪个国家、哪个地方没有听说过我们的苦难啊？你看，那是普利阿姆斯。即使在这里，光荣仍然得到应有的尊敬，不幸的遭遇仍然得到怜悯，生活的痛苦也仍然得到同情。忘掉恐惧吧，他们了解我们，就可能帮助我们。”埃涅阿斯说着，叹息着，泪流满面。在这里，他看到希腊人在特洛亚城周围作战时溃败，被特洛亚的壮士紧紧追赶；在另一处，特洛亚人在败退，头戴羽盔的阿奇琉斯驾着战车追随在后。他看见另一幕，眼里流着泪，认出了雷索斯营地雪白的帐篷，在人们入睡不久它就遭到狄俄墨得斯的袭击，被其毁灭。狄俄墨得斯用沾满鲜血的双手把那些骏马都赶到希腊营垒，让它们吃不上特洛亚的青草，喝不上赞土斯河的流水。在另一处画着青年特洛亚鲁斯和阿奇琉斯殊非势均力敌的战斗，特洛亚鲁斯正在逃跑，已丢掉了武器，奔驰的马车拖着他，仰面朝天，却还紧紧抓住缰绳，他的头和头发在地面上拖过，头朝下的长矛在尘土里划出条纹。同时，特洛亚的妇女们披头散发，走在祈祷的队伍里，她们用手捶打着胸膛，捧着一件长袍到雅典娜女神的庙宇献祭；但女神没有回应她们的乞求，却转过头去望着地上。还有赫克托尔的尸首被拖在战车后面，绕特洛亚城转了三圈，直到普利阿姆斯拿来黄金，阿奇琉斯才让他赎回赫克托尔的尸首。当他看到他的朋友的尸体，希腊人掳获的战利品、战车，以及普利阿姆斯伸出两只没有寸铁的双手求情，他不禁深深地长叹。他也看见自己在和希腊将领激战，又看到梅姆农率领的埃塞俄比亚的武装。还有阿玛松的女王彭特希莱亚手持月牙形的盾牌，率领一群女兵，勇敢地冲杀，她袒胸露乳，腰上束着一条金带，这位女战士敢同男人交战。

当特洛亚的埃涅阿斯惊奇地打量这一切，看得如痴如醉的时候，狄多女王来到了神庙，美艳绝伦，身后跟着一大批青年随从。就像一班仙女在狄阿娜女神率领下在欧洛塔斯河边或在昆土斯山顶上翩翩起舞，女神周围随伴着成千的山中仙女，肩上挂着一支箭，往前走着，比其他女仙都高些，而她的母亲拉托娜心里有着说不出的高兴——狄多也像这样，众人簇拥着她来到神庙内，在神庙圆顶下面正中的地方，她坐上高高的宝座，武装卫士护卫身边。她为她的人民颁布了法律和规章，按照公平的原则，或抽签决定，合理地给众人分派工作。这时埃涅阿斯忽然看见安泰乌斯、色尔格斯图斯、勇敢的克罗安图斯，还有其他一些特洛亚人向这边走来，风暴把他们驱散，吹到遥远的海岸。埃涅阿斯和阿卡特斯心里大喜，他们很想去握同伴们的手，又因不了解真实情况而感到害怕。因此他们没有急着打招呼，仍然裹在一层柔雾中注视着，想知道这些人的遭遇如何，他们把船只泊在什么地方，为了什么才到这儿来。在熙攘声中，每条船的代表走向神庙，去乞求援助。

他们进入神庙，获准直接向女王讲话，他们之中最年长的伊利翁纽斯，冷静沉着地说道："女王啊，朱庇特授你建设新城的权利，并用法律管制这高傲的民族，我们是不幸的特洛亚人，风暴把我们吹得四海漂泊，请求你保护我们的船只，免遭可怕的火灾，对一群虔敬的民族大发慈悲，多体谅一下我们的处境吧。我们不是入室掠夺你们财产的强盗，我们也没拿着刀剑来威胁你们；我们是一群战败的人，我们永远不会妄自尊大和侵害别人。我们要去一个被希腊人称为'西土'的地方，这是一片古老的国土，武功显赫，土地肥沃；那儿的居民原是欧诺特利亚人，据说这一族的后代为了纪念领袖意大路斯就改称此地为意大利。我们本是往意大利去的，突然猎户星座升起，我们在海上遭遇到了暴风巨浪，我们被刮上浅滩，狂乱的风把我们驱散，只有我们少数人漂流到了你们的国土。可是我们遇到了怎样一群人啊？什么国家如此野蛮，竟允许这样的做法？人们阻止我们踏上你们的沙滩；用战争威胁我们，扬言要烧毁我们的船只。你们即使不尊重同类，至少应该敬畏诸神吧！我们的首领是埃涅阿斯，再没有比他更正直虔诚和更勇武善战的英雄了；如果命运仍然保全他的性命，还没有躺在无情的阴曹地府，如果他还呼吸着天地间的清风，你们就绝不会后悔今天为我们所做的一切；我们在西西里有城池，有武装，声名显赫的阿刻斯特斯也在那儿，他有着特洛亚血统。我们希望你允许我们把遭到风暴摧残的船只拖到岸上，到你们的树林里去伐些枝干来做桨，以便驶往意大利和拉丁姆；只要能到达意大利，能重见我们的王和伙伴，我们就满足了；但是，如果我们至善的特洛亚王子被利比亚的大海无情吞没了，我们也没有希望再见到尤路斯，我们尚可回到出发地西西里海峡，我们可以在那里定居，我们可以让阿刻斯特斯统治我们。"伊利翁纽斯说完，所有特洛亚人高声欢呼表示赞同。

狄多低垂眼帘，简短地回答道："特洛亚人，你们不用害怕，也不要忧虑。我们生活不易，这又是一个新王国，我必须加强戒备，处处设防，保卫我的领土。我们并不孤陋寡闻，你们的事迹早有耳闻。我们早就知道埃涅阿斯和他的族人、特洛亚城和人民的英勇，也知道特洛亚城市遭到了可怕的打击以及那冲天的战火。无论你们是去广大的'西土'，还是去拉丁姆野，还是奉阿刻斯特斯为王，到西西里去定居，我一定帮助你们平安离去，并给予你们资助。如果你们也愿意在我的国土定居，共同建设城市，我们也表示欢迎；把你们的船只拖上岸来；我的法令保护你们，就像保护我的臣民一样。我只希望你们的埃涅阿斯王也被大风吹到这里才好呢！我立刻派人出海，命令他们寻遍利比亚海岸，也许他已经上了岸，迷失在什么树林里或别的城市呢。"

她的这番话使勇敢的阿卡特斯和族主埃涅阿斯心里十分激动，想拨开云雾和大家相见。但阿卡特斯开口对埃涅阿斯说道："女神之子，你现在有什么想法？你看一切平安，我们又重见我们的伙伴和船只，只有一位朋友丧失了，我们亲眼见他淹死在海里，其余一切都应了你母亲的预言。"话音未了，笼罩在他们周围的云雾顿时分开消逝在了清明空气里。只见埃涅阿斯神采奕奕地站在阳光下，周身散发出阵阵光芒，宛如一尊神；他母亲赋予他一头美丽的头发，使他焕发青春的光辉，让他的双眸闪耀欢乐的神情，就像经巧手雕琢的象牙，又像用黄金衬托的银器或大理石，显得更加美好。突然，令所有的人感到惊愕，他对女王说道："我在这儿，在你们面前，我就是你们要找的人，我就是特洛亚的埃涅阿斯，我在利比亚的海涛里死里逃生。唉，尊敬的女王，只有你对我们特洛亚人难以描述的苦难感到同情，仁慈的你不仅没有拒绝我们这些没有被希腊人杀绝的孑遗，历尽艰辛、一无所有的特洛亚人，而且还收留我们，共享家园。我们和遍布在世界各地的其他特洛亚族的幸存者，对你的恩情都没齿难忘。让天神保佑你们吧，只要世界上还存在正义，那么你会因自己的正义感而得到应有的报酬。是什么样的快乐的世界孕育了你这样的人？什么人能伟大得可做你这样的人的父母？只要天地存在，只要河流奔流入海，只要群星还闪耀在天空，不论我身在何处，你的荣耀、英名和仁慈，都将永垂不朽。”他说完，用手拉住他的朋友伊利翁纽斯、色列斯图斯，接着又拉住勇敢的居阿斯和克罗安图斯。

狄多女王突然看到埃涅阿斯，惊讶不已，想起他多厄的命运，开口说道：“女神之子，什么厄运使你遭受了如此多的磨难？是什么把你驱逐到这荒凉之地？你真是埃涅阿斯吗？是高贵的维纳斯和特洛亚安奇塞斯在西摩伊斯河畔所生的埃涅阿斯吗？我清楚地记得从前条克尔来到了西顿，是因为当时他被他的父亲驱赶出国，想请我父亲助他一臂之力建立一个新的国家。那时我父亲贝鲁斯正用剑征服塞浦路斯。从那时起，我就听说了许多关于你们和你们城邦的不幸遭遇，听到了你的名字还有希腊领袖们的名字。就连特洛亚的敌人条克尔也给予了特洛亚人高度的赞扬，他把自己称作古老的特洛亚族的后裔。所以，英勇的朋友们，请到我家来。我也遭受到同样多的苦难，经过多年的艰辛后，我才在这里得到安静。我自己经历过苦难，知道什么是不幸，也知道怎样帮助受苦的人。”说完，她就把埃涅阿斯领进王宫，同时吩咐在神庙摆上供品，祭献神明。她还记得派人给留在海滩上的众人送去二十头公牛，一百头大猪，一百只羔羊和母羊，还有神赐给人间的欢乐的礼物——美酒。王宫内的陈设富丽堂皇。厅堂中央摆起了丰盛的宴席；坐榻上铺着富贵的紫色帷幔，制造精巧；餐桌上摆放着大批银盏，在金杯上雕刻着她的祖先自古以来所完成的种种英雄事迹。

埃涅阿斯爱子心切，无法释怀。立刻吩咐阿卡特斯迅速回到船上，告诉阿斯卡纽斯这个消息，并把他送进王宫来；因为他的父亲心里惦记着他。他还叫阿卡特斯取来一些珍贵物品，它们都是从特洛亚废墟中抢救出来的：一件华丽的长袍，袍面上用金线绣着图案；一块头巾，四周织着黄色蓟花花边。这两件东西都是当年海伦用过的，是她母亲莱达送给她的精美礼物，她私奔前往特洛亚时从米刻奈带了出来。除此之外，还有普利阿姆斯的长女伊利昂妮用过的一柄权杖、一串珍珠项链和一顶镶着宝石和黄金的王冠。阿卡特斯迅即从命，立刻往船上去了。

维纳斯仍担心着儿子的命运，因为她怕腓尼基人言行不一，不值得信任；而朱诺，是脚下这片土地的护佑女神，而她的敌意也早已使维纳斯感到惶恐不安。因此维纳斯在心里盘算，思量新的对策，她想叫小爱神丘比特变作可爱的阿斯卡纽斯的模样，去狄多的王宫，使出他的神力，重新燃起女王内心深处的爱情火焰。当夜幕降临，她越发感到焦虑不安。因此她就对张着翅膀的丘比特说道："儿啊，你是我伟大的力量代表，只有你不惧怕天上的众神之父的雷电，他曾用此消灭过巨人提佛乌斯。我现在就来请求你，请你以你的神力相助。因为碍于残忍的朱诺的愤恨，你的哥哥埃涅阿斯至今仍在四海漂泊；而你，在我伤心落泪的时候，会来同情安慰我。眼下，腓尼基的狄多正用甜言蜜语挽留他。我担心朱诺佑护的人会如此款待他，其结果如何？我很忧虑，在这关键时刻朱诺绝不会迟于行动的。因此我打算在朱诺没有行动之前先发制人，让爱的火焰包围起狄多女王来，不论外人用什么神力也改变不了她的心意，像我一样，要让她深深地爱上埃涅阿斯。现在让我告诉你如何做。这会儿阿斯卡纽斯王子奉他亲爱的父亲之命，正前往迦太基城；他将带着几件礼物，那些是从特洛亚战火和海上风暴中抢救出来的东西；我将把他催眠了，把他藏到我在库特拉高山上或伊达利亚的神庙里，免得他半路里出现坏了我的计划。你只要变成他的样子，只须一夜就行。你自己就是孩子样，正好乔装打扮成那孩子的相貌，就在今夜，在狄多豪华的宴席上，在他们杯觥交错之际，当她高兴地把你放在膝上，抱你亲你的时候，你就把那看不见的爱情之火吹进她的心里，让她在不觉间就中了你的法力。"小爱神遵照母亲的旨意，隐去双翼，高兴地模仿阿斯卡纽斯步态。接着，维纳斯让阿斯卡纽斯沉沉地睡去，亲切地把他抱在怀里往伊达利亚的丛林深处去了，在那儿芬芳扑鼻的薄荷花和高大树木的浓荫把他包围起来了。

这时丘比特奉了他亲爱的母亲之命，拿着送给狄多的华贵礼物，快乐地跟着阿卡特斯去了。当他来到宫中的时候，女王已经坐在黄金榻上，她占据着中心位置；接着特洛亚的王埃涅阿斯和勇士们也聚集到这欢乐的殿堂里了，分坐在深红榻罩的榻上。仆人们端水给他们洗手，从篮子里取出面包来分给宾客，又给他们拿来柔软的餐巾。在厨房里有五十个女仆，她们一字排开，在炉灶前准备出一道道热气腾腾的菜来；另外还有一百个女仆和一百个年龄相仿的男仆把饭菜佳肴端到桌上，并安放好金樽。迦太基人也来到席间，坐在铺着榻罩的坐榻上。大家都惊异地传看着埃涅阿斯的礼物，啧啧赞赏，然后又把目光投向假的阿斯卡纽斯。他神采奕奕，说话走路像极了阿斯卡纽斯，手里拿着那长袍和绣着黄色蓟花的头巾。狄多尤其可怜，这时已陷于无救的境遇。她打量着他，越看越爱。这可爱的孩子和珍贵的礼物都让她激动不已。小爱神抱着假父亲的脖子，对父亲显出深深的爱，接着他又来到狄多女王的面前。她的目光和注意力都集中到他身上，紧紧地搂住他，慈爱地看着他，一边又温柔地抚摩他；不幸的狄多可没想到她怀里的小神有如此大的神通啊。丘比特谨记母亲维纳斯的吩咐，慢慢抹去狄多心中对希凯斯的全部思念，在她那死寂荒芜的心田里重新燃起爱情的火花。

宴席到了第一段落，仆人们收拾好餐具，撤去桌子，接着又摆上大坛美酒，重新斟满酒樽。殿堂里人们的欢呼声回响在宽阔的大厅里。夜幕降临，黄色的穹顶上垂挂下枝状的吊灯，照亮整个大厅。女王叫人拿来一只嵌着宝石的金樽，满满斟上了酒，就像她的祖先贝鲁斯和他所有的后代所做的那样，她从王位上站起来，右手高举着金樽，大殿里顿时鸦雀无声。狄多祝道："朱庇特，据说是你立下了款客的法规，愿你使今天成为腓尼基人和特洛亚流亡者的幸福日子，成为让我们的子孙后代纪念的一天吧。我愿那给人间带来欢乐的酒神和慷慨的朱诺祝福我们；腓尼基的人们，拿出你们的友善来，欢庆这个节日吧。"说完，她把酒倒在桌上献祭。祭毕，她率先喝了一小口酒，然后递给比蒂阿斯请他喝，比蒂阿斯二话不说喝完满浮泡沫的酒，随后，其他的腓尼基王公也跟着喝了酒。长发的约帕斯弹起镶金的竖琴，音乐响了起来，他的老师是伟大的大师阿特拉斯。他唱的是飘荡的月亮、辛劳的太阳，又唱了人类、百兽、雨和火的起源。还有预告阴雨的大角星和催雨的金牛座和大小熊星座，和冬日的太阳何以急于落入大海，冬夜何以这么漫长，都是他所歌唱的。腓尼基人一再地鼓掌，特洛亚人也跟着喝彩。而可怜的狄多也说长道短，不管夜已深，只是深深地陶醉在爱情之中，她一再询问有关普利阿姆斯和赫克托尔的事，问黎明女神之子梅姆农到特洛亚参战时带了什么武器，狄俄墨得斯的马品性怎样，阿奇琉斯有多高大。最后她说："唉，客人，还是请你把整个故事从头讲来，说说希腊人的阴谋诡计，人民所受的灾难和你自己的坎坷经历；因为你漂泊流浪已有七个年头了。"

卷二

引言——埃涅阿斯叙述经历，特洛亚与希腊十年交战，未分胜负，希腊人怎样设木马计，特洛亚人中了西农的圈套，使特洛亚城沦陷以致毁灭。赫克托尔的亡魂托梦给埃涅阿斯，劝他赶快逃离特洛亚。埃涅阿斯投入战斗，与希腊人殊死搏斗。维纳斯让他带着家人与神祇离开，去寻找西土。埃涅阿斯背着老父，手挽幼儿出发，妻子跟在后面，在一阵混乱之中导致克列乌莎与其他人走散。埃涅阿斯再回头去找，疯狂地呼喊着她，但出现的却是她的鬼影，她叫他继续前进，去完成命运的使命。

大家都悄无声息，所有的目光都注视着埃涅阿斯。于是高坐在榻上的特洛亚人的领袖说道："女王啊，你让我讲述我们的苦难，但这苦难真是一言难尽啊，我目睹了希腊人怎样设木马计，怎样把富饶的特洛亚王国夷为平地，和自己亲身经历的悲惨事件。说起这些事情，没有人不流泪，即使他是阿奇琉斯父子手下的士兵或铁石心肠的奥德修斯的兵丁。现在夜露已从天空降下，众星已西沉，也到睡觉的时候了。但是如果你这么想知道我们的遭遇，听我讲述特洛亚的末日灾难，尽管我一想起来就不寒而栗，悲痛难忍，我还是开始讲吧。

“希腊和特洛亚的战争一打就是十年，年复一年，命运挫败了希腊人，没有给他们取胜的机会。他们就用从雅典娜那里学来的神技建造了一匹高大的马，马腹是用杉板拼成的，然后他们就传出消息，说是为了保证归航安全而献给神的。他们抽签决定，挑选出一批精兵勇士，让这些武装了的战士偷偷地藏在黑洞洞的马肚子里，填满了整个马肚。

“从特洛亚可以看见泰涅多斯岛，在普利阿姆斯王统治时期，这岛还十分富足，是很著名的地方。现在只剩下一个海湾，连泊船都很危险。希腊人把木马留在海滩上，就退避到这荒凉的海岛上。我们看见希腊战船全部消失了，以为他们已经回希腊去了。所以全体特洛亚人在多年的痛苦之后都松了一口气。我们敞开城门，成群结队地走出城来拥上海滩，想看看希腊人的营盘和空无一人的场地。这是多罗皮亚军队的驻地，那是残酷的阿奇琉斯的营地；这是敌船停泊的地方，那是他们和我们生死决斗的场地。大家看见了这匹庞然大物的马，惊叹不已，那是处女神雅典娜的馈赠，是为了毁灭我们；也许是他的阴谋诡计，也许是特洛亚的命运早已注定，提摩厄特斯首先建议把这匹马拉进城去，放在城堡里，当作胜利品。但是卡皮斯和一些头脑更加明智的人认为，诡计多端的希腊人留下的礼物有诈，主张把它推到海里去，或者干脆一烧了之，或者刺一下马的肚子看看里面有无东西。众人各持异议，犹豫不决。

“这时特洛亚阿波罗的祭司拉奥孔领着一大群人愤怒地从城堡上面跑下来，老远就劝阻道：‘不幸的人们啊，什么使你们疯成这个样子？难道你们真以为敌人已经离去了吗？你们真认为希腊人留下的礼物值得信任吗？你们不了解奥德修斯吗？要么马肚里一定暗藏着希腊人；要么这马就是用来攻城的，用来窥探我们的家室，或从高处对付我们的城市；要么就是他们在其中隐藏着机关。不管怎样，你们千万不要相信这匹马。千万不要相信希腊人，即使是他们馈赠礼物的时候。’说完，他用力向马腹投去一根长矛，深深地扎进用木板镶成的马腹里。扎在马腹上的长矛，不住地颤动，从里面发出一阵回声。如果不是我们的厄运早已注定，如果不是我们乱了心意，拉奥孔一定能说服众人销毁这希腊人藏身的巢穴，那么至今，特洛亚还存在啊，普利阿姆斯的巍峨的城堡还屹立着。

“就在这时，几个特洛亚的牧羊人吆喝着，赶着一个年轻的陌生人来见国王，这人的双手绑在身后，故意让特洛亚人看到他。他的目的就是要人捉住他，然后成功地完成他的阴谋，给希腊人敞开特洛亚的大门；凭着自己的沉着冷静和胆量，他准备领受任何结果，要么成功，要么必死。一群特洛亚青年急于想看看他，很快就聚在他的周围，争着嘲弄挖苦这个俘虏。现在请听听希腊人如何骗我们，从这一个人的奸诈，就可了解到他们全体。

“这个俘虏站在人群中，身上没带武器，在大家的注视下显得惶恐不安。他环视着周围的人，泣不成声地说道：‘唉，我在何方土地，哪片海洋才能找到一个藏身之地啊？可怜的我，希腊人将我赶出来，而特洛亚人又同样敌视我，还要我血债血还，难道这就是我最后的归宿啊？’他的这几句怜悯的话平息了我们的激愤，也改变了我们的态度。我们询问他的出身，他的使命是什么，何以胆敢冒被俘的危险。后来他不再害怕，说道：‘不管结果怎样，陛下，我会把所有的情况讲出来，而且句句都是实话。我首先要说，我是希腊族的人。我从不否认这个事实。我可以是个苦命的人，但命运女神永远不能把我变成说谎的人。你们肯定听到过帕拉墨得斯王的名字，他声名显赫，但是希腊人却说他反对战争，用假证据捏造莫须有的罪名把他无辜杀害了。现在帕拉墨得斯死了，他们才后悔，但已晚了。我还很年轻的时候，因为家里很穷，我父亲就把我送到帕拉墨得斯那儿，给他当助手，因为我们有亲戚关系。当帕拉墨得斯大权在握，在众王的会议上还有影响力的时候，我也沾了光，受到人们尊敬。但是，由于奥德修斯的忌妒和奸诈——你们可能也都听说了——帕拉墨得斯离开了人世后，我就被冷落了。我过着默默无闻和忧心忡忡的日子，独自为我无辜死去的朋友的命运悲哀。我一定失去了理智，没有把这种愤恨的心情隐藏起来，但是我终究没能保持缄默。我曾发誓说，等胜利后回到我的希腊故乡，如有机会，一定为亡友报仇。结果我的话引起了强烈的仇恨，从此我也就走上了毁灭的道路。奥德修斯不断地用各种新的罪状威吓我，在众人之中散布流言中伤我，他设计想杀害我。他一点也不甘心，直到他的同伙卡尔卡斯——唉，可是现在说这些对我有什么用呢？你们并不想听，为什么还要白费唇舌呢？你们把所有希腊人都归成一路，只要你们听说我是希腊人，这就够了，早点杀了我吧；这将使奥德修斯多么高兴啊，阿伽门农和墨涅劳斯也会出高价报答你们的。'

"这自然令我们急于想要知道事情的结果，我们当时并不知道希腊人竟狡诈到如此地步。狡猾的西农，继续讲着他的故事：'多年的战争使人们感到厌倦，常常想放弃战争，撤离特洛亚。要是他们撤退了那该多好啊！但是每次他们开始行动的时候，凶猛的风暴挡住了他们，惊涛骇浪使他们退却。当这匹用杉木板制成的马做好的时候，狂风暴雨大作，响彻天空。我们在焦急中派欧利皮鲁斯去请教阿波罗的神谕，他从庙里带来了可怕的消息：希腊人，你们当初驶往特洛亚的时候，杀了一个少女祭献神灵，才使风暴得以平息；现在你们要回去，也必须牺牲一个希腊人，才能保证前途平安。众人听到这话之后，个个心惊胆战，不寒而栗，不知道神意要的人是谁，不知道死亡的命运会落到谁的头上。这时人们鼓噪起来，奥德修斯就把占卜人卡尔卡斯带到众人面前，逼着他说出谁是神意所指的人。很多人都预言我将是这个罪恶阴谋的牺牲品，他们都沉默无语，等待这事的结果。一连十天，卡尔卡斯把自己关在帐篷里，默不作声，不透露谁是牺牲者。但是奥德修斯大声地催促他，最后，卡尔卡斯按事先约定，打破缄默，指定我做牺牲。众人都一致赞成，个个都怕这命运会落到自己身上，当它落到别的倒霉鬼身上时，他们都松了一口气。可怕的日子很快到来了；一切都准备好了，谷粮用盐拌过，红白彩带箍在了我头上。老实说，我挣脱了捆绑，侥幸没死，整夜我躲在湖边的水草丛中，看他们什么时候开船离去。我没指望我还能再见我的故乡、我的儿子们和我所思念的父亲；希腊人可能在他们身上泄愤，杀死可怜的他们以惩罚我的罪过。我请求你们，看在天神和维护真理的众神灵的分儿上，看在人世间神圣不可侵犯的诚信分上，就可怜可怜我这个受尽折磨、满腹冤屈的人吧！'

"他的眼泪，不仅使我们饶了他的性命，而且还开始可怜他。普利阿姆斯首先亲自下令给他松绑，去掉手铐，和善地对他说道：‘不管你是谁，现在希腊人已经撤退，赶快忘了他们吧。现在我们是一家人了，现在我要你如实回答几个问题：他们造这样一匹大马目的何在？是谁的主意？他们求的是什么？这马是用于某种仪式，还是一件战争机器呢？’普利阿姆斯说完，惯于欺骗、诡计多端的希腊人西农高举刚解脱了捆绑的双手，手心朝上，说道：‘请替我作证，永恒的星光，神圣的神灵，神坛，可怕的刀斧，和戴在我头上的彩带。我有权解除我的一切义务，这些义务只在希腊人眼中是神圣的，我有权痛恨他们，揭开他们的阴谋，现在我不受我国的任何法律所约束。我会说出实情，好好报答你的恩情，你们是信守承诺的，那我也要实践自己的诺言。

“‘从战争一开始，希腊人就寄希望和信心于雅典娜的帮助上。可是有一天，亵渎神灵的狄俄墨得斯和多行不义的奥德修斯爬到雅典娜的神庙，杀死守卫，抓起特洛亚的护佑雅典娜神像，竟用沾满血污的手触及了这位处女神头上的彩带；从此希腊人的希望就像退潮般流走了，消逝了，他们失去了斗志，女神不再保佑他们了。女神还用明显的征兆显示出她的不高兴：当她的塑像刚被安放在希腊营帐里，塑像的眼睛里就发出耀眼的光芒，四肢流淌着汗水；更神奇的是，她手里拿着盾牌和长矛，在地上跳了三跳。

“‘立刻卡尔卡斯宣称神意是希腊人必须走海路逃离特洛亚，因为希腊人现在是不可能战胜特洛亚了，除非返回希腊再去请求神的旨意，得到神的帮助，像当初有神助一样乘风破浪来到特洛亚。他们现在返回祖国去，是因为他们想重整旗鼓，获得神的恩惠，希望在神的庇佑下，再渡海作战，给特洛亚来个出其不意。这就是卡尔卡斯对神兆的解释。他们遵照卡尔卡斯的建议，造了这巨大的木马，以赎盗窃和亵渎雅典娜神像之罪，企图消减罪孽。卡尔卡斯叫人用木板把马造成这样一个高耸入云的庞然大物，让你们不能把它拉进城门，或越过城墙进入城内，假如进了城，它将像过去保护我们一样保护你们的人民。他说，倘若你们损坏了献给雅典娜的礼物，普利阿姆斯的王国和特洛亚人将会有灭顶之灾——像我祈求上天让卡尔卡斯自己遭到报应一样，可是假如你们把这匹马弄进你们的城堡，那么亚细亚就将兵临阿伽门农的城下，战争的厄运就降到我们后代子孙的头上了。'

“我们没有被狄俄墨得斯和阿奇琉斯以十年战争和希腊人一千艘船舰所征服，而西农用欺骗和狡诈使我们落入了圈套，相信了他假惺惺的眼泪和诡计。

“这时，更可怕的事情发生了，可怜的特洛亚人对此毫无思想准备，因此十分惊慌。经过抽签，拉奥孔不久前担任海神尼普顿的祭司，他正在祭坛前宰杀一头大公牛，忽然一对巨大无比的水蛇从泰涅多斯岛的方向游来——我现在想起这事仍心有余悸，它们游过平滑如镜的海面，一直向海岸游来。它们高耸的胸膛和血红的蛇头露出海面；蛇体的其余部分在波涛中蜿蜒前进，哗啦哗啦，溅起浪沫水花。很快它们就游到了岸上，伸吐着长长的蛇芯，嗤嗤有声，火焰般的眼睛四面环顾，阵势着实吓人。我们吓得面无血色，四散奔逃。两条蛇就直奔神坛而去；先是两条蛇每条缠住拉奥孔的一个儿子，用毒牙咬住他们可怜的肢体，把他们活活吃掉了；拉奥孔听见儿子的呼救声，拿着长矛来救两个儿子，这时两条蛇用它们巨大的长鳞的身躯把拉奥孔缠住，拦腰缠了两圈，接着又在拉奥孔的颈子上绕了两圈，它们的头高高昂起。这时，拉奥孔疯狂用手摆脱蛇的缠绕，污血和黑色的蛇毒沾满了他头上的彩带，他那可怕的呼救声充斥天空，就像神坛前的一头牛已被砍上一斧，抖掉头上的斧子，逃跑时发出的咆哮。可怜的拉奥孔和他的儿子都被这两条蛇活活吃掉了。之后，两条巨蛇游向处于城堡高处的雅典娜神庙，盘绕着藏进女神脚下的圆盾牌下面去了。这景象使得众人更加感到心惊胆战，惶恐不安。人们说拉奥孔罪有应得，不该用罪恶的长矛去刺这神圣的木马，扎穿马背。人们高喊道，快把这匹马拉到它应在的地方，并祈求神灵的恩典。

“接着我们拆毁一段城墙，城里的建筑暴露在我们的眼前。人们一起努力，给马蹄安上滚轮，方便移动，又往马颈套上麻绳。我们把这部暗藏敌人的可怕机器推上了我们的城墙。青年男女们围着它唱赞美诗，用手摸着绳索，期盼得到好运。马爬上来了，高大可畏地停在城中。特洛亚啊！众神的家伊利乌姆啊！睥睨一切的特洛亚城啊！这匹马在城墙的入口处被绊了四次，每次在马肚里都有兵器的咣当声；但是我们毫不在意，疯狂使我们失去理智，我们努力前进，最终把这邪恶的怪物安置在我们神圣的城堡里。这时卡桑德拉再次预言我们将会大难临头，但是神命令特洛亚人不要相信她。我们这些可怜的人在我们的末日里，却用节日的花叶装点城里的每一个神龛。

“天宇运转，黑夜来临，夜幕遮盖了天地，掩盖了希腊人的奸诈；全城寂静无声，睡眠笼罩着疲倦的特洛亚人们。这时在朦胧月色的掩护下，希腊人的舰队离开了泰涅多斯岛，悄悄地向陆地驶去，突然间，阿伽门农的船上点起了信号火，西农在不公正的命运之神的保护下，偷偷地打开了木马的机关，放出里面藏着的希腊人。马肚敞开了，他们又呼吸到新鲜空气；特桑德鲁斯和斯特涅鲁斯两位领袖从马肚里顺着一条绳子溜下来，还有无情的奥德修斯，接着是阿卡玛斯和托阿斯，阿奇琉斯的儿子皮鲁斯，玛卡翁王，墨涅劳斯，还有制造木马的厄佩俄斯。他们杀死岗哨，打开各个城门，按预定计划，他们把同伴迎进城里，两支队伍会合了。他们占领了这被睡眠和美酒埋葬了的城市。

“最受人欢迎的神赐的礼物——睡眠悄悄地爬上人们疲劳了的四肢，让他们安详地睡觉的时候，我梦见赫克托尔站在我面前，满面忧戚，痛哭流涕；浑身是尘土和血污，就像当初被拖在战车后那样，两只脚用皮带穿透的地方是肿的。天啊，他看着真是悲惨呀！这跟从前的赫克托尔——胜者归来，披着阿奇琉斯的盔甲，向希腊船舰投掷特洛亚火把的人，完全不一样啊！他的胡须蓬乱肮脏，头发里凝结着血块，满身伤痕，这些创伤是被拖着环绕他出生的城所遭受的。在梦里，我情不自禁地哭了起来，悲伤地说道：‘特洛亚的明灯，特洛亚人最可靠的希望，怎么这么久没见你啊？我们等你等得好苦啊，赫克托尔，你是从哪儿来的啊？你的家人很多都死了，我们的人和国家经历了许多艰难困苦，我们现在很疲惫，真高兴又见到你啊！是谁这样卑劣损毁了你高贵的尊容？为什么满身伤痕累累？’他没有回答，对我这些没有用的问题不加理会，而是深深地叹了一口气，悲痛地说道：‘女神之子，快些逃吧，逃离这熊熊烈火吧。城已经破了，特洛亚巍峨的城堡已经倒塌了。你为祖国和普利阿姆斯付出的已经足够了；倘若人的力量能保住特洛亚，我早就保住它了。现在特洛亚把它的一切圣物和家神，都交付给你了；带着它们去面对你的命运，给它们找一座和现在这个同样伟大的城邦，当你漂洋过海之后，有一天你将要建立一个伟大城邦的。’说完，他就从神庙的后堂捧出了神圣的彩带、神力巨大的维斯塔女神像和她的永不熄灭的火。

“这时，城市里一片混乱，哀号声响彻天空。即使我父亲安奇塞斯的房子地处偏远，隐藏在一片树林中，但是厮杀声也越来越响，兵戈相交的声音不断传来。我从梦中惊醒，爬到屋顶高处，站在那儿侧耳倾听，就像狂风刮过，一片麦田着了火；又像山洪暴发冲进了田野，毁灭了耕牛辛劳耕作的庄稼，冲倒了高大的树林，而牧羊人站在高高的岩石顶上，听着这吼声，吓得惊慌失措。真相已经水落石出了，希腊人的诡计已经得逞了。代佛布斯的巨厦已被火所毁倒塌了，而与之为邻的乌卡勒冈的房子也在燃烧；宽阔的希格乌姆海峡被大火照得通红。喊杀声和号角声四处响起。我稀里糊涂地拿起了武器，但拿起武器，我也没有什么明确的作战计划，心里只有一个念头，想号召一批伙伴，冲进城堡去战斗；我愤怒得近乎疯狂，我只想：我要战斗，即使死去也是光荣的。

“这时潘土斯来了，他在城堡上阿波罗庙里当祭司。他躲过了希腊人的刀剑，手捧着圣物和失败了的神的塑像，带着他的小孙儿，十万火急般地跑到我们家里。我问道：‘潘土斯，现在哪里的战斗最激烈，我们就在哪里抵抗？’我还没说完话，他悲叹地回答道：‘特洛亚的末日已经来到了。无论我们如何努力，也改变不了这个现实了。咱们特洛亚人完了，伊利乌姆完了，特洛亚人的光荣辉煌已成过去；现在这一切都属于希腊人了，这是无情的朱庇特的意志；希腊人已经是城市的主人，整座城已在燃烧。木马高高地屹立在城内，放出了一批武士，西农得意扬扬地四处放火。希腊人的主力，成千上万地聚集在敞开的城门边，他们都来自米刻奈；还有一部分堵住关隘，拿着武器，打击抵抗者；人们拿着明晃晃的刀剑，排成一行，随时准备杀人；城门的守卫在抵抗，几个回合就败了下去。’潘土斯所说的话让我意识到这是神的旨意，于是我就冲向火光剑影中，听凭无情的复仇女神的召唤和直冲云天的战斗声的召唤。在月光下我遇到里佩乌斯和骁勇善战的埃皮土斯，还有希帕尼斯和狄玛斯也聚集在我身边，还有年轻的科罗厄布斯。科罗厄布斯是密格东的儿子，数日前才来到特洛亚的，因为他疯狂地爱恋上了卡桑德拉，他率领军队来支援特洛亚，借此赢得普利阿姆斯的女儿，但不幸的是，他没有听那个能占卜未来的未婚妻的警告。当我看到他们并肩站着，对战争毫无惧色，我鼓励他们说：‘诸位勇士，现在勇气已不能帮助我们了。倘若你们决心要跟我一起奋战到底，那你们自己可以看看我们的结果将如何：护佑我们的神都已抛弃了我们，你们想拯救的城市已经烧了起来，我们现在只有在枪剑中战死。被征服的人只有孤注一掷了。’

“我的话更激发了这些年轻人的斗志。就像一群饥饿的狼盲目地奔走在浓雾中寻找食物，而留在窝里的狼崽却嗷嗷待哺，正等着它们回去。我们穿过敌阵，穿过枪林，向死亡进发；我们在黑夜的笼罩下来到城市的中心。没有任何语言能描述那天晚上的屠杀和惨烈。说到那天晚上的苦难，眼泪都会止不住。一座辉煌的古都陷落了，街道上，庭院里，神庙的台阶上到处是尸体。被杀的不光是特洛亚人，有时候当被征服者鼓起勇气，作为胜利者的希腊人也倒下了。到处都是痛苦和恐惧，还有各种各样的死状。

“首先，我们遇到了安德罗格斯和他的部下，他错把我们当成自己人了，还没来得及等我们开口，他就友好地对我们说：‘快些啊，伙计们，为什么你们还这么磨蹭呀？大火烧起来了，别人都在抢东西呢，你们是刚从大船上下来的吗？’他说完，还没有得到我们的答复，就发现自己已被敌人包围了。他大吃一惊，赶快后退，他的声音也变弱了。就像一个人重重地踩在多刺的荆棘丛里，不留神踩着一条蛇，被激怒的蛇则高高昂起它那膨胀的铁青的头，他害怕得赶忙退缩；安德罗格斯看见我们也吓得发抖赶忙退却，而我们则冲向他们，密密地将他们包围起来；他们不熟地形，再加之突然遇袭，就在慌乱之中全被我们消灭了。初次交锋，我们就取得了胜利。胜利和勇气冲昏了科罗厄布斯的头脑，他说道：‘朋友们，命运女神已向我们招手，给我们指点了得救的出路，那就让我们接受吧：让我们拿起希腊人的盾牌，戴上他们的徽章，谁管你是靠勇气还是诡计来对付敌人的？用希腊人的武器来武装我们吧！’说完，他就戴上了安德罗格斯的羽盔，拿起他的雕饰精美的盾牌，把他的希腊宝剑挂在腰里。里佩乌斯、狄玛斯和其他所有的青年武士都高兴地依样效仿，用刚掳获的战利品来装备自己。这样，我们继续向前行进，跟他们混在一起，在伸手不见五指的黑暗中与他们交锋，杀死了许多希腊人。还有一些希腊人就干脆逃回了船上或跑到安全的海滩上，而有的甚至害怕得又爬回到马腹里藏了起来。

“唉，敌人的神是绝对不能相信的！我们看见普利阿姆斯的女儿卡桑德拉被人从雅典娜的神庙里拖了出来，她披头散发，只能用冒着火的双眼怒视着上天，她的两只纤手被绑着。科罗厄布斯看见此情景，难以忍受，狂怒之下冲进敌人队伍，这是在自寻死路。我们全都拿着武器，跟着冲杀上去。这时一阵如雨的标枪朝我们射来，雅典娜神庙屋顶上的特洛亚人看见我们穿的盔甲和戴着插有羽毛的希腊头盔，错把我们当成了希腊人，于是发动了一场悲惨的屠杀。希腊人见我们救了卡桑德拉，愤怒地咆哮起来，从四面八方向我们聚拢攻击，其中有愤怒的小阿亚克斯，还有阿伽门农和墨涅劳斯和全部多罗皮亚的军队。这景象就像飓风兴起时，风从四面八方撞到一起，西风、南风、驾着黎明之马的轻快的东风；树林呼啸，海神涅瑞乌斯拿起三叉戟搅翻大海，白浪滔天。还有先前在黑夜中被我们打败、被我们赶跑的那些希腊人又回来了；他们首先看穿我们的武器和盾牌有诈，也注意到我们的口音和他们的不同。他们人多势众，一下就压倒我们。科罗厄布斯首先遇难，佩涅勒乌斯在战争女神雅典娜的神坛前杀死了他；里佩乌斯也阵亡了，他是特洛亚最公正的人，从来没做过不义的事，但是天神们没有理会他的正义之心；希帕尼斯和狄玛斯也死了，是被他们的同胞刺死的；还有你，潘土斯，你作为阿波罗祭司而戴的彩带和你的虔诚，也没能让你幸免于死亡。烧成灰烬的特洛亚啊，烧死了我的同胞们的火焰啊，请替我作证，在你们倒下来的时候，我没有在希腊人的刀枪和战争的危险中退缩不前，我情愿被希腊人杀死，可是命运没遂我愿。这时我们被打散了，跟我一起的只有年老迟缓的伊非土斯和被奥德修斯打伤而行路迟缓的佩里阿斯；接着，我们听见从普利阿姆斯的王宫传来一阵呐喊声，我们直奔那儿。那儿的战斗极其激烈凶残，再没哪里的战斗能比这儿更惨烈、更悲壮啦：在这里战神极度疯狂，希腊人冲上屋顶，希腊人头顶盾牌攻打宫门。希腊人把梯子牢牢地靠在墙上，紧挨着门柱沿着梯子向上爬，左手拿着盾牌挡住投枪保护自己，右手攀住屋顶。特洛亚人看到自己已无幸存可能，但求一死，他们拆掉宫殿的碉堡和屋顶，投掷下来保卫自己。他们把描金的横梁抛下去，这是特洛亚世代引以为傲的东西。有的人在下面举着宝剑，并肩站着，堵住宫门，保卫着它。我们又鼓起勇气，决心要保卫王宫，给守卫者以支援，给被征服的人们增加点力量。

“王宫里有一个密道，它通向王宫的各个地方，这个密道的出口就在王宫的后面。我们的帝国还存在的时候，可怜的安德洛玛刻经常独自领着阿斯提阿那克斯从这里去公婆家，让孩子去看祖父。我进入密道登上了王宫屋顶最高处，可怜的特洛亚人正往下面投掷毫无作用的标枪。在屋顶的边缘有高耸的碉堡，从上面可以眺望整个特洛亚、希腊人的营地和舰队。我们用铁杠砸这碉堡四面，我们砸开了碉堡的上下层接缝，推倒上面一层，又从屋顶上把它推下去；伴随着一声巨响碉堡落下去砸死了下面一大片希腊人。可是其他的希腊人跟了上来，我们还是不停地往下抛石块和各种枪械。

“皮鲁斯，穿着耀眼的青铜盔甲，站在王宫的门厅前，睥睨一切。就像一条吃饱了秽草藏在地下冬眠的蛇，现在又出现在阳光中，蜕了皮呈现新的和青春的光彩，卷起滑溜的躯体，昂首挺胸，向着太阳，三叉舌在嘴里闪动着。和他在一起的有高大的佩利法斯和阿奇琉斯的侍从奥托美东，如今是皮鲁斯的侍从，还有全体斯库罗斯青年兵士，他们都来到王宫，向屋顶投掷火把。皮鲁斯自己站在前列，手持斧头砍那结实的门槛，从柱槽里扯出包铜的门柱，接着又在坚硬的橡木门扉上砍出一个缺口，好像一个张着大嘴的窗口。王宫内部一目了然，长方四合庭院出现在眼前，可以看见普利阿姆斯和前代君王的厅堂，门前有武装卫士护卫。王宫内到处一片混乱和哀号，妇女们痛哭喊叫的声音从后宫深处传来，尖叫声直冲霄汉。夫人们惊慌地在殿堂里乱转，或抱住庭柱不住地亲吻。皮鲁斯进攻时，像他父亲一样凶猛。上闩的大门和卫士都挡不住他的攻击。在羊头锤的撞击之下，大门破了，门轴从轴槽里拉开，门倒了。暴力辟开了一条路：希腊人闯过去砍倒了卫士，一拥而进，王宫到处都是他们的人。他们就像那凶猛翻滚的洪水，冲破堤坝，横扫一切阻挡去路的障碍，最后那疯狂的洪流涌进了田地，将棚里的牛群一扫而空，但他们的势头比洪水还猛。我亲眼看见皮鲁斯杀气腾腾，还有阿伽门农和墨涅劳斯；我亲眼看见赫枯巴和她的一百个女儿和儿媳，还有普利阿姆斯，在神坛前用他自己的血玷污着他所供奉的圣火。五十间本该延续宗嗣的婚房和那些装饰着金器和战利品的华丽的柱子，都倒塌了。烈火没有烧掉的地方都被希腊人摧毁了。

“你也许想知道普利阿姆斯是怎样死的？当他看见特洛亚已经陷落，宫门已被打开，敌人已经进了室内，虽然年老体衰，他仍把那久已不用的甲胄披在他那颤颤巍巍的肩上，把一柄用不上的剑挂在腰间，冲进敌群，奔赴死亡。在宫殿中央一片露天的地方，有一座大神坛，旁边有一棵老的月桂树，它的树荫覆盖在神坛的上空，隐蔽着各位家神。赫枯巴和她的女儿们坐在神坛周围，抱住神像，像被黑夜的风暴吹落的鸽子，挤成一团。这时赫枯巴看见普利阿姆斯穿上了少年时候的甲胄，对他说道：‘可怜的丈夫啊，你全身武装起来是为了什么呀？你想做什么呀？你想到哪儿去？现在不需要你去参加战斗，或做任何形式的抵抗；即使我的赫克托尔现在还活着，也是如此。来这儿吧，这神坛会保佑我们大家的，否则也让我们死在一起。’说着她把老王拉到自己身边，让他坐在圣坛前。

“这时普利阿姆斯的一个儿子波利特斯，逃脱了皮鲁斯的杀戮，带伤冲出了敌阵，顺着长长的走廊奔向空无一人的厅堂；皮鲁斯在后面紧追着他，想用手上拿着的长矛刺死他。正当他跑到他父母跟前的时候，他倒下去死了，血流了一大片。普利阿姆斯看见这光景，明知自己也必死无疑，仍无法克制自己的愤怒，对皮鲁斯高声喊道：‘倘使上天还有正义，还主持公道的话，那么天上的神是会给你惩罚的，对你干的这些残暴的罪恶会给你应得的报酬的——竟然当着父亲的面杀死我的儿子，用死尸来亵渎他的父亲。你简直妄称是阿奇琉斯的儿子，阿奇琉斯对待他的敌人也没有过这样；他还是尊重一个乞求者的权利，遵守信义的，把赫克托尔的尸体还给了我埋葬，让我平安地回到都城。’老人说完，向皮鲁斯投去长矛，但是那枪太无力了，咚的一声被皮鲁斯的铜盾挡住，悬在盾牌中心的铜纽上。皮鲁斯回答道：‘既然那样，那我就派你去给我父亲送个信，别忘了告诉他我干的这些坏事，他的儿子如何辱没了他。现在就去死吧！’说着他就把这颤颤巍巍的老人揪到神坛前，拖过他自己儿子的血泊，左手挽住老人的头发，右手扬起光亮的宝剑刺入他的腰，只剩刀柄露在外面。就这样，普利阿姆斯结束了一生；临死前，他看着特洛亚在熊熊烈火中毁灭，看着曾经国富民强、雄霸亚洲的特洛亚帝国遭到灭亡。他的硕大的身躯被抛弃在海滩上，头被割了下来，成了一具无名的尸体。

“这是我首次感到非常恐惧，我被吓呆了；看到与父亲年龄相仿的普利阿姆斯老王可怕地被杀害，我想起了我亲爱的父亲，我又想起了无助的克列乌莎，想起被掠夺得空空如也的家和儿子小尤路斯。我环顾周围，看看还有什么人在身边，但所有的人都弃我而去，他们战得精疲力竭了，有的从高处跳到地面摔死了，有的绝望之余倒在火里烧死了。现在就只剩我一人了。我正徘徊不定，趁着火光到处张望的时候，忽然看见海伦静悄悄地躲在维斯塔神庙的进门处，一动不动。她怕特洛亚人愤恨，因为特洛亚的已毁灭；又怕希腊人惩罚她，还有被她抛弃的丈夫的怨怼，她是特洛亚和祖国共同诅咒的对象，因此她这遭人痛恨的人便躲在神坛旁。我一时怒火中烧，愤恨使我要为家国报仇雪恨，要以罪恶惩罚罪恶。我想：‘好啊，我能让她不受惩罚，又回到斯巴达和她的祖国米刻奈去吗？又安享王后的身份吗？我能让她重见丈夫、家园、父母和孩子，由一大群特洛亚的贵妇和奴仆围着服侍她吗？普利阿姆斯死于刀下，特洛亚烧成灰烬，特洛亚的海滩遍地血污，而她却能逃脱惩罚？不行！杀一个女人不会有什么荣耀，这种胜利也不值得称颂；但是我惩罚了罪有应得的人，消除了罪恶，那样发泄我的复仇之火，抚慰我的那些亲人们的在天之灵，也是一件快事啊。’我正在这样自言自语，怒火已使我失去理智近乎疯狂的时候，我那慈祥的母亲就出现在了我的面前，形象较我之前所见更为清晰，夜色中她更加容光焕发，显出天神本色，她的美丽和气质，正是天上诸神所见的那样。她用手拦住我，轻启朱唇对我说道：‘孩子，什么样的痛苦引起你这样无法控制的愤怒？为什么生这么大的气呢？为什么把对家人的关心忘掉了呢？你难道不该先看看你那年老又疲惫的父亲安奇塞斯在哪里？你的妻子克列乌莎和你的孩子阿斯卡纽斯还活着吗？成群的希腊军队在他们周围四处搜索，要不是我保护着他们，他们这时不是被烈火烧死，便是死于敌人的刀枪下了。你不用怪罪海伦的罪恶的美貌，也不要责备帕里斯，是无情的天神，是神的意志，毁灭了富庶的特洛亚，推倒了它高大的城堡啊。让我来驱散你周围乌黑的云雾，它们遮蔽了你的双眼；你不要害怕执行你母亲的命令，也不要不服从她的劝告。你看那残石乱飞、烟尘滚滚的地方，那是尼普顿用手中巨大的三叉戟在挖掘特洛亚的墙基，想要捣毁整个城市。在那儿，首先占领了西门的是盛怒的朱诺；她腰悬宝剑，满腔杀气地召唤从船上下来的同盟军。再看看这儿，城堡之巅坐着雅典娜，精神焕发，拿起她的兴云的盾牌，上面刻着可怕的米杜萨的首级。甚至天父朱庇特自己也给希腊人勇气，鼓励众神对抗特洛亚人。我的孩子，快逃命吧，结束这场苦难吧。不论你到哪儿，我都保护着你，现在我要把你平安地带到你父亲的家门口。’说完，她消失在黑夜的阴沉里，而我看到的却只是一些面目阴森可怖的仇视特洛亚的神。

“这时，我看见整个特洛亚烧成了一片火海，这座海神尼普顿的城市完全倾塌，只剩残垣断壁了。这就像山顶上一棵老桉树，农夫们围着争相砍伐，一斧接着一斧，树干被砍得摇摇晃晃，树梢也随之颠来倒去，最后慢慢倾倒，咔嚓一声顺着山脊滚下去了。

“我走下屋顶，在女神的指引下，平安穿过了火光剑影，敌人的刀枪给我让路，烈火后退。我来到我父亲的这座老房子，一开始，我就打算带他躲到山里去，可是他拒绝在特洛亚遭到灭亡时过流亡的生活。他说：‘你们还年轻，年富力强，精力充沛，赶快逃跑吧。倘若天神要我继续活着，他们会保佑我的家室。我已经看见我的城市毁灭过了一次，并平安无恙地渡过了难关。一次就够了。你们与我告别之后就离开我吧，让我这副老骨头就躺在这儿吧。我有自己的死法，敌人会可怜我的，他们只顾抢东西，至于埋葬，那倒省得我费力了。万能之王用疾风似的雷电打击我，电火烧到我身上，从那时起我就遭众神憎恨，苟延残喘地活着。’

“他这样说着，决心已定，不肯动摇。我和我的妻子克列乌莎、儿子阿斯卡纽斯和全家人都痛哭流涕地央求他，说他作为一家之主，千万不要这样毁灭我们的希望，我们的负担已经够重了，不要再给我们增加重量了。可他还是一再地拒绝，不改变他的主意，仍要留在这间房子里。我心里悲痛万分，不知如何是好，不知前途怎样，我准备回去战斗，只求一死。我对我父亲说：‘父亲，你真以为我会离家弃你而不顾吗？一个为父的人能说出这样可怕的话吗？倘若天神的意志是要这座伟大的城市的人死尽灭绝，倘若你已下定决心，要让你自己和你的家人和行将灭亡的特洛亚一起毁灭，那么死亡的大门便是敞开着的；皮鲁斯顷刻就会来到，他的手上沾满了普利阿姆斯的鲜血，他曾当着父亲的面把儿子杀死，又把父亲杀死在祭坛前。慈爱的母亲啊，你救我逃出火光剑影就是为这个吗？就是要我看见敌人闯进我的家，杀死我的父亲、儿子和妻子，让他们彼此躺在亲人的血泊里吗？快，伙伴们，拿我的刀来，被征服的人们已到了最后的时刻。让我回去找希腊人，让我重返战场吧。即使今天我们都死了，也要报仇雪恨。’

“说毕，我重新挂上刀，把盾牌在左臂上套好。正要准备离开家门的时候，妻子却站在门口紧紧抱住我的腿，还把小尤路斯拉到我的跟前，对我哭道：‘如果你要去死，那就带上我们去，跟你共同赴难；但是你若根据你对战斗形势的判断，就认为拿起武器来尚有希望的话，那么你的家则是你应当首先要保护的。否则，你想把小尤路斯、父亲、你的妻子交给谁去照顾呢？’

“她一边说一边哭着，整座房子都充满了她的哀哭声。这时忽然发生了一个奇迹。尤路斯站在愁眉苦脸的父母之间，双手搀着他们，突然从他的头顶上冒出一条发着光亮的淡淡的火舌，火焰舔着他柔软的头发，在他的前额跳动，但并没烧伤他。我们心惊胆战，急忙扑打他头发上的火焰，又用水浇灭这圣火。但是老父安奇塞斯高兴地抬起眼睛遥望星空，伸出手向上苍祷告道：‘全能的朱庇特，倘使我们的祷告能改变你的意志，请你看看我们；我只求一件事，倘若我们的虔诚还值得你的惠顾，天父啊！请给我们一个好征兆证实这个奇迹。’

“老人话还没说完，忽然从左面响了一声霹雷，一颗流星拖着一条火光，划过黑夜的天空。我们看见这颗流星掠过我们的屋顶，划出一条银线，落到伊达山的树林后面去了。同时它后面拖着的一条尾巴发出耀眼的光芒，周围的大片地方布满了硫黄气味的烟。这回我的父亲信服了，站起身来，仰面朝天，膜拜这颗圣星，又向天神祈祷：‘现在我不再迟疑了，无论你们指引我到哪里，我就跟到哪里。祖国的神祇，保佑我的家室，保佑我的孙子吧。你们证实这是个好征兆，特洛亚在你们掌握中啊。孩子，我不再坚持了，我愿同你一起走。’老人说完，全城大火烧得更响了，滚滚热浪越来越近了。我说：‘亲爱的父亲，快走吧，爬到我的背上来，让我背着你，这对我来说不算什么。不管前途怎样，我们同舟共济。小尤路斯跟在我身边，我的妻子，在后面跟随着。还有你们，我的家人们，你们都要注意听我说的话。你们出城的时候要经过一个小丘和一座荒废了的司农女神克列斯的古庙，旁边有一棵多年来我们祖宗供奉的古柏。我们分头出城，在这个地方会合。父亲，你把咱们家的圣物和所有的家神拿好；我不能碰他们，我还没有用活水洗净我的双手，因为我刚经过一场恶战，手上还沾有血污。’说着我就把一件褐色狮子皮披在我的背上和颈项上，蹲下来背我的父亲，小尤路斯紧握着我的右手，亦步亦趋地跟着我；我的妻子在后相随。我们专挑黑的地方走。我没有被敌人的枪林刀阵吓倒过，也没有被敌人的密集的部队吓倒，现在任何一阵风吹草动都使我提心吊胆，为之害怕。我为身边走着的孩子担心，又为我背着的父亲担忧。

“这时我快到城门了，心想一路还算平安，忽然我听见一阵急促的脚步声，我父亲在黑暗中望了望，说道：‘孩子，快跑，他们来了，我看见明晃晃的青铜盾牌了。’我焦急慌忙，失去了理智，我慌不择路地离开了我熟悉的街道，走到了没有路的去处，唉，惨啊！我的妻子克列乌莎失散了，也许她就是苦命，没有跟上来，也许是她迷了路，也许是她走累了，倒下了？我不知道，从此以后我们谁也没再看见她；我在我们到达山丘和克列斯女神的古庙之前并没有回头看看她，也没有想起来要去看看她，都怨我啊。等我们大伙都到齐了，才发现少了她一个人，她的同伴、孩子和丈夫——竟然谁都没有注意她走散了。我陷入疯狂，我诅咒一切的神还有所有的人；她的丧失比我在这覆灭了的城市里所见到的一切更使我伤心。我把阿斯卡纽斯和我的父亲安奇塞斯和特洛亚的家神都托付给同伴，让他们隐蔽在一条曲巷里，我又穿上我明晃晃的盔甲，返回到城里去。我决心再冒一次险，寻旧路再往特洛亚走一趟。我首先到我们刚才穿过的幽暗城门，在夜色之中我仔细找寻自己的足迹，顺着它们往回走。一路上我提心吊胆，周围一片寂静也使我十分害怕。我往我们的家走，心想万一她回家去了。但是希腊人已经占领了我的家。这时大火随着风势蔓延到了屋顶，火焰已经冒过房顶，冲向天空。我继续往前走，又来到城堡上普利阿姆斯的王宫。在朱诺庙的空荡荡的廊下，在朱诺的保护之下，腓尼克斯和残忍的奥德修斯被指定负责看守战利品。这里堆着从各处庙宇里抢来的特洛亚的珍宝、祭神的桌子、真金的酒樽和抄来的衣服。一长列心惊胆战的儿童和面色惨白的妇女站在周围。我在黑暗之中甚至冒险地呼喊起来，我的喊声在街道中回响，我一遍又一遍悲痛地呼唤‘克列乌莎’，但是仍没有回应。我正在城里各处房屋中无休止地、疯狂地寻找她，忽然可怜的克列乌莎的亡魂竟然出现在我的眼前，满面愁容，她的形象比往常要高大。我吓得动弹不了，头发直竖，说不出来一句话来。接着，她安慰我道：‘亲爱的丈夫，你为何要纵情于无谓的悲伤？发生的这一切是神的意志，命运和奥林匹斯山上最高统治者不允许克列乌莎伴你远行。你将要四海漂泊，流放到远方，最后到达“西土”，那里吕底亚的第表河，缓缓地流经人们耕种的肥沃土地；在那里，幸福和一个国家在等着你，你将娶一位公主为妻。不要为你心爱的克列乌莎伤心流泪；我不必去忍受希腊人的傲慢，也不会给希腊的主妇们当家奴，我是特洛亚人的后裔，我是女神维纳斯的儿媳；伟大的众神之母库别列把我留在特洛亚土地上了。就此告别吧，好好疼爱咱们俩的儿子。'

“她说完，我哭着想跟她再多说些话，但她却离我而去了，化成一阵清风消逝得无影无踪。我三次想用双臂去抱她的脖子，可三次都扑了空，她不让我捉到她，就像一阵轻风，又像一场梦似的飞走了。

“夜已阑珊，我回到同伴们身边。我吃惊地发现又有许多新来者聚集在这儿，有母亲，有男人，都可怜地聚在一起准备逃亡。他们来自四面八方，带着行李，决心让我带领他们到海外，到任何地方去定居。这时启明星已从伊达山巅升起，白昼来了，希腊人依然把守着城门，任何援救都是徒劳的；我无可奈何，背上父亲，向山里走去。”

卷三

引言——埃涅阿斯继续讲述经历：特洛亚覆灭后，埃涅阿斯建造船只，出发于夏季开始时。埃涅阿斯一行航行到阿波罗的提洛斯岛，埃涅阿斯祷告阿波罗，指示他去寻找命运之神安排的安身之地。安奇塞斯把神谕解释错了，埃涅阿斯一行离开提洛斯，前往克里特岛，准备在此兴建城市，但特洛亚的家神在梦中告诉埃涅阿斯他们的目的地是“西土”。他们遵循神谕，前往意大利，一路上登陆了许多岛屿，遭遇了许多前所未闻的事情。最后，埃涅阿斯一行到达西西里岛，在那里他的父亲安奇塞斯逝世。从这里出发他们遇到风暴，被吹到了迦太基。

“上天决定推翻亚细亚的特洛亚帝国和普利阿姆斯的不幸的人民，傲视一切的特洛亚灭亡了，尼普顿的都城在火烟中化为灰烬，接着天神向我们展示征兆，命令我们离开故乡，流浪到异乡荒凉的土地上去。于是我们来到伊达山下，安坦德洛斯城附近，建造船只；我不知道命运要我流浪到什么地方去，定居在何处。在初夏的时候，我的父亲安奇塞斯叫我们遵从命运的旨意扬帆下海，我流着眼泪告别了故乡的海岸、港湾和田野，告别了不复存在的特洛亚。我，一个流放者，到了海上，带着我的同伴、我的儿子、各处家神和特洛亚的众神祇。

“船队航行到一个由战神玛尔斯管辖的地方。特拉刻人耕种着这片地域辽阔的土地，凶猛的吕库尔格斯曾统治过这里。很久以前，在特洛亚兴盛的时候，它就和特洛亚来往甚密，亲如一家。我们来到海岸，准备奠基建造一座新城市，我还打算用我的名字给它命名，叫它埃涅阿斯城。但是命运不允许。

“我在海边杀了一头精壮的公牛，捧出圣物，向我的母亲维纳斯、其他神祇和天上众神之王祭献，请求他们保佑我们的建城的工作。我看见附近有座小山坡，山坡上长着茂盛的樱桃树和一丛浓密的桃金娘树，茂密的树杈像矛杆。我连忙走上去，打算从地里折些青条，用它的枝叶来装饰神坛。不料猛地出现了一个令人惊悚的奇怪现象。当我从地里拔出第一棵小树的时候，竟见一滴滴污血从树上渗出来，滴落在土地里。我浑身打个冷战，害怕得仿佛血都凝固了。我想看看这里面隐藏着什么秘密，又去拔另一棵坚韧的树；同样的事情又发生了，黑血又从树皮上流出来。我大惑不解，连忙向林中女神和管辖特拉刻田野的战神玛尔斯祷告，祈求他们逢凶化吉，把这凶兆变为吉兆。我又去拔第三棵树，我跪在地上试图把它连根拔起——我该说吗？还是该缄口？这时，我听到土丘深处发出一阵可怜的呻吟，好像有一个声音在回答我：‘埃涅阿斯，为什么你要伤害一个可怜的人啊？我就埋在这儿啊，不要再伤害我了，不要使罪恶玷污你虔诚的双手。我不是外邦人，我生来是特洛亚人，我是波利多鲁斯。这血是从我身上流出来的。我被一阵乱枪刺死在这里，生出了像尖矛一样的枝干。唉！赶快离开这贪婪的海岸吧，快离开这野蛮的国土。’我听了毛骨悚然，吓得我头发直竖，喉咙也说不出话来。

“原来当初不幸的普利阿姆斯看到特洛亚已被围困，对特洛亚能否胜利失去了信心，暗中让波利多鲁斯携带大量的黄金来到特拉刻，把他托付给特拉刻王照顾。后来特洛亚国力衰败，命运女神已不再眷顾它，特拉刻王就背信弃义投靠了胜利的阿伽门农一方，谋害了波利多鲁斯，用暴力占有了他的黄金。可诅咒的黄金欲驱使人什么事干不出来呢？等我回过神镇定下来后，我首先把神的预兆告诉了我的父亲和原来特洛亚人选出的几位领袖，并征求他们的意见。大家一致认为我们应赶快离开这邪恶的地方，远离这亵渎好客之礼的国家，趁风开船。因此我们又重新安葬了波利多鲁斯，在他的坟上添些新土，建了两座祭坛超度他的亡魂，在上面种植了一株黝黑的柏树和装饰了忧郁的深蓝色的飘带，按照我们的习俗，特洛亚的妇女披散着头发，站在四周。我们敬献上几碗冒着泡的热奶和牲口的血，让他的亡魂能在坟墓中安息，大声呼叫他的名字，向他做最后告别。

“我和同伴们就立刻聚集到海边，把船拖到海里。一阵和风把我们的船送入了宽阔无垠的大海，海湾、陆地和城市远远地落在了后面。我们航行到了提洛斯岛，它是涅瑞伊德斯的母亲和爱琴海的海神尼普顿最喜爱的地方。从前它是一座漂移的岛屿，阿波罗神为了感谢此岛把它固定在密科诺斯岛和险峻的居亚洛斯岛之间，使它能经历种种狂风巨浪的袭击而毫不动摇。疲惫的我们航行到了这里，找到了一个非常安全又平静的港口。我们下了船向阿波罗的城市致敬。国王阿纽斯，兼阿波罗神的祭司，头戴彩带和阿波罗的月桂枝，急忙出来迎接我们。他认得安奇塞斯是他当年的老朋友。我们友好地互相握手，一起向王宫走去。

“我怀着虔诚的心走进古老的石块筑成的神庙，向阿波罗祷告道：‘伟大的神啊，给我们一块容身之地吧，我们疲倦极了，给我们一座坚固耐久的城池吧，使我们子孙昌盛；让我们建立新的特洛亚城以保住我们这些从希腊人和凶狠的阿奇琉斯魔掌中逃出来的残余吧。谁是我们的指路人，你要我们到哪里去？哪儿是我们的家呢？神啊，给我们一些启示为我指点迷津吧。’我刚说完，忽然间一切好像都在震动，庙门和神的月桂树，整个山头都在摇动，而从开着门的内殿，祭司坐的三脚座发出了吼声。我们跪倒在地上，只听一个声音说道：‘多灾多难的特洛亚人，回到你们祖先的出生地吧，她将接纳你们回到她那慷慨的怀抱里。去找你们从前的母亲吧。在那儿埃涅阿斯这一族，他的子子孙孙，和他们的后代将在那块土地上成为万国的主宰。’

“阿波罗的话使我们大家高兴起来。大家纷纷议论阿波罗要我们这些流浪者到什么地方去，他指的这座城池在哪里？这时我的父亲回想起早些年的传说，他对大伙说道：‘诸位，请听我告诉你们希望在哪里。伟大的朱庇特有一座岛在大海中央，叫克里特，岛上有真正的伊达山，那儿是我们民族的发源地。克里特人有一百座大城，他们管辖的土地十分肥沃；我听到有人说我们的伟大的祖先条克尔就是从克里特出发到特洛亚去的，并在那里择地建都。那时还没有特洛亚城市和城堡，人们住在深谷之中。住在库别列山上的圣母和打着铙钹的科利班神巫和伊达山的树木也是从克里特来的；我们还从克里特学得祭祀时要保持肃静，用狮子为我们的圣母驾车。所以，来吧，让我们遵从神的旨意；让我祈求顺风，驶往克诺索斯去吧；如有朱庇特的佑护，航程不会太长，第三天早上我们的船就能到达克里特的海岸。’说着他在祭坛前奉上应献的供奉，献给海神尼普顿一头公牛，并将另一头献给英俊的阿波罗，献给暴风神一只黑羊，献给和蔼的西风神一只白羊。

“当时有个传闻，说克里特王伊多墨纽斯已被逐出他的王国，克里特岛已成了没人居住的地方，我们到达那里，没有敌人，只有空房子供我们使用。我们离开了提洛斯岛，乘船航行。我们经过盛产美酒的那克索斯岛、葱翠的多努萨芦苇岛、俄列阿罗橄榄岛、产雪白大理石的帕洛斯岛、分散在海上的库克拉德斯群岛，我们穿梭在激浪里，驶过海峡。水手们呼喊着竞相划桨；他们喊道：‘到克里特岛去，到克里特岛去，找我们的祖先去。’我们的船乘着海风，破浪前进。最后，我们顺利抵达克里特古岛。我开始忙着建筑我们所期盼的城市，我称它为佩尔噶蒙，我的人民很喜欢这个名字，我要求他们要热爱新的家园，并建造一座高大的城堡。

“这时，我们的船只差不多全部拖上了海岸，我们安顿下来，青年男女已在忙着婚嫁，耕种新的田地，我自己也忙着制定法律，分配房舍。但忽然一场可怕的瘟疫从天而降，大地被太阳烤得一片焦黄；草木枯萎，庄稼颗粒无收。人们美好的生命丧失了，肢体消瘦了，有的拖着病躯，苟延活着；我父亲叫我重新回到提洛斯去请求阿波罗的神意，祈祷他的保佑，请他告诉我们苦难什么时候结束，向何处求助，究竟该漂流何方。

“黑夜来临，世上万物都进入了梦乡。我在半梦半醒之际，特洛亚的几位家神出现在我眼前，他们是我从特洛亚火海中抢救出来的，皎洁的月光从窗口照射进来，在月光辉映下，他们的形象清晰可见。他们说的话，安慰了我的忧虑。他们对我说道：‘阿波罗亲自派我们来到你的房间，向你传达他的神谕。我们逃离了特洛亚的战火，跟随着你和你的武士们转战南北，又跟随着你们一起乘船渡过惊涛骇浪，将来也是我们把你的儿孙护送到天界，让你的王国君临天下。你是命运选定的人，注定要为伟大的神、显赫的后代建造一座伟大的城池，心甘情愿地忍受长途跋涉的辛劳吧。阿波罗没有让你把城建在克里特岛，定居在这儿，而是去另一个地方，希腊人称为“西土”，这是一片古老的土地，土地肥沃，人们武艺超群。最初那儿的居民是欧诺特人，据说他们的后代改称为意大利了，那是根据他们祖先意大路斯的名字命名的。意大利是我们祖先居住的地方，它才是我们真正的家园。我们的父辈达达努斯和雅修斯都是从意大利来的，我们都是他们的后裔。来，起来，高兴起来，告诉你年迈的父亲这些确凿无疑的话，他应该去寻找意大利。朱庇特拒绝你们耕种狄克特的田野。’神祇的显现和他们的一番话令我十分惊讶。这不是梦，他们头上的彩带，和他们的面孔都清晰可见。我不禁出了一身冷汗，从床上跳了起来，朝苍天伸出双手祈祷，将醇酒洒在炉火上，祭奠他们。我做完这些后，高兴地从头到尾对安奇塞斯说了这件事。他顿时大悟，自己又一次弄错了祖先的出生地，误解了神谕。他说道：‘我的孩子，你担负着特洛亚的命运的职责，我直到现在才想起，从前卡桑德拉预言过我们的命运是该这样的。她常常说起我们的未来在“西土”和意大利。可是当时谁信特洛亚人会到“西土”去呢？那时有谁重视卡桑德拉的预言呢？现在让我们遵从阿波罗吧，接受他的警告，去寻找意大利吧。’他说完，我们都高兴地接受了他的建议。我们乘船离开了克里特岛，少数几个人留了下来，我们驾起轻快的船，驶向无边的大海。

“我们的船只航行在大海中，海岸在身后退隐不见了。周围水天一色，无边无际。这时在我头顶上忽然聚起层层乌云，乌云带来黑夜和风暴。呼啸的飓风掀起万丈巨浪，排山倒海般向我们扑来，我们的船队被冲得七零八落，在这无边的波涛里漂流着；瓢泼大雨整夜倾盆而下，电光闪闪，不断地划开乌云。我们迷失了航向，在大海上盲目地漂荡。甚至我们的舵手帕里努鲁斯也不知是黑夜还是白天，不知道漂泊的船只在这茫茫大海中往什么方向航行。我们在暴风雨肆虐的大海上漂荡了整整三天，不见太阳和星辰。到了第四天，风浪平息了。在远方的地平线上可以看到层层的山峦和袅袅的炊烟。我们降下船帆，水手们毫不怠慢，一起用力摇橹前进。船掠过蓝色的海面向岸边驶去，激起朵朵浪花。我们幸免于难，到达了斯特洛法德斯双岛，这两岛遥相对望，都位于广阔的伊俄尼亚海，被希腊人称为回归岛。凶恶的凯莱诺和其他哈尔皮，自从离开菲纽斯的宫殿中，从她们大吃大嚼的餐桌上被吓走以后，就在这块荒山野地住下来。哈尔皮是一切妖怪中最狰狞可怕的，天神的谴责没有比这更残酷的了，从冥河出来的恶魔没有比这更坏的了。她们是鸟身，少女的脸，肚子里流出的污秽令人作呕，她们的手是利爪，面色总是苍白的饥色。我们在这里登陆上岸，看见田野里草地上活跃着没人看管的肥壮牛羊。我们提着剑走向它们，还邀请天神包括朱庇特来分享我们的猎物；然后，我们用草皮树叶铺好座位，开始享用丰盛的宴席。可是好景不长，一群哈尔皮从山上凶猛地冲下来，扇动着翅膀，发出沙沙的声音；她们扑向食物，弄脏她们接触到的一切；她们发出一股股瘟疫般的恶臭和阵阵刺耳的叫声。我们来到一个隐蔽的地方，头顶有岩石遮挡，周围有高大的林木荫蔽，我们重新摆好餐桌，又燃起祭坛上的火；可是那群聒噪的哈尔皮，原来躲在看不见的地方，又从另一个方向朝我们扑来，伸着爪子扑食我们的食物，用嘴污秽我们的佳肴。我立刻命令我的伙伴们拿起武器同这群凶恶的怪物作战。他们照我的吩咐行事，我们身藏利剑，手持盾牌，隐藏在各处草丛里。等这些哈尔皮聒噪着再度降临的时候，在高处瞭望的米塞努斯就吹起铜号，发出警报。我的伙伴们听到信号就从草丛跃起，进行一场奇异的战斗。他们试图用刀剑去捕杀妖鸟，但是任何利剑都没能伤到她们的羽翼，连一处伤口都没能留下。她们迅即飞去，升上天空，丢下吃剩的食物和令人恶心的秽迹。妖鸟中只有凯莱诺没有飞走，落在高高的岩石上，说出一番恶毒的话来：‘你们这帮拉俄墨东的后代，难道还没杀够我们的牛羊吗，难道还准备同我们开战吗？难道你们想把我们这群无辜的哈尔皮赶出自己的家园吗？你们听着，牢牢记住我的这些话，阿波罗让我传达他的神谕，我作为主要的复仇女神，可以对你们照直宣告，你们归宿是意大利，在风神的帮助下，你们也会到达意大利的，你们可以自由地驶进意大利的港湾；不过在你们建立起神许诺你们的、有巍峨高墙的城邦前，一场可怕的饥饿将会惩罚你们今天企图杀害我们的罪行，会迫使你们啃食自己的餐桌。’说完，她鼓动翅膀，飞回树林去了。我的同伴们听了这番话，顿时骇得血液都凝固了。他们意志消沉，不管她们是女神还是妖魔，他们都不想继续战斗了，而希望祷告神灵来祈求和平。我的父亲则站在海滩上，举起双手求告上苍，并要求我们也如此行礼。他祈祷道：‘天神啊，保佑我们免遭这场灾难，请你们慈悲为怀，宽容虔诚的我们吧！’接着，他命我们解缆拔锚，张起船帆。南风吹动帆篷，我们在白浪滔滔的大海上航行，任海风和舵手左右我们的航线。一路上我们经过林木葱郁的扎昆托斯岛和杜里奇、萨末和断崖峭壁的涅利托斯等岛屿。我们避开了曾为拉厄特斯统治的伊塔卡这座石岛，诅咒这块养育了残忍的奥德修斯的土地。很快，我们看见了留卡斯岛云雾覆盖的山岭和航海者敬畏的阿波罗神庙。我们精疲力竭，于是抛锚登陆，我们把船只停泊在岸边，走上这座小城。

“就这样出乎意料，我们终于登上了陆地，我们在朱庇特面前行了净身礼，在祭坛上点火还愿。接着我们在阿克提姆城的海滩上举行了特洛亚式的运动会。众伙伴脱光衣服，在身上涂抹橄榄油，玩起特洛亚人传统的摔跤游戏；他们为了自己能够安全地逃脱了敌人的包围而感到高兴，一路躲过了许多希腊城市。一年就这样过去了，这时冬天来了，凛冽的北风卷起了波浪。我把一面伟大的阿巴斯用过的凸面铜盾挂在门口，并题了词：‘希腊胜利者之武器，埃涅阿斯敬献。’

“接着，我就叫大伙登船归位，离开港口。伙伴们竞相使劲，把船驶入大海。菲亚齐亚高耸入云尖尖的山峰很快隐退了，我们经过厄皮鲁斯海岸，向卡俄尼亚的港口前进，最后到达山城布特罗屯。

“我们在这里听到一个令人难以置信的故事。普利阿姆斯的儿子赫勒努斯被希腊人拥戴为这里的君王，他继承了皮鲁斯的王位，还娶了他的遗孀安德洛玛刻，她又一次嫁给了她的族人。我对此大为惊奇，急着想去问问赫勒努斯，要了解一下故事的始末。我离开船只和海岸，朝城里走去，在树林里我和安德洛玛刻不期而遇，她正在给亡夫赫克托尔贡献祭品和牺牲，树林旁边有一条河也叫西摩伊斯，青草地上有赫克托尔的衣冠冢，她在那儿召唤着他的亡魂，墓前摆放了两个祭坛，作为她哀悼的地方。她看见我一身特洛亚装束向她走来，大吃一惊，以为我是个鬼，她直盯盯地看着我，浑身寒战，几乎站立不住，过了许久才勉强说出话来。她说：‘你是真人吗？我能相信我的眼睛吗？女神之子，真的是你吗，你还活着？倘若你不是活人，请告诉我，赫克托尔在哪儿？’她说着，哭了起来，整个这片地方充满了她的哭声。她悲伤得有些胡言乱语。我也很激动，只能断断续续地插嘴道：‘不错，我还活着，忍受着折磨，艰难地活着；别疑惑，你的眼睛没有欺骗你。自从你失去赫克托尔这样一个好丈夫之后，你的遭遇如何呢？你走上你应有的好运道了吗？你现在仍是皮鲁斯的妻子吗？’她低着头，悲伤地说道：‘唉，最幸运的莫过于波利塞娜，在所有特洛亚妇女之中只有她一个人死在特洛亚城下敌人的墓旁，她不用当被俘的奴隶，也不用被派去满足征服者的兽欲！当我的国家夷为平地，而我却被带到远远的海外，忍受着阿奇琉斯的儿子、年轻的皮鲁斯的侮辱。不久之后他又急着娶了赫尔迷昂涅，这斯巴达女子是莱达的后代，把我这个奴隶赏给了被俘为奴的赫勒努斯做妻子。但是俄瑞斯特斯因为皮鲁斯抢走了他心爱的未婚妻而复仇女神又逼迫他偿还杀母之罪，所以他满腔怒火，趁其不备，在他父亲阿奇琉斯的祭坛之前杀死了皮鲁斯。皮鲁斯死后，赫勒努斯拥有他的一部分国土，为了纪念特洛亚的卡翁，赫勒努斯把这片田野称为“卡俄尼亚平原”，把整个地方称为卡俄尼亚，又在这山顶上仿照特洛亚城建造了这座城堡，称它为佩尔噶蒙。但是，你是怎么来到这里的呢？是命运的安排？还是被天神驱赶到我们这儿的？你的孩子阿斯卡纽斯怎么样？他还活着吗，还呼吸着人间的空气吗？在特洛亚，他跟你一起……他还记得他亡故的母亲吗？他的父亲埃涅阿斯，伯父赫克托尔，他是否遗传了大丈夫气度和武士精神呢？’她满面泪痕，不停地说着这一长串问话。普利阿姆斯的儿子赫勒努斯这时从城里走了出来，带着一群随从，他认出我们是他的族人，高兴地带领我们去他的王宫，他一边跟我们说话，一边哭着。走近城时，我认出了这是一座缩小的特洛亚城，它的城堡建造得和雄伟的佩尔噶蒙城一样，有一条干河沟也叫赞土斯。我到了西门，拥抱了门柱。这座城市欢迎我们特洛亚人的到来。国王赫勒努斯到宽敞的宫廊下迎接我们，在庭院中他们手持尊彝，洒酒祭神，用金盘盛满供品祭奠神灵。

“这样日复一日，海风把船帆吹得鼓鼓的，好像在召唤我们起航。我去请教能预测未来的赫勒努斯，问他：‘你是特洛亚所生，是神意的传话人，通晓阿波罗的神意，能解释他的预兆，你认得出他在克拉洛斯的月桂树，你能观星相，通鸟语，还能从鸟的飞行中了解吉凶，请告诉我——我虔诚地遵从神的意志，使我对未来的命运抱有希望，所有的天神都显示吉兆吩咐我到意大利去，在那遥远的土地上建立家园；只有哈尔皮凯莱诺是个例外，告诉我闻所未闻的话，他给我说起可怕的天怒，预言我们将遭遇令人厌恶的饥荒——请告诉我，首先我应当躲避什么样的危险？我该怎么做才能渡过那些可怕的苦难？’我说完，赫勒努斯遵礼献上几头牛犊，祈求天神保佑，然后他从头上取下圣洁的彩带，牵着我的手领我到阿波罗神庙门口。我敬畏起来，神通过阿波罗的祭司，做了这样的预言：

“‘女神之子，显而易见，你是受到上天神灵的保佑才渡海而来的。人们的命运早就被众神之王安排好了，事物的进程也早就决定了，事物发生的次序已是注定了的。我要说的只是许多事情中的几件，目的是让你能在大海上航行得更加安全，顺利地到达意大利的港湾，获得归宿；其他的事，命运之神不准我赫勒努斯知道，朱诺也禁止我泄露。你认为你快到意大利了，马上就要进入意大利的海港了，但你错了，你离意大利还很远很远，还得历经千辛万苦才能到达。首先你的船要经过西西里岛的波涛，还须渡过在奥索尼亚的咸海；你还要经过冥府的两个湖泊和刻尔吉的岛，才能在安全的土地上建邦立国。现在我要告诉你一些征兆，你须铭刻在心，切勿忘记：当你有一天在一条远离故乡的河边焦虑徘徊的时候，你看见一头大母猪正躺在河边橡树林下，它刚生下的三十头小猪，跟它一样浑身白色，吮吸着它的乳头。那里就是你未来的城址，你将在那里得到安息，不必再流浪。不要因为将来饿得吃桌子而心怀恐惧；天命会指给你一条出路的，只要你祷告阿波罗，他会帮助你的。你必须躲开靠我们这边的那片意大利海岸，虽然它离我们最近，可是千万去不得；那儿住着我们的敌人希腊人。其中有一座城是那利奇乌姆的洛克利人建的；另一座是伊多墨纽斯的，他的武装驻扎在萨棱丁平原；另外还有美利比亚的领袖菲洛克特特斯建的著名的小佩特利亚城，它固若金汤。当你的船只靠岸停泊，你们在岸上筑起祭坛，准备还愿的时候，记住一定要用深红色的长袍覆盖住你的头，不要在圣火前面祭神的时候露出你们不该暴露的地方，以免触犯神兆。你和你的伙伴们必须永远遵守这个宗教教规；你的后代子孙，假如他们要良心纯洁，也必须遵守这条神圣的规则。当你顺风驶向西西里海岸时，经过狭窄的佩洛鲁斯海峡时，你必须靠近左面的海岸航行，顺着这条迂回的航道前进；你必须远离右边的海岸。据说从前这里的陆地原是一整块，然后巨大的震动使它们向两边裂开了，充足的岁月完成了这样大的变动；海水汹涌地冲进来，隔开意大利和西西里，海流经过窄窄的狭道切断两边的田野和城市。右边是斯库拉所阻，左边是卡里勃底斯挡住去路。每天三次卡里勃底斯把大量的海水吸进它的深旋涡，三番两次地又把它们喷向天空，好像是用水射击天上的星斗。而斯库拉却藏在岩洞里，她伸出头来把来往的船只引到岸边的岩石上。她上半身是美丽的少女，而下半身则是个可怕的海怪，有着狼的肚子，长着海豚的尾巴。你最好走这条长而迂回的道路，绕过西西里的帕奇努斯海岬，不要冒险去看藏在深洞中的骇人的斯库拉，听到岩石上她的海蓝色狗的吼叫声。倘若赫勒努斯真能预测未来，倘若他的预言值得相信，也相信他是因阿波罗的感召而知道真理的，另外还有一件事，女神之子，它的重要和紧急不亚于其他一切事情，我必须再次地嘱咐你，如果你想赢得最后的胜利，你必须先把掌握大权的天后争取过来，要向伟大的朱诺的神灵乞求并祷告，向朱诺发誓诚心诚意奉侍她，向她献上供奉。只有这样，你才能离开西西里，顺利到达意大利的疆土。你到了意大利之后，先去库迈城，那儿有阴沉可怕的湖泊，有阿维尔努斯呼啸的森林，在那儿你可以看见一位疯疯癫癫的女先知，她住在岩洞里，能预言天机，并把预言写在树叶上。她把写在树叶上的预言按顺序排好，藏在洞里。这些树叶在洞里，有条不紊。但当洞门开启，微风吹入，吹乱那些薄薄的树叶，女先知任凭它们在洞中纷飞，也不想再拾起它们，重新整理好。求卜者得不到回复，便非常讨厌西比尔住的地方。我要叮嘱你在这里浪费一点时间不算什么，无论你的伙伴们如何责备你，甚至顺风鼓起船帆催促你启航，也不要着急，而是去看望那位女先知，恳请她开口告诉你神谕。她会很乐意地告诉你神的旨意。那时她会告诉你意大利各部族人民，你未来将经历的战争，你将经历怎样的痛苦磨难以及如何避免，只要你对她虔诚恭敬，她会祝你诸事顺利的。这些就是我叮嘱你的话，你必须牢记在心。起程吧，用你的行动把伟大的特洛亚的荣誉发扬光大。’

“赫勒努斯预言完，他就命人把礼物搬到我们的船上，有沉重的金器和象牙雕刻的器皿，又把大量的白银装进船舱，多多那出产的铜锅，一件由三股金丝编缀的连锁胸甲，还有一个饰有羽毛的精致的尖顶头盔，这是皮鲁斯用过的。他又特别送给我父亲许多礼物。另外，他还给我们配备了马匹和舵手，加派了橹手，给我的伙伴们补充了武器装备。

“这时安奇塞斯也吩咐人张起了船帆，免得耽误了顺风。阿波罗的传音人赫勒努斯毕恭毕敬对我父亲说道：‘安奇塞斯，和尊贵的女神维纳斯婚配的人，神眷顾你，你是从陷落的特洛亚两次被救出的人，意大利的土地就在你的面前，扬帆前去，它是属于你们的。但首先你须绕过意大利这段海岸，阿波罗要你去的地方还很远。现在去吧，你是幸福的，你有这样一个虔诚的儿子。我何必还这么多话，让你们错过顺风呢？’在这分别的最后时候，安德洛玛刻无比悲伤，慷慨乐赠，不逊他人，她送给阿斯卡纽斯几件金线绣花衣服和一件特洛亚款式的披风，对他说：‘孩子，拿着这些东西吧，都是我亲手做的，留个纪念吧，代表了赫克托尔的妻子安德洛玛刻的心意。请收下这些礼物吧，这是你的亲人送给你的最后的东西了，你长得太像我的阿斯提阿那克斯，看到你我就想起他来。他的眼睛，他的手，他的神态，跟你一模一样，他要是活着，现在也跟你一般大小了。’告别他们的时候，我流着眼泪说道：‘我祝福你们生活幸福，你们已经找到了归宿，而我们还须忍受艰辛。你们已得享太平日子，不再在大海上漂流，无须寻觅那永远在退却的意大利。你们眼前的河流也叫赞土斯，你们亲手建立的城市也叫特洛亚，我相信神是保佑你们的，不用再遭希腊人的袭击。倘若有一天我能到达第表河，站在河畔的田野里，倘若有一天我能看到神应允我的家族建立的城池，我们两个城邦，厄利浦斯和西方的乐土，将成为亲戚，两国人民将和睦相处，因为我们两国都有共同的祖先达达努斯的后代和相同的遭遇，我们彼此在精神上都属于特洛亚。愿我们的后代子孙传承他们的责任吧。’

“我们沿着邻近的克劳尼亚岸边前进，这条路到意大利最近。这时太阳已经落了下去，群山笼罩在阴影里。我们弃舟登陆，躺在岸边可爱的大地怀抱里，分散着躺在干燥的岸边休息，睡眠恢复了我们的体力。时间轮转，午夜还没到来，勤奋的帕里努鲁斯已起床，用耳朵倾听四面的风声，仰望每个在寂静的苍穹中移动的星宿，大角星、预兆降雨的毕宿、大小熊座，还看到佩带金剑的猎户座。他见天空宁静，便站在船上吹响号角，我们立即拆除了宿营，张起帆篷前进了。

“这时黎明的曙光已驱散群星，我们可以隐约看到远处朦胧的山岭。‘意大利……’我的忠实伙伴阿卡特斯首先激动地喊叫起来，‘意大利！’我的伙伴们也欢呼着。我的父亲安奇塞斯拿出一只大酒杯，装饰上花环，斟了满满一杯酒，然后高高地站在船的后甲板上，祈求众神道：‘海神、地神和风暴神，请送上顺风，让海船平安航行吧。’果然顺风回应了我们的祈求。我们已经可以看到不远处的海湾和高处的雅典娜神庙了。伙伴们卷起船帆，把船驶向海岸。海湾的东部受到海浪的冲击，形成一道大弯弧；汹涌的潮水撞击着向外突出的礁石，扬起阵阵浪花，岩石遮蔽了港口；两堵石壁从高耸的嵬岩左右延伸下来，像伸开的两只手臂，那神庙离海岸尚远。在这里，我们看见预言者所说的第一个征兆，草地上有四匹浑身雪白的马在吃草。我的父亲安奇塞斯说道：‘陌生的土地啊，你给我们的信息是战争啊，马是用来打仗的，这些马意味着战争。可是有时候人们把这些四足动物用绳索套起编成一组，它们相处和睦，因此还有和平的希望。’接着我们向战争女神雅典娜的神灵祈祷，她是最先欢迎我们这些高兴雀跃的人的。我们用特洛亚长袍蒙上头，在祭坛前我们遵礼祭献，按照赫勒努斯的吩咐，毕恭毕敬地向希腊人的保护神朱诺奉献供品。

“我们没有停留，祭祀完之后，立刻扬帆乘风驶去，离开那些希腊人的居住地，不能信任的国土。接着我们航行到了塔连土姆城所在的海湾，相传赫库列斯来过这里；它的对面是高耸的拉齐尼亚城里的朱诺神庙和考隆尼亚城堡，还有斯库拉险礁，船只到那里会沉没。我们看到远处西西里岛上的埃特那火山出现在面前，听见巨浪撞击岩石发出一阵阵轰轰的声响，这巨响回荡在岸边；海水从海底翻滚涌出，卷起泥沙。我的父亲安奇塞斯说道：‘这里肯定就是卡里勃底斯了，这些可怕的岩石就是赫勒努斯警告过我们的。伙伴们，赶快摇橹，离开这里。’大家遵从命令，立即行动起来。帕里努鲁斯首先把船头掉转左边，众人也摇桨转帆把船驶向左面。船只在海面一会儿随着山包似浪头飞到云天，一会儿又顺着退去的波浪沉入海底，犹如进入冥界地府一般。我们三次听到从岩洞里传来的海涛的回声，三次看到海水喷到天空的水花，好像是从天上滴下的露珠。这时风平息了，太阳也落了，我们精疲力竭，不知身在何方，最后漂到了库克洛普斯海滨。

“这是平静宽阔的海港，是风刮不到的地方，但是附近的埃特那火山却随时喷发出可怕的火焰，发着雷鸣般的响声。有时空气中弥漫着黑烟，炽热的岩浆发出火光，一团团的火焰直冲九霄云空；有时火山深处沸腾不止，向空中抛出岩石，发出阵阵轰鸣。相传恩凯拉都斯遭霹雳烧焦后，它的躯体就躺在这山下，硕大的埃特那压在他身上，他躯体形成一座熔炉，从里面吐出火焰，每当他受到重压感到疲倦，想要转动一下身体时，整座西西里岛就被搅得地动山摇，咆哮起来，满天浓烟弥漫。那夜我们藏在树林里，担惊受怕，不知道那是什么声响。天上星光惨淡，乌云遮盖着天空，在这静悄悄的深夜，月亮隐在云层里了。

“第二天，当黎明的曙光从天空驱散潮湿的阴影时，突然间我们看见一个从未见过的三分像人的怪物，从树林里向岸边走来。他骨瘦如柴，衣衫褴褛，乞求似的伸出双手。我们好奇地看着他。他脏得可怕，杂草般的长胡须在风中飘拂，破衣服用荆刺连着，尽管他模样可怜，我们还是认出他是个地道的希腊人，曾跟随着他父亲的军队远征特洛亚。当他从远处看清我们穿着特洛亚服装，拿着特洛亚武器时，怔了怔，脸上现出害怕的神情，脚步也放慢了；但旋即他冲向海边，哭着向我们哀求道：‘求求你们，我指着天上的星斗，天神和我们所呼吸的新鲜空气，向你们求情，请收留我吧，特洛亚人，只要你们带我离开这里，我就满足了。我知道我是希腊远征军的一员，我承认我围困过你们的城市，破坏了你们的家园。倘若我的罪过给你们造成了无穷的伤害应受惩罚的话，那么请杀死我，把尸体抛到大海里去。能够死在人的手里，这对我至少是个安慰。’说完他匍匐在地，紧紧抱住我的双膝。我们要求他告诉我们他是谁，是哪一族的人，说说他的经历。我的父亲安奇塞斯用手拉起这年轻的陌生人，这善意的举动增加了他的信心。最后，他不再害怕，说道：‘我家住在伊塔卡，我是可怜的奥德修斯的伙伴，叫阿凯墨尼得斯，我的父亲叫阿达玛斯土斯，他是个穷苦人。唉，当时我因为家里贫穷，来到了特洛亚。这正是我的灾难。在这里我的同伴们把我丢在独眼巨人的可怕洞穴里，仓促出逃时却忘掉了我。这是个阔大而幽暗的洞府，满是血腥，肮脏不堪。巨人身材高大，巍峨耸立，天神啊，请从大地上驱走这食人巨怪吧！他看着真吓人，没有人敢接近他。他吸人血，吃他们的内脏。我亲眼看见他躺在黑洞中，用巨掌抓住我们中的两个人的身体，摔在石头上，碰得鲜血四溅，我看见他撕咬他们的四肢，在他的牙齿之间，那些流着血，温热的肢体还在颤动。奥德修斯不能绕过这野蛮行径，在这关键时刻，他毫不含糊。等巨人吃饱喝足醉醺醺地睡下后，他那巨大的身体伸展在洞里，头低垂着，睡着后，从嘴里还吐出鲜血、浓酒和一块块的人肉。这时我们向天上的神灵祷告，抽签决定谁从事什么任务。我们一起从四面围住巨人，把矛头插进他丑恶额头下的巨大独眼睛里，那只眼大得就像一张希腊人的圆盾牌，又像阿波罗的明灯。痛痛快快为我们的亡友报了仇。可是你们这些可怜的陌生人，赶快逃跑吧，快些拔起锚来。这里还有上百个可怕的独眼巨人，就像把羊群关在山洞里的那个挤奶的巨人波吕菲姆斯一样，跟他同样的高大，他们住在海湾一带，到处都是，有的还游荡到高山上。在这儿我已是第三次看见月圆，我在只有野兽出没的树林里和荒野中勉强度日，有时我到岩石上观察可怕的巨人，听见他们的脚步声和喊叫声就已战栗不已。我靠树上的浆果充饥，坚硬的硬壳果和草根都是我的食物。我时时刻刻在瞭望，可是没有看见船只驶向这里，直到看见你们的船的时候。我不管它们是什么船，只要我能逃脱这可怕的独目巨人。无论用什么方式，我宁愿死在你们手里。’

“他刚说完，我们就见牧羊人波吕菲姆斯拖着巨大的身躯，驱赶着羊群，像往常一样从山顶走向海滨。多么丑陋可怕的怪物啊，硕大无比的身躯，唯一的眼睛也已经瞎了。他拿着一根截短了的松树树干，来帮助行走；跟着他的这些毛茸茸的羊群是他唯一喜爱的东西，是他苦难中的慰藉。接着他走到海边，径直往大海中央走去，奔腾的海水还没不到他的腰。他站在深水里，清洗那只被戳瞎但还流着脓血的独眼，牙咬得嘎嘎作响，呻吟着。看到这副可怕的模样，我们急忙逃走。我们把值得怜悯的阿凯墨尼得斯带到船上，尽可能毫无声息地解开缆索，我们弯着腰，竞相拼命地划桨，把船驶出大海。巨人听到水声，顺着声音就追了上来。当他发现伊俄尼亚的海水越来越深，他抓不到我们而感到愤怒，便狂吼起来。他的吼声掀动了大海的波涛，震惊了意大利内陆，连埃特那山的岩洞里也发出阵阵轰鸣。他的同类被惊动也闻声赶来，他们从森林里、高顶上纷纷跑来聚在海滩。只见那群埃特那山的巨人耸立在那里，无可奈何地瞪着凶恶的独眼，他们真是令人毛骨悚然啊，就像山顶上朱庇特的圣林中的高大橡树，又像狄阿娜园林中的一片柏树。深深的恐惧促使我们迅速扬帆逃离，不择方向，乘风而去。赫勒努斯曾嘱咐我们不要行驶于斯库拉和卡里勃底斯中间，因为二者间的航道靠近任何一边都很危险，所以我们决定折回来。那时北风骤起，把我们吹过狭窄的佩洛鲁斯海岬。我们小心翼翼地驶过两岸都是岩石的盘塔吉阿斯河，经过了麦加拉海湾和低平塔普索斯。这些跟阿凯墨尼得斯描述的一样，当初他作为不幸的奥德修斯的船员所经历过的那些海岸。

"被巨浪冲击的普列米利姆的岛，古称俄尔提吉亚。据说埃利斯的阿尔弗斯河，曾通过海底流到这儿，最后在西西里岛上和阿列图莎的源泉汇合。我们在那里遵命向天神祭奠，然后又驶过赫洛鲁斯肥沃的低洼地带。我们经过帕奇努斯高耸的岩石和突出的礁石，继而又望见卡墨利那城，根据神谕它是永远不会移动的，过了此地就是格拉平原和格拉城，因一条急流而得名，然后雄壮的阿克拉噶斯城就展现在我们前面，从前这里以产良马著称。顺风驱使着船只经过长满棕榈的塞里努斯，驶过利吕拜沿岸的浅滩和暗礁。最后我们到了德列帕努姆港，这是个令人悲伤的地方。我在海上经历了千辛万苦，却在这里失去了我的父亲安奇塞斯，唉，他是我在忧患和灾难中的唯一安慰啊。在这里，我的好父亲弃我而去，留下我这个疲惫不堪的人，唉，我白白地把你从千万种危难之中救出来了！先知赫勒努斯在他许多可怕的警告中，也没有预言这伤心的事，甚至凶恶的凯莱诺也没提及。那是我最后一次苦难，那是我漫长道路的转折点，我驶离西西里，上天就把我驱赶到了你的国土上了。"

特洛亚人的领袖埃涅阿斯追述着神给他安排的命途，描绘了他一路经历的苦难，每个人都凝神听着。最后他停下来，缄默不语，他的故事讲完了。

卷四

引言——狄多对她妹妹安娜吐露了对埃涅阿斯的爱情，想和他永结连理。狄多和埃涅阿斯一行骑马出门行猎。经得维纳斯同意，朱诺祭起风暴，让人四处逃散，设计让狄多和埃涅阿斯躲进山洞避雨。促成他们的结合。朱庇特派神使麦丘利去警告埃涅阿斯不要忘记他的使命而久留在迦太基，要他立刻准备离去。埃涅阿斯惊愕之余，秘密命人做好远航准备。狄多感觉到埃涅阿斯要走，带着绝望、责备、悲怆的心情挽留他，狄多请安娜去挽留埃涅阿斯，但一切都不能动摇埃涅阿斯离开的决心。狄多决心自戕，以报答亡夫的恩情。

但是女王狄多早已被深深的爱慕之情占据，爱情的火焰侵蚀着她的心田。埃涅阿斯的英武神采，与生俱来的高贵风度，都让女王深深地迷恋。他的一举一动，他说的每句话，每个表情，都印在女王的脑海里，挥之不去。她的内心被爱情的火焰搅得难以安宁，难以自拔。这时，黎明的晨晖照亮大地，黑暗渐渐消散。女王心神不宁，找来知心妹妹说出她的心事：“我亲爱的安娜，我为何心惊胆战，整夜无法入睡？你觉得我们家新来的这位客人如何？他是个出众的人物，有着非凡的仪表和高贵的气度！我确定无疑他肯定出身不凡。一个卑贱的人肯定是胆小猥琐的。从他的故事可了解到他历尽了多少磨难，忍受了多少战争所带来的痛苦。假如不是我的初恋早逝，使我决心独守；假如不是我对婚姻别无他念，我可能抵不住诱惑。坦白地说，安娜，自从我的哥哥杀死我的爱人希凯斯，亵渎我们的家以来，任何人都不曾打动我的心，而唯有他能让我心驰神往。我能感觉到爱情之火又再次复燃。但是我愿被开裂的大地将我吞噬，让万能的上帝用霹雳把我打入地狱，永远埋在那暗无天日的地府深处，也不要失掉我的良知或破坏它的戒律。他拥有我全部的爱，即使他长眠于地下，我也没有改变过对他的心意。”她说着心事，不禁泪流满面，沾湿了衣衫。

妹妹安娜说道：“姐姐，对我来说，你比我的生命还重要。你真的愿意虚度你的青春年华，在孤独中度过余生吗？难道你不想好好享受爱情的甜蜜滋味吗？你真的认为九泉之下的人会在意这个吗？过去任何利比亚男子，或在我们来到此地前任何推罗的求婚者，都没让你忘却忧伤；你瞧不起雅尔巴斯，拒绝了其他声名显赫的首领，为什么你要拒绝一个为你所爱的人呢？难道你忘了我们现在居住的土地为何人所有？在你的一边有不可征服的该图拉人和凶悍的努密底亚人的城镇，而在另一边则是蛮荒的沙漠和到处侵袭的巴尔凯人。更不用说来自推罗的战争危险，还有来自你哥哥的威胁。我以为这是我们的佑护女神朱诺的恩德，是她让特洛亚人的船队乘风来到此地的。姐姐，倘若你跟他喜结良缘，那我们的城邦和国家该有多好的前途！有特洛亚人的武装帮助，我们王国将变得强大，我们的光荣将与日俱增。你只须求神降福，奉上贡品，得到神的护佑。同时大大方方地款待客人，编织些让他们住下的借口。现在正逢寒冬，海上还有滔天的巨浪，他们的船只也需要修复。”

她的这番话把狄多的热情煽动得烈焰腾腾，对未来的憧憬诱惑她已动摇了的意志，消除了心中的顾虑。

姐妹两人第一举动是到各神庙的祭坛前祭神祈福。她们向立法女神克列斯、阿波罗和酒神巴库斯分别祭献了刚成年的羊，特别是，给掌管婚姻的朱诺奉上了贡品。美丽的女王用右手端着酒碗，亲手在一头纯白母牛的两角中间洒上酒，又在神像前祭坛旁跳起了祭祀舞。她献上了更多的祭品，她亲启朱唇，凝视那被剖开的肚腹，看那还在颤动的脏腑显示什么样的征兆，能占卜未来的先知们的预测是徒劳啊！对如痴如狂的她，神庙或祈祷都是无用的，她那还隐隐作痛的心被爱情的火焰吞噬着。可怜的狄多相思成灾，疯狂般地在城里四处徘徊。就像一只游荡在克里特岛的树林里的麋鹿，冷不防被牧羊人的箭所伤。牧羊人毫不理会留在它身上的羽箭，以及它的伤痛，而这头鹿带着伤在狄克特山穿林越岭奔逃。女王亲自带着爱慕的英雄四处巡视，让他看看物阜民丰的腓尼基和她正在兴建的城市。她想向他吐露情意，但是话到嘴边又咽了下去。日暮时分，女王又大摆宴席，要求他再讲述特洛亚的痛苦的故事，着迷似的听着他的每一句话。他们离开了，夜色变浓，星月无光，已到了该睡觉的时候了。狄多独自在空寂的大厅里哭泣，倒在他刚坐过的长椅上。尽管他已经离去，看不见也听不到，可是她仍能看见他的容貌听见他的声音。恍惚间她仿佛又重新抱起像极了他父亲的阿斯卡纽斯，竭力地想摆脱她不能告人的爱恋。建造了一半的城堡不再上升了，青年们也不操练了，港口和防御工事都陷入了停顿，高大的城墙没人修筑了，耸入天空的起重机也静止了。

天神朱诺将这一切看在眼里，她从天界看到狄多爱火难抑，已经到了不在乎名声受损的地步。她来到维纳斯身边，不失友好地说道："你和你的儿子，你们取得了辉煌的胜利，可以炫耀那伟大的荣耀。两位天神竟要耍手段来征服一个女人，我并非不知道，你所以猜忌我的伟大的迦太基，是因为你很害怕我的城市防御力量。你要到什么地步才停止呢？我们何必要这样你争我斗，倒不如言归于好，缔结一段美好姻缘。你得到你想要的。狄多的骨髓已渗进了爱情之毒，浑身燃烧着爱火。让我们一起管理这个国家，享有同等的权利。让狄多甘愿服侍特洛亚人，让腓尼基人作为丰厚的嫁妆也为你所用。"

维纳斯不相信朱诺所言是出于真心的，其目的就是要把埃涅阿斯留在迦太基，永远到不了意大利，最终让特洛亚人消失在陌生的民族之间。她回答道："我怎敢愚蠢地违背你的意志，怎敢无休止地跟你抗争？要能成功地实施你所说的计划才行。我受命运之神的支配，我只是担心朱庇特会不会同意要腓尼基人和这些来自特洛亚的人共同拥有一个城池，是不是赞成他们缔结盟约或两个民族合并？不过，你是他的妻子，要是你去问问他的意愿，这并没有不对的地方。你先去，我随后就来。”“我来处理这事就行了，”天后朱诺说，“听我说，现在我可以向你简略地说一下我们将如何实现当前的目的。明早旭日初升，阳光普照大地时，埃涅阿斯跟不幸的狄多将来到茂密的森林打猎。正当他们忙着在山上布围时，我就在他们上空兴起乌云，刮起风暴降下冰雹，雷声响彻天空。他们的侍从会四处逃散，狄多女王和埃涅阿斯将共同躲在一个山洞。那时我也在那儿，倘若你也不反对，我将让他们结为终身伴侣，这将是他们的合法婚姻。”爱神维纳斯颔首同意，她不禁在心里嘲笑这个骗局。

黎明女神从海平面升起，发出耀眼的光芒时，号角和猎犬的叫声唤醒了睡梦中的骑士。随从们带着大小网和宽刃猎枪拥出了城门，一对马苏里的骑士和一群嗅觉敏锐的猎狗冲出城来。他们早早列队穿过城门。腓尼基的达官显贵们已经等候在门外，女王仍滞留在她的卧室里。她的马浑身紫金装饰，马蹄不断地跺着，马嘴狠狠地咬着铁嚼，嘴边满是白沫。最后，一群侍从簇拥着她走了出来。她身穿一件绣有花边的西顿披风，她的箭，束发的夹子和扣住紫色衣服领子的别针都是金的。特洛亚人也出来了，包括快乐的尤路斯。两路人马相遇了，英姿勃勃的埃涅阿斯来到狄多身旁相陪，他的美貌无人能及。就像阿波罗从吕西亚的冬宫和赞土斯河谷，来到他母亲的提洛斯岛上，奏响音乐，跳起舞来。克利特人、德吕俄普人和文身的阿加图尔斯人聚在祭坛周围歌唱作乐，阿波罗爬上昆土斯山，他用一根柔枝把他披散的头发扎得整整齐齐，又用一条金带束住发辫，肩挂着当当作响的弓箭。埃涅阿斯也像他那样，举止庄重，容貌神采奕奕。一行人来到山顶一片没有路径的地方，惊得一群野山羊从岩顶顺着山坡奔逃；远处一群鹿也窜出树林，奔逃在旷野里，身后尘土阵阵。阿斯卡纽斯骑着他那四蹄飞扬的马，高兴地奔驰在开阔的地方。他一会儿超过这些人，一会儿又追上那些人，满心希望要是在那些胆小的鹿群中出现一只口流白沫的野猪或从山上跑来一头金毛雄狮该多好啊。

天空突然雷声大作，接着降下了夹着冰雹的大雨。腓尼基的猎手们和侍从们、青年的特洛亚人、维纳斯的孙子阿斯卡纽斯，他们惊得四处奔逃，各自寻找避雨的地方。大水自山上流了下来。狄多和埃涅阿斯躲在同一个岩洞里。大地和掌管婚姻的朱诺显出信号。电光闪闪，上天见证了他们的婚礼，仙女们在山顶欢呼。就是那一天埋下了痛苦和死亡的种子；从那天起，狄多不再顾惜她的声誉，不再保守她的爱情秘密，声称那就是婚姻，以它的名义来遮盖她的罪过。

这下忙坏了谣言女神法玛，她随即飞遍了利比亚的各大城市。她是一切瘟神之中最快的；她在传播的过程中又能长出新的力气，而且力气越来越大；一开始她从隐藏处冒出来又矮又胆怯，顷刻之间她站稳脚跟，变得又高大又强壮，头高耸入云。相传法玛是大地之母的女儿，因为她的母亲生天神的气才生了她，她还有两个哥哥，巨人科乌斯和恩凯拉都斯。法玛脚下生风，飞得也迅速，是一个无比庞大的可怕的怪物；很奇怪的是，在她身上的每根羽毛下还都长了一只注视的眼睛，一条舌头，一张高声嚷嚷的嘴和一只警觉的耳朵。晚上她飞在天地之间的黑暗阴影里，睡觉的时候也不闭上眼睛；白天，她注视着发生的一切，有时在人家的屋顶上，有时落在宫殿的房檐间，搅得人心惶惶，因为她的流言中有邪恶的虚假的消息，也有确实可靠的。这时她正高高兴兴地在非洲各国人民间传播着各种说法，有的是事实，有的则是虚构。她说一个叫埃涅阿斯的人来了，他有着特洛亚血统，美丽的狄多委身于他；他们一起在舒适和放纵中度过整个冬天，全不理会他们肩负的责任，沉浸在可耻的情欲中了。这可怕的瘟神到处胡说八道，把流言夹杂在人们谈话中。眨眼之间她又取道前往雅尔巴斯国王宫，她一面挑唆他，一面火上浇油，让他更加愤怒不已。

那雅尔巴斯是天神朱庇特和非洲一女仙淫乱所生的儿子。他在他的辽阔领地上给朱庇特建造了一百座雄伟的庙宇和一百座祭坛，圣火长久不灭，永远守护着众神，庙里经常有牺牲的血腥味，门上装饰着各种花朵。据说雅尔巴斯被谣言撩拨得怒火中烧，狂乱不已，他跪到神坛前，举起双手向众神灵祈求道："万能的朱庇特，我们非洲民族坐在绣花椅上举行宴会，向你敬祭奠酒，你有没有看见已经发生的事情？天父，你向我们投掷让我们敬畏的电火，你那震天响的雷声也使人们害怕，你为什么不显示你的这些威力？有个无家可归的女人来到我的领地，受我恩惠没有花费多大代价，买了土地建了国家，拥有了她的国度，可她竟拒绝我的求婚，而接受了埃涅阿斯，让他成为她的丈夫，并允许他和她一起统治国家。现在这个帕里斯第二头戴一顶扣在下巴下的特洛亚帽子，油光可鉴的头发，一群随从跟着，却拥有不属于他的东西。而我却不停息地在你的庙里添加贡品，不错，你的庙里，结果我对你炽热的信仰却没得到任何的好处。"

雅尔巴斯用手摸着神坛这样祈祷着，万能的朱庇特听见他的话，把目光投向下界的迦太基，见这一对爱人已忘掉了更高尚的荣誉。他派给麦丘利一件事，跟他说道："我的儿，去唤西风来，扇动你的翅膀去见特洛亚王子，他正在迦太基蹉跎岁月，不将命运安排他统治的城市放在心上，你快乘风飞去把我的话告诉他。这不是他美丽的母亲使我们相信他将成为的人，他母亲两次把他从希腊人刀枪中救出来，可不是为了这个；有朝一日他是要统治意大利，使它成为领袖辈出和战功赫赫的地方，在这里他繁衍生息，延续着高贵的特洛亚血统，置全世界于他的法令之下。倘若他不理会这样无比光荣宏伟的事业，倘若他不肯努力为自己赢得声誉，难道作为父亲的他，就能剥夺儿子阿斯卡纽斯统治罗马城的权利吗？他在敌国的土地上想图什么？他不顾念他的后代子孙，不顾念以拉维尼乌姆为名的田野吗？他必须开船离去！这就是我要你转告他的话。"

麦丘利听从了伟大天父的吩咐。他先穿上那带有金色翅膀的鞋，它们带他如疾风般飞越天空，掠过海洋和陆地。然后他拿起他的神杖——用这根神杖，他可以从阴曹地府召来面色苍白的鬼魂，也用这根神杖把别的鬼魂送进可怕的地狱，让醒者入睡，让沉睡的人醒来，让死人睁开双眼。他以棒驱风，遨游于乱云之中。他一路飞行，看见顽强的阿特拉斯山的顶峰和陡峭的侧面。阿特拉斯头顶青天，常年云雾缭绕，山上长满青松，经受风吹雨打；它的肩披着皑皑白雪，衰老的下颌水流成瀑，蓬松的胡须上冻结成硬冰。麦丘利在这里平展翅膀，稍作停留；随后使足力气飞向大海，就像一只大鸟绕着鱼群游动的海岸和岩石，贴着水面低飞。他就这样在天地之间穿行，飞过了他的外祖阿特拉斯，飞到了利比亚的沙滩。他带翼的脚落到全是茅屋的非洲土地上，就看见埃涅阿斯忙着构筑城基和建造新屋。他带着一把点缀着金黄色宝石的剑，身披富有的狄多送给他的一件绚丽的深红色推罗式斗篷，这是她亲手用金线织成的。麦丘利随即传话给他，说道："怎么，你是在给傲慢的迦太基构筑基础，在这里建立一座雄伟的城池吗？的确是个好丈夫！你置你自己的王国和命运而不顾！众神之王，以他的神威支配着苍天和大地，亲自派我十万火急从光辉的奥林匹斯穿过太空，带来神的命令。你想做什么？你在利比亚的土地上消磨光阴，你期待什么呢？倘若你不想在将来获得如此伟大光荣的事业，也不肯努力去为自己赢得荣誉，至少你应该为阿斯卡纽斯着想，他已经长大成人，他是你的希望，是你的继承人，命中注定他将统治意大利和罗马的土地。"麦丘利训斥了他一番后，话还未说完，就消失在空气之中，不见了踪迹。

埃涅阿斯被看见的情景惊得目瞪口呆，头发直竖，声音哽塞，说不出话来。神的严重警告和命令使他热切希望逃离这块安乐之土。可是他该如何做呢？他敢对热恋中的女王开口，得到她的同意吗？他如何开口说呢？他在心里迅速思量，举棋不定，思考着所有的办法，权衡着各种可能性。他仔细斟酌觉得只有这办法可取：他唤来墨涅斯特乌斯、色尔格斯图斯和英勇的色列斯图斯，吩咐他们私下准备好船只，让水手们齐集岸边，备好武器，但要隐瞒他改变计划的原因；而他因为好心的狄多还不知将要发生什么，万想不到这样深的爱情会有破裂的可能，所以他要找一个合适的时机去见她，跟她说，用最好的办法来解决这个难题。他手下欣然从命，快速地执行他交代的任务。

可是谁能欺骗一颗爱恋着的心呢？狄多女王察觉了这欺骗的行为，她早已有预感，一直担心将会发生这样的事情。奸诈的法玛女神告诉她，说特洛亚人在准备船队要出发了。女王听了怒不可遏，犹如发疯一般，丧失了理智，在城里到处狂奔，像酒神的女信徒——每隔一年，酒神节的狂热激动着她，酒神所居的奇泰隆山在夜里发出的狂欢声呼唤着她，她兴奋地挥动着酒神的神器，如痴如狂。最后，她先开口对埃涅阿斯斥责道："忘恩负义的人，你真以为你能遮掩这样的恶行，不声不响地离开我的国土吗？我们的爱情，我们的山盟海誓，以及我狄多不可避免的惨死——这些都留不住你吗？难道你一定要在严寒的冬季，不顾凛冽的北风急着起航吗？你的心好狠啊！假如你不是追寻一个你从未见过的异乡的家园，假如特洛亚王国仍矗立在那里，你也不顾这样巨浪滔天的大海开船前去吗？你为什么要避开我呢？看在我的眼泪和你对我山盟海誓的分上——不幸的我除此之外，已一无所有——看在我们的婚姻和已举行婚礼的分上，如果我待你不薄，如果我还存可爱之处，我求求你，可怜一下这个将要灭亡的家庭吧；如果我的祈求还不晚，改变你的主张吧。因为你的缘故，我惹起了利比亚各部落和努密底亚的君主们的仇恨，也惹起了我自己的推罗人对我的敌视；为了你，我抛弃了让我名垂不朽的声名和昔日的荣誉。我现在叫你一声客人朋友，因为不能再称你为丈夫了，你将把我留给谁呢？我活在这世上还指望什么呢？难道等我的哥哥匹格玛利翁来攻打我的城池，还是被雅尔巴斯抢去呢？倘若在你走之前，我能怀上你的骨肉，这小小的埃涅阿斯能在庭院里和我玩耍，而我看到他，就像看到你一样，那么我至少感到我还没失去一切，没有被完全抛弃。"

埃涅阿斯出于朱庇特的警告，目不转睛，竭力地抑制着内心的眷恋之情。最后他简短地回答道："陛下，我永远不会否认我亏欠你的许多恩情厚意，你为我们做的每一件事，我都心怀感激。只要我的身体里尚存一丝气息，还有知觉，伊丽莎，我永远不会忘记你。现在我简略地说一下实情，你切勿以为我会隐瞒行程悄悄离你而去。我们没有婚姻之约，我也从未自认结了婚。倘若命运准许我自由地安排生活，按照我自己的意愿来解决问题，我将首先重建可爱的家园，为我亲爱的族人们建起特洛亚城邦，重新让普利阿姆斯的雄伟的宫殿屹立，我要重振特洛亚的雄风。但是现在阿波罗显示神谕命令我前往广阔的意大利；那里是我的祖国，我必须热爱它。既然你一个腓尼基人可以来到利比亚，定居在迦太基，那么你为何反对特洛亚人去意大利土地建立自己的城堡呢？我们像你们一样到异乡去建立家园，也没有什么过错啊。每当黑暗潮湿的阴影笼罩大地，每当闪闪发光的星星升起的时候，我的父亲安奇塞斯便出现在我的梦中，给我告诫，这使我害怕；我想到我的亲爱的儿子阿斯卡纽斯，我若不考虑有一天他将统治西土——那命中注定属于他的王国，我就觉得对不起他。现在朱庇特亲自派来的神使——我指着你和我的性命起誓——迅速地飞越太空，给我传达神的旨意；我亲眼看见他在大白天进了城门，我亲耳听到他的声音。所以你不要再埋怨，这只能使你我都烦恼，我去意大利也绝非我的意愿。”

埃涅阿斯说着这些话的时候，狄多背过身去，侧着眼睛瞪着他，不发一言，从头到下打量着他，然后她怒火冲天地说道：“忘恩负义的人，你的母亲不是什么天神，你的先祖也不是达达努斯，你的父母是那顽石尖岩的高加索山，你是海坎尼亚的老虎养大的。我现在还有什么需要隐瞒？我自己还忍耐什么？还有比这更大的冤屈等着我吗？他何曾在我流泪的时候叹息一声，或看我一眼？他何曾对爱他的人有过一丝温情或流下同情的眼泪？真是忘恩负义！无论是至高无上的朱诺，还是众神之父朱庇特，眼睛看着发生的事情，却不主持公道。这世上再没有什么信义可言了。当他船破落难，像个乞丐时，我收留了他，我还像傻瓜一样让他分享我的权力。我挽救他的同伴们于死亡之中，把船队归还给他；可是他却把阿波罗的神谕，以及朱庇特的神使飞越天空传来这可怕的命令作为幌子。这些天上的神灵竟在关注这些事，可真费神操心啊，如此不辞辛劳，岂不打扰了他们的安宁？好，我不留你，我也不跟你争辩；你去吧，乘着风寻找你的意大利去，寻找你的王国去吧。不过，倘使正义的力量还存在的话，我愿你在海上的礁岩间受尽惩罚，在痛苦中不停地呼唤狄多的名字。即使我远离你，我也要擎着黑烟滚滚的火炬追来；即使冰冷的死亡停止了我的呼吸，无论你身在何处，我的鬼魂也会随着你。你会遭到报应的，你这没良心的。我会听见你受罚的消息，这消息会传到冥界深处的。”她说到这里忽然停住了，悲怆地离去了，留下埃涅阿斯惊慌失措，还有许多话想跟她说。狄多晕了过去，侍女们抬起她的身体，把她抬到大理石的寝室，放在床上。

尽管他很想说些温存的话安慰一下狄多，减轻她的痛苦，消除她的哀愁；尽管他连声叹息，为爱而痛心不已，但埃涅阿斯出于对神的敬畏，服从了天神的命令，又回到船上。然后特洛亚人奋力工作，把他们高大的船只推下水去。刚涂过油漆的船浮在水上，他们如此急于离去，还抱来了尚有枝叶的树干当桨，又从树林运来还没砍净的木料。人们可以看到这些特洛亚人从城里各处匆忙地跑出来，像一群蚂蚁一样，为将要到来的寒冬做准备，把一大堆谷物搬运回巢穴里，它们形成一条黑线越过田野，在草地上沿着一条窄路搬运着掠夺物，有的用肩膀往前推着一大谷粒，有的在后监督，驱赶落后者，整条路上一片繁忙的劳作景象。狄多啊，当你看到这一切，有什么感想呢？当你站在城堡上居高临下，看到海岸边一片忙碌的景象，看到海滩上纷繁嘈杂的人群，你必定痛苦地叹息着！无情的爱情啊，你真是把人逼得什么事都做得出来！狄多只好用眼泪和乞求再去打动他，让自尊心屈从爱情，她怕还没有尝试一切可能性，就去死，那就死得太冤枉了。

“安娜，你看整个海岸边那繁忙的景象，人们从四面八方聚拢在那里，海风吹打着船帆，水手们高兴地把花环挂在船头。既然我早已预料到会有这可怕的痛苦，妹妹，今后我也能忍受这悲哀。无论如何，安娜，请你替你可怜的姐姐做一件事，因为那个忘恩负义的人还听得进你的话，他只有对你还信任，愿告诉你心里的想法，只有你知道如何巧妙地在最恰当的时候去找那个人。妹妹，去对那高傲的仇敌低声下气地说，我从没有到奥利斯串通希腊人要来消灭特洛亚人，我也没有派遣舰队攻打过特洛亚，我更没有惊动过他的父亲安奇塞斯的遗骸或亡魂，他为什么要如此无情，不理会我的祈求呢？他这样匆忙要到哪里去呢？请他可怜可怜这个痴情女子，答应她最后的祈求吧：他至少可以等到有顺风的时候起身，行程也要容易些啊。我现在并不是要求他恢复我们的婚姻，他早忘了；也不是要他放弃统治美好的拉丁姆。我只求他给我一点点时间，使我的疯狂的爱能够平静下来，等我学会忍辱负重的时候。可怜可怜你姐姐吧，这是我求你替我办的最后一件事，如果他答应我这件事，我在死亡之前将加倍报答他。”

狄多说了这番伤心话，她的妹妹悲伤地把姐姐的请求转告了埃涅阿斯。这悲伤的话语并没动摇埃涅阿斯的决心，他对这些请求无动于衷，因为命运和天神紧紧地塞住了他的耳朵。就像一棵历经岁月摧残的坚韧不拔的松树，从阿尔卑斯山里吹来的阵阵呼啸的北风，把它吹得左右摇晃，想把它连根拔起，树干摇晃着，树叶散落在地面上，而这棵松树仍牢牢地扎根在岩石间，树梢照旧高耸入云，树根照旧深深伸入地下。英雄的埃涅阿斯就像那棵松树一样，尽管受到哀求的纷扰而坚定不移，痛苦深深地刺痛他的心，但他的意志却毫不动摇；尽管泪流满面，却毫无用处。

命运把可怜的狄多折磨得万念俱灰，只求一死，她无精打采地仰望着苍天。仿佛是为了坚定她寻死的决心，当她把供品放到香烟缭绕的祭坛上的时候，她看见一个可怕的景象：圣水突然变成黑色，倒出来的酒突然变成了污秽的血。她没有把这可怕的异兆告诉任何人，就连她的妹妹也没有说。另外，她的宫中有一座大理石殿堂供奉着她死去的丈夫，她对这地方极其崇敬喜爱。雪白的帷幔、鲜花嫩枝装点着殿堂，每当黑夜来临，她听到清楚的话语声，仿佛是她丈夫在呼唤她；殿外屋顶上有只枭鸟在悲鸣，声音拉得长长的，哭号着，像唱着挽歌。她一想起那些古代先知们的预言和不祥的警告，就会心惊胆战。在她的睡梦中，她还梦见过埃涅阿斯疯狂地追赶她，把她吓得要死；她感觉自己被抛弃，孤苦伶仃，独自走在漫漫长路上，在荒无人烟的地方寻找她的同胞。她的心情和疯狂的特拜王潘特乌斯一样，看见复仇三女神结队而来，看见两个太阳，看到两个特拜城重叠在一起；又像舞台上的俄瑞斯特斯——阿伽门农受折磨的儿子，想避开手持火把和以黑蛇为武器的母亲，又碰上复仇女神，就坐在门口等他。

狄多悲伤不已，心中悲愤难抑，决心一死了之。她独自计划好了死亡的时间和求死的办法。她来到忧心忡忡的妹妹身边，脸上掩盖她求死的悲伤，现出安详和希望的神色，她对妹妹说：“好妹妹，祝贺姐姐吧，我已找到一个办法，可以让他重回我身边，或者可以让我从此不再和他有任何瓜葛。靠近大洋海岸和日落的地方，是埃塞俄比亚的边界，巨人般的阿特拉斯在那里用肩支撑着并转动着满天星辰的天空。听说有一位马苏里族的女祭司住在那里，守护着西土众女神之庙，她喂养着一条龙，看守着树上的圣枝。她能撒如蜜汁般的仙露和用罂粟籽催眠；这位女祭司自称能用符咒让人们脱离痛苦，也可以让人受到痛苦的煎熬；她可以中断河流，逆转星辰的运行；她能在夜晚唤来幽灵。你会听见脚下的大地轰鸣，会看到桉树顺着山坡往下行走。亲爱的妹妹，我指着天神发誓，指着你和你珍贵的生命起誓，我用魔法武装自己是事出有因，并非我愿。请你悄悄在后宫露天处筑起一个柴堆，把那无情无义的人留下的东西，挂在我卧室里的武器、所有衣物，连同那使我痛苦的合欢榻，全部堆放在柴堆上。这位女祭司让毁掉这个负心人的一切，还说明了方法。”说完，她沉默不语，脸色立即变得惨白。安娜完全没有料到，姐姐的奇怪仪式竟藏着求死的决心。她也没想到姐姐会如此痴狂。她所担心的最坏的事，也比不过姐夫希凯斯的死。因此，她立马开始准备姐姐吩咐的事。

不一会儿，在内宫露天底下已用大块松木和橡木搭好了柴堆，又高又大。女王将花环挂在周围，并装饰了葬礼上的树叶。一张床摆放在柴堆上，她把埃涅阿斯留下的剑和衣服，还有一个埃涅阿斯的模拟像放在床上。她知道将来会发生的一切。柴堆周围设有祭坛，那位女祭司披头散发，大声喊着众神的名字。她洒上被认为是来自地府阿维尔努斯湖的湖水，又取来了饱含着黑色毒液的药草，是月亮升起时用青铜镰刀割的；接着又拿来了春药，它是长在刚落地的马驹额上的肉瘤，母马还没来得及咬掉就将其摘下。狄多站在祭坛边，洁净的手捧着圣谷，赤着一只脚，解开了长袍的腰带，在死亡的那刻，恳请天神和知晓命运的星宿来倾听她的呼声，又向一切公正的、心存怜悯的神祇祷告，请他们垂怜一切情路坎坷的情侣。

黑夜来袭，世上疲倦的众生都甜蜜地睡着了，森林和凶险的大海也都渐渐平静了，星辰高悬中天，田野里一片寂静，住在清澈的湖水边或在灌木丛中的动物和色彩鲜明的飞鸟，也在静谧的夜色中，进入了梦乡。睡眠消除他们的忧愁，抚平了心中痛苦。但是腓尼基女王却无法入眠，心情悲痛，夜虽已深，她还是难以入睡，心事重重。痛苦让她愈加难受，爱念难消，刺得她隐隐作痛，她心中的愤懑像巨浪袭来，辗转难眠。她独自寻思："啊，我该怎么办？难道我还回到从前的追求者身边，忍受他们的嘲讽吗？以前我多次拒绝接受他们中的任一个来做我的丈夫，而现在我又卑躬屈膝地求他们娶我吗？或者我随特洛亚人的船队同去，听他们对我发号施令吗？他们真会因为我救过他们，就来帮助我吗？他们真会记得我给他们的种种好处，愿意报答我吗？就算我愿意，他们真的会接受我，一个他们讨厌的人，允许我上他们骄傲的船吗？唉，可怜的人啊，难道还执迷不悟吗？你还不明白，特洛亚人多么忘恩负义吗？倘若他们同意让我随行，是我一个人跟着一心想离开此地的人走呢，还是带上我的所有的推罗朋友，簇拥着我去加入他们的队伍呢？当初我好不容易带他们离开土生土长的西顿城来到这里，现在我怎能再让他们扬帆远航呢？不行，只有一死，这是罪有应得。用宝剑解除你的痛苦吧。啊，我的妹妹，我是爱得发疯，但是，当初是你把这副痛苦的重担放在我的肩上，因为不忍见我伤心垂泪，置我于那该死的冤家手中。难道我就不能像林中麋鹿一样，过自已的生活，不受责难，无须婚礼，没有现在这些痛苦烦恼？而且我已毁了与先夫希凯斯的誓约。"

狄多整晚都这样悔恨自责，心碎欲裂。埃涅阿斯已决意离开，完成了准备工作，正躺在楼船上睡觉。这时，他梦见了天神，容貌和上次来时一样，声音、面容、金黄的头发和洋溢着青春气质的身躯，样样都像麦丘利。他又警告埃涅阿斯道："女神之子，现在大祸即将发生，你居然睡得着觉，没有看到危险就要临头了吗？你糊涂了，你没有听见西风已刮起，催你起航。狄多下定决心自戕，阵阵怒火涌上心头，正筹划着可怕的诡计。趁现在还来得及，你还不快逃？等到了天明，你还在这里的话，将发现你被海上战舰云集包围，火光熊熊，岸上烈焰一片。喂，快起来，莫要耽误。女人总是善变，是反复无常的。"说完，麦丘利就消逝在黑夜里了。

神的突然出现使得埃涅阿斯从梦中惊醒，他立刻翻身起床，唤醒同伴："伙伴们，快快醒来，各就各位，准备划桨，解开帆，马上起航。天上神明再次催促我们赶快离开，我们快将缠在一起的缆绳砍开。天神啊，无论你是谁，我们跟着你，像从前一样，我们欢喜地遵从你的命令。请你一直与我们为伴，助我们一臂之力，让天神都庇佑我们一路顺利吧。"埃涅阿斯说完，从剑鞘里抽出宝剑，用明晃晃的剑刃砍断缆绳。所有的人欢呼雀跃，都开始忙起来，各自紧张地工作。船队离开海岸，几乎占了整个海面。他们弯腰划桨，泛起朵朵浪花，船队在蓝色的大海上，向前进发。

这时黎明女神已从她丈夫橘黄色的卧榻离开，将光明洒遍大地。狄多女王从她的瞭望台上看见黎明的白光，特洛亚人的船队正张着整齐的船帆，航行在海上。海滩和港口空无一人，见了这景象，她几次捶着美丽的胸膛，抓散她的金发，说道："朱庇特啊，难道就让这个外来人无端嘲弄我的王朝后一走了之吗？快拿起武器，全城人都冲出去追他。还有你们，快去把船推出船坞。快些啊，拿火把来，把枪矛，分给众人，加快划船！我在说些什么啊？我在哪儿？我真的疯了？可怜的狄多啊，什么迷了你的心窍？在把王权让给他的时候，你为什么没想想能相信这人的荣誉和信义吗？人们说他是随身带着家神，背着年迈衰弱的父亲的人！为什么我当时没肢解他，将他的肢体抛入大海呢？把他的同伴和他的儿子一齐杀死，做成佳肴给他父亲吃呢？是啊，世事难料。果真如此，又能怎样？反正我也就是个死，还理会你是谁呢？当初我就该一把火烧了他的营帐，毁了他的船队，把他的儿子、父亲还有他们的族人全部杀光，然后我自己也会死去。太阳啊，你的光焰洞察着世上的一切。朱诺啊，你清楚我的苦楚，也理解我的悲伤。海克提啊，人们在夜晚路遇城市的三岔路口时，都呼唤着你的名字；复仇三女神，还有等待我伊丽莎的死神，你们听我诉说，我遭受的冤屈，应得到你们的垂怜，请听我的祈祷。如果那个人，我不愿叫出他的名字，一定会到意大利，倘若这是朱庇特的旨意，倘若这是命中注定的结果，那么就让他在强敌手中受战争的痛苦，让他流放出自己的领土之外，远离尤路斯的怀抱，处处求援，让他亲眼见到自己的朋友羞辱死去。

当他不得不接受苛刻的媾和条件，请你们让他无福享受王权，度过快乐时光，让他不得寿终，陈尸荒沙野地，死无葬身之地。这是我的祈求，是在我生命即将结束之刻发出的最后呼号。从今以后，我的推罗人民，你们要心怀仇恨，折磨他的所有后代。这就算是你们对我亡魂的祭礼。两国之间没有友谊，也没盟约。我的后代中定会出现一个复仇者，他会用烈火和宝剑追逐从特洛亚来的定居者，不拘早晚，无论何时，只等有了力量。我祈求国对抗国、海对抗海，武力对抗他们的武力，让他们世世代代都不得安宁。”

她这样诅咒着，考虑着如何行动。她只想尽快离开这可恨的阳世。她简单地对希凯斯的奶娘巴尔刻（她自己的奶娘早已变成黑色灰烬，埋在古老的故乡）说道：“亲爱的奶娘，快去唤我的妹妹过来，告诉她要在身上洒上河水，牵来牺牲，准备敬神。叫她照我说的准备好了再来，你的额头上也戴上敬神的头带。我已经开始安排冥界神普鲁托的祭祀，让它进行到底。将那个人的模拟像放在火堆上，付之一炬，了结我的痛苦。”她这样说了，奶娘快步走开。

狄多浑身颤抖，一想到要去做那件可怕的事，几乎就要疯了，她转动着充血的眼睛，脸上的肌肉在颤动，面色呈现出将死者的苍白。她疯狂地冲进王宫内庭，爬到柴堆顶上，抽出那特洛亚人赠给她的宝剑，一个并非为此而用的礼物。她凝视着从特洛亚带来的衣服和那张引起诸多回忆的床，她看了一会儿，流着眼泪沉思，随后她倒在床上，说了最后告别的话：“你们这些甜蜜的遗物啊，只有在天神和命运允许的时间内是美好的，收留我的灵魂吧，解除我的种种痛苦吧。我已活够了，走尽了命运中规定的旅程，我的灵魂将庄严地下到地府。我建了一座宏伟的城市，亲眼看见城垣筑起。我为我的丈夫报了仇，惩罚了我的哥哥——我们的敌人。如果特洛亚人的船队没有来到了我的海岸，我该是多么幸福的人啊，非常幸福。”说着，她转了个身，俯卧在床上，失声哭道：“仇还没报，却要死了，可是也只有一死。是的，是的，我愿这样去到地府。愿那远在海上无心无肺的特洛亚人看见我的火光吧，给他带去我死亡的噩兆吧。”

当她还说着话时，她一剑刺向自己，侍者们马上看见血喷出来，沾满了她的双手。一阵哭号，声音震天，噩耗迅速传遍全城，整个迦太基为之震惊。整座宫殿一片呜咽声、叹息声和女人们的哭声，哀号声响彻天际，像是敌军杀来，整个迦太基或古老的推罗已经沦陷，滚滚烈焰像要吞噬人们的房屋和天神的庙宇。妹妹安娜听到哭声，吓得惊慌失措，匆忙穿过人群，用手指抓破了脸颊，捶打着胸膛，冲进王宫的内院，对奄奄一息的姐姐喊道："姐姐啊，原来这才是你想要的啊？你让我做这些，都是在哄骗我啊？让我准备好柴堆、引火和祭坛，就是为了这个啊？你为什么骗我啊？你瞧不起妹妹，临死都不想要她在你身边吗？你应告诉我一声，那我俩可一起饮刃，共赴黄泉。是我亲手搭建起这柴堆，还向我们祖先的神灵祈求，结果你却无情地离我而去，阴阳两隔！姐姐呀，你毁了你自己，也毁了我啊，还毁了你的臣民、西顿的元老和你的城邦。我看看你的伤，"说着，她登上了高高的柴堆，把姐姐抱在怀里，女王还有一口气。妹妹抚摩着她，一面伤心流泪，一面用衣襟止住流出的血。狄多想睁开沉重的眼皮，但终究失败了。剑深深地刺进她的胸膛，伤口处因大量出血而嘶嘶作响。她连续三次试图用肘支撑着坐起来，可三次都倒在了床上，没有一次成功，迷惘的目光望向天际，终于她看见了阳光，长叹了一声。

万能的朱诺可怜狄多一直备受折磨，无法离开人间，便派伊里斯从奥林匹斯去解脱她的灵魂，使它脱离肢体的纠缠。因为她命中注定就不该死，也不是应得的，而是她炽烈的愤恨使她猝然在悲痛之中未到寿限而死，因此冥后普洛塞皮娜还没有剪去她头上的一绺金发，送她到阴间。所以伊里斯展开橘黄色双翼，晶莹得像露珠，映着阳光显出一道绚丽的彩带跨过天空，她盘旋在狄多头上，说道："我奉命来取你的头发献给普鲁托，让你的灵魂脱离躯壳。"说完，伊里斯伸出手剪下了狄多的头发。狄多立刻就没了体温，化作一阵清风消逝在空气中。

卷五

引言——特洛亚人从迦太基起程，在海上，遭遇到风暴，迫使船队航行到西西里。在这里，受到好客的阿刻斯特斯的欢迎。埃涅阿斯召集众人，祭奠父亲周年忌辰，在他墓前举行祭礼，又举行划船赛、赛跑、拳击和射箭比赛，并给获奖者分发了奖品。在赛会举行的时候，朱诺派遣伊里斯去鼓动特洛亚妇女焚毁船只。在伊里斯的煽动下，一群妇女把船只点燃，特洛亚人无法把火扑灭，埃涅阿斯祷告朱庇特，朱庇特降雷雨将火浇灭，幸而只烧毁了四条船。埃涅阿斯接受了瑙特斯的建议，入夜梦见他的父亲劝说他要把一部分人留在西西里，其余的都带到意大利去。留下的人在当地建立城邦，由阿刻斯特斯统治。维纳斯向海神尼普顿抱怨朱诺对特洛亚人抱有敌意，要求尼普顿让特洛亚人安全过海，到达意大利。尼普顿允诺，但对她说，途中必须有一人丧生，众人才得安全。

这时，埃涅阿斯心无他念，一心乘船驶向大海彼岸。北风卷起黑色的巨浪，船队破浪而行。他回首望向迦太基，看到城堡，火光冲天，他不知道，这是不幸的伊丽莎点燃了火焰。他们不知道发生什么事，会有这样的大火；但是他们深知，女王的爱情遭到玷辱，一定会让她痛苦难熬，而陷入热恋的女人，爱到发疯时，是什么事都干得出来。这时他们心中涌动起一种不祥的预感。

船队已驶入大海，望不见陆地，海天一色。这时一片乌云罩顶，海上漆黑一片，并伴有风暴，海浪一浪高过一浪。舵手帕里努鲁斯，站在高高的船尾，喊道："哎呀，为什么会有这么大片的乌云笼罩天空？海洋之父尼普顿啊，你想干什么啊？"他边说边命令收紧缆索，全力划桨，船帆向着风斜放，接着他又对埃涅阿斯说道："心胸宽广的埃涅阿斯，哪怕有最尊贵的朱庇特的许可，我也不敢期望在这种天气下到达意大利。风向突变，从对面刮来，咆哮着，西方昏天暗地，大风由此升起，空气汇聚成浓云。即使我们用尽全力，也抵挡不住这样大的风暴继续前进。如果命运女神征服了我们，我们只有唯命是从，她让我们驶向何处，我们就又去向何处。如果我没记错，按我原先观察过的星位，你同母的弟兄厄利克斯的海岸和西西里港口就在不远处了。"虔敬的埃涅阿斯回答说："是的，我早已看出风暴的的方向，逆风而行是不行了。调整船帆，换个航向吧。西西里，有我们特洛亚的阿刻斯特斯，也埋葬着我父亲安奇塞斯的遗骸，没有其他地方能让我兴奋的了。还有其他地方能让我更情愿留下，停泊我疲惫的船队吗？"他说完，船队就驶向港口，西风吹动船帆，顺风顺水。船队劈波斩浪，飞快前进，最后，人们兴高采烈地到达了他们熟悉的沙滩。

此刻，阿刻斯特斯从远处的山巅惊讶地跑来迎接族人船队的到来，他手握数把长矛，利比亚雌熊皮加身，身形彪悍，他的母亲原是特洛亚人，与河神克里尼苏斯结合，生下了阿刻斯特斯。他没有忘记自己族人，高兴看见这些特洛亚同胞回来，欢欢喜喜拿出丰盛的乡野佳品，款待疲惫的朋友。

黎明从东方升起，天光将星斗驱散，埃涅阿斯召集海滩上的众伙伴开会。他站在高处，对大家说道："达达努斯的伟大的子孙们，星月迁移，又过一年。一年前，就在这块土地上，我们把天神的后裔、我的父亲的遗骸埋葬，心怀悲痛，筑坛祭奠先父。如果我没记错，今天正逢周年，依从神的意旨，这一天，永远是我哀痛的日子，永远需要纪念。现在我虽还在流浪，即使我在非洲沙漠，或在希腊海域，或在米刻奈城市，只要适逢这一天，我都会用祝祷，纪念这个忌辰，举行神圣的祭礼，在祭坛上堆起祭品的。可是今天，冥冥中，出乎我们的意料，居然到了我们父亲的遗骸跟前。我想没有天神的意志和暗中指引，这事是不可能发生的，也不会像今天这样，因为一阵风，把我们吹到这友好的港口。因此，大家一起行动，让我们一起来纪念这值得记住的日子吧。让我们祈求，安奇塞斯赐给我们好运，如果将来我建立了城邦，定为他建造庙宇，如果他愿意，我还将年年举行圣典。特洛亚的后代阿刻斯特斯，送给你们每条船两头牛，现在我们请来我们祖国的家神，加上我们的主人阿刻斯特斯所供奉的神明，一并请来共享盛筵。然后，我们在此休整，到第九个黎明给我们带来光明，用她的光亮照耀大地之时，我将为大家先安排船赛，看哪支队伍划得快。然后举行赛跑，看谁跑得更快。较量胆量和臂力的掷标枪或射羽箭。有信心的还可以戴上牛皮拳套，来一场拳击赛。大家都要参加，人人都有机会领到该得的奖赏。此刻，大家要庄严地戴上枝条编成的环。”

埃涅阿斯说完，把他母亲的圣树枝条绕在头上。赫吕木斯、年长的阿刻斯特斯、年幼的阿斯卡纽斯和其他少年都照样戴上了。埃涅阿斯离开了会场，几千人跟随着他，走向他父亲的坟墓，举行祭奠仪式，遵照礼节，他在地上洒了两杯醇酒、两杯鲜奶、两杯牺牲的血，还撒上鲜艳的花朵，说道：“祝福你，神圣的父亲，现在我又来祭拜你，我救你脱险，现在你已是一抔黄土，我来祭拜你的亡魂、幽灵。我不能有你在我身边，伴我去找寻意大利的国土——命运注定我们要留下的土地，和我一起去寻觅奥索尼亚的第表河那个未知的地方了。”

他刚说完，只见一条巨蟒爬出坟墓，绕着转了七次，弯了七道弯，安详地把身体蜷住坟堆，又游过祭坛。它的脊背布满蓝色的斑点，鳞甲闪着金色的光辉，像日光下的彩虹，从云端折射出变幻的颜色。埃涅阿斯看见这景象，吃了一惊。最后，它拖着颀长的躯体，爬行在祭杯和光洁的祭器之间，品尝祭品，吃完后，离开祭坛，又回到坟墓深处去了。这个景象使埃涅阿斯更加虔敬，再度向父亲祭奠，因为他不能肯定，这条蛇该是本地的神祇还是侍奉他父亲的神兽。他依照风俗杀了两头两岁的绵羊、两头猪和两头黑色的牛犊，又举杯祭酒，呼唤着伟大的安奇塞斯的亡魂，从地府出来享用牺牲。他的同伴们，各尽所能，高兴地拿出祭品，堆上祭坛，也杀了牛犊。有人排好铜锅，放在草地上，把烧燃的煤放在铁扦下面，上面烤着肉。

期待的日子来临了，太阳神的骏马带来了第九个黎明，晴空万里，举行比赛的消息，加上高贵的阿刻斯特斯的声望，四邻居民对这事都饶有兴趣。他们高兴地聚集在海边，想看看埃涅阿斯和他的一行人怎么比赛，有人还准备参加。各种奖品摆在赛场中间供大家观赏。奖品有神圣的三足鼎、绿叶冠、奖赏胜利者的橄榄枝，还有武器、紫红的袍子、金银锭子，赛场中心的高台上响起号声，比赛开始。

第一场比赛是在全船队挑选出的四艘船，都用重桨，不相上下。墨涅斯特乌斯指挥快船“鲸鱼”号，船上划手强壮。墨涅斯特乌斯将定居意大利，他的后裔继承了他的名字。居阿斯驾一条叫“奇迈拉”的大船，船大得像一座城市，特洛亚的青年操纵三层长桨，一起升降。色尔格斯图斯乘坐大船“人马”号。克罗安图斯——他就是罗马克鲁恩图斯族的始祖——驾驶着天蓝色的“斯库拉”号。

在远处的海中有一座岛屿，浪花冲击着海岸。当西北风吹起，云层遮蔽了天上的星斗，它淹没在波涛之下，受海浪冲击；当天气宁静，它又显得很平静，像是升起在波澜不惊的海面，如一块平地，海鸟最喜欢这里，待在上面享受阳光。族长埃涅阿斯在岩石之上，立了一根带有绿叶的橡树干，作为标桩，告知水手们，此处该转弯回走，长长的赛程，此处需要绕回。接下来，各船船长根据抽签，决定位置，他们站在船头，身披金紫，从远处看去，熠熠生辉。青年水手们都用白杨叶包头，打着赤膊，上面抹上油膏，阳光下，闪闪发光。他们坐在横梁之上，双手紧握桨柄，紧张地等待信号发出，人人都心跳加速，激动不安，情绪紧张，因为都想争得荣誉。接着嘹亮号角响起了，各船从出发线的位置向前冲。水手们的喊声响彻四方，他们用双臂把船柄拉到胸前，搅动海水，一时激起层层浪花。水面上同时划出条条波纹，船桨和尖尖的船头划破海面，形成条条深沟。当二马驾车比赛时，马车冲出起跑线，奔驰在校场上；驭手用力抖动缰绳，或探身扬鞭策马飞奔时，都不能和这些船的速度相比。人们的喝彩声和向各船助威的欢呼声回荡在整片森林里，人声在林木包围的海滩回荡着，周围的小山又把回荡的声音折返回来。

居阿斯在一片呼喊声中划到所有人的前面，在平静的水面行驶。克罗安图斯紧跟其后，他的桨手技艺稍胜一筹，但他那松木做的船，船身很重，减慢了船速。在他们的后边是"鲸鱼"号和"人马"号，两船落后的距离相等，也在努力争先。有时"鲸鱼"号跑到了前面，有时巨大的"人马"号又超过它，有时这两条船并驾齐驱，两艘长船在大海中破浪前行。这时他们已快到那个小岛处，接近标桩，居阿斯在前半赛程一直领先，这时向掌舵的墨诺厄特斯高声催促道："喂，怎么你老靠右边走啊？往这边拐，靠着岸走，让左边的桨贴着岩石，深水留给别人走。"可是墨诺厄特斯担心海面下的暗礁，船头转向靠海这边。居阿斯又高喊："墨诺厄特斯，你想往哪儿拐呀？冲着岩石去！"居阿斯往后望，看见克罗安图斯紧随其后，并且更靠近岩石转角。从居阿斯的船和海水冲击的岩石穿过，从内侧赶超了居阿斯，越过了标桩，在安全水面行驶了。居阿斯年少气盛，一阵火从脊梁骨里冒起，脸上流着泪，一时顾不上自己的身份和同伴们安全，从船尾的高处，把过于谨慎的墨诺厄特斯头朝下地扔到海里。他握住舵柄，亲自掌舵，他鼓励水手们，把船驶向岩岸。墨诺厄特斯吃力挣扎，他又不太年轻，加之衣服湿透，终于从海底浮起，挣扎着爬到了岩石顶，坐在干燥的石头上。特洛亚人见他沉下去，又浮起来，不禁哈哈大笑。又见他一口一口地吐着肚里的咸水，又令他们大笑一阵。

这时落后的两个竞赛者，色尔格斯图斯和墨涅斯特乌斯，欣喜地看到居阿斯落在了后面，心里重新燃起赶超他的希望。色尔格斯图斯领先墨涅斯特乌斯，靠岩石行驶，但领先不多，不到一条船的长度，而墨涅斯特乌斯的"鲸鱼"号紧追不舍，船头追上来。墨涅斯特乌斯走到同伴们中间，鼓励他们道："快，快，快点划桨，你们曾是赫克托尔的战友啊，你们是我在特洛亚破灭时带出来的噢；现在让我们看看你们在过去危难中表现的勇气和精神，像在非洲的西尔提斯海湾、伊俄尼亚海上和玛来阿岬的惊涛骇浪中那样。我，墨涅斯特乌斯，不求第一，也不想争什么优胜，唉，算了，海神，无论你要谁赢，就让谁赢吧，倘若我们落在最后，那该多么丢人啊。水手们，一定要争取这胜利，免受彻底失败之辱。"于是水手们使出全力弯腰划桨，包着青铜的船头在他们强力划桨下摇动着，海水在船底往后溜。他们大口呼气，绷紧四肢，口干舌燥，身上汗水直流。也是机缘巧合，他们得到了所渴望的荣耀。因为色尔格斯图斯满腔狂热，夹在墨涅斯特乌斯和崖岸之间，水面不够宽，船头直接撞向岩石，不幸船触礁搁浅了，礁石都震动了，船桨碰到尖锐的岩石，噼里啪啦地折断了。船头被推到岸上，悬在那里。水手们跳起来，高声呼喊稳住船，并找来铁头长竿和尖钩长矛，把断桨从水里捞起。墨涅斯特乌斯这时大为欢喜，有了领先优势，水手更有气力了，有节奏地快速划着桨，乘着所祈求的顺风，迅速行驶在海面上，驶向终点。他的归航像一只受惊吓的鸽子，飞出岩洞，它心爱的雏鸽还藏在灾难岩洞的缝隙里，它惊恐地飞离鸟巢，翅膀噼里啪啦地扇动着，飞向田野，很快就滑翔在宁静的天空，平展双翅向前疾飞。墨涅斯特乌斯就像这样行驶着，他的"鲸鱼"号也滑翔在水面，破浪前进，驶向终点。他先超过了色尔格斯图斯，后者还在浅滩上挣扎，由于船在浅水里，呼援不应，正努力用断桨划船呢。接着，他又超过了居阿斯巨大的"奇迈拉"，居阿斯没了舵手，丢掉了领先地位。接近终点的时候，只剩下克罗安图斯一个了，于是墨涅斯特乌斯竭尽全力向他追去，眼看就要赶上。

这时喊声更加激烈，观者一起兴奋高呼为追赶者墨涅斯特乌斯加油鼓劲，叫声震天响。前面的船不甘认输，不愿丢掉他们已经赢得的荣誉，拼着性命也要保住第一的位置。后面追赶的船因尝到了胜利的滋味而更加奋发，信心给他们力量。两条船本可同时到达终点，平分头奖。这时克罗安图斯把双手伸向大海，不断祷告，祈祷神明听他的誓言："执掌大海的神啊，我航行在你们的水域，我将在这海滩上，在祭坛前，高高兴兴地为你们献上一头雪白的牛，我将要把它的腑脏奉献给咸涩的大海，洒上醇酒，我一定会遵守诺言。”他这样许诺，海底深处的涅瑞伊德斯海仙、海上老人佛尔库斯的舞蹈队和海仙帕诺佩阿都听见了，老海神波尔图努斯亲自用巨掌推那行进中的船，船向海岸飞驰，快过南风和飞矢，率先安全到达宽阔的港口。

安奇塞斯的儿子埃涅阿斯依照惯例召集众人到一起。声音洪亮的传令官宣布克罗安图斯是胜利者，埃涅阿斯将一顶绿色的桂冠戴在他头上。然后他又发了奖品，每条船三头牛，可以自由挑选。还有酒，还有一大锭白银。还有特别的奖赏发给各船船长。克罗安图斯是第一名，得了一领绣金袍，镶着两道波纹、墨利比紫红颜色的边，袍上还织着加尼墨德打猎图，他在树木茂密的伊达山追逐着飞奔的麋鹿，手握标枪，他紧追不舍好像跑得喘不过气来。另一处则织着朱庇特的司雷神鹰，从伊达山巅飞扑而下，用它钩子般的利爪，抓住加尼墨德，往天上飞去。下面还织着他的几个年迈的师傅，无可奈何地向苍天伸出双手，一群猎狗跟在后面向天空狂吠。接着，埃涅阿斯奖赏靠自己的勇气获得第二名的墨涅斯特乌斯，给他一件皮革制的护身甲，用三股金丝连着的光洁链条锁在上面。这件护身甲是埃涅阿斯在雄伟的特洛亚城下，湍急的西摩伊斯河边亲手从战败的德摩勒俄斯身上剥下的，获奖者得到它既荣耀，又可在战斗中防身。当年埃涅阿斯的两名仆从，弗格乌斯和萨拉吉斯，使尽了全身力气，才勉强抬起这件多股链条的护胸甲；而从前德摩勒俄斯穿着它追逐溃败逃散的特洛亚人。第三名得到的奖是一对铜锅和一对浮雕花纹的大银碗。这样，大家都领到了奖品，额头还勒着红带，高兴地拿着丰厚的奖品准备离开。只见狼狈不堪的色尔格斯图斯在众人嘲笑声中回来了，他想尽了办法刚脱离那堆嶙峋的岩石，桨也弄丢了，一整排划桨手无事可做。就像在路边土丘旁人们截住了的一条蛇，或许它刚被铜车轮碾压过身体，或许它是一条被过路人用大石头砸得半死不活的蛇，正急着逃离。它的上半身仍有生命，目露凶光，昂着笔直的头，发出嘶嘶声，而下半身早已受了重伤，不能动弹，只能无力地拖着，将身躯蜷成一团。色尔格斯图斯的船活像这条半身瘫痪的蛇，靠着几根残桨的划动，缓慢地向前移动，幸好张着船帆，乘风驶进港口。埃涅阿斯很高兴看见他保全了他的船，安全地带回了全体船员，也给他颁发了奖品，另外，埃涅阿斯还赏了他一名叫弗罗的女奴，她在克里特岛出生，有敏涅尔伐女神那样娴熟的技艺，还喂着一对吃奶的男婴。

这个比赛项目结束后，虔诚的埃涅阿斯又去到一个有大片草坪的地方，那里林木茂密，周围山峦起伏，下面平谷位于中心地带，正是天然的跑道。英雄埃涅阿斯领着成千的观众，坐在一座高台上。在这里，他向所有有胆量尝试竞速赛跑的人发出邀请，并摆出奖品，鼓励人人参与。只见特洛亚人，还有些西西里人，从四面八方会聚。为首的有尼苏斯和欧吕阿鲁斯，后者是个英俊少年，前者对他钟爱无比。狄俄列斯也走出来了，他是显赫的普利阿姆斯王族的后裔。还有阿卡尔那尼亚的萨留斯和阿尔卡狄亚的特格阿族的帕特隆。还有两个在西西里山林中生长的年轻人赫吕木斯和帕诺佩斯，都是年老的阿刻斯特斯的侍从。此外还有许多人，但都叫不上名字来。接着，埃涅阿斯站在他们中间向大家说道："大家听好，听了一定很高兴。你们之中，所有人都会有奖品，都能得到两个克里特岛制的雪亮的铁箭镞和一把嵌银双刃斧。前三名将获得棕榈冠和特别的奖品；第一名优胜者的奖品是骏马一匹，有鞍饰装配；第二名的奖品是一束特拉刻产的箭和阿玛松人用的箭袋，配有箭袋的饰金宽带一条，带扣上镶有闪闪发光的宝石；第三名奖品是这顶希腊头盔，希望大家都能拿到中意的奖品满意而归。"

说完，每个参赛者各就各位。号令一响，他们立刻冲出起跑线，直奔跑道终点，如飞云一般。眼看就要到终点，尼苏斯领先所有参赛者，快如闪电，比风或霹雳的翅膀还要快。后面跟着的是萨留斯，但隔了一段距离；再后面是欧吕阿鲁斯，还隔着一段距离，跑在第三；赫吕木斯在后面，狄俄列斯紧随其后，前脚都擦到了赫吕木斯的后脚跟，挺胸向前赶，假如赛程再远点，他可能会超过赫吕木斯，但究竟谁会夺得胜利，还未可知。眼看即将跑完全程，终点就在前方，参赛者个个精疲力竭，却拼命做着最后冲刺，尼苏斯不幸踩到一摊血迹，滑了一跤，那血是祭神的牛流出来的，浸透了绿草地。这位年轻人已稳操胜券非常高兴，却不料脚下一滑，没有站稳，晃了几下，踉踉跄跄地脸朝下就扑倒在污泥和牺牲的血泊里。这时他没有忘记他和欧吕阿鲁斯的友谊，他在萨留斯的去路上站起来，使得萨留斯栽了一个跟头，倒在厚厚的沙地上。欧吕阿鲁斯一闪跑上前去，由于他朋友帮助获得第一，在众人的高声喝彩和加油声中飞跑到终点。赫吕木斯是第二名，狄俄列斯得了三等奖。萨留斯向这赛场全体在座的人和坐在前排的长老们高声抗议，说欧吕阿鲁斯用不正当的手段夺走了本该属于他的胜利，必须还给他。但欧吕阿鲁斯获得了更多人的同情，他体格矫健且谦逊得体，一张俊美的脸上流着惹人怜爱的眼泪。狄俄列斯也站在欧吕阿鲁斯这边，大声提出要求，他是有资格获奖的，要是算萨留斯第一名，那他便失去了得末奖资格，奖品不是落空了吗？这时领袖埃涅阿斯对他们说道："青年朋友们，你们该得到的东西仍是你们的，不必担心，谁也不能扰乱得奖的顺序。但我也非常同情那位运气不好的朋友。"说完，他奖给萨留斯一大张非洲狮皮，毛长皮重，还有包金的爪。这时尼苏斯问道："假如你对摔倒的失败者这样同情，给他这么漂亮的奖品，那你该给我尼苏斯什么奖品呢？若不是命运和我们作对，捉弄萨留斯也捉弄了我，我是本该得头奖的。"他说着指给人们看他那沾满污泥的脸和四肢。善良的埃涅阿斯向他笑了笑，派人取来一面由狄杜马翁制造的盾牌，那是希腊人从海神尼普顿神庙的门框上摘下来的。他给了这位能力非凡的青年这件精致的礼物。

赛跑项目结束，奖品也发完了，埃涅阿斯说道："现在谁要认为自己有气力、有胆量的，就可以站出来，戴上拳击手套，高举起双臂。"与此同时，他还拿出准备发给参加拳赛的人两组奖品，一组是一条牛，牛角包金并饰以飘带，这是给优胜者的奖品。另一组是一把刀和一顶漂亮的头盔，作为安慰奖发给失败者。说话间，大力士达列斯在众人一片惊讶兴奋声中昂首出列，站了起来。从前他只敢跟帕里斯一较高下，在伟大的赫克托尔长眠的墓旁，也是他打倒战无不胜高大的布特斯，那自称来自贝布吕齐亚的阿弥库斯王族的布特斯被打得半死不活，躺在黄沙地上。就是这位好汉达列斯，高昂着头出场了，他露出他那宽阔的肩膀，不断挥舞两臂，向空中左右出击，现在就差对手了。但是那一大群人中无一人敢站出来，戴上那副牛皮手套，向他挑战。达列斯因此非常高兴，认为众人已经放弃了比赛的机会，让他不战而胜，于是走到埃涅阿斯跟前，左手握住牛角，毫不客气地说道："女神的儿子，要是没人有胆量、有信心同我较量，我该等多久呢？我难道要等一辈子不成？请告诉我说奖品是我的吧。"全体特洛亚人这时齐声高喊，让达列斯领走他该得的奖品吧。

这时阿刻斯特斯坐在绿草茵茵的小丘之上，以责备的口吻向身旁的恩特鲁斯说道："恩特鲁斯啊，你枉自称雄一时，难道你情愿将这么好的奖品拱手让人吗？你经常在嘴边说你的师傅是神拳手厄利克斯，现在呢，啥用都没有，你就把他抛之脑后了！你有何脸面对待你威震全西西里的声名和挂在你家里的战利品呢？"恩特鲁斯马上答道："我对荣誉的热爱没有减退，胆怯没有摧毁我的荣誉感，只是我年岁稍大了些，行动不及从前迅速，血气也大不如从前充沛了。倘若我还像当年一样，就会像那个家伙一样大言不惭地自夸，兴奋雀跃，倘若我也是他那般的年纪，我不需要漂亮的牛作为奖品来引诱我，早就上场奉陪了，我不在乎什么奖品。"他说着，将一副重重的拳击手套扔到场地中央。这是眼明手快的厄利克斯常用的手套，比赛时恩特鲁斯总是用它来包裹手臂。大家都很惊愕，看见这副由七张大牛皮制成的手套，硬邦邦的铅和铁缝在里面。达列斯本人最吃惊，他躲得远远的，不敢应战了。安奇塞斯的心胸宽广的儿子埃涅阿斯，掂了掂这副手套，翻来覆去地看它的褶缝。这时老战士恩特鲁斯激动地说："有谁见过赫库列斯戴的手套？你们要是见过，又有什么感想呢？正是这片海滩，他曾进行了一场艰苦的战斗。你的同胞哥哥厄利克斯从前戴的就是这副手套，上面尚有血迹和脑浆的斑点。他就是用这副手套和大力士赫库列斯对抗的。后来我经常戴它，当时我年轻力壮，血气旺盛，无情的岁月还没有让我两鬓斑白。要是从特洛亚来的达列斯没有胆量面对这副手套，而虔诚的埃涅阿斯和支持我的阿刻斯特斯都同意，我们可在平等的基础上比赛。我不戴这副厄利克斯戴过的手套，你不用害怕，你也脱下你的特洛亚手套吧。”

安奇塞斯的儿子埃涅阿斯拿来两副重量相当的手套，把它绑在两个比赛者的手上。两人立即摆好架势，紧张地踮起脚后跟，两臂伸向天空，毫不惧怕。他们头高高抬起，远在对方拳打不到的地方，一旦交手，就会愈打愈激烈。达列斯仗着自己的脚步比较敏捷。恩特鲁斯的优势在于他有力的四肢和魁梧的身材，但他的两膝迟缓不稳，由于气血不足，他的庞大身躯摇晃不定。两人多次尝试想重创对方，都没击中。两人有时击中对方的腰眼、胸膛，发出訇訇的巨响。他们出击如闪电，在对方的耳际和额角忽闪忽现。恩特鲁斯稳住脚跟，站住不动，眼睛盯着对方，时而又摆动一下身体，闪过对方的攻击。达列斯像全副武装的将军，为攻打高大城堡或为围困山寨，不断试着各个进攻点，一会儿进攻这儿，一会儿进攻那儿。他老练地观察整个形势，频频更换进攻策略，但都没有用。这时，恩特鲁斯高举右臂打了出去，达列斯眼明手快，看见拳头冲着他头顶打来，急忙躲闪，避开了这拳。恩特鲁斯一拳落了空，力气也白费了，反而因用力过猛，身体庞大，重重地摔在地上，就像一棵空心的松树长在厄吕曼图斯山上或巍峨的伊达山上，被连根拔起倒下一样。特洛亚人和西西里的青年们都兴奋地跳起来，助威声响彻云霄。阿刻斯特斯第一个起身，从他坐着的高阜上走下去，亲手扶起年迈的朋友。但是老英雄恩特鲁斯虽然跌了一跤，仍活跃，毫不胆怯，反而愈加勇猛，重投战斗，愤怒使他力气大增，荣誉感陡生，再加上信心未减，这一切点燃起恩特鲁斯无尽的战斗力量。他满腔怒火，赶得达列斯满场跑，恩特鲁斯乘机加大力气，向达列斯左一拳，右一拳，片刻不停，让对手无喘息机会。这位老英雄不断向达列斯打去，密集的拳头就像冰雹从天上落到屋顶一样，打得他晕头转向。

领袖埃涅阿斯这时中断比赛，阻止他们继续恶战，叫停了恩特鲁斯，停止他报复性的野蛮打法，救下精疲力竭的达列斯，并好言安慰道：“可怜的达列斯，为什么发这样的疯呢！你不明白你已经不是在和人斗了，你是在和天神对战了？你顺从神的旨意吧。”说完，埃涅阿斯宣布结束比赛。达列斯被他的忠实伙伴搀扶着，送回到船上，他的两条腿疼痛难忍，耷拉着的头左右晃动，嘴里牙齿也被打落了，混合着血一并吐出。人们被叫来替达列斯接受头盔和宝剑，恩特鲁斯自己拿走了剩下的棕榈和牛。这时胜利者得意扬扬，说道："女神的儿子，还有所有在场的特洛亚人，你们现在知道我年轻时的力气有多大了，要不是你们救下了达列斯，不知他会死得有多惨呢。"说完，他站在战利品面前，这头牛伫立着，他扬起右臂，用那硬邦邦的手套照准牛角中间，猛力一击，打得牛骨破裂，脑浆迸流。牛轰然倒下，趴在地上，没了生命，但仍抽搐。恩特鲁斯脚踏奖品，说出心底之话："厄利克斯，我向你献上这头牛而不是达列斯的命，可能你更高兴接受吧。这次胜利后，我决定放下我的拳击技艺了。"

埃涅阿斯接着又邀请人们参加射箭比赛，摆出了奖品。埃涅阿斯用他有力的手竖起了色列斯图斯船上的桅杆，并用绳索缚着一只飞鸽，将其高高地挂在桅杆之上，以此作为标靶。大家都围拢过来，纷纷从一顶铜盔里抽签。许尔塔库斯的儿子希波利翁抽中一号，大家都为之欢呼。墨涅斯特乌斯抽中二号，他刚刚在船赛中获胜，头上还戴着绿色的棕榈环。三号被欧吕提翁抽中，他就是那出名的潘达鲁斯的弟弟。从前就是他受命破坏协约，首先向希腊部队射出第一箭。阿刻斯特斯也想试一试，和全场青年人比一比，结果抽到了最后一个，这签落在铜盔的最底处。每个人取出囊中的箭，用尽臂力，绷紧弓弦。英俊少年希波利翁首先射出，嗖的一声，箭破空而去，划过天空，射中桅杆，钉在木头上。桅杆晃动了一下，把鸟儿吓得不停地扑着翅膀，全场的人都欢呼起来。接着轮到勇猛的墨涅斯特乌斯，他拉满弓弦直到胸前，箭镞指向高空，瞄准箭杆，但是很可惜箭没有射中鸟，却射断捆着鸟儿腿的麻绳（就是用这绳子捆住鸟儿，将它挂在桅杆顶上的），绳子一断，鸟儿就急忙逃向南方黑云里去。这时欧吕提翁，早已准备好弓和箭，念着他哥哥的名字，祈求保佑，这时鸽子正振翅，欢乐飞翔在天空，欧吕提翁看准鸽子射出一箭，鸟儿就从天上跌落下来，没了气，它的生命留在了天空的群星中间，那支箭随同那只鸽子，回到了地面。

现在已没了彩头，还剩阿刻斯特斯一人，可是他仍然往空中射了一箭，证明一个老者仍有技能，照样能拉响弓弦。忽然奇迹出现在人们眼前，这个奇迹预示着将有大事发生，这在此后果真得到证实。后来，一些会神巫之术之人也解释这现象。只见这支箭穿过流云，燃烧起来，一道火光划过，烧得干干净净，消失在空中，就像流星，穿过寰宇，拖着长光。西西里人，特洛亚人，个个看得目瞪口呆，连忙向上苍祷告，连伟大的埃涅阿斯也接受了这征兆，他抱住阿刻斯特斯，此时阿刻斯特斯内心喜悦，埃涅阿斯塞给他贵重的礼物，说道："拿着吧，老人，伟大的奥林匹斯王，已经给我们预示，决定要你接受这份殊荣。这件礼物——酒杯给你，它原是属于我的老父亲安奇塞斯，上面刻着人物，很久以前特拉刻王奇修斯送给我父亲这件重礼，让他留在身边，以见证和纪念他们的友情。"说着，他又为阿刻斯特斯戴上青绿的桂冠，并向众人宣布阿刻斯特斯是一等奖得主。欧吕提翁射下天上的鸟儿，但荣誉却归了别人，善良的他并没因此嫉妒。结果，第二名的奖品给了射断绳子那个人，最后一名则是射中桅杆的那个人。

射箭比赛还在进行，主持人埃涅阿斯召来佩利法斯，他是厄庇图斯的儿子，年幼的尤路斯的师傅和伴侣。埃涅阿斯在他耳边低声道："去看看尤路斯，如果他的少年队伍已整顿好了，马匹已准备就绪，就可以上场了。让他带上整支队伍，全副武装，在我们面前显示一番，以纪念他的祖父。"接着，他又叫挤在竞技场里的观众都散开，空出场地来。少年们驾驭着骏马，英姿勃发地列队走来，出现在长辈们的面前。他们经过时，围观的西西里和特洛亚青年们都惊叹不已，高声欢呼喝彩。少年们都按传统方式头戴花环，花冠都剪得齐整；每个人都手握两支长枪，长枪用红樱桃木制成并镶着铁枪头，有的肩上挎着光洁的箭囊；脖子上戴着金丝扭成的项链，垂到胸前。少年骑士们有三个列队，每个列队有个领队，跃马盘旋；每队十二名少年，分成两个纵列，由领队率领，光彩照人。其中，小普利阿姆斯高兴地率领着一队青年骑士。为纪念他的祖父，他跟祖父同名，波利特斯是他的父亲，后来他也名声显赫，成为意大利的一门望族。

他骑的是一匹白斑花，产自马特拉刻，马蹄雪白，马首高昂。阿提斯率领着第二队，未来的拉丁阿提亚族就是他的后裔，这时小小的阿提斯还是个孩子，尤路斯和他十分投缘。尤路斯率领着最后一队。他漂亮出众，骑着一匹西顿马，这是美丽纯洁的狄多赠给他作为纪念，表明对他的钟爱。其他少年都骑着老阿刻斯特斯的西西里马。特洛亚人鼓掌欢迎这些紧张不安的孩子，欣喜地看着他们，从他们身上看见他们祖先的风貌。骑手们骑着马神采奕奕地列队走过所有在座的族人面前。接着，厄庇图斯的儿子佩利法斯见大家已列队整齐，高呼一声，抽了一下响鞭作为信号。他们每一对骑士先背道而驰，即每一队的两列骑士各向相反方向散开，然后又一声号令，他们调转马头，挺枪相向。接着他们又表演另一套步法，三队有正有反，两队隔着一定距离相向。还表演了走圈，每圈相互交叉。然后，他们表演持枪模拟战，时而转身逃离，时而转身挺枪攻击，一会儿停止厮杀，策马并进。相传从前多山的克里特岛上的迷宫里有一条曲折蜿蜒的小路，小路两边高墙林立，看不到外面，那路千转万拐，令人迷失方向，没有人进去之后还能出来，一切路标都毫无用处。特洛亚少年骑马盘旋，线路就如在走这座迷宫，来回穿梭，如同嬉戏，时而逃窜，时而战斗，像喀尔巴托斯海和利比亚海里的海豚，在波涛中嬉戏前进。后来阿斯卡纽斯在修建阿尔巴·隆加的城垣时，就采用了模拟战斗的队形，按此教早期的拉丁人演练，像他今天和其他特洛亚少年一起操练那样。阿尔巴人又教给他们的子孙后代，最后罗马承袭并保留了这一古老的阵法。因此，现在这些队列中的少年就被唤作“特洛亚”，他们的队列也就称作“特洛亚阵”。为了纪念埃涅阿斯神圣的父亲而举行的各种赛事到此结束。

这时特洛亚人运气开始转向，厄运降临。正当特洛亚人举行各种赛会纪念安奇塞斯时，朱诺女神派遣伊里斯从天上到特洛亚船队那里，给她一阵顺风，帮助她的行程。朱诺仍不忘旧恨，总想着办法企图报复。伊里斯沿着绚丽的彩虹飞行，迅速前进，没有人看见她。她看见一大群人聚在那儿，港内空无一人，船队没人看守。但在距离不远一片空寂的海滩上，一些特洛亚妇女分散坐在那里，悼念着已故的安奇塞斯，她们眼泪汪汪地望着无边无际的大海。她们是多么疲惫啊，想着未来还要乘船渡海，遭遇惊涛骇浪，她们心里一片悲叹，她们已厌倦了海上的奔劳，祈求能定居下来。见此，伊里斯想出一条诡计，走到这群女人之间，脱去女神的衣装，改变了相貌，变成希腊人多吕克鲁斯的妻子勃罗厄的样子，她出身名门已有些年纪，声名显赫子孙满堂。伊里斯以这样的模样来到特洛亚妇女们的中间，说道："唉，你们这些可怜的女人啊，希腊人围困了特洛亚的巍峨城堡，你们要是在战争中死去反倒好了！可怜的特洛亚人啊，你们虽没死，可未来你们又会遭受怎样的毁灭呢？特洛亚破亡已有七个年头了。七年来，我们总是漂泊在海上，途经各国，到过多少荒无人烟的岩岛，历尽风霜雪雨，航行在这无边的大海上，被无情的浪涛颠簸撞击，找一个永远找不到的意大利。脚下这片土地是厄利克斯的国土，是兄弟之邦，阿刻斯特斯是我们的东道主，为什么我们不砌起城墙，建立渴望已久的城池安定下来？祖国啊，难道我们从敌人手里救出家神是徒劳吗，特洛亚城这个名称从今以后不再有了吗？难道我永远看不到赞土斯河和西摩伊斯河，使我想起赫克托尔了吗？大家起来，和我一道，烧掉那些倒霉的船吧。我梦见了神巫卡桑德拉的亡魂给我一把熊熊燃烧的火把，说道：'你们寻找的特洛亚就在这里，你们的家园就在这里。'现在，我们行动的时候到了，别再犹豫了。吉兆已显。快看，这边有四座祭坛，供奉海神尼普顿。天神亲自给了我们火把，赐予了我们勇气。"说着，她带头狠狠地抓住一支可怕的火把，右手高举，在头上一旋，使出全力把它扔了出去。特洛亚妇女们吓得目瞪口呆，不知所措。她们中间有个年长的，叫皮尔戈，当过普利阿姆斯多个王子的保姆，叫道："众位母亲，这里没有勃罗厄，她不是咱们特洛亚人，更不是多吕克鲁斯的妻子。看她天仙般的美貌，那炯炯有神的眼睛，她那潇洒的风采，她的神态，她说话的语调，她的步态！不久前我还见过勃罗厄，当我离开时她还在生病，还怨恨只有她一人错过安奇塞斯这么隆重的祭礼，不能来祭拜他。"皮尔戈这样说着，起初特洛亚的妇女们还不大相信，只是怨恨地看着那些船只，心里摇摆不定，一方面她们对刚踏上的土地恋恋不舍，另一方面又对命运安排的国土放弃不下。就在这时，伊里斯女神张开双翼，飞入天空，沿着云层飞翔，划出一道壮丽的彩虹。这景象吓得妇女们惊慌失措，心里一阵躁动。她们大声叫嚷起来，从室内火炉里抓来火，有的抢来祭坛的火种，将树叶、枯木、火把乱扔在船上。于是火神伏尔坎肆虐起来，就像脱缰的野马，烧着了彩绘的杉木船、划手的长条坐凳，还有摇橹。

欧梅路斯带来了船只起火的消息，消息传到了安奇塞斯墓边和有座位的圆形竞技场边，在场的人们看见黑烟滚滚涌上天空。此时，阿斯卡纽斯正高兴地领着马队表演，一得到消息，立刻扬鞭策马，向船队驻地飞奔而去。他的师傅们气喘吁吁，拦不住他。那里一片混乱，他喊道："你们这是玩什么花招？你们疯了吗？你们这些可怜的特洛亚妇女，你们想做什么？你们烧的不是希腊人的营帐，而是你们未来的希望啊，你们看，是我，是你们的阿斯卡纽斯！"说着他拿着一只空盔，咚的一声扔在地上，那是他刚才在竞技场上做模拟战戴的头盔。这时埃涅阿斯和特洛亚队伍也匆忙赶来。妇女们都怕了，在海岸上四散逃窜，躲进树丛，或随便选个石洞藏进去。此时，她们对自己的作为深感歉疚，再没脸面面对自己的同胞。她们的头脑已经清醒，明白了谁才是她们真正的朋友。朱诺的力量渐渐从她们心中驱除了。

但这并没有稍减大火的凶焰，船板底虽然浸湿，但用来堵缝的麻仍在燃烧，里面烟雾浓密，火慢慢吞噬着船底，像瘟疫一样烧着了整条船。英雄们拼着全力，用河水不停浇注，但都于事无补。这时虔诚的埃涅阿斯扯下肩膀上的衣服，伸出双手，向天神求助："万能的朱庇特，倘若你还不憎恨我们特洛亚人，倘若你还和过去一样慈悲，愿意救苦救难，那么，天父，请你现在帮帮我们吧，救救我们的船只，逃脱这场火灾吧，让我们特洛亚人还有一线微弱希望！否则，你就亲手消灭我们，用你愤怒的雷霆，将我们所有的特洛亚子民都劈死吧。"话音刚落，一阵黑色风暴突然而至，狂风劲吹，大雨倾盆，雷声轰轰，大地的高地和平原都震得颤动。天空中的每个角落都下着瓢泼暴雨，水流像倒灌下来一样，伴着紧密的南风，天空一片漆黑。船上装满了雨水，烧焦的船板浸在雨水里。大火全部熄灭，只有四艘船被烧毁，其余船只都保全了下来。

这一惨痛的打击震动了领袖埃涅阿斯，使他相当痛苦。他心中焦虑，反复思量，不知道是要放弃命运的安排定居在西西里，还是继续努力地找寻意大利。就在埃涅阿斯左右为难时，瑙特斯老人说话了（瑙特斯曾跟敏涅尔伐女神学过占卜，精通法术，她使他因这伟大的能力出了名。每次遇到天神大怒，敏涅尔伐女神就让瑙特斯来解释这些征兆意味着什么，命运注定要发生什么）。这时老人跟埃涅阿斯说道："女神之子，无论前进与否，我们要听从命运的安排。不管未来如何，我们都应容忍，这样就能克服一切不利局面。神的后裔阿刻斯特斯也是特洛亚人，他对你友好，把你的心事告诉他，与他一起商定，他自己也愿意。把我们中间那些丧失了船只的，那些厌倦了我们的伟大事业不能与你同舟共济的，委托给阿刻斯特斯照顾；挑出那些年老的，厌倦海上航行的妇女，还有体弱多病或畏惧冒险的人，让那些疲惫的人就留在此地，建立他们自己的城池，假如阿刻斯特斯允许借用他的名字，该城就命名为阿刻斯塔。"

老人这一席良言使得埃涅阿斯忧心如焚，他从未这样心烦意乱，忧心忡忡。这时黑夜驾着双套马车占据了天空，突然，埃涅阿斯的父亲安奇塞斯从天而降，出现在他面前并对他说："我的儿，我在世时，视你为珍宝，对我来说，你的命比我的更重要。孩子，为了特洛亚的前途，你现在正承受着命运的折磨，我奉朱庇特的命令来到此处，是朱庇特降雨扑灭了这场大火，对你起了恻隐之心。你要听从瑙特斯老人刚才的好建议。精选一批最有胆识的青年人，带去意大利。在拉丁姆，你得征服一个强悍野蛮的民族，你还有一场苦战要打。孩子，你还必须到狄斯冥界走一趟，来阿维尔努斯深渊找我，同我见上一面。我并不住在黑暗、可憎的塔尔塔路斯阴间，而是和虔诚的人住在埃吕西姆乐土。当你杀了牺牲献祭后，圣洁的西比尔将引你到那儿。你将知道你的未来子孙是些什么人，你将有什么样的城邦。现在我要去了，潮湿黑夜之神已走了一半的路程，太阳将升起，我已感到他驾着的烈马喷出的怒气。"他说完就消失在空中，像一缕轻烟逝去。埃涅阿斯喊道："你这样匆匆忙忙要往哪里去？为什么这样快就去呢？干吗躲着我？是谁阻隔我们拥抱呢？”说着，他拨旺即将熄灭的灰烬，对着特洛亚的家神和白发维斯塔女神的神龛致敬祈祷，恭敬地奉上咸谷祭品和满满一炉香。

他立即召集他的伙伴，首先找来阿刻斯特斯，他向他们解说朱庇特的命令、他亲爱的父亲的指示，和自己已做的决定。没有人反对这个计划，阿刻斯特斯同意埃涅阿斯提议并接受托付。他们中间凡愿意留下的，不想建功立业的归在一边，登记在册。其余的人着手修理划手的坐凳，换上崭新的船板，去掉烧焦的部分，配上船桨，装上缆索。一切安排停当，留下的人，数目不多，但个个英勇善战。与此同时，埃涅阿斯亲手扶犁，划出地界，安排好住宅。他指定城里一处为伊利乌姆，另一处叫特洛亚。特洛亚的阿刻斯特斯非常乐意成为这个城邦的君主，由他指定一个地方为公共的场址，又召来了长老，制定了法典。又在厄利克斯的山巅，离天咫尺之处，建造了一座庙宇，以拜祭伊达利亚的维纳斯，设一名祭司看守安奇塞斯陵墓，在附近造了大片圣林。

双方众人大宴九日，在祭坛祭献。和风吹来，波浪不兴，南风刮起，催促人们起程航行。弯弯的海滩上回响起人们的哭声，整日整夜人们聚在一起互相拥抱恋恋不舍。不久前，那些还觉得大海是多么的可怕，不能忍受大海的人，如今也想同行，甘愿忍受流亡生活带来的一切苦难。善良的埃涅阿斯好言抚慰，含着眼泪将他们托付给同胞阿刻斯特斯。然后，他下令宰杀了三头牛，祭奠了厄利克斯，又献给风暴之神一头羔羊，然后命人解开绳索开船。埃涅阿斯头戴橄榄叶冠，一个人站在船头，手执祭神的酒碗，把牺牲的腑脏投进咸涩的海里，倾倒出剔透的酒。船尾兴起风，船顺风而行，伙伴们竞相划桨，船在海面前行。

维纳斯这时心里焦虑，于是向尼普顿抱怨道：“尼普顿啊，朱诺的愤怒和顽强的意志，逼得我四处低声下气，多方求助。无论时间过去了多久，无论如何恭敬地对她，都不能缓和她的愤怒。她冷酷无情，不管是朱庇特，还是命运之神的命令，都不能平息她的怒火。她卑劣的仇恨吞噬了特洛亚城邦，使其消失在弗利吉亚中心地带。她花尽心思折磨特洛亚的孑遗，让他们到处流浪。这还不够，她千方百计要花招想要灭掉特洛亚人。只有她自己明白她为什么如此仇视特洛亚。最近，她在利比亚的海上兴风作浪，你可是亲眼目睹，她搅得整个大海和天空混乱不堪，竟敢干预到你管辖的领域，她靠风神的力量也是白费力气。现在她又挑唆特洛亚的妇女们犯下罪行，卑鄙地烧毁船只。特洛亚人不得不留下同伴，让他们生活在他乡异土。因此，我请求你，倘若我的请求不算过分，倘若命运之神肯给我们一座城邦，请你让这些遗民在你的海域平平安安走完剩下的航程，到达劳伦吐姆的第表河。”大海的统治者尼普顿说道：“维纳斯，你信任我，认可我统治的大海，你是对的，你本人就生于大海。另外，我值得你信任，因为是我经常制止海上的风暴。陆地上，我对你的埃涅阿斯也爱护有加，赞土斯河和西摩伊斯河可以为我作证。当初，阿奇琉斯追赶着胆战心惊的特洛亚人，兵临他们的城下，杀死成千的特洛亚人。河水断流，哀号，赞土斯河去路被堵，无法流向大海；我曾救走埃涅阿斯，将他裹进一层云雾，当时他对阵阿奇琉斯，但力量悬殊，又缺神助。尽管当时，我很想连同城基推倒整个特洛亚，亲手毁掉由我建造、背信弃义的城池。现在我还是一样的想法。但你毋庸担心，你为他选定的阿维尔努斯港口，他一定会到达。不过有一人会坠海丧命，尸骸无寻，一条命换其他所有人的命。”尼普顿用这些安心的话抚慰女神，让她高兴。说话间，他套住配有金鞍的马匹，辔头勒住马嘴，马嘴边挂起了白沫，马匹们已急着飞奔出去。他松开缰绳，登上海蓝色的车，轻盈地掠过海面，车轴隆隆作响，所经之处，浪涛平静，风云散尽，只剩无际天空。他的随从紧随其后：有海怪；有一批老侍从，曾追随海上老人格劳库斯；有海神伊诺之子帕莱蒙；有一群“人鱼”特里东，他们跑得飞快；有海神佛尔库斯的全部部队，左边是阿奇琉斯之母、女海神特替斯，还有其他女海仙，包括莫利特、少女帕诺佩阿、涅赛阿、斯匹娥、赛利亚和库莫多刻。

这时领袖埃涅阿斯心里充满了甜蜜和喜悦。他命人迅速树起桅杆，撑开挂帆支架，同心协力绑紧船帆，张开左舷和右舷各帆，把左右晃动的帆桁拉得高高的，顺风驱着船快速前进。帕里努鲁斯航行在最前，率领众多船队，其他各船受命在后相随，以它为方向。潮湿的黑夜在天空已行至中途，水手们平躺在桨柄下的硬座上，正在甜蜜的睡眠中休息。睡神悄悄地从布满星辰的天空轻轻落下，他分开黑暗，驱散阴影，向帕里努鲁斯走去。帕里努鲁斯真是无辜，睡神给了他一个不幸的梦。睡神扮成佛尔巴斯的样子，坐在船头高处，说道："帕里努鲁斯啊，雅修斯的儿子，大海会驱着船走的，现在风顺水平，休息的时候到了。你可以躺下去，闭上疲劳的眼睛，让它休息片刻吧。我替你操作一会儿。"帕里努鲁斯眼睛不抬地答道："你要我相信平静的海面和没有兴起的波浪吗？你要我信任大海这个恶魔吗？表面的平静已经欺骗过我好几回了，我会把埃涅阿斯托付给这欺骗人的风和天气吗？"他说着话，双手紧握舵柄，没有一刻松手，眼睛盯住星辰。睡神拿出一根饱蘸忘川水和催眠的冥河浆的树枝，往帕里努鲁斯的两鬓一洒，虽然他挣扎反抗，还是合上了恍惚的两眼。他不想休息，但四肢慢慢软下来，睡神趁机把他扔下船去。帕里努鲁斯掉到透明的海波里，手中还握着桨柄以及他扳掉的船身。他栽下去时一再呼唤他的同伴，但没人听见。睡神展开双翅，飞入空中。船在海上安全前行，无所畏惧，如尼普顿所保证的那样。不久，船队驶近了西壬女妖的岩岛，以前没有船能在此通过，这里留着堆堆白骨。距离岛屿还很远就听到海水拍打岩石发出的巨响。埃涅阿斯发现船在海上没有目标地漂流，没有了舵手，他亲自操舵，船在黑夜的海上继续航行，朋友的不幸命运让他很受打击，他不住叹道："唉，帕里努鲁斯呀，你太相信大海和天空的平静了，落得尸体漂到异乡的沙滩上。"

卷六

引言——西比尔预言埃涅阿斯抵达意大利后还会有许多考验。西比尔陪同埃涅阿斯进入冥界，遇到各种可怖景象，打听到安奇塞斯所在。埃涅阿斯会见了父亲安奇塞斯，他向埃涅阿斯讲述灵魂与躯体的关系，生死轮回。安奇塞斯指点给埃涅阿斯看等待投生的罗马名人和他的后代子孙。

他边说边流着眼泪。船飞速前进，像脱缰的马儿，终于到达了欧波亚人的库迈海岸。特洛亚人掉转船头，船头朝向大海。抛下铁锚，铁爪牢牢地固定住船身，弯弯的船排在岸边，就像一条流苏。青年战士抖擞精神，踏上了西土的土地。有人去找蕴藏着火种的燧石；有人去探寻野兽出没的密林，找到溪流就发出信号。而虔诚的埃涅阿斯则到处寻找阿波罗庙宇所在之处，和距此不远一个巨大的石洞，那是西比尔的可怕密室，能预知未来的阿波罗神给了她神力让她知道神的意图和意志，并能预测未来之事。他们已行近狄阿娜的圣树和她的金庙。

相传，巧匠代达路斯为了逃离米诺斯的国土，造了一对羽翼，冒着生命危险飞上了天，沿着陌生的线路飞往寒冷的北方，最后轻盈地落到了欧波亚人的城堡。一踏上这片土地，他首先给阿波罗献上了那对羽翼，然后又造了一座高大的庙宇。在一扇庙门上，他刻下了安德罗格斯之死。下面描绘着雅典人必须服从那可怕的命令，每年献出七个男儿作为赎罪，真是可怜！旁边还有抽签的签罐。在另一扇门上，描绘着克诺索斯高高露出海面，还描绘着发情的公牛，还有帕希法埃常与这头牛幽会。在他们之间是半人半牛的米诺托尔，这个怪物是有悖伦常的见证。门上还刻有迷宫，真是巧夺天工，其间小径盘绕迂回，找不到出路。代达路斯同情公主炽烈的爱情，教她用一根细线引导，因此揭露了迷宫神秘曲折的路径。还有你，伊卡路斯，要不是因你的故事太凄惨了，也会在这件宏伟的作品有一席之地。你父亲代达路斯曾两次想把你的命运雕绘在这扇金门上，但都彻底放弃了。要不是先前派出去的阿卡特斯回来了，他们还会一幅一幅地仔细欣赏。同阿卡特斯一路来的还有代佛贝，她是格劳库斯的女儿，阿波罗和狄阿娜的女祭司。她向埃涅阿斯王子说道："现在还不是观光的时候。最好你挑选七只没有套过轭的牛，依照惯例，选七头两岁的绵羊，祭献神灵。"她对埃涅阿斯这样说，人们遵命献祭。随后她邀请特洛亚人进入宏伟的庙里。

库迈的崖壁上，有个巨大的山洞，有一百个入口，一百条宽阔的隧道通向里面，西比尔的答话从洞中飘出，好像发出了一百道声音。人们走到洞口，听到西比尔的呼唤："现在是占卜你们命运的时刻。看呀，神，神已经显现了！"她说话的时候，已经站到了两扇门前，忽然，她的脸色大变，头发披散着，胸口不断起伏，心跳得厉害。她的身形变得更加高大，说话的声音不同常人，因为神已走近她，借她之口说话。她说道："特洛亚人埃涅阿斯，你为什么不发誓祈祷呢？你不祷告，岩洞的大门慑于神威就永远不会打开。"说完，她一言不发。特洛亚人感到一阵冰冷浸入全身。埃涅阿斯虔诚地从心里祈祷道："阿波罗啊，你一向同情灾难深重的特洛亚，是你引导帕里斯用特洛亚的箭，射中阿奇琉斯的致命弱点。是你引导我航行在围绕着陆地的汪洋大海，远涉到遥远的马苏里人的国家和与西尔提斯人毗邻的国土，现在我们终于登上意大利海岸，请您再次帮助我们结束这颠沛流离的命运和生活。所有的神和女神，还有嫉妒伊利乌姆和达达尼亚的辉煌的神和女神，请你们宽恕我们吧，宽恕我们曾据有特洛亚城堡的民族吧，还有你，最神圣的能占卜未来的女先知，请你让我们定居下来吧，让随我一路奔波的神祇，和我们一起经过惊涛骇浪的特洛亚家神都安定在拉丁姆。我不奢求非我命运应有的王国。我会用坚固的大理石，为阿波罗和狄阿娜建造一座庙宇，以阿波罗的名义定立节日。仁慈的女先知，我也要在我的国土，为你建立一座辉煌的神龛，在那里，我将珍藏起你的神签和你所告诉我的特洛亚民族命运的秘篆，我还要精选祭司服侍你。只是请你不要将预言写在树叶上，因为疾风会把它们吹得凌乱不堪，请你一定亲口告诉我。”埃涅阿斯祈祷完毕。

这时女先知试图摆脱阿波罗的控制，在洞里狂奔，想把神力从头脑里驱除。但是神却更加折磨她，驾驭她桀骜不驯的性子，左右她坚强的意志，压制她，逼她就范。这时，一百扇大门自动开启，女先知的答复从洞口传来：“你已平安渡过了海上的艰险，但是你还要面临陆地上更大的艰险。你们达达尼亚人将到达拉维尼乌姆的国土，关于这些你毋庸害怕。但他们到达之后将会后悔。我的预见有战争，可怕的战争，第表河将被鲜血染红。那里还将有西摩伊斯河、赞土斯河和希腊人的营地。又一个阿奇琉斯出现，也是一位女神的儿子，现已在拉丁姆诞生了。仇视特洛亚人的朱诺仍在你身旁，一无所有的你将卑躬屈膝向意大利的各个部落和城邦求助。这次又像从前一样，特洛亚人将遭受深重的灾难，因为你将娶东道主家里的女儿，又以外帮女子为妻。但你们决不可向困难屈服，只要鼓起加倍的勇气，顶着困难，继续沿着命运允许你们的道路前进，第一条出路将在你们意想不到的地方——一座希腊人的城市里展现。”

库迈的西比尔从她的秘室传出这番可怕的话来，意思隐晦难懂，但声如洪钟，回响在洞府中。她就像一匹劣马，阿波罗抖动缰绳驾驭着她，马刺扎到她身体深处。一阵疯狂过后，她安静下来，没有说话。英雄埃涅阿斯开始说道：“神女啊，对我来说，遭遇的艰难困苦都不算什么，不是前所未有，也不是出乎意料的。我在心里已经想到了一切可能发生的事情。我只求一件事：听说此处是地狱的入口，阿刻隆河注入幽暗的大泽的地方，请准许我当面拜见我亲爱的父亲，请你指点路径，打开大门。当初我从烈火中救他出来，背着他穿过了敌人，躲过追兵。他伴着我历尽艰辛，渡过千洋万海，忍受着恶劣的天气。可怜他年老体衰，经不起这般折腾。就是他命令我来见你，在你的门前，向你求援。仁慈的女先知，请你垂怜一下我们父子吧。你无所不能，赫卡特派你掌管阿维尔努斯丛林不是没有道理的。倘若俄耳甫斯能以一张特拉刻凤尾琴和美妙的琴音赢回他亡妻的灵魂，倘若波路克斯和弟弟能轮流赴死，能多次往返于生死路上，还有伟大的特修斯和赫库列斯。我也是天神的儿子，是至高无上的朱庇特的后裔呢。”

埃涅阿斯祈求着，手放在祭坛上，这时女先知说话了：“天神的后裔，安奇塞斯的儿子，到达阿维尔努斯并不难。漆黑的地狱大门是昼夜开着的，但从原路返回人间就困难了。只有少数的天神后代可以办到，要么是因为朱庇特对他们宠爱有加，要么因为这些人功业显赫，超乎世人之上，才能重返人间。那里一路上有挡路的密林，无奈河科奇土斯的黑水蜿蜒流淌。但如果你执意要去，决心两渡斯提克斯河，两次看到黝黑的塔尔塔路斯；倘若你甘愿舍身干这疯狂的冒险，那么你必须首先做几件事。在一棵枝繁叶茂的大树里藏着一条树枝，它的叶子和丫杈都是黄金的，相传那是冥后普洛塞皮娜的圣物。它由整片森林护卫，被包围在幽谷的阴影中。倘想去那地府深处，必须先从树上摘下金枝。美丽的普洛塞皮娜规定，摘下的金枝应献给她。摘下金枝之后，又会长出第二枝金枝，枝上生出金叶。所以你必须放眼搜索它，找到它就摘下它。倘若命运要你如此，你会轻而易举地摘下它，否则你用多大力气，甚至用钢刀也不能砍下它来。还有一件事，你在我门前祈求神谕的时候，可惜你还不知道，你又少了一个朋友。他的尸体还躺在那儿，玷污着你的全部船队。先把他埋葬在坟墓里，让他得到安息，再牵来几头黑绵羊作为你的第一次赎罪献祭。只有完成了这些事，你才能看见斯提克斯的丛林，到达生人难到的国土。”说完，她缄默无语。

埃涅阿斯离开山洞，愁容满面，低着头走，心里想着到底发生了什么意外。忠诚的阿卡特斯相伴在他的身边，脚步沉重，心里也一样忧愁。他们彼此交谈，左猜右想，猜不出女先知所指何人，说的是哪个伙伴，需要埋葬谁的尸体。他们来到了干燥的沙滩，才知道那个不幸的死去的人是埃俄罗斯的儿子米塞努斯。他吹起铜号来，让人欢欣鼓舞，他的号声能激起人们的斗志，这方面谁也比不过他。他做过赫克托尔的随从，跟赫克托尔并肩战斗。他的号声和枪法为他赢得了名声。后来，阿奇琉斯战胜了赫克托尔，夺去了他的生命。英勇无比的米塞努斯就跟随了埃涅阿斯，做了他的部下。但他做了一件愚蠢的事：他用力吹响了空心的海螺，号声响彻大海，并向神们挑战，要同他们比赛吹号。海神特里东心怀妒恨，倘若这是事实的话，那么，海神特里东足已将他夹在岩石缝间，淹没在浮着泡沫的海水里。所有的人聚在一起，放声哭着，虔敬的埃涅阿斯哭声最高。他们一面哭，一面急忙去完成西比尔吩咐的事，他们用树干堆了一个高高的祭坛，作为火葬台。众人走进一片野兽常出没的深林，砍倒一批松树，斧子捶击着栎树，发出铮铮的声音，还劈开了坚硬的梣木和易裂的橡树，他们把巨大的花楸木滚下山坡。

埃涅阿斯也拿着工具，带头和大家一起劳动，并鼓励着伙伴。埃涅阿斯仰望着这无尽的树林，心情忧郁，自个儿想着他的事，不知不觉地祈祷道："要是那金枝就在这片树林某个地方向我显示出来该多好啊！米塞努斯啊，女先知所说关于你的话已经应验了，毫厘不差啊！"刚说到这儿，天上飞来一对鸽子，就落在他眼前的绿草坪上。英雄埃涅阿斯一下认出那是他母亲的神鸟，欣喜地祈祷道："请你们为我引路，倘若有路的话，请你们在天上飞，引导我找到林中那株隐蔽着沃土的吉祥金枝吧。神圣的母亲啊，在这关键的时刻，不要弃我不顾。"他说着，停下脚步，看两只鸟带来什么信息，要飞往何处。两只鸟一路啄食，一路向前飞，让跟随者的眼睛能看到它们。它们飞到臭味熏天阿维尔努斯的入口，到了此处，它们迅速升空，掠过明澈的天空，降落在一棵双体树的树巅，停了下来。所在之处，有一金枝在绿色的枝叶丛中闪烁着光芒。就像在严冬，寄生在槲树上的枝丫会冒出新绿的叶子，杏黄色的小浆果缠绕着浑圆的树干。浓密的栎树上长着的金枝也分外耀眼，金叶片在轻风中丁零作响。埃涅阿斯立刻攀住树枝，它虽坚韧，但埃涅阿斯一用力就摘下了它。埃涅阿斯带着它，来到先知西比尔的庙堂。

这时特洛亚人还在海边为死去的米塞努斯哭悼，向他的骨灰致最后的敬礼。他们首先用锯开的木料造了一个高大的木堆，加上松枝，周围装饰着深绿的树叶，木堆前面饰以一丛绿柏，木堆之上放着银光闪闪的兵器，看着辉煌夺目。有人在火上烧了一锅水，用来洗净他们的朋友的冰冷的尸体，然后再抹上香膏。人们又哭了起来，一面悲悼，一面将尸体安放在火堆上，用一件紫红色袍子——他常穿的外衣，覆盖在尸体上。依照先辈们的礼仪，一些人抬起巨大的尸床，背过脸，手拿火炬点燃柴堆下面，这确实是件难为的工作。成堆的祭品——香料、食物和碗里盛满的橄榄油，都燃烧起来。最后，柴烬火灭，人们用酒浇灭骨灰余烬，柯吕奈乌斯捡出骸骨，装进一个铜瓮。他用手捧净水，绕着朋友们走了三圈，用橄榄枝蘸着水，洒向大家，净化他的朋友，嘴里说着诀别的话。虔敬的埃涅阿斯就在火葬的地方造了一座墓，把米塞努斯的遗物、用过的桨和号角安放在墓上。这墓位于一座直插云天的高山脚下，那山至今仍以他的名字为名，时光流逝，但米塞努斯名字却永留世间。

这事办完后，埃涅阿斯急忙按西比尔的命令行事。那里有一个深而怪石嶙峋的岩洞，洞内宽敞，洞口大开，洞前有一湖黑水，隐蔽在浓密的树丛里。从黝黑的洞口冒出的毒气升上空中，飞鸟飞过上空没有不受其侵害的。希腊人称这个地方为“无鸟湖”。女先知牵来四头黑皮牛犊，把酒洒在它们额头上，接着剪下两角间高耸的鬃毛投入圣火作为初祭，她高呼赫卡特的名字，这位在天上和地府都强大的神。另外有人割断牛颈，用盆接住流出的热血。埃涅阿斯用剑亲手杀了一只黑毛羔羊，献给复仇三女神的母亲黑夜女神和她的伟大姐妹大地女神，然后又为普洛塞皮娜献上了一头未曾生育过的母牛。接着又开始向提克斯王普鲁托举行夜祭，他把几条全牛放在火上，并在肉上浇上醇香的橄榄油。这时，天空曙光微露，只听得脚下的大地隆隆作响，看到葱郁的山岭开始颤动，隐约中，可以看到一群狗的身影，听见一阵犬吠声。原来这是赫卡特女神来了。女先知大声喊道："凡俗的人们，你们快走开，离开这片神圣的树林。你，埃涅阿斯，从剑鞘拔出宝剑，准备上路，现在是需要你拿出勇气和胆量的时候了。"女先知说完这几句，发疯似的奔向洞口，大步前进。埃涅阿斯也无畏地在后相随。

掌管魂灵的神啊，没声音的幽灵们，混沌神卡俄斯，火焰河弗列格通，夜色寂寥的辽阔空间，请准许我描绘此次历程，使其传之于世。请给我你们神圣的同意，让我揭开那幽暗的世界吧。

这时女先知和埃涅阿斯在空寂的黑夜里摸索前进，穿行在朦胧的阴影中。他们进入冥神狄斯虚无的殿堂，经过没有生命的地带，就像在零星月光摇曳的夜色中穿行在密林里，当朱庇特用黑影遮住天空，黑夜使一切景物都失了色泽。在门厅里，冥界的入口处，"悲哀"和郁郁寡欢的"忧虑"住在那儿。那里还住各种各样的可怕的形象，有苍白的"疾病"，绝望的"老年""恐惧"，还有作恶的"饥饿"，以及丑陋的"贫穷""死亡"和"痛苦"，其次是"死亡"的近亲"睡眠"，心术不正的"欢娱"，门槛处是引来死亡的"战争"，复仇女神的铁室在那儿，还有疯狂的"不和"，她用血污的带子绑住她的蛇发。

庭院正中有棵枝繁叶茂的大榆树，伸展着古老的枝干，相传，"幻梦"都住在这树上，一个个倒挂在树叶底下。还有许多的形形色色的怪兽：门旁的肯陶尔和半人半兽的斯库拉、百臂巨人布里阿留斯、嘶声恐怖的莱尔那的九头蛇，还有吐火的女妖奇迈拉、几个果尔刚、女妖哈尔皮，三身怪格吕翁的幽暗形状。埃涅阿斯看见他们，心中惧怕，抽出剑，用白刃迎击那些可能要靠近的妖怪。要不是女先知了解情况，早就警告他这些是没有躯体的幽灵，只是飘来飘去的虚像，他早就攻上去，徒劳地用剑劈开这些鬼影。

通向塔尔塔路斯的阿刻隆河就在这里。这儿是浑水沸腾的深渊，河水在旋涡处不断翻腾，深浅难测，所有泥沙都被搅动，一起倾倒进科奇土斯无奈河里。一个艄公守卫着这段河流，他是可怕的卡隆，衣衫褴褛，肮脏可厌，浓密杂乱的灰白胡须长满了下巴，目光如炬，污秽的衣衫打了个结，挂在肩上。卡隆用竿撑船，整理船帆，用他的黑色船渡每个亡魂。他虽然年迈，但他是神，仍像青年一样精力充沛。所有的灵魂像海潮般聚在岸边，有母亲，有强健的男子，有雄心未了但撒手人寰的英雄，有男童、未婚的少女，还有英年早逝的青年，他们多得就像秋天的初寒中纷纷飘零的林中树叶，又像寒冷的天气使鸟群飞越远洋来到大陆，停落到阳光照耀的地方。这些灵魂站在河滩上请求先渡，他们伸出两臂热切地盼望着能够渡向彼岸。但无情的艄公只允许一部分上船，而把其他灵魂拦住，不让他们靠近河滩。埃涅阿斯见此疑惑不解，又为渡河的场面感到悲伤，问道："圣女啊，请你告诉我，他们挤在河滩上干什么？这些灵魂哀求什么？怎样决定谁应离开河岸，谁该登舟摇橹渡过这黑水？"年老的女先知答道："安奇塞斯和女神的儿子，你看到的是科奇土斯无奈河与斯提克斯的沼泽，威力巨大，无人不惧，神都不敢以它起誓，更不敢违背誓言。你现在看到的都是些没有归宿的亡魂，生前没有得到埋葬。那个摆渡艄公是卡隆，经他摆渡过去的亡魂，都是得到了安葬的。死者的尸体没在埋葬中入土安息，亡魂便不能迈过这可怕的河岸，渡过这咆哮的急流。他们必须游荡在河岸附近，等上一百年，才准许回到他们向往的河滩。"安奇塞斯的儿子停下脚步，沉思着，心里不禁哀叹他们不幸的遭遇。他看见琉卡斯匹斯，还有吕西亚船队的船长俄朗特斯。两人愁容满面，因为他们都还没有举行葬礼。当初他们和埃涅阿斯一起离开特洛亚，航行在暴风雨的大海上，南风卷起了遮天蔽日的巨浪，连人带船沉到了海底。

舵手帕里鲁努斯也在那飘荡，不久以前，在离开利比亚的航行中，他在观察星位的时候，掉下船栽进了大海。冥界幽暗无光，只见模糊阴影，埃涅阿斯差点没认出凄楚的帕里鲁努斯，后来知道是他，便对他说道："帕里努鲁斯，哪位神灵夺走了你，把你淹死在海里？告诉我，阿波罗从来没有骗过我，但这次他却骗了我。他预言你会安全渡海，到达意大利边境。他就这样实践他的诺言吗？"帕里努鲁斯回答说："特洛亚人的领袖，阿波罗的神谕没有骗你，没有任何神把我淹死在海里。那夜我掌舵，手紧握舵柄，指导着航行方向，忽然来了股巨大的力量，要把它夺走，我带着它掉进了大海。我指着波涛汹涌的海水起誓，我当时没对自己有丝毫担心，倒是害怕你的船失去航向，害怕因为失去了舵手而沉没在波涛汹涌的大海。过了三个寒夜，我在疯狂南风拍打的浪花中漂浮。第四天，一个浪头把我推到浪峰上，我可以看见意大利了。我慢慢游向岸边，已经快安全到岸了，身上湿透的衣物拖着我，正想弯起手指攀住一块崖石，不料来了一群野蛮人，他们手持武器，误认为我是个了不起的敌人，冲我袭来。如今我葬身大海，风吹浪打着我的尸体。所以请求你，看在上天欢乐之光和呼吸着的空气的分儿上、看在你父亲和你对成长中尤路斯的希望的分儿上，战无不胜的人，救我脱离这苦难吧。如你重返维利亚港，请用土将我掩埋，这你一定能办到。此外，倘若你有办法，能从你生母维纳斯女神那里得到指点，请帮助一下你可怜的朋友，带我过河去，至少能让我死后有个安息之所，因为我知道你准备渡过这大河和斯提克斯大泽，并非没有神的许可。”他说完，女先知就告诉他：“帕里努鲁斯，你怎敢有这样的妄想？你没得到安葬，就想见到斯提克斯的水泊和复仇女神无情的河川吗？你时候未到，就想来河滨吗？别企图用乞求改变神的旨意。你听着，记住我的话，它可以安慰苦命的你。天空将出现种种奇象，迫使远近城池的居民来安抚你，为你造墓，并祭奠你，并用帕里努鲁斯这名字命名此地，你将永留青史。”她的话消除了他的愁虑。顷刻间痛苦也离开他那悲伤的心，以他的名字命名此地让他高兴不已。

随后埃涅阿斯和西比尔继续前行，快到河边了。艄公从泊在斯提克斯河的船上，早看见他们穿过幽深的树林，走向河边，于是抢先开口，气冲冲地说道：“喂，那个带武器来到我河滩的人，无论是谁，你快说，来这儿干吗，给我站住。这里是冥界，是睡眠和黑夜的地方。生人不许从这渡船渡过这斯提克斯河。当初，赫库列斯、特修斯和皮利投斯到了这儿，我后悔当初让他们渡过了这沼泽，尽管后面两位都是天神的子孙、长胜不败的大英雄。赫库列斯从我们冥王宝座前把冥界的看守狗抢走，用铁链拴了去，吓得狗直打哆嗦。后面两位竟想从冥后的寝室拐走她。”阿波罗的女祭司简洁答道：“我们没有这样邪恶的目的，这些武器也不会伤人。冥界的看门大狗可以永远待在它洞里咆哮，让它吓唬面色惨白的幽魂。普洛塞皮娜仍可住在她叔叔的宫里，保有她的节操。特洛亚的埃涅阿斯正义凛然，战功赫赫。他来到冥界深处找他的父亲，倘若他的虔诚的孝心不能打动你，那么，你可认得这金枝。”说着，她拿出藏在衣襟下的金枝。卡隆心中堵着的怒气立即消失了，双方也就打住话头。卡隆敬畏地看着这宝物，他已经很久都没有见过这神圣的供奉。于是他拨转暗蓝色的船头，撑到岸边，他赶走坐在长凳上的灵魂，让出一条路，迎接身躯高大的埃涅阿斯上船。这皮革缝制的船承受不住生人重量，咯吱作响，大量的沼泽水从缝里渗进船舱。最终，艄公卡隆安全地将西比尔和埃涅阿斯渡过河，送他们来到灰芦苇丛中一片丑恶的泥滩。

巨大无比的猛犬刻尔勃路斯卧在他们前面的岩洞里，它那三张嘴发出的吼声响彻四周。女先知看见它颈上小蛇开始竖起，就朝它扔了一个面团，这面团和着蜜和有催眠作用的迷药。这狗饿得要命，张开三张嘴吞下扔来的面团，立即那巨大的身躯瘫软下来，趴在了地上。看门狗失去了知觉，埃涅阿斯连忙奔进洞口，快速离开河畔和这有去无回的河水。

立刻他们听见哭声，一群婴儿的亡魂在入口处高声哭着，他们从没享受过美好的生活，就被黑暗的天日从母亲的奶头上夺走，长眠于死亡里。邻近他们的是那些被诬陷而处死的人。他们的座位由抽签选定的陪审团指定，审判官米诺斯掌有处决权，他召集来这些沉默不语的灵魂，倾听他们生前的冤屈，然后裁夺处置。再过去就到了忧伤亡魂的地方，他们生前没有罪孽，只因厌倦生活，放弃了生命，自杀身亡。但如今他们多想回到人间啊！无论是遭受贫穷还是辛苦的劳作，他们都愿意忍受。但是神的律例不可违，无情的沼泽水阻住了他们，冥河的九曲河水围住他们。离此不远可以看到“哀伤的原野”，它向四方伸展。这里有僻静的小径，周围长满桃金娘树，隐藏着受过爱情残忍折磨而憔悴死去的幽灵，甚至到死后，他们仍悲伤不已。埃涅阿斯在这里看见了菲德拉、普罗克瑞斯，还有厄瑞菲勒，露着她那凶狠的儿子给她的创伤。还有厄瓦德涅和帕希法埃，拉娥达米亚和凯纽斯。后者年幼时是男子，如今成了女性，命中注定她恢复原来的女相。腓尼基的狄多也在她们中间，她徘徊在广阔的树林里，不久前的创伤仍未抚平。特洛亚的英雄埃涅阿斯站到她身边，他在幽暗的阴影中认出的狄多，宛如月初时分，一个人隐约看到云层中的新月，似有似无。他落下泪来，满怀柔情地说道："不幸的狄多，我听见的消息是真的吗，说你已经自刎，结束了自己的生命？真是因为我，你才自我毁灭吗？我指着天上的星辰和天神发誓，倘若冥界深处也有信义，我向它发誓，女王啊，离开你的国土，本不是我的意愿，而是迫于神的指令，又是神的命令指使我来到这鬼影出没的地方、凄凉悲惨的地府。我没想到我的离开，给你带来了深重灾难。请你留步，别走，同我说说话。你在躲避我吗？这是命运安排的最后一次机会了。"埃涅阿斯试图安慰狄多，唤起她的同情，但狄多怒火中烧，怒目相向。她背过身去，目光凝视地上，不为埃涅阿斯的话所动，她伫立着，就像坚硬的花岗石和帕洛斯山上的大理石。最后，她愤然而去，隐退到树林的浓荫里，在那儿，有她前夫希凯斯同情她，没有辜负她的爱。埃涅阿斯心里为狄多的不幸遭遇感到难受。他注视着狄多离去的背影，潸然泪下，心里怀着对她的怜悯。

埃涅阿斯按指定的路径加速前进。他们走到了赫赫英雄聚居的最远最偏僻的地方。埃涅阿斯在这里遇到了提德乌斯、战绩辉煌的帕尔特诺派乌斯和面色苍白的阿德拉斯土斯的幽魂。还有阵亡的特洛亚人，世人都曾为他们悲泣。他望着他们长长的队列，心里感到悲伤。队伍中还有格劳库斯、墨东、特尔西罗库斯和安特诺尔的三个儿子，还有司农女神克列斯的祭司波吕波特斯，还有驾着车、拿着武器的伊代乌斯。这些幽灵聚拢在埃涅阿斯的左右，他们久久看着埃涅阿斯，不愿离去。他们紧紧跟在他身边走，很想知道为什么他来到这里。但那些希腊将领和阿伽门农的部下看到他们的敌人，他佩戴的兵器在黑暗中闪光，都惊恐万分，直打哆嗦，有些转身奔逃，像从前那样逃回船上。有的发出微弱的咻咻声，嘴张得大大的，但就是说不出话来。

这时他还看到了普利阿姆斯的儿子代佛布斯遍体鳞伤，他的脸和双手满是创伤，惨不忍睹，他的额头也有伤痕，双耳被削去了，鼻子上还被砍了一刀。埃涅阿斯几乎没能认出他。他退缩着想努力遮住遭受的可怕惩罚，于是埃涅阿斯用代佛布斯熟悉的声音对他说："威猛神武的代佛布斯啊，拥有条克尔高贵血统，是谁让你承受这残酷的惩罚？谁有这样的权力？我听说特洛亚最后沦陷那晚，你杀了好多希腊人，使尽了最后的力气，倒在了乱尸堆上了。后来，在特洛亚附近海边，我亲自为你建了一座坟墓，三次呼唤你的亡魂。那碑上仍留着你的名字，保存着你的武器。可是我的朋友，我怎么也找不到你了，到临行的时候，我都无法把你埋葬在故乡的土地上。"代佛布斯回答道："朋友，你已经尽力了，你对我代佛布斯和我的亡魂已经做了应做的，这是我自己的命还有那斯巴达海伦的恶行害我葬送在苦难中，是她在我的身上留下这些创伤作为她的纪念。你一定会清楚地记得，我们怀着虚妄的欢乐度过了最后一夜。马肚里装着全副武装的步兵的木马，越过特洛亚高大城堡的防线，海伦却领着一群特洛亚的妇女跳着舞，假装举行庆典，口里还高声欢呼。她亲自高举着大火炬，跑上城堡的顶端，召唤希腊军队前来。那时我因劳烦而疲乏不堪，在我那不幸的卧室里酣睡，沉入甜蜜深沉睡眠中，像平静地死去那样。就在同时，我的好妻子搬走了家里所有的武器，甚至偷走了放在枕头下我防身的宝剑。然后她打开大门，领着她的前夫墨涅劳斯进了家里。很明显，她希望这样能讨得前夫的欢心，可以抵消她过去犯的错。唉，我何必啰唆这些呢？总之，他们冲进了我的卧室，作恶多端的奥德修斯也跟着他们。天神啊，倘若允许我这虔诚的嘴提出要求，那就请惩罚这些希腊人，让他们遭受同我一样的罪吧。不过现在请你告诉我，你还活在世上，怎么会来到这里。是不是你在海上漂泊，迷路了才被迫到此，还是神指示你前来？假如都不是，那是什么使你来到这暗无天日、凄惨的地狱呢？"

他们这样交谈的时候，黎明女神驾着玫瑰色的战车已越过中天，倘若时间许可，他们可能会一直谈下去。但他身边的西比尔警告说："埃涅阿斯，夜来了，我们还在哀伤，浪费时间！从这儿起，有两条岔路。右边一条直通伟大冥王狄斯的城堡，经过那里我们可到达乐土；左边通向让人咒骂的塔尔塔路斯，坏人将被送往此处接受惩罚。”代佛布斯回答说：“尊敬的女先知，请别生气，我这就走，与那些亡魂为伍，回到幽暗中。你去吧，我们特洛亚人的光荣，去享受更美的生活吧。”他说完就转身迈步离去。

埃涅阿斯看了看四周，忽然看见左方的岩壁下有一座宽大的城堡，有三重城墙，火焰河弗列格通的急流绕城奔流，汹涌澎湃，冲击着礁石，隆隆作响。正对面是有着坚石柱子的大门，石柱之坚硬休说是人力，就算是天上的神费尽全力，也不能推倒它们。一座铁塔直矗霄汉，提希丰涅坐在上面，围着一件血污的衣衫，日夜守卫着进门的通道，从未闭上眼休息。里边的呻吟号叫声清晰可闻，残酷的鞭打声，铁链拖地的锒铛声。埃涅阿斯停下来，听到这些声音，惊惶不安，他问：“女先知，请告诉我，里面的人犯了什么罪？他们受的是什么样的刑罚？为什么那哭声如此可怕？”女先知回答道：“声名远播的特洛亚人领袖，心地纯洁的人是不准涉足这罪孽之门的。但是赫卡特让我掌管阿维尔努斯的幽林时，她带我走遍冥界，告诉了我神所有的刑罚。克诺索斯的拉达曼土斯是这里的统治者，他的统治公正无私。他审问罪犯，惩罚每一个有罪的人。拉达曼土斯逼迫他们承认在世时犯的罪但到临死时没有受到应有的惩罚，而他们认为可蒙混过关而暗喜。复仇女神提希丰涅手执鞭子立刻跳出来，抽打那些罪人。她左手高举着可怕的蛇，喊着她残忍的姐妹快来。看，神圣的门敞开了，门轴发出惊悚的声音。你可以看到坐在门口的守卫是什么样子，有多么难看吧？里面还有更凶狠的水蛇许德拉坐在那儿，张着恐怖的五十张黑嘴。最后可见塔尔塔路斯湖，直陷入阴暗的深渊。湖水之深，两倍于从湖面仰望高天的高度。古老大地的儿子们，健壮的提坦神，被霹雳打下去的，在那最深处折腾受苦。这里还有阿洛尤斯的两个儿子，我也曾见过他们的巨大身躯，他们曾闯进天宫，想徒手扯下苍穹，推翻朱庇特至高无上的统治地位。另一个我见过的是萨尔摩纽斯，他模仿朱庇特从奥林匹斯投掷霹雳，现在在此忍受残酷的惩罚。他曾赶着四匹马，挥动着火炬，得意扬扬地穿过希腊人的国家和厄利斯城中心，妄图获得神才有的光荣。他简直疯了，竟想用铜的撞击声和马蹄声模仿朱庇特云中的雷声，这怎能是随便模仿的？万能的天父从浓云中投下他自己的霹雳，这不是什么普通的火把，也不是燃烧着冒着烟的松枝，而是威力无穷的疾风，把他打落下去。我还看到提替俄斯，他是万物之母大地的义子，他的身躯之大，占了满满九亩地。一只大雕不断用钩嘴啄提替俄斯的内脏，啄掉一处又长一处，让他遭受无穷的痛苦。大雕在他肺腑深处不停地搜寻丰盛的食物，被吃掉的地方又重新长出来，长出来又吃掉，永无止境。关于这两个拉皮塔人：伊克西翁和皮利投斯，还用得着多说，悬在他们头顶上的一大块黑石，好像随时都要落下，压下来砸烂他们一样。他们面前摆着高脚的餐椅，黄金的椅脚金光闪闪，奢侈豪华的盛筵已经摆上餐桌。一旁蜷缩着复仇女神中最年长的那个，手持火炬，不准任何人碰那餐桌，谁胆敢碰了，她就跳起来，雷声般大声呵斥。这里的人生前都犯过种种罪行，有与弟兄们不睦的，不孝顺父母的，栽赃陷害他人的，还有那些发横财的，霸占家产、不肯分给自己亲人的，这种人数不胜数，还有些因奸淫被杀的，加入不义之战争的，无耻地卖主求荣的，这些人被囚禁在这儿，等候惩处。不要问他们现在受何惩处，陷入什么样的苦难境地。有人的刑罚是推大石头，有的四肢大张绑在车轮上，可怜的特修斯，罚坐在椅子上，将永远坐在那里。弗列居阿斯在凄惨的折磨中从黑暗里，高声向世人警告：‘你们要以我为戒，匡扶正义，勿亵渎神灵啊。’这里有人为了黄金出卖国家，置国家于残暴的统治之下；还有人受贿后制定新律令，后来又废除了律令。还有人闯进自己女儿的卧室乱伦。所有这些人都胆大妄为，做出了天理难容的罪恶勾当。我纵有百条舌、百张嘴和一个铁嗓子，也说不完道不尽他们所犯的罪恶以及该受的刑罚的名称。”

阿波罗年老的女先知说完后又继续说道：“快点上路，现在加快速度来去完成你的使命，我们走快些。城堡就在眼前，那就是巨人库克洛普斯所筑造的城堡了。我们到了拱门，会有人命令我们呈上规定的贡物。”说完之后，两人并排向前走在幽暗的路上，走了一段路程，眼看就要接近城门了。埃涅阿斯来到城门口，洒水净身，再把金枝插在门槛上。

做完了此事，也呈上了女神的贡物，终于他们到了乐土。幸福林一片绿色，是有福者的家园。天空广阔无垠，紫色霞光笼罩田野，太阳和星辰都是乐园独有。有人在草地上锻炼和游戏；有人在金黄色的沙地上摔跤比赛；有的人在舞蹈，是有节奏地边跳边歌。特拉刻的诗人祭司俄尔甫斯也在那里，他身穿长袍，以七音凤尾琴伴奏，有时用手指弹拨，有时用象牙拨弦。还有古老的条克尔家族，有伊路斯、阿萨拉库斯和特洛亚的奠基人达达努斯，个个英姿俊美，声名显赫。埃涅阿斯惊奇地看着，他们的甲胄和战车安放在他们前面，长枪插在地上，马儿卸了鞍辔，在田野里自由自在地吃草。生前，他们对盔甲、战车的爱好，对喂养光润毛色的战马的兴趣，在他们被埋葬后仍然存在。埃涅阿斯又看到在左右两边的草地上有些人在举行宴会，大家齐声欢唱着赞美歌。他们都聚集在月桂香气的树林里，厄利达努斯河从这里流经丛林到阳世。住在这里的人，有的是为保卫祖国而受伤的战士；有的是一生无罪的祭司；有的是虔敬的诗人，他们的话没有玷污阿波罗；有的创造发明了新技艺，改善了人们的生活；有的助人为乐，得到了别人的尊敬。所有人都用一条白带缠在头上。他们团团围住西比尔，西比尔跟他们说话，特别是跟穆赛乌斯说话。穆赛乌斯站在人群中间，头和肩都高出众人，个个都仰望着他。西比尔问道："请你们告诉我，幸福的灵魂们，特别是你，最伟大的诗人，安奇塞斯在哪里，住在何方？我们渡过冥界大河来到这里，就是为了找他。"那英雄简短答道："这里的人都没有固定的居所，我们住在密林里，或在河畔或栖息在溪水滋润的草地上。倘若你们愿意，可以登上这座山冈，我将为你们指点一条好走的路。"他说完就走在前面，站在高地上给他们看到闪耀光芒的原野。随后，他们从高处走下来。

埃涅阿斯的父亲安奇塞斯这时正专心致志地检阅着灵魂，这些灵魂隐在绿色的山谷的深处，准备有天能投胎转世。安奇塞斯现在恰好检阅他的后代子孙。他考察着他们未来的命运、性格和事业。他见到埃涅阿斯穿过草地向他疾步走来，就欣喜地向他伸出双手，流下眼泪，失声说："你可来了！是你的虔诚克服了艰苦的历程吧？这正是为父所期盼的啊！儿啊，现在我真的可以看见你的容貌，听到你熟悉的声音，并与你交谈了吗？我一直算着日子，盼着你来，总算我的希望没有落空。不过，你跋涉多少险途，饱受风险，才终于出现在我面前啊！孩子，我多么害怕迦太基王族会伤害你呀！”埃涅阿斯答道：“父亲，我常梦见你的愁容，这迫使我来到这里。我的船队如今停泊在意大利西岸。父亲啊，让我……让我握住你的手，让我拥抱一下你。”说着，他的泪水沾湿了脸庞。他三次试图搂住父亲的脖子，三次都落了空。父亲的鬼影闪过他的手，宛如一阵飘忽的风，梦也似的飞去了。

埃涅阿斯这时看见远处的河谷，河谷里树林茂密，树叶瑟瑟作响，看见忘川河流经祥和的房屋住所。无数民族和部落的亡魂在河川周围飘忽不定，就像晴朗的夏日草地上成群飞舞的蜜蜂，一会儿落在万花丛中，一会儿又绕着雪白的百合花，熙熙攘攘飞在田野上，一派热闹景象。埃涅阿斯见此情景，吃了一惊，在惶惑中询问远处是什么河，拥挤在河畔的又是些什么人。他父亲安奇塞斯答道：“他们都是鬼魂，命运安排他们再次投胎。他们饮了忘川水，将忘记忧愁，永远忘记过去的记忆。我早就想告诉你关于他们的事，把我的这些后裔当面指点给你看，这样，你我可以为找到意大利而共同欢庆。”埃涅阿斯又问：“父亲，这么说来，这些灵魂就将转到阳世，又见天日，重投苦难的肉身吗？这些亡魂为什么要执着地回到我们的世界呢？”安奇塞斯说：“孩子，我来告诉你，你就不会疑惑了。”于是，他把个中道理依次地说给埃涅阿斯听。

“太元之初，天地、辽阔的水域、明珠般的满月以及太阳和群星都被一股元气滋养着；心灵渗透在广大的宇宙的每个部分，元气、魂灵融为一体，推动世界运转，两者生出人间万物：人类和兽类，天上的飞禽，还有在明镜般的海面下游走的各种奇珍异族。这些万物的种子生命旺盛，犹如烈火，因为它们得天地之灵气；但是不要让物质的躯壳禁锢它们，使它们变得呆滞，因为肉身是泥土做的，肢体是会朽死的。这肉体是恐惧、欲望、悲哀，还有欢乐的起因，而心灵就像禁锢在不见天日的牢房，看不见晴空。即使到生命之光消逝的时刻，生命离开了躯体，所有的邪恶也并未随之消失，这些恶习长期与肉体相接触，在不知不觉中变得根深蒂固。因此，灵魂不断地受到锤炼，为驱除所犯的罪愆，接受惩罚。有的吊在空中，任凭风吹；有的葬身深渊，洗去他们的罪恶；有的投入火海，烧去邪恶。我们每个人的灵魂都承受着不同的苦痛。随后，我们来到这辽阔的埃吕西姆乐土。很少的人住在这乐土里，直到时间循环一周，才能剔除掉那根深蒂固的恶习，剩下那纯净无瑕的心灵和空灵的火。此时灵魂经历了一千年的轮转，天帝召唤他们排着队来到忘川河边，就为重见人间的苍穹，忘却一切记忆，开始希望投胎为人。”

安奇塞斯讲完，领着儿子和西比尔去到那群互相交谈的魂魄中间，他们走上一个小冈，从那里望去，能看见所有的幽魂，正排成长列，向安奇塞斯他们走来。当他们走到近处时，他们的面庞就清晰可辨。

“来，我现在就告诉你未来的命运，解说所有关于达达努斯后人的事，他们将有什么样的荣耀，你后代在意大利将成为什么样的人。他们都是伟大的灵魂，正等着投生，他们将继承我们的名字。你看那个青年，靠着一根没矛头的长枪。他站在离天光最近的位置，他会第一个来到人间，也是第一个继承意大利血统的人，他就是西尔维乌斯，阿尔巴·隆加王朝也因他而得名。他将是你最小的一个儿子，你未来的妻子拉维尼亚，将在山林里抚养他成人。他将是君主，也是王者之父，也是我们的王朝阿尔巴·隆加的建立者。离他最近的是普洛卡斯，他将是特洛亚族的荣耀。其次是卡皮斯和努密托尔和继承你名字的西尔维乌斯·埃涅阿斯。假如他能继承阿尔巴王位，他将是一位既虔诚又武功赫赫的君主。看，他们多神勇威武，都将干出一番惊天动地的伟业，你看他们头戴统治者的橡冠！他们将在高山上修筑起诺门土姆、迦比伊和菲代奈城，还有科拉提亚堡垒、波昧提伊、伊努斯卫所、波拉和科拉。现在，这些地方还未命名，但将来会闻名遐迩。是的，战神玛尔斯之子罗木路斯将与他的外祖父齐名，母亲伊丽雅有着阿萨拉库斯的血统，将抚育他。你看见没有，他头盔上两根笔直的翎毛？这就是他父亲的徽记，预示他将出人头地。孩子，看，罗马将在他的统治下，从此名扬天下，其统治将横跨陆地，声威齐天。他将建造一座城，其城垣将围起七座山寨，将快乐地看到子孙昌盛，像众神之母库别列，头戴峨冠，驾车经过弗利吉亚的大小城市，骄傲地看着她养育的众神，她爱抚着她那成百的子孙，他们都住在天堂。你再朝这边看，瞧瞧你未来的族人，你的臣民，这就是恺撒和你儿子尤路斯的全部支系，他们注定要建立丰功伟业，功成名就，与天齐高。确凿无疑，这就是他，你经常听到的预言中的名字，奥古斯都·恺撒，将封为神之子，他将在拉丁姆，在朱庇特之父萨图努斯统治过的国土重新建立起黄金时代。他的领土将扩展到北非的迦拉曼特和印度以外，扩展到银河、木星和太阳的轨道之外，远及繁星万点的宇宙，在那里，阿特拉斯神在他肩上转动着天宇。甚至到现在，恺撒还没转世投胎，里海和迈俄提亚湖周围各国听到神的预言都在颤抖，有七条出口的尼罗河也是惊恐万分的。是的，赫库列斯也没有走过世上这么多的地方，虽然他射中了铜蹄鹿，把和平带给厄吕曼图斯山林，射死了莱尔那湖的九头蛇，威震四海。甚至酒神巴库斯也稍逊一筹，即使他从印度的尼萨山峰用编制藤蔓做成缰绳驱赶一群猛虎下来。此刻我们还迟疑吗，不将我们的勇武付诸行动吗？还有何畏惧，不去意大利立足吗？看那边，那个人头戴橄榄枝，携着圣器，是谁啊？从他的头发和下颌雪白的须，我认得他是罗马王努玛。他出生于库列斯，一块小而贫瘠的土地上，但命运会把他召来。他将执掌大权，为罗马城立法奠定法律基础。图巴斯将继承他的王位，他将打破以往的安逸生活，激励怠惰的平民精进习武，引领懒散的军队奔赴胜利。他之后的君主是安库斯。他喜欢炫耀自我，太喜欢听人奉承。你想不想见见那塔尔昆纽斯王朝的君主和复仇者布鲁图斯自大的灵魂，看看又被他夺了回来的权杖？他将是第一位执政官，掌管无情的斧钺。他的亲生儿子掀起战端，他也不惜以自由为名处死他的儿子们，唉，可怜啊。不管后人如何评价，在他看来，爱国的热忱和对名誉的热爱至高无上。看，那位是德奇乌斯父子和德鲁苏斯一族，再看看凶残成性的托尔夸图斯，正挥舞着大斧，还有夺回军旗的卡密鲁斯。再看那边两个幽魂，都穿着明晃晃的盔甲。在幽黑的地界中他们能相处和睦，唉，可是他们一旦重见天光，他们彼此就将针锋相对，互相厮杀，发动残酷的战争。啊！一个是岳父恺撒，他带领军队越过阿尔卑斯山顶，从摩那哥的堡垒杀过来；一个是女婿庞培，率领东部军队与他对抗。我的孩子们，你们可不要从事这样邪恶的战争，不要手足相残，发起战争，最终毁了自己。你是我的亲骨肉，是神的后裔，首先你应当以慈悲为怀，率先扔掉手里的武器！那边那个是马米乌斯，他将打败哥林多，杀死大批希腊人，他战功赫赫，光荣胜利地驱车前往巍峨的卡匹托神庙。还有那个艾米留斯·保路斯，他会铲平阿尔各斯，还有阿伽门农自己的城池米刻奈，杀死战无不败的阿奇琉斯的后代——马其顿的佩尔修斯王。这样他就为他的特洛亚先祖和被亵渎的敏涅尔伐女神庙报了仇。我能不提提伟大的卡托、科苏斯和你吗？还有格拉库斯兄弟和斯基皮奥父子，像战神的两道霹雳剪灭了利比亚；那法布里求斯，虽大权在握，但两袖清风；在田垄里播种的列古路斯·色拉努斯。我已经走乏了，可我还得加快脚步，指给你看看法比乌斯一族，那是你家族里赫赫有名的马克西马斯，他用拖延战术保全了实力。我相信，别的民族中有人将铸造惟妙惟肖的铜像，技艺超群卓绝；有人将雕刻栩栩如生的大理石头像；有人将是法庭上的辩才；有人将测定天体的运行和星宿升降。可是，罗马人，你要记住，你须用你的权威治理万国，你的长处在于建立和平的秩序，对战败者的宽厚仁慈，还能用战争征服傲慢无理者。”

安奇塞斯这样说完，他们一脸的错愕，他又说道：“看，玛尔凯鲁斯正走向这边，他佩戴着胜利的奖品，何其风光。作为胜利者，战功无人能及。罗马大动乱时，他将率领骑兵平定动乱，铲除迦太基和叛乱的高卢，三次将掳获的武器献给国父罗木路斯。”埃涅阿斯这时见到一个俊美青年，身穿夺目的盔甲，与玛尔凯鲁斯并肩而行，但一脸愁容，低着头，盯着地上，他问道：“父亲啊，谁和玛尔凯鲁斯走在一起？是他儿子，还是他的后代子孙呢？周围的人都对他欢呼着，他是何等高贵啊！但是他却被愁绪和黑夜的阴影笼罩。”他父亲安奇塞斯泪水夺眶而出，说道：“孩子，你就别问你后代的悲惨遭遇了，命运不允许他久驻人间。天上的神啊，要是罗马人能保住你们赐予的礼物，那罗马的力量将太强大了吧？他将死于战神的较场上，战神雄伟的城堡之外，无数人将为他悲号恸哭。在第表河流过的地方将出现一座陵墓，你将看见一个怎样的送葬的行列。我们特洛亚的子孙后代中，他是长辈们最大的希望，没有哪个能比得上，不会再有第二个青年，让罗木路斯的国土为他感到如此自豪。他的虔诚正直、恪守信义的风格，他战无不胜的双臂！任何人与他交手，无论是徒步相向，还是骑着马用马刺踢着马腹，只要碰上他，没有哪个能安然脱身。多么可怜的孩子啊，你要能逃脱残酷的命运，那该多好啊！那你也将成为另一个玛尔凯鲁斯。让我向我的后代的亡灵撒出这满把的百合，撒些大红花，用这样的礼物，聊表心意，尽份没多大用处的责任。”

他们就这样到处走着，在广阔而朦胧的原野上眺望了一切。安奇塞斯领着他的儿子，看了所有该看的，点燃了他内心对荣耀的欲望，接着又告诉他几场必将经历的战争，又对他说明了拉提努斯统治的部族和拉提努斯城的情形，教导他该如何避免和忍受种种灾难。

他们说着话来到了睡神的两扇大门前，一扇是牛角做的，只有真正的影子才从这扇门出去。另一扇是用发亮的白象牙做的，制作完美，幽灵们将虚幻的梦由此送往人间。安奇塞斯说完话，陪着儿子和西比尔，一起走到门前，送他们出了那道象牙门。埃涅阿斯顺着海岸回到船上，会合同伴们。随后，他向卡耶塔港口驶去。船头抛下铁锚，船队靠岸停泊。

卷七

引言——拉提努斯王盛情款待埃涅阿斯，并答应把女儿拉维尼亚嫁给他。拉维尼亚已许配给鲁图利亚王图尔努斯，朱诺和复仇女神阿列克托煽动图尔努斯挑起流血斗争，向特洛亚人宣战，各族部队在图尔努斯的号召下纷纷奔赴战场。

卡耶塔，埃涅阿斯的乳母，你的死亡为我们沿滨海岸刻下那亘古不变之荣誉，颂歌仍在流传唱响，若这亦算荣誉，你的美名亦将化为骸骨，深深镌刻在伟大的“西土”之地。

大海静谧无痕，那虔诚的埃涅阿斯，遵照仪式，举行葬礼建造陵墓后，又扬帆离港，开始新的征程。微风习习吹来，一轮皎洁的明月毫无拘束地闯入他们的行程，那大海也似乎摇曳起了晶莹光芒。经过刻尔吉的领地，那太阳之女，本是过着富有奢侈的生活，居住在人迹罕至的丛林深处。乐曲不断奏响，散发芬芳香气的雪松木在豪华殿堂里焚烧着，照亮了原本深沉的夜色。此时，她手拿梭子，在那精致的经线上反复游走，嗖嗖作响。那家养的雄狮在樊笼里挣扎怒吼，吼声直穿大海深处，刺破了静谧的深夜。还有那鬣毛倒竖的豪猪，困于栏笼的熊罴，连如同巨狼般雄壮的野兽，也一同疯狂地怒吼咆哮着。这些兽面兽身之徒，本也是人类，可却被那无情的女神刻尔吉喂食了药力极强的草而变成兽。但是，为了使这些无辜的特洛亚人免遭此般蛊惑，海神尼普顿扬起顺风，把船帆吹得鼓鼓的，一直吹过那沸腾的浅滩地带，使他们远离危险的海岸。

此刻，那红霞自海面缓缓升起，黎明女神身着橘黄色盛装，驾着玫瑰色的战车，光彩熠熠夺目，照亮了整个天空。风停了，海上忽然风平浪静，只有船桨在平静无痕的海面上费力摇荡，缓缓前行。第表河的流水欢快轻盈地穿过树林，旋涡般湍急的流水，裹带着那滚滚黄沙，奔腾入海。各种以河岸为家的鸟儿，盘旋在树林上空四周，歌声飘荡，令人迷醉。埃涅阿斯吩咐同伴们掉头转向，直指陆地，心情愉悦地驶入荫蔽河口。

厄拉托啊，请您降临于我吧。请让我向您展示，那古时的拉丁姆究竟被哪些国王统治，究竟历经哪些时间阶段，在什么情况下这支异邦军队初次登上意大利海岸，战役又是为何打响。女神啊，我是一名诗人，但请求你的指点。我要讲些事情，它们比之前所述之事更为重要：战争多么可怕，厮杀多么残酷，国王多么英勇，还有从厄特鲁利亚来的那支军队如何与意大利作战，此为更宏伟壮丽之事业。

在拉提努斯王统治下，这一地带的城池和农田已多年国泰民安，而今他是垂暮之年。我们知道，拉提努斯王之父本为农牧之神法乌努斯，其母亦是劳伦土姆的地方水仙玛丽卡。法乌努斯之父为匹库斯。相传匹库斯之父为农神萨图努斯，因而萨图努斯可视为他们这一族之始祖。按神的旨意，拉提努斯原有一子，但在年少时便已夭折离世，故而并无男嗣，只有一女固守家中，继承家业，但如今也已至适婚之龄，可图婚配。不仅拉丁姆一带，甚至意大利之境，人们纷至沓来求婚配。在众多求婚者中，图尔努斯最为英俊潇洒，依靠的是祖先勋业，富有高贵。拉提努斯妻子阿玛塔王后渴望女儿与其结缘，她的愿望却迫于各种可怕的神的征兆而不得实现。

拉提努斯王宫中央深处，有一棵枝繁叶茂的月桂树，一直被奉为圣物珍藏，人们亦是对其敬畏有加。相传，当年这棵月桂树本是老王拉提努斯建造城堡之际所获，并将其奉献给阿波罗，并命名此处居民为劳伦土姆人。奇怪的是，一日，一群蜜蜂穿过晴空蜂拥而至，落到这棵树顶部，嗡嗡作响，忽而又钩脚抱团，倒挂于绿叶枝头。一位觋人即说道："我见一异邦人，携一批同伴，自同一方向来，往同一方向去，并从我们城堡的深处发号施令。"此外，另一件事同样令人称奇。父亲正在用洁净的松枝点燃祭坛之时，少女拉维尼亚正站立在侧，可怕的是，她那长发忽而燃起，身上衣饰也燃于火中，噼啪作响，还有那富贵的云髻，华丽的宝石王冠。顿时，层层浓烟和火光将其笼罩，整座宫殿也满布火光。此番景象令人惊讶，人人皆以为此般必为异象，此女子必当名声显赫，这一族百姓也必将经历战争洗礼。

拉提努斯王为此忧心忡忡。他去父亲法乌努斯的神庙占卜吉凶。阿尔布涅阿深潭下的那片树林，最为神圣。深潭的泉眼汩汩作响，散发出一股如硫黄般难闻刺鼻的气味。意大利各族之人，欧诺特地方之人，但凡遇疑难困惑之事，皆会到此问个吉凶。此处的祭司接过祭品，在夜幕降临之时，躺于地面羊皮之上，祈求入睡，入睡后便可看见诸多奇怪飞舞之物，便可听到各种声音，便可与神交谈，甚至与那置身阿维尔努斯渊底的阿刻隆对话。拉提努斯也来此处寻求答案。他按其礼节，献上一百只两岁的绵羊，杀羊剥皮，之后他躺在羊皮之上。即刻，便有声响自丛林间传来，说道："我的儿，不要让你的女儿嫁给拉丁族，或其他附近任何一族。有一异族将来此，与我们通婚，并助我们将那美好的名声远播传扬。其后代将见到全世界。凡是太阳可照及之处，大洋可包围之地，无不归其所有。他们将成为世界之王。"夜深人静，法乌努斯给拉提努斯王教导警告，但拉提努斯王却并未守口如瓶，将这消息迅速传遍意大利各城邦。此时，特洛亚的英雄们已然将船只停靠在那河岸了。

埃涅阿斯和他的统领们及俊俏秀丽的儿子尤路斯在一棵枝繁叶茂树下休息。按照朱庇特的神谕，摆出食物，并将食物置于麦饼之上，而后将其置于草地上，麦饼为底盘，而上面则是产于乡间的果实。他们吃完上面的果实后仍然饥肠辘辘，但又并无其他东西可吃，迫不得已，只好将麦饼取出，掰开，狼吞虎咽地又将迟早要吃的麦饼吞食干净。"我们岂不是将桌子都吞掉了吗？"尤路斯似是玩笑的一句话倒是提醒了大家，意味着艰苦历程已结束。尤路斯之父察觉到话里暗含的神意，惶恐万分，便示意他不要多言，并祈祷道："我父亲安奇塞斯曾向我透露命运的秘密：'倘若你有一天沦落异乡，粮食吃尽，饥肠辘辘，迫使去吃掉桌子，你要记住，尽管筋疲力尽，但这恰恰是希望，这意味着你可成就一番事业，你便在那个地方划地为营，筑城修墙。'而刚刚我们的一番经历，便恰好证实了这番言语，是我们最后的考验，我们流亡的日子结束了。来吧，等到日出的时候，我们便可从这港口分头去看看，此处是何地，居住着什么人，他们的城池在哪儿。此时，我们该向朱庇特奠拜一杯，以告慰父亲安奇塞斯，那便多取些酒来，放在桌上吧。"

说完，他便将枝条编成皇冠，置于头上，开始祷告。祷告那当地神祇、居众神之首的地母、众水仙和仍不知其名的河流，继而又祝告夜神、正在升起的夜星、伊达山的朱庇特、弗利吉亚之母库别列。还有他在冥界的父亲和天上的母亲。此时，万能之父连响三声霹雳，并亲手放出熠熠生辉的火云。很快建造神所许诺的城邦之日即将来临的消息便传遍特洛亚人中。人人争相摆起宴席，觥筹交错，只因这伟大征兆已然应验，人人欢愉不已。

当白昼如点燃的火炬照亮大地，他们便分头去找寻此处的都市、边界、海域疆土。他们寻到了努密苦斯河的池沼，寻到了第表河，也寻到了拉丁人的新都城。于是，埃涅阿斯选出百名使者，佩戴着敏涅尔伐女神的橄榄枝，提着礼物，去拉提努斯王的庄严的宫廷，请求善意相待。使者们不敢怠慢，马不停蹄地上路。同时，埃涅阿斯则挖出浅沟，标出城址，努力地营造着第一座滨海栖息处。并依照兵营的方法，用夯土和栅栏围起城市。

那批青年特洛亚使者，早早便看到拉丁人巍峨的宫殿和房屋，不觉行程已经完成，快要靠近城墙之处了。那些风华正茂的少年正在城外骑马练武。他们之中，有些驾着马车，驰骋飞奔，扬起尘烟；有些便拉弓射箭；有些投掷标枪；有些互相比试拳击赛跑。此时，年迈的国王坐在大殿正中央的由祖宗传下来的宝座之前。只见一人飞驰而来向他报信，说有一批身材魁梧、穿着奇装异服的异邦人来到本地。国王即刻下令将这些异邦人唤至面前。

那王宫曾是劳伦土姆的匹库斯的宫殿，由一百根柱子支撑，盘踞在城堡之巅，庄严肃穆，周围层林环绕，尽显前代的雄威。倘若想国运昌盛，历代国君需在此登位，举起王杖。此处不仅是庙堂之地，也是元老院和圣餐举办的地方。若逢圣餐，长老们会依照惯例杀羊祀神，依次坐在长长的桌旁，厅堂里排列着排排雕像，皆为雪松木雕刻而成的列祖列宗之像。其中，有意大路斯，有首位种植葡萄的手持镰刀的远祖萨比努斯，有萨图努斯老人，有两面人、门神雅努斯，有其他远古的国君，还有那在保卫祖国的战争中英勇负伤的英雄们。

另外，许多武器悬挂在充满神圣气息的殿柱之上：掳获的战车、弯刃的斧钺、头盔上的缨、城门上的巨栓、矛头、盾牌和船上卸下来的船头。在厅内端坐着匹库斯王的雕像。他以精湛的驯马术闻名遐迩。他身着短礼袍，右手持着奎里努斯的卜杖，左手端着神盾。他的王后是黄金的刻尔吉。她放纵情欲，先用魔杖敲击匹库斯王，又喂食他魔药，把他变为了长着五彩斑斓的翅膀的鸟儿。

拉提努斯王端坐在祖宗留传下来的宝座上，召唤特洛亚人来到殿堂。拉提努斯王平和地说道："我很早便知晓你们的族第和国家，你们是达达努斯的后代，曾在海上漂泊流浪，你们且与我说说你们所图何事？为何越过浩瀚的海洋漂流来到这里？是迷路所致，还是被风暴驱赶所致，这都不重要。既然你们已经航行到此，已然驶进第表河，停泊于此，那便请接受我们的地主之谊。我们是萨图努斯的后裔，自始便讲求公道，按神道自省自持，从不需法律。而且，奥隆卡的老人们曾言，当年达达努斯就从这片土地出发去往弗利吉亚的伊达山下的城市和特拉刻的萨摩斯岛的，至今那地方仍然保留萨摩特拉刻的名称。他从厄特鲁利亚的家园科吕图斯出发，现已置身于星空中黄金殿里的宝座之上，在众神的祭坛中，添一个祭坛。"

待他说完，伊利翁纽斯便说道："法乌努斯的杰出的后裔，伟大的国王陛下，我们并非波涛冲来，也非风暴驱赶，也并非误观天象或看错陆地而误入贵地。我们实为已策划良久才主动前来。我们的王国曾为太阳所照之处最伟大的帝国，甚至可追溯到让我们引以为荣的朱庇特王，这英俊男人就是达达努斯族的祖先。我们的领袖派我们前来贵地，他便是至高无上的朱庇特的嫡裔、特洛亚的埃涅阿斯王。我们历经那残酷的风暴，从希腊席卷伊达平原，是命运迫使世界的两半——欧罗巴和亚细亚冲突斗争。这残酷的风暴，即便是住在大地尽头、俄刻阿努斯回流处、隔绝于世之人，或是那日居炎炎赤日下、宽广地带五带（五带指两个寒带，两个强带，一个热带，此处指热带）之中，远离我们的人，都有所耳闻。我们逃离那铺天盖地的灾难，经历了惊涛骇浪，来到此地只求一块栖息之地平稳安放神祇。我们只求水和空气，从未想过危及他人之事，不会败坏拉丁族的声誉，更不会让你的族群丧失体面。我们将永远感恩于你们的盛情款待，我们也请你们相信，接纳我们特洛亚人，绝不会使你们后悔。埃涅阿斯的道德信义和勇敢威武曾历经考验，众人皆知。我现愿以埃涅阿斯的命运和他的强劲右手起誓，诸多民族都曾想与我们结盟联合，切莫因我们奉上了束带并恳求了你们继而就对我们冷眼相待。我们之所以来到此地那是神的旨意，是阿波罗把我们召唤到这达达努斯的出生地，是他那不可抗拒的命令召唤我们来到这厄特鲁利亚的第表河畔和努密苦斯的圣泉之处。而且，埃涅阿斯从破灭的特洛亚，从他之前的家业中，抢救出些遗物作为礼物献给您。这件金器，本为埃涅阿斯父亲祭神时奠酒所用，而那些都是普利阿姆斯的衣物，有权杖，有神圣的王冠，有由特洛亚妇女精心制成的王袍，这些本为其向召集来的臣民宣布法律时照例所用。”

伊利翁纽斯说完，拉提努斯静静地面朝地面，只是一双眼睛不停转动，思索盘算。他想的并非普利阿姆斯绛绣花红色王袍王杖，而是老法乌努斯曾经的谶语和女儿的婚配。他心想，自己的女婿必定就是这个从外乡而来的人了，而且他的后裔以勇武闻名，具有征服世界的威力，注定要与我一同统治这个王国。最后，他愉悦地回答：“愿天神实践谶言，祝福我们好的开始。我接受你们的礼物，也必定对你们有求必应。拉提努斯在位一日，便可赐予你们肥沃良田，收成丰硕。倘若埃涅阿斯如此愿意与我们结好成盟，他为何不亲自前来？他不用害怕，因为我们本是友好的。对我而言，倘若没有和埃涅阿斯相见握手，那算什么和好友善呢？你且回去将我的话带给他，说我有一女。据我从父亲神龛占卜得知，天上异象重重，我们拉丁姆未来的命运是我女儿不得与本族男子结合，而要与来自异邦的海外人士结合。若那族人与我们结合，我们则可名扬天下。我坚信，上天指的便是埃涅阿斯。若我心里预感不错，我将选定他为女婿。”

说完这番话，他便从马厩里的三百匹毛色纯正的骏马中选了几匹，命人牵到所有在场的特洛亚人面前。这些马，披着绣花绛色帔衣，黄金项链垂至胸前，黄金披挂，马嚼也由黄金制成，奔跑起来脚下生风。而派去迎接埃涅阿斯的马车，由鼻孔喷火的双马拉着。刻尔吉曾经略施巧计从父亲日神那儿偷来一匹天马，又与凡马交配，后又产下了这匹马。使节们便带着礼物和此番叮嘱，骑在马上，去往埃涅阿斯之处。

然而，当朱庇特那凶狠的王后朱诺从伊那库斯建造的阿尔各斯城乘风而去往迦太基，路经西西里的帕奇努斯向地面远远望去时，突然见到了心情愉快的埃涅阿斯和特洛亚人的船队弃船登岸，满怀信心地建造房屋预备定居。她顿时心如针刺，愤愤不平道：“啊，可恨的特洛亚人，他们的命运与我们是无法相容的。为何历经劫难，他们却没有在特洛亚的平原倒下？为何他们没有永世被俘？当火苗肆虐特洛亚，他们怎就没丧生于火海？竟然在如此劫难中还找到了一条生路。或许是我的神明不在了吧，我无力再恨，也该放弃休息了。然而，当他们被逐出家园，开始漂泊流浪，我却敌意未消，竟会想到去巡遍沧海尾随这些流亡的特洛亚人。西尔提斯、斯库拉和张开血盆大口的卡里勃底斯对我毫无帮助？他们现已抵达渴求已久的第表河口，把那大海甚至连我都置之不管。可战神玛尔斯既然可消灭拉匹特族那样的蛮夷之邦，众神之父朱庇特却因狄阿娜一怒，把古都卡吕东让与她，拉匹特和卡吕东竟何罪之有，而遭此厄运？我是朱庇特的伟大王后啊，试过千方百计，却败给埃涅阿斯，这是多么不幸啊。倘若我的神明威严，那么无论我在哪儿都可获取援助。倘若我不能改变天神旨意，那就去地狱求助吧。我明知无法阻止埃涅阿斯一统拉丁姆，我也知道，我无法悖逆命运来阻止埃涅阿斯与拉维尼亚的婚事，但我却有能力使此事一再推迟，以便最终造成两方玉石俱焚，其联姻关系必须建立在那百姓的流血流泪之上。若要联姻，那特洛亚人和鲁图利亚人的血便是陪嫁，女战神贝罗娜就是你的伴娘。不仅仅是赫枯巴梦见怀的胎是火炬，生下了帕里斯，而帕里斯娶了海伦引起战火；维纳斯的养子也将成为另一个帕里斯，他结婚的火炬同样将会变成能够给重建的特洛亚带来死亡的熊熊大火。”

朱诺说完，杀气重重去往最黑暗的地狱中。那地方充满戾气，居住着复仇女神。朱诺召唤出不祥的阿列克托，她心里热爱的是恐怖的战争以及混乱，最擅用伎俩去做害人的勾当，即便是她的父亲普鲁托，或是身居塔尔塔路斯的亲生姐妹，也对她厌恶不堪。她面容多变，从来都以黑色面容示人，狰狞又恐怖，一身黑衣，头上还有无数条小蛇在招摇着吓唬人。朱诺对她不断怂恿：“黑夜的女儿，请你去助我一马吧，否则我将荣耀尽损，名利尽失。你去阻止正在哄骗拉提努斯的埃涅阿斯和他的同伙吧，他们妄想促成联姻，以便统治意大利。只有你，才可让同心同德的兄弟斗争，让相亲相爱的家人不和。只有你，才能把暴力和死亡之火带去人家。你的称号成千上万，害人之术更是不计其数。你只需取其中一种，去搅乱建好的和睦，播下战争的种子，让那青年武士，要拿起武器，引发战争。”

毫不迟疑地，那浑身浸透果尔刚毒汁的阿列克托即刻去往拉丁姆处，来到劳伦土姆王辉煌宏伟的宫殿，悄悄静守在阿玛塔王后的门外。王后本为女人，此时正为特洛亚人之行破坏女儿和图尔努斯的婚事而焦急万分，忧愁恼怒。这位女神从蓝钢色头发中扯下一只毒蛇，刺向王后，直刺进王后胸口，钻进她的心窝。一旦毒魔发作，王后就会如失去神智一般，大乱宫殿。虽然蛇藏在王后的衣服中，在她细腻的胸上游走，但王后却无法感知，这样那毒气就在不知不觉中侵入王后的体内。毒蛇有时变大成了王后颈上的金项圈，有时变成束发的带穗，有时缠绕头发，有时游走四肢。每当这时，毒液就如瘟疫般侵入她的皮肤，扩散到身体各处包围住骨骼。还没有被毒火完全控制之时，她仍旧像寻常母亲般，话语温和，仍会为女儿远嫁而流泪。她对拉提努斯说道："拉提努斯王，你作为女儿的父亲，非要把女儿嫁给那落魄亡命的特洛亚人吗？难道你对自己的亲生女儿就无一点怜悯之情吗？难道对我这个做母亲的也毫无眷顾吗？当北风起时，埃涅阿斯这背信弃义之人就要带走女儿，扬帆起程，我便只能孤苦一人了。那时，弗利吉亚的牧人帕里斯，不也如此般潜入拉刻代蒙，抢走莱达生的海伦公主，去往特洛亚的城市吗？当时你如此信誓旦旦，如今呢？多年以来，你一直关心臣民，对同族图尔努斯也许下诺言，如今呢？若拉丁族选婿定要去外邦处寻，若此事是依照父亲法乌努斯的命令必须遵守的话，那依我之见任何在我们权限之外的自由国土都可视为外邦之地，神定会体谅。而且图尔努斯家族，倘若追溯到他们的始祖，即伊那库斯和阿克利修斯，本也是米刻奈腹地之人。"

她如此一再试探拉提努斯，但拉提努斯不为所动。此时，蛇毒已深入她的五脏六腑，遍布全身，她开始疯癫狂躁起来。可怜的她受到蛇毒的严重刺激，发疯似的满城狂奔，无法制止。就像孩子游戏时，在空荡的屋子抽打陀螺，聚精会神地望着那旋转的陀螺，视线也随着陀螺围着屋子的轨迹移动，只要鞭打着它，陀螺就无休止地旋转。顽童年幼无知，只能以惊讶的目光望着旋转的陀螺，这陀螺一抽便旋转不已，好似有生命一般。女王此时就如同被抽打的陀螺一样，旋转着，奔跑着。她跑到城市中心，人们用傲慢的目光看着她。她甚至假装巴库斯神附体去往森林深处，但这样则更加罪孽深重，神谴更重。为了不让女儿和特洛亚人成亲，或者拖延婚期，她甚至把女儿藏入山林。她大声嚷嚷："巴斯库啊，您才是最配我女儿的人啊！你看她手持柔枝向你招手示意，对你崇拜有加，不仅围着您舞蹈，还蓄了长发。"王后疯癫的消息传到了全国各地，那些同为父母的人也都慌了神，她们也如王后般，产生了想去找一个新家的渴望。她们纷纷从家中拥出，衣冠不整，披头散发，听任风吹；有些甚至身披鹿皮，手持葡萄藤，哀号遍野。阿玛塔王后本人，如发了热病之人一般，眼睛充血通红，站在众人之中挥动那燃起的松枝，唱着女儿和图尔努斯的结婚曲。忽而又大声喊叫："拉丁姆的母亲们啊，无论你们此时身居何处，都听一听吧，你们若还有一丝怜悯，倘若对我，对这不幸的阿玛塔仍有一丝同情。你们倘若仍有良心，仍知晓做母亲的权利。那你们便像我一样，解开束发带吧，我们一起疯狂吧。”阿玛塔王后就这样被阿列克托用酒神巴库斯的刺棒驱赶着，然后不断地在树林里、在野兽栖息的荒原上狂奔着。

阿列克托看见阿玛塔已经足够疯癫，拉提努斯的计划已被破坏，家中也是被搅得鸡犬不宁。于是她又鼓起那黑色的双翼，直奔勇猛的鲁图利亚人图尔努斯的城堡。这座城堡本是阿克利修斯王的女儿达奈和阿尔各斯移民所建，当时她被狂风吹往此处便建了此岛。祖先曾命名此岛为阿尔代阿，时至今日它的名气虽然还很响亮，但毕竟不如从前。正值漆黑的午夜时分，图尔努斯正在熟睡。阿列克托一改原本充满仇恨的可憎的面容体态，摇身一变则成为年迈的老人。然后，她在额上故意勾画皱纹，变出白发并扎起头发来还在上面再插一根橄榄枝，立刻成了朱诺庙里的老女祭司卡吕贝。她这样出现在图尔努斯面前说道：“图尔努斯，你曾经尽心尽力，如今却要将权杖转交给达达尼亚来的移民，一切都成徒劳无获，这岂能容忍？拉提努斯王不愿将女儿嫁给你，他如此置你多年的努力而不顾，而将王位让给那异邦之人。你为什么不拿起武器奋起反抗呢？事已至此，你没有好处可得，还会遭人耻笑，你为何不去那厄特鲁利亚阵中烧杀掳夺，以保卫拉丁族的和平呢？全能的朱诺亲自派我前来你这儿，趁你安然入眠之际来告知你这些话。行动吧。让青年武士们拿起武器，全副武装，如同过节般冲出城门，看那特洛亚舰船正停留在我们平静的河畔之上，你们便去将它们和特洛亚的领袖们一起烧掉。这些都是天帝的旨意。倘若拉提努斯王坚决反对你与公主成亲，倘若拉提努斯王执意违背诺言，那就用战斗来说话吧，让他知道你也是不好惹的。”

青年国王图尔努斯笑着说道：“特洛亚人船只进入第表河，我早有所闻。你又何必如此惊吓我呢？天后朱诺仍然惦记着我。但你已经年迈，难免真假难辨。两国交战绝无可能，你虽有所预言，但也只是你的幻觉罢了。你应尽心看管神像神庙，战争或和平都是男人的职责。”

阿列克托听罢，怒火中烧。图尔努斯话还没说完，她便感到四肢颤抖僵硬。愤怒的阿列克托现出本来面目，那可怕的小蛇嘶嘶作响。图尔努斯感到恐惧，不禁退缩，再想说话，却被阿列克托推了回去。她竖起两条小蛇，响鞭抽动，疯疯癫癫说道："你已经年迈，难免真假难辨？两国交战绝无可能？只是我的幻觉罢了？看吧。我从复仇女神之地而来，手持战争与死亡。"她说着便将火炬投向图尔努斯，这火炬冒着浓烟燃着火焰，直插他的心脏。图尔努斯从沉睡中惊醒，吓得全身冒冷汗，湿漉漉的一大片。他也似疯癫一般叫喊着，在床边宫殿里寻找武器。他满身杀机，一股好斗之气，心中愤愤不平，变得像野人一样。此时的他就如同木柴燃着发出噼啪声响，木柴上镬里的热水沸腾雀跃，翻滚不断，向上泛起滚滚泡沫，水也不断溢出镬外，黑色蒸汽直冲天际。他本是心境平和、心胸宽广之人，此时却变得疯狂好战。他命令部队拿起武器直取拉提努斯王的都城，要驱赶敌人保家卫国，且扬言凭他一人便足以抵挡特洛亚人和拉丁族两国的兵马。他召唤天神听他的誓言，鲁图利亚人便受到他的鼓动，个个儿摩拳擦掌。图尔努斯本就风度翩翩、意气风发，有些人则早被他的风度意气所打动，有些人则自始便敬仰他的王族地位和卓越武功，他们于是就都纷纷拿起了武器。

阿列克托振起她那不祥的双翼来到特洛亚人中间，在图尔努斯鼓舞鲁图利亚人的士气之时，她翻新着花样。这位来自地狱的女神看到俊美的尤路斯正在狩猎，他在海边奔跑着设着渔网，所以她设法让那群猎狗闻一种气味，足以让它们发疯的气味，命令它们去寻找一只鹿。这头鹿生着一对巨角，形态十分秀美，提鲁斯的孩子们在它还在吃奶的时候就喂养着它。希尔维亚的父亲提鲁斯是国王牧场的总管，他管理着其他牧人以及国王的大片草原。希尔维亚把这只鹿训练得非常听话，在它的角上绕上柔软的花环，把它的毛梳得亮光闪闪，还在清泉里给它洗澡。这只鹿无所拘束，常徘徊在主人餐桌上，常游荡在丛林中，每到黄昏又会回到它熟悉的家门口。那一天，它又四处闲逛，漂浮在河里来到悠悠的绿草岸边，歇歇凉。不料尤路斯的那群疯狗发现了它，为了赢得至高无上的光荣，尤路斯拉起弯弓，射出了一箭，可能是受到神的佑护，不仅没失手，反而它加速前进，“嗖嗖”地射中了鹿的腰身。受伤了的鹿哀鸣着跑回了它熟悉的家门，血迹斑斑，整座鹿圈都回荡着它的哀鸣声。希尔维亚拍着肩膀呼喊乡民请求帮助。乡民们应声而来，心知林中暗藏劲敌，有的手中握着烤焦的木棍，有的拿着笨重的木桩，还有的人手里的武器竟是信手拈来的。提鲁斯召集其手下，那时他正把橡树劈成了四块，气喘吁吁地抄起了那把斧头。

阿列克托看到时机成熟，作恶的时刻也已经到来，于是振臂一飞来到牲畜圈顶上，在高处发出了牧人的信号。可是地狱的声音却从她弯弯的号角中吹出。那声音震动了整座树林，四处回响。狄阿娜的湖泊感受着它的震撼，令散发着硫黄的白色的那尔河和维利努斯泉也听到它的声音，母亲们听到这声音心惊胆战地紧抱着她们的孩子，强悍的乡民听到可怕的信号声，纷纷拿着武器，飞奔而来。特洛亚人也拥出寨门，奔来支援尤路斯。两边的人对峙着。出鞘的刀如同秋天地里的庄稼，黑压压一片，青铜的盔甲和盾牌在阳光下闪闪发光，云层中反射着光芒。如同一阵风吹起的滔天波浪，海水在海面隆起，高达云霄。突然一支响箭射来，站在队伍前面的提鲁斯的长子阿尔莫不幸中箭。致命的利箭刺穿了他的喉咙，鲜血堵塞了他脆弱的生命管道，他的声音在那一刻停滞了。在他的身边倒下了许多勇士，有年老的迦赖苏斯，他是意大利人中最正直的一个，他本是去劝解他儿子的，以前他还是那么的富有，每天有五群羊、五群牛赶回到圈里，有一百副犁翻他田里的土。

在广袤的田野上战斗打响，双方僵持不下。阿列克托靠着她浑身的本领发动了战争，造成了伤亡。于是，她离开西土意大利，穿过天空，在朱诺面前骄傲地复命：“你看，残酷的战争已被我挑起，你能否再叫他们和睦友好，联姻结盟？意大利人的鲜血已被我洒到了特洛亚人的身上，如果你愿意，我还可以让鲜血洒得更多。我定能放出消息，让各地的城市都卷入战争，让战斗欲望布满每一个人心中，那时候，援兵将从四面八方赶来，我将让战争遍布每一寸土地。”朱诺说：“战争已经发生了，警示和欺骗已不再需要了，那些人都已武装起来，鲜血已染红了他们手上的武器。作为维纳斯的好儿子和拉提努斯王两家结亲的礼物，这无疑是最好的东西。奥林匹斯山巅的统治者，伟大的天父朱庇特不想看到你这样的东西在人间游荡。你可以下去了，以后的事，我自己会处理。”阿列克托听完，摇动翅膀，头上的蛇发出嘶嘶声响，离开了天上，回到了冥府的家中。在意大利中部高山脚下有个地方叫阿姆桑克图斯谷，那里长满了茂密的树木，一片黝黑，两面崖壁的树木好像要压下来似的。有一条急流在这峡谷中间流淌，滔滔旋涡，冲击着石滩，发出轰鸣。人们会指给你看这里有个洞，是狰狞的狄斯的排气孔。这里还有一条大深沟，张着散发毒气的嘴，冥府的阿刻隆河便由此冒出，恶魔阿列克托就由这里钻进去了，天上和人间也都得到了解脱。

天后朱诺此刻正为即将到来的战争做着最后的准备。牧人们也都由城外涌进了城中，少年阿尔莫和迦赖苏斯的尸体安静地躺在那里，人们向天神和拉提努斯王祈祷。在一片愤怒的讨伐声中，图尔努斯煽动着人们迟疑的情绪。他说，拉丁人请特洛亚人来共坐江山，拉丁人的血统里将混合特洛亚人的血，而他本人却被拒之门外。那些被酒神巴库斯附体、在没有路的树林里踊跃的妇女们的家人们，因为他们尊重阿玛塔的名声，从四面八方赶来，呐喊着要战争。狂热的人们早已忘记了神的警告，如同中了邪魔，一致要求进行这场战争，无论这是多么的罪恶。蜂拥的人潮将拉提努斯王的宫殿包围起来，拉提努斯如同狂潮中的岩石屹立不动，无论海浪怎样击打，浪花四溅，任凭惊涛拍岸，岩石岿然不动；裹着泡沫的碎石和暗礁在海水中吼叫，水草撞击着岩石，又被冲刷回去，这一切都不能丝毫动摇岩石。但是当拉提努斯看到无计可施来压制众人盲目的决心，而且事态是按着无情的朱诺的意愿发展的时候，他只能频频呼吁天神和空中的风来做他的见证了。他说道：“唉，我们受命运折磨，我们受风暴驱赶着！我的不幸的百姓啊，你们准备做的事是冒犯神灵的，你们是要付出鲜血的代价。图尔努斯，至于你，你这是犯罪啊，可怕的惩罚等候着你啊。等到你想要对神明誓，也为时晚矣。而我已经到了该安息的时候了，已到了安息所的门口，我不会有什么损失，不过是死得不安宁罢了。”他说完这些话就把自己关在了宫里，不再理会政事。

阿尔巴各个城市一直谨遵着一个惯例，那是西土拉丁姆不可违背的习惯。统治万邦的罗马帝国也得遵守它。倘若罗马准备开战，不论是和格塔人战斗，还是和胡尔卡尼人或阿拉伯人作战，给他们带去战争的悲哀，也不管它是向印度进军，指向黎明升起的东方，或从帕尔提人手里夺回军旗。习惯上要打开人们称为“战争门”的两扇门，它的双扉让人们肃然起敬，对残酷的战神玛尔斯充满畏惧。它被一百根铜栓和牢固的坚铁紧紧关闭着，雅努斯寸步不离地守护着它。愚蠢的长老们坚决地做出了开战的决定，执政官身穿的奎里努斯式拖袈袍和噶比式束腰格外鲜艳，他们把门闩取下，伴随着吱吱作响的开门声，他高呼：“战斗吧！”四面八方的精壮男丁齐声响应，刺耳的铜号同时吹响，像是表示赞同。拉提努斯应遵行习惯，向埃涅阿斯和他的属下宣战，打开这两扇可怕的大门，但是他背过身去，放弃了那令人憎恶的职责，躲到一个幽暗的去处，再也不肯去碰那大门。无情的天后朱诺从天而降，转动门轴，打开了坚铁打造的战争之门。意大利沸腾了，从此告别了一直以来的相安无事，人们的思想被燃烧了，有人步行，有人骑着高头大马，身后尘土飞扬。人们争相去找武器，赶赴战场。盾牌被肥腻的油脂擦得光滑发亮，枪尖闪着亮光，斧子在磨刀石上霍霍声响，人们举着旗帜，倾听着号角声响。强大的阿尼塔，骄傲的提布尔，阿尔代阿，克鲁斯土英望姆，还有城楼高耸的安特姆奈，五大城邦抬出铁砧，开始打造各种武器。人们放弃了犁铧和镰刀，又拿起父辈留下的剑放在火中去炼。有人制造护头的盔，用柳条编成盾牌；有人用青铜打造护身甲，用银子打造护腿甲。战争的号角已经吹响，作战的号令已经下达。人们拿着头盔的手还颤颤巍巍，急忙走出家门，拉战车的马依然萧萧鸣号，就匆匆地换上盾牌，穿上盔甲，腰上挂上备用的宝剑。

各位司艺女神，赫立康的大门将被你们打开，我赞美你们的勇敢：哪些国王发愤要参加战斗？哪些队伍跟随各自的国王奔赴沙场？哪些人像花朵一样盛开在意大利肥沃的土地上？意大利炽烈的精神淬砺了多少刀和枪？对于我，往事都像清风拂耳一样过去，而你们是天神，定能记得并将清楚诉说那些故事。

先锋官是凶狠的墨赞提乌斯，他藐视天神，他的儿子劳苏斯紧随其后，率领来自厄特鲁利亚边境的军队。劳苏斯英俊潇洒，也只有图尔努斯敢和他媲美了：他善于驯马，驯服野兽，可惜他和从阿居里那城出来的一千名勇士，最后倒在沙场，白白丢了性命。他本应更幸福，可惜他的父亲过于专横。

接下来的是赫库列斯的儿子阿汶提努斯。父子俩一样俊美，胜利的棕榈枝装饰在他战车的前端，拉车的是战无不胜的骏马，他高傲地驶过草坪，携着刻着他父亲的标志——百头蛇妖许德拉的盾牌。他的母亲是女祭司瑞阿，她在阿汶提努斯山的树林里悄悄地生了他，还把他带到了光明的领域。这事发生在赫库列斯斩了格吕翁，得胜归来，赶着从西班牙夺来的牛群在第表河中洗澡，遇到了本是凡女的瑞阿，并与她相配。阿汶提努斯的战士们拿着标枪、长矛，还有光滑的剑和萨比努斯出产的投枪。阿汶提努斯披着一块大狮皮左右摇晃，皮上的毛蓬松可怕，狮子的头还露着白牙，他威武地走向王宫，穿着父亲赫库列斯的服装，不论是谁看见了都会胆寒的。

再看从提布尔城堡来的一对孪生兄弟，他们一个名为卡提鲁斯，另一个则是精明干练的科拉斯，他们是以长兄提布尔图斯的名字命名他们族群的。他们是有着希腊血统的勇士，在枪林箭雨中总能冲锋陷阵，就像半人半马的云之子肯陶儿。他们离开霍莫勒和皑皑白雪的俄特吕斯山，奔驰而下，一路上草木披靡，丛林摧折。

接着是普莱涅斯特城的缔造者凯库鲁斯。传说他的父亲是火神伏尔坎，他的母亲在牛群里生下了他，但当了国王，相传他出世后，人们在炉火边发现了他。一大批来自四面八方的乡民跟随他前来，在他们之中有人来自普莱涅斯特高地，有人住在朱诺的圣地噶比的农村，有人来自清凉的阿纽河畔，或者是住在赫尔尼克人聚居的地方，那里的岩石被溪流冲刷着，还有阿那格尼亚肥沃的土地所养育的人，还有的是阿玛塞努斯老人河的儿孙。他们都没有哐啷作响的兵器、盾牌或战车，多数人还在用弩，或手使双枪，发射蓝黑色的铅弹。他们的头盔是棕色的狼皮帽，从他们留下的脚印可知道他们光着左脚，右脚裹着生牛皮。

再说涅普图斯的儿子墨萨普斯。他善于驯马，神赋予了他刀枪烈火杀不死他的能力。他的人民安居乐业，马放南山，刀枪入库。一夜间，他又召集起他的人民，和他一起重新拿起武器。他的子民来自费斯肯尼的高地、法利斯其平原、齐米努斯册下的湖滨或是卡倍那森林。他们整齐地排着列队，一路上铿锵地唱着对国王的颂歌。如同一群雪白的天鹅，穿过洁白的云端，引颈高歌，那有节奏的声音回荡在凯斯特河和遥远的亚细亚的沼泽。人们都以为那是一群呼啸的飞鸟，或者是天空的一朵云彩，来自遥远的大海，在岸边降落，谁曾想到他们竟是一支身披铜甲的军队。

克劳苏斯，有着古老的萨宾血统的勇士也来了。他率领着一支实力雄劲的队伍，他一人就能抵得过一支劲旅。今天的克劳迪斯这一宗和各族都是萨宾人的后裔，自从萨宾人占据了罗马的一部分之后，他们就在拉丁姆各处散居着。他的手下有的来自阿米特尔努姆，有的来自盛产橄榄的穆图斯卡，有的住在诺门土姆城，有的来自奎里特族，有的是维利努斯湖畔罗塞阿一带，还有住在岩石嶙峋的特特利卡的人，塞维鲁斯山的人，卡斯佩利亚人，佛路里人，希墨拉河一带的人，还有汲饮第表河水和法巴里斯河水的人，住在寒冷的努尔希亚的人，还有俄尔提努斯军队和拉丁人，还有些人来自被臭名昭著的泛滥的阿利亚河分割为二的国土。这支队伍人数众多，如同无情的猎户星座沉落到冬天的海平面下后，利比亚海面汹涌的波涛，又如赫尔木斯或者吕齐亚的庄稼地被烈日晒焦的密密麻麻的麦穗。盾牌撞得哐当作响，大地也因这支队伍整齐的步伐而震动。

看，那是阿伽门农的部下哈莱苏斯，特洛亚的敌人！骏马被套上战车，成百上千的骁勇的战士应征而来，马不停蹄地赶来支援图尔努斯。他们中的有些人曾在肥沃的玛西卡锄地种葡萄呢。那边的队伍是从奥隆卡的高山上，或者是西狄奇那平原被奥隆卡长老派来的。还有的是来自卡莱斯和沃尔图尔努斯浅川以及骁勇善战的萨提库鲁斯人和俄斯卡人。尖头的投棒是他们的武器，他们习惯性地在棒上系上柔韧皮带。他们左臂持盾，交手时则手持弯刀。

我还要歌唱俄马鲁斯。相传他是老特隆和女仙塞白提斯的儿子，那时特隆的封地是卡普里岛的特勒勃，但他对父亲的领地并不满意。他占领了本属于萨拉斯提族的萨尔努斯河所灌溉的那片平原，又征服了许多族人，包括鲁弗赖、巴图鲁姆以及科勒姆那农田，还有阿贝拉城堡的果农。这些人头戴栎树皮做的头盔，手中的青铜盾牌和青铜刀熠熠生光，和条顿人一样善于掷投枪。

来自涅尔塞山区的乌芬斯，天生的福将，攻无不克。他来自野蛮顽强的埃奎库拉族，贫瘠的土地使得他们以丛林狩猎为生，他们也刀不离身，以掠夺为生，并引以为乐。

那位是骁勇的翁勃罗，是从玛鲁维亚族来的祭司。他的头盔上由茂盛的橄榄叶装饰。阿尔奇普斯国王派他前来，他会用咒语和手势催眠以及安抚各种蛇，甚至可以制服口喷毒气的水蛇，这些都是他的专长。他还能医治蛇咬伤。但是他治疗不了特洛亚人矛头所致的创伤，不论是他的催眠咒语还是玛尔希亚山的草药都无能为力。安吉提亚的树林，弗奇努斯湖的碧波和清澈的潭水都为他而哭泣。

英姿飒爽的维尔比乌斯是希波吕图斯的儿子。他受母亲阿利齐亚的委派前来参战。他在厄格利亚森林中成长，在他母亲的湖畔有狄阿娜的祭坛，人们来这里祈求，供满了丰盛的祭品。传说希波吕图斯的继母使用诡计用马将他分尸，用他的鲜血满足了他父亲给他的惩罚，阿波罗的药草和狄阿娜的眷顾却使他起死回生，后来他又重返天上。万能的天父见人能起死复生，勃然大怒。他操作雷电将阿波罗的儿子埃斯库拉皮乌斯击落到冥河斯提克斯，因为他竟发现了能让人死而复生的药物。心地善良的女神狄阿娜让希波吕图斯躲在了一个安全而隐秘的地方。那里便是厄格利亚女仙的森林。希波吕图斯独自一人在这意大利的森林里，无人知晓，改名维尔比乌斯。就是因为当初希波吕图斯的原因，直到今天，狄阿娜的神庙一带或者在她的圣林里，她都不准有马蹄的足迹。这就是为什么当初马受到海怪惊吓而狂奔，年轻的希波吕图斯和他的车子被掀翻在岸边的原因。但是英勇的维尔比乌斯却依然驾驭着烈马和战车疾驰在平原上。

魁梧高大的图尔努斯手持武器格外显眼地走在队伍的最前列。他高高的盔顶上插着三根羽毛，妖怪奇迈拉的像装在上面。传说奇迈拉的嘴中吐着埃特那火山的火焰，他的吼声和火焰随着战斗的程度越来越猛烈，血流得越多，吼声和火焰也越来越可怕。图尔努斯的盾牌金光闪闪，上面伊娥的金像化为一头金牛，那头两角高高翘起，周身布满鬣毛。盾牌上还雕刻着阿尔古斯和她的父亲伊那库斯，从伊那库斯的宝瓶里倒出水来，就汇成一条大河。图尔努斯身后步兵云集，都持盾牌密密麻麻地布满了场地。他们的来源各不相同：有阿尔各斯的精壮部队，有奥隆卡来的队伍，有鲁图利亚人和从前居住在西卡尼亚的人，还有萨克拉尼亚和拿着彩绘盾牌的利比库姆人。除此之外，在第表河畔高地上和神圣的努密苦斯河边种田的人，在鲁图利亚山里和刻尔吉岬的农夫，还有从朱庇特的圣地安克苏尔和菲罗尼亚欢乐的绿色的丛林来的人也都纷纷前来。再有就是那深居黑色萨图拉沼泽一带和寒冷的乌芬斯河穿过深谷取道入海的地方而来的人们。

卡密拉，沃尔斯克族的一位好姑娘，她在那支清一色的铜盔甲的骑兵部队里，分外引人注目。这位姑娘从未用过敏涅尔伐的纺纱锤，也未碰过敏涅尔伐的毛线篮。她不是敏涅尔伐的美娇娘，还是少女的她就已上了战场，她比风还跑得快。她能凌空飞过没有收割的麦穗顶，而娇嫩的麦粒也都受不到践踏，她还能凌空微步行走在波涛汹涌的海上，脚心都沾不到半点水花。她把紫红色的王袍披在她滑腻的肩上，一颗闪亮的金别针拢着她的长发，左手拿着一束吕西亚的羽箭，右手拿着装有矛头的桃金娘木杖。成群的青年人和母亲从家里田边拥出，张大嘴巴，瞪大眼睛，诧异地看着她走过。

卷八

引言——战争开始了，双方做着战斗准备。图尔努斯派出使团向狄俄墨得斯求援。埃涅阿斯亲自向厄凡德尔和厄特鲁利亚统帅塔尔康求援。厄凡德尔热情欢迎埃涅阿斯，给予援助，让自己的儿子帕拉斯同行。在维纳斯的请求下，伏尔坎给埃涅阿斯打甲胄。盾牌上描绘了罗马的全部历史。

图尔努斯在劳伦图姆的城池上升起战旗，吹响刺耳的号角声。他唤起烈马，撞击着兵器。人心被搅得沸腾起来，所有的拉丁姆人在躁动中宣誓效忠，年轻人更是发疯般斗志昂扬。几位主要领袖，墨萨普斯、乌芬斯以及蔑视众神的墨赞提乌斯，从四面八方集结他们的队伍，同时还从广袤农田里抓来农民。维努乌斯被派往伟大的狄俄墨得斯的城市寻求支援，并告知说特洛亚人已安顿在拉丁姆。埃涅阿斯和他的舰队已经带着被他征服的众神抵达，宣称自己是受命运指使要成为拉丁姆的王，许多部族都聚集在这位特洛亚英雄身边，他在拉丁姆是妇孺皆知的人物。埃涅阿斯做这些举动的意图何在？如果幸运之神眷顾他，他又想从战争中获取什么？狄俄墨得斯应该比图尔努斯王或拉提努斯王更清楚答案。

这就是拉丁姆方面的情况。与此同时，拉俄墨冬的子孙特洛亚英雄埃涅阿斯目睹着一切，如同在忧虑的大海上沉浮一般，他左思右想，思忖着不同的主意，考虑着事情的方方面面，正如铜盆里的水反射出的闪烁阳光，也像水中闪动着的月光，忽然向上折转，打在头顶的天花板上。此时正值深夜，所有疲惫的鸟兽生灵都已熟睡。而领袖埃涅阿斯躺在河岸边，身披苍穹，因为可怕的战争，他还忧心忡忡，久久不能入睡。当他倦怠睡去的时候，此地的河神、年老的第伯里努斯出现在他面前，在白杨树叶的簇拥下，他从可爱的河里升起，身披蓝灰色精致的斗篷，阴暗的芦苇盖住头发。他开口对埃涅阿斯说话，他的话打消了埃涅阿斯的担忧："你，神的子孙，你从敌人手里把特洛亚城带回到他的故乡，你将使佩尔噶蒙城堡永远保存下来。劳伦图姆和拉丁姆的大地期待你的到来许久了。这里便是你的家，千真万确，把你的家神安置下来吧。不必惧怕战争的威胁。众神们的愤怒已经褪去，这一切都是真的，不是梦中幻想。你会看见在河边橡树下有一只巨大的母猪，它刚刚产下一窝小猪，有三十只之多。那只白色的母猪，正躺在地上哺育着白色的小猪。那个地方就是你未来的城池所在，那就是你的归宿地，是你的栖息之所。从现在开始算，三十年内，你的阿斯卡纽斯会建造一座闻名遐迩的阿尔巴城。我不做不确定的预言。现在长话短说，我来告诉你接下来怎么做你才能成功地解决所面临的问题。帕拉斯家族的后裔阿卡狄亚人居住在此地，他们是厄凡德尔王的部下，他们追随他的旗帜，他们在山里建造了自己的城池，并用他们祖先帕拉斯的名字给它命名为帕兰特乌姆城。他们永不止息地同拉丁人作战，你去召唤他们与你的部队结盟。我会亲自指引你沿着河岸走正确的水路，以便你可以用桨橹逆流而上进入到内陆。起来吧，女神的儿子，当天空的星星一落下，你便遵循惯例向朱诺祈求，用恭敬的誓言消除她的怒火和威胁。当你胜利归来，也要酬谢我。你能看到我竭尽水流冲洗河岸，在肥沃的农田缓缓流过。我就是蓝色的第表河，是上天最眷顾的河。这里是我宏伟的宫殿，我的源头在那高山之巅。"

他讲完便跳入河水深处，去寻找河床了。埃涅阿斯从睡梦中醒来。他站起身朝着天空东升的旭日望去，用双手从河里捧起清水，向上天倾诉祈祷着："掌管河流的仙女们，劳伦图姆的仙女们，河流从你们那里发源，还有第表河河神，你和你神圣的河水，请你们接纳我吧，保佑我永远免于危险。您同情我们的不幸，不管您来源何方，不管您的至美流向何处，多角的河神，西方河水的统治者，我将永远地崇敬你，我会用贡品和献礼一直供奉您。只是请您与我同在，并请你显示神兆表明您的意愿。"说完，埃涅阿斯从他的船队中选出两只两面摇橹的船，分配好摇橹的人，并发给他们兵器。

突然，一幅难以置信的景象展现在眼前。在橡树下一头白色母猪和同是白色的猪崽正躺在绿茵河畔。忠诚的埃涅阿斯搬来祭器，将母猪和猪崽放置在祭坛前，来祭祀威力无边的朱诺。整个夜晚，第表河平息了汹涌的河水，水流寂静无声，水面舒展得就像平静的镜面。划手们划桨变得轻松容易。众人在细语欢声中加快了征程，结实的松木船滑过浅水。英雄们的盾牌在远处便闪闪发光，彩绘的船只在水上滑过，这番罕见景象让波浪和树林啧啧称奇。众人竭尽全力地划了一天一夜，从划过曲折的河道开始，又穿过各种各样的树林，直到在绿色树丛中穿行于平静的水面上。当烈日中天时，他们看到远处显现出城墙和城堡，以及参差不齐的屋顶。而在今天，伟大的罗马已将这些矮小的房屋变成高大冲天的建筑了。在厄凡德尔掌权的时候，它还很落后渺小。众人马上调转船头驶向岸边，向城堡划去。

恰巧那天，阿卡狄亚王正在城外树林里向安菲特里欧的儿子大力神赫库列斯和其他神灵举行庄严的祭祀活动。他的儿子帕拉斯还有一些优秀的青年们以及贫穷的元老们都与国王一道献上香火，温热的贡血在祭坛上散着热气。他们看到壮观的船只滑过阴郁的树林，摇橹手们静静地划桨。突如其来的景象却让众人惊慌不已，他们都站起来准备离席。但是英勇的帕拉斯要他们不要中断祭祀。他抓起长矛，跑去独自面对陌生的不速之客。当这些人还离得很远时，他站在高处大声喊道："勇士们！你们冒险来到这陌生之地是为了什么？你们是哪里人，要到哪里去？你们带来的是和平还是战争？"领袖埃涅阿斯站在高高的船尾，手里握着象征和平的橄榄枝，说道："你们眼前的是特洛亚人，我们的长矛是针对拉丁人的，他们桀骜不驯，逼迫我们这些背井离乡的人去战斗。我们前来见厄凡德尔。请捎去我的口信并说特洛亚选出的领袖已经到此，我们是来寻求军事同盟的。”帕拉斯听到那伟大的名字，不由得惊呆了。他回应道：“不管你是谁，请上岸同我的父亲面谈，来我们这里做客吧。”他说着紧握住埃涅阿斯的手，以示欢迎。随后，他们上岸一同向树林走去。

埃涅阿斯用友好的语气对厄凡德尔王说：“最友善的希腊后裔，是命运让我前来向你求助，献给你这装扮着神圣丝带的树枝。我一点也不因你是希腊人的领袖或者是一位阿卡狄亚人而心存畏惧，也不因你是阿伽门农和墨涅劳斯的同胞而害怕你。我的勇敢、神的神谕、我们先辈的情谊以及你远播海外的美名，将我与你联系在一起，让我心甘情愿听从命运的安排来到这里。据希腊人讲，我们共同的祖先以及特洛亚城的领袖达达努斯，他航行来到条克尔人中间。他是由伊莱克特拉所生，其父亲是最万能的阿特拉斯，他的肩膀支撑起苍穹。你的祖先是麦丘利，可爱的麦雅在高寒的库勒涅山上怀孕并产下了他。如果传闻让我们相信的话，肩顶苍穹的阿特拉斯是麦雅的父亲。因此，我们同源同根。我凭借这些关系，我决定不用使节，不用什么外交策略来同你见面，而我甘冒危险，登门向你求助。我们同你一样，遭受到尼亚人的可怕战争的纷扰。他们坚信倘若我们被驱逐，就没有什么可以阻止他们控制全部的西方世界，并掌控拍打东西海岸的海洋。接受我的誓言，拿出你的友谊来吧。事实证明我们有决一死战的勇气、无坚不摧的锐气，况且久经沙场。”

在埃涅阿斯说话的时候，厄凡德尔长久地审视着他的脸、眼睛和全身，然后简短地回答：“欢迎你，特洛亚最勇敢的人！我十分高兴认出你来，你使我想起令尊安奇塞斯的言语、声音和容貌。因为我想起了拉俄墨冬之子普里阿姆斯，当时他正在访问他的姐姐赫西俄涅的王国并且找寻萨拉米斯岛。然后他继续前行，去访问阿卡狄亚的寒冷地区。那个时候，我的双颊还有着青少年的光泽，我崇拜特洛亚领袖和拉俄墨冬的儿子，可是安奇塞斯，他走起路来比众人高出一头。我年少的脑海中燃烧着一个念头，想去和这位英雄交谈，并与他握手。我走上前去，热情地领他到菲纽斯城里。临行时，他赠给我一个华丽的箭袋，里面装有一束吕西亚人制作的箭，一件金丝编造的斗篷，还有一副金辔头，现在归我的儿子帕拉斯了。因此，我答应你所希望的，我与你结为同盟。当明日拂晓之时，我会送你物资，给你帮助，让你高兴地出发。此时，你以朋友的身份拜访我们，请和我们一起庆祝这一年一次的庆祝活动，它不能拖延，请你不必客气。”厄凡德尔说完后，下令将撤掉的酒食重新端上来，并亲自安排战士们在草地的椅子上就座。他把埃涅阿斯当成最重要的客人来款待，邀请他坐到用蓬松柔软的狮皮盖着的枫木王座上。接着祭坛的祭司和挑选出的年轻人争相端上烤熟的牛肉，拿来装着成堆面包的篮子并送上美酒。埃涅阿斯和他的特洛亚部下一起享用一整块牛排和贡品。

解决了饥渴问题后，厄凡德尔王说道：“并不是虚无的迷信和对古代众神的无知使我们举行这庄重的典礼，这场宴席仪式和祭奠神的祭坛都是为了纪念赫库列斯。特洛亚客人们，因为我们从残酷的危险中存活下来，我们才设立这个每年都要举行的庆典。现在请先看看这峭壁石崖，一堆堆乱石散布在石崖上，山上的洞穴已经空空如也，洞穴上的石块纷纷掉落下来。这里曾经有一个岩洞，深不见底，太阳光也射不进来。里面住着丑陋的半兽半人卡库斯，地面上经常流着温热的鲜血，他把苍白腐烂的人头硬生生地悬挂在门上。伏尔坎是这个怪物的生父。他移动时晃动着他庞大的躯体，口吐黑烟。我们祈求天神的帮助，最后天遂人愿，一位神灵前来援救。最伟大的复仇者大力神赫库列斯，他正因杀死了三身怪物吉里昂并夺获了战利品，而此刻像胜利者一样骄傲地赶着一大群牛到来，他的牛群游荡在山谷中和河流畔。而满脑子邪恶念头的卡库斯，唯恐不能用尽他所有的邪恶和狡猾，于是他从牛群安息处牵走了四只肥壮的公牛和四只同样美丽的小牛。另外，为了不留下向前行走的痕迹，这个盗贼拉着牛的尾巴，倒着把它们拉进洞中，弄成好似是向相反的方向去的迹象，他把它们藏在岩洞的阴暗处，不让人发现通向山洞的任何标记。安菲特里欧的儿子赫库列斯这时正把饱餐后的牛群从草地上赶走，牛群离开了山岗时，发出阵阵嘶鸣，它们的哀声充满了整个树林。在深洞中的一只小母牛回应了牛群的叫声，并开始鸣叫，这让卡库斯的计划落了空。这着实点燃了大力神的怒火，他满腔怒气地抄起几件兵器和沉重的狼牙棒，就迅速朝着高山的陡坡跑去。那是我们的人第一次见到卡库斯的畏惧，他的眼中充满了害怕。他立刻朝自己的洞穴逃去，跑得似乎比东风还要快，或许就是恐惧才让他脚下生了风。当卡库斯躲进洞中后，迅速敲断了铁链用一块巨石把洞口堵得严严实实。这块石头本来是由他父亲锻造的铁链拴住的。只见赫库列斯怒气冲冲地跑过来，咬牙切齿地左顾右看，寻找每个入口。他全身的怒气沸腾着，竟把整个阿汶提努斯山转了三遍，他三次试图推开堵住洞口的大石，但全都失败了。他精疲力竭之后就在山谷里坐下休息。山洞上面耸立着一个看上去很高的尖石，周围没有其他岩石。对于邪恶之鸟来说在此筑巢算是很合适的。尖石的背脊本是朝向河流的左侧，赫库列斯用力向前推它，而后有着深深根基的尖石被撼动了，接着就被折断了。赫库列斯用力将尖石推了出去，苍穹随着发出巨大的回响，河流两岸被分开，被吓坏了的河水战战瑟瑟缩成一团。但卡库斯的巢穴和他的巨大的洞府却暴露无遗，阴暗可怕的洞穴就这样敞开了。这番景象就像外力震开了大地深处，露出里面被众神憎恶的惨淡宫殿，从上往下看，是巨大的深渊，里面的幽灵在光线的照耀下显得战战兢兢。卡库斯没预料到突然而来的日光，他被困在岩洞里，于是发出少见的吼叫声。赫库列斯抓起所有的兵器，从上面向卡库斯投了下去，又向他投掷大树枝和巨石，如同泼下倾盆大雨。卡库斯见无法逃脱，嘴里吐出浓厚的烟雾将整个地方包绕起来，漆黑一片。洞里积聚的烟雾如同黑夜，烟雾使得洞里伸手不见五指，黑暗中有时还可见到火光。勇敢的赫库列斯毫不惧怕眼前的黑烟，只见他头向前猛地跳了下去，穿过火焰，跳到洞里烟雾最浓最多的地方。卡库斯在黑暗中吐出无力的火焰，赫库列斯掐住他的脖子，紧贴着他，把他憋得两眼凸出，喉咙失血。他随即打开了洞门，阴暗的巢穴一览无余，被卡库斯偷来的牛群呈现在阳光下。这已经不成形的尸体被人们拖着脚拉了出来。人们注视着半兽半人那双可怕的眼睛、丑恶的脸、长着蓬松直立毛发的胸部以及那不能喷火的嘴，怎么看都看不够。因为那件事才有了这个纪念仪式，幸福的子孙后代始终铭记着那一天。波立提乌斯第一次发起和举办了这个活动，皮拉里亚家族负责守护赫库列斯的荣耀。波立提乌斯在这个树林里建造了祭坛，这个我们称为‘最伟大的祭坛’将永远被记住。来吧，年轻的人们！把树叶戴在头发上，右手握着酒杯，在如此伟大的光荣照耀下，召唤我们人人皆知的神灵，衷心地献上我们的美酒。”厄凡德尔王说完，用赫库列斯亲自荫蔽的灰绿色杨树叶装扮自己的头发，让打结的树叶垂下来。他手握圣洁的杯子，众人随即欢快地将祭酒倒在桌上，向众神祈祷。

夜幕降临，波立提乌斯带领祭司们前来。他们按照传统身穿兽皮，手握火把。他们重新开启盛宴，为第二次宴席送上美味佳肴，将一盘盘满满的佳肴堆满祭坛。接着一群舞蹈祭司围着祭坛的圣火欢唱。他们的前额上装饰着杨树枝。一队由年轻人组成，另一队由年长者组成，他们用歌曲赞颂赫库列斯的光荣和功绩：他还是个婴儿的时候，是如何将他的继母朱诺送来的两条蛇掐死；他是如何在战争中将无可匹敌的两座城市——特洛亚城和欧卡利亚城摧毁的；他又是如何为欧吕斯特乌斯王完成他残暴的继母朱诺派给他的一千份苦差事。舞蹈祭司唱道：“不可征服的您啊，您用手杀死云之子半人半马的许莱乌姆和弗鲁姆，您杀死了克里特岛的怪物公牛、尼米亚峭壁下的巨狮。斯提克斯湖看到您都会战栗，冥府的看门狗在血水浸透的洞穴里躺在它吃了一半的骨头上，也会惧怕看到您。任何妖魔鬼怪都不会吓倒您，即便是全副武装高个的提佛乌斯也不会吓倒您。当您被莱尔那的九头蛇缠住时，您同样也没有惊慌失措。我们向您致敬！朱庇特神的孩子，您给众神增添了光荣，请来我们这里，分享我们的贡品，带给我们幸福吧。”他们在歌曲中歌唱这样的故事，后来又唱了卡库斯洞穴的故事还有吐火的卡库斯本人。他们的歌声在整个树林里飘荡，声音也在山谷中回响。

神圣的祭祀活动结束了，他们都返回城中。国王蹒跚地走着，吩咐埃涅阿斯和他的儿子伴随着他，他边走边说着不同的话题来减轻路途的疲劳。周围的一切令埃涅阿斯啧啧称奇，他被此地的景致所吸引，兴奋地打量着，兴致勃勃地询问前人们留下的遗址。罗马城的建造者厄凡德尔王回答说："法乌努斯林神们和河仙曾经住在这些树林里，还有由粗壮树木长出来的人。他们不懂法律和文明的生活方式，也不知道如何驾驭牛和积累财富，也不会耕种和收割庄稼，更不会存储粮食，他们以树木的果实和狩猎为生。萨图努斯是第一个从神圣的奥林匹斯来到这里的，那时他被朱庇特打败，被迫离开他的乐土。他把这些未开化的、散居在山里的种族召集起来，为他们颁布了法律，命名此地为拉丁姆，意为'躲藏'，因为他可以在这块土地上安全地藏身。据说在他统治的时期是黄金年代，他平和地治理着城邦，直到迎来了充满狂热的战争和占有欲的暗淡的年代。后来，奥索尼亚人和西卡尼亚族来了，而萨图尼亚的拉丁姆之地便经常易名。接着又来了一批侵略者，包括野蛮高大的第表利斯，我们意大利人用他的名字命名我们的河为第表河，而之前的阿尔布拉这个名字就不再被提起了。而我也是从祖国被放逐出来，来到这海洋的尽头，是命运女神和无可抗拒的命运让我在此地定居下来，我在我的母亲仙女卡尔门提斯的严重警告和守护神阿波罗的旨意下来到了这里。"

他虔诚地说完，边走边指给埃涅阿斯看一处祭坛和一座被罗马人称为卡尔门塔尔的门。当初建造这座门是为了纪念女仙卡尔门提斯的。她是有远见的先知，第二个预言了埃涅阿斯的子孙将建立起盖世的功业和伟大的帕兰特乌姆城。接着他指着一大片树林给他看，勇敢的罗木路斯曾把它当成庇护所。然后指着寒冷峭壁下一个称为卢珀卡尔的狼穴，它是按照阿卡狄亚的说法，以狼神命名的。他又指着一处名为神圣的阿尔吉列土姆的树林，告诉埃涅阿斯，前来做客的阿尔古斯曾死在这里。他领着埃涅阿斯从这走到塔尔佩亚山，也就是卡皮托山。这个曾经长满荆棘的山如今已然全是琉璃屋顶了。即便在以前，此地也是令人心生畏惧，人们看到此地的灌木和岩石也会战栗。"山上的树林里住着一位天神，虽不知具体是哪位，"厄凡德尔说，"我的阿卡狄亚子民相信他们曾看到过朱庇特真身，因为他的右手经常摇晃他的黑色盾牌，引来了暴风雨。你可以看到这两座断壁残垣的城池，这里有着先人们的记忆和遗迹。雅努斯老人建造了这座叫雅尼库鲁姆的堡垒，萨图努斯建造了萨图尼亚城。"他们相互交谈着，快走到厄凡德尔贫穷的家了，他们看到处处是哞哞地叫着的牛群，就是如今的罗马城的佛鲁姆和时尚的卡利奈区。当他们抵达房子时，厄凡德尔说："战无不胜的赫库列斯曾屈尊来到这里，我在这里款待了他。我的客人，你要勇于蔑视财富，让你自己也称得上神。不要挑剔我这贫穷的家。"说完，他领着伟大的埃涅阿斯走过低矮的屋檐来到狭小的房间，安排给他一张铺满树叶的床，上面放着一张利比亚的熊皮。夜幕降临，用她的黑色翅膀拥抱大地。

维纳斯作为母亲感到焦虑不是没有原因的。她为自己的儿子担忧，劳伦图姆一触即发的战争威胁着她的儿子，紧张的局势一再升级。在金色洞房中，她满带柔情地对丈夫伏尔坎说道："我挚爱的丈夫啊，当特洛亚在战争中被希腊人摧毁，城池陷入敌人的火海时，这是命运所安排的，我从没有要求你用你的技艺和力量为他们打造什么兵器，也没有请你去帮助我可怜的人民。我不愿白白浪费你的力气和技能，虽然我确实欠普利阿姆斯的儿子太多太多，也经常为埃涅阿斯的可怜遭遇几番落泪。现在，应朱庇特的旨意，他已经踏上鲁图利亚的土地，因此这次我以一位母亲的身份，代表她的儿子来恳求你为他打造武器——这对我来说是神圣的。涅瑞乌斯的女儿西蒂斯和提托诺斯的妻子奥罗拉都能用眼泪打动你。你看看是什么国家聚集了兵力，是什么城市关上了大门，正要磨刀霍霍来对付我，来摧毁我的儿孙啊。"维纳斯说完，伏尔坎还犹豫不决，女神用她雪白的臂膀温柔地环绕拥抱着他，轻轻地爱抚他。伏尔坎立刻感受到了那熟悉的欲火，那熟悉的热流深透骨髓，流入松软的筋骨。这种感觉就像一条火光伴随着一声惊雷发出令人眩晕的光芒撕裂云层。旁边的女神察觉到他的变化，为她的聪明感到高兴，也意识到了自己的美丽。老伏尔坎被永恒的爱恋所困，说："女神啊，你何苦拐弯抹角来说服我呢？你对我的信任跑到哪里去了？倘若你之前也像现在这样着急，我也会为特洛亚人打造兵器的。命运女神和伟大的天父允许特洛亚屹立不倒，允许普利阿姆斯的命再延缓十年。倘若现在你打算迎战，你已经心意已决，请不要再怀疑你的力量，也不必再恳求我了。任何我能用我的才能做到的，任何用钢铁和金银可以铸造的，任何炉火和风箱可以办到的，我都可以去做。”说完这些话，他依妻子所愿给她一个拥抱，然后躺在她的怀中渐渐进入梦乡。

半夜，人们睡过第一觉后睡意已经消散时，靠做纺织和下等劳动维持生计的女人已起床将炉火烧得旺旺的，准备在夜晚多做一些活儿，吩咐她的女仆们借着灯光做那无穷无尽的劳动，这样才能留住她丈夫的心，并抚养她年幼的孩子。这时司火的神也起身离开软软的床，去熔炉那里干活去了。

西西里的附近有一个岛突兀地伸出海面，上面岩石遍布，离风神埃俄罗斯的里帕拉岛也很近。岛的下方有许多挖出来的岩洞，这些洞与埃特那火山相连。库克洛普斯巨人就在洞里打铁，可以听到洞里传来的劳作声音，轰鸣般回响不绝，卡吕贝斯的矿石在洞里熔化，嗤嗤作响，炉内火光熊熊。这地方是伏尔坎的家，名字就叫伏尔坎尼亚。这时，司火的天神从天而降。勃朗特斯、斯特洛珀斯和光着手臂的皮克拉蒙正在巨大的洞穴里铸铁。他们手握一根霹雳棒，正给它塑形，一部分已抛光，还剩下一部分没做完，这就是天父从天上投向人间去的大量的霹雳棒。他们已经将三股搅在一起的雨、三朵湿云、三道红色的火焰以及三股长着翅膀的南风装到了棒子上。他们又把可怕的闪电、轰鸣声、恐惧以及充满火焰的愤怒揉进手里的活儿中。在另一处，他们正给战神制造了一辆战车，战车拥有飞速的轮子。战神玛尔斯就驾着车子去杀死人们，摧毁城市。他们还赶制一面令人恐怖的盾牌，以备帕拉斯女神愤怒时之用。他们争着擦拭盾牌上蟒蛇的金色鳞甲和几条缠在一起的蛇，还有保护女神胸部的果尔刚的头，那头从女妖脖子上斩下来，眼球仍在转动。“赶紧放下手里的活儿！”伏尔坎喊道，“埃特纳山的库克洛普斯们，注意听我说。你们要为一位英勇战士打造武器。现在你们需要拿出力量和敏捷的双手，以及你们专业的工艺，一刻也不要耽搁。”他没有再说什么，但库克罗普斯们马上开始动工，将工作平均分配。青铜石和金矿石融化成水顺着槽流着，用于杀人的钢铁在巨大熔炉里熔化。他们打造了一块巨大的盾牌，足以抵挡拉丁姆所有武器的盾牌，将它铺了足足七层。有的人用风箱抽气送气，其他人将青铜浸入池水中发着嘶嘶声，洞中充满铁砧的响声。他们使出全力，有节奏地挥动着他们的胳膊，用钳子夹着翻转着巨大的铁块。

当勒姆诺斯岛的主人在埃俄利亚海岸加紧铸造兵器时，温柔的晨光和屋檐下鸟儿的歌声将睡在简陋房子里的厄凡德尔唤醒。老人起床，穿上短外衣和一双厄特鲁利亚凉鞋。接着他将特格阿刀配在身上，垂在身边，左肩上披了一张豹皮。两只看门犬跳过高高的门槛，跟上主人的脚步，不离他的身边。厄凡德尔向客人埃涅阿斯独自住的地方走去，思忖着自己说过的话以及给他提供帮助的许诺。埃涅阿斯起得也不晚。厄凡德尔由儿子帕拉斯伴随着，埃涅阿斯和阿卡特斯在一起。他们见面握手，在房子里坐了下来，开始了无拘无束的会谈。国王首先说话："特洛亚最伟大的领袖，对我而言，只要你还健在，我是绝不会接受特洛亚帝国已经被推翻的事实。我们所能提供的战争援助是微乎其微的，一方面我们被厄特鲁里亚河封锁，另一方面鲁图利亚人压制着我们，城墙外面武器摩擦发出的雷鸣般声音不绝于耳，但我计划让一些强大的和拥有富足兵力的国家与你联合起来，努力找到出路，你来到这里，是命运的安排。离这不远便是阿古拉城的所在之地，它的人民至今仍住在那古老的山城里，许久以前，骁勇善战的吕底亚人来定居在厄特鲁利亚的山里。阿古拉兴盛了很多年，直到后来专横霸道、穷兵黩武的墨赞提乌斯王统治了它。我们不必细说这个暴君的疯狂恶毒的罪行。但愿神灵将同样的痛苦报应到这个暴君及他的后代身上。他甚至把尸体绑在活人身上，手对着手，脸对着脸地来折磨人。活人就这样被绑着，紧贴着腐烂和脓水，被慢慢地折磨致死。但是最终他的人民不能忍受他的残暴，武装起来包围了这个暴君的宫殿，杀掉他的卫守，烧掉了宫殿。他从屠杀中夺路而逃，逃到了鲁图利亚境内，被他的朋友图尔努斯的联军保护起来。于是全厄特鲁里亚人怀着满腔正义的怒火，他们要求报复，不惜兵戎相见，强烈要求惩罚他们的国王。埃涅阿斯，我可以使你成为他们的领袖。他们的船只密集地挤在岸边，急切嚷着要求进军的命令。但是一位年长的预言者阻止了他们，他告诉命运的安排：'啊，各位吕底亚的壮士，古老民族的英勇英杰们，正当的愤怒可以使你们用行动去抗击敌人。你们被墨赞提乌斯点燃了正义的怒火，但是命运注定意大利没有人可以领导像你们这样的人，所以选择一个外邦人当领袖吧。’于是厄特鲁里亚的队伍在那块平原上安营扎寨，不敢妄动，生怕冒犯天神。塔尔康亲自派大使来见我，带着他的神圣的权杖和王冠。他希望我加入他们的阵营，登上厄特鲁里亚的宝座。但我已年老体衰也力不从心了，这些都已不允许我再去掌管和领导他们了。我本可以让我的儿子替我去，但是他混有他母亲萨宾族人的血。而你，特洛亚和意大利最勇敢的领袖，你的血统和年龄都与命运的安排相符合，你也是天神们心仪的人，负起这个责任吧。另外，我会让帕拉斯陪你前去，他是我唯一的希望和欣慰。让他在你的指导下适应和承受军队艰苦的生活以及残酷的战争带来的考验；让他目睹你的所作所为，从年少起就让他以你为榜样。我会分配给他两百名阿尔卡狄亚骑兵，他们是我们的精壮部队，帕拉斯也会用自己的名义把他们交给你的。”

厄凡德尔刚说完，安奇塞斯的儿子埃涅阿斯和忠诚的阿卡特斯坐着不动，眼睛低垂，忧心忡忡地思考着未来要遭遇的困难。这时，万里无云的天空上出现了维纳斯的信号。忽然天上电光闪闪，雷声轰隆，像整个天都要塌下来似的，厄特鲁利亚的号声从空中传来。众人抬头向上看，那巨大的声音此起彼伏。他们看到晴朗的天上，兵器透过云层发出红光，传来刀枪碰撞发出的巨大声音。其他人站在那张口结舌，但特洛亚的英雄认出这些声响是他母亲维纳斯的承诺在应验。于是他喊道：“真的，我的朋友，你们不必猜测这些奇迹是吉还是凶，奥林匹斯在召唤我呀。我的女神母亲曾预先告诉我倘若有发生战争的危险，她会发出这些征兆，并且从空中把伏尔坎打造的武器送来支援我。哎！等待可怜的劳伦土姆人的将是一场大屠杀！图尔努斯啊，我会让你付出沉重的代价！第表河老人啊！你会将多少勇士和他们的盾及盔卷入你的浪涛中！就让他们撕毁合约，来参加战争吧！”说完，他从高高的座位上站起来，先去拨弄赫库列斯祭坛上圣火的灰烬，然后高兴地拜访了昨天祭过的地祉和众家神。厄凡德尔和特洛亚的战士根据礼仪分别杀了几只母羊来祭祀。随后他走回船上与他的部下会合，他从中挑选出最有勇气最优秀的战士跟着他去参战。剩下的人毫不费力地顺流而下，给阿斯卡纽斯带去他父亲及其相关的消息。去厄特鲁利亚的战士们人手一匹马。人们特别给埃涅阿斯挑选出一匹马，马身披了一张红褐色狮皮，狮皮上镀着金的爪子发着光亮。

很快谣言满城飞，说骑兵向着厄特鲁里亚王的土地飞速行进。母亲们心惊胆战，不断地祈祷。恐惧随危险而来，战神的影像也逐渐变大。老厄凡德尔握着即将离去的儿子的右手，紧抱着他，忍不住地哭着说："如果朱庇特能让逝去的时光倒流，我能回到原来的我，那时的我在普莱涅斯特的城墙下可以踏平对方的先锋部队，烧毁敌人成堆的盾牌，就是用我这只右手将厄鲁路斯王送到地狱的。说起来可怕，他的母亲费罗尼亚生他的时候，给了他三条命，让他可以使三套武器——这样一来想要杀死他就必须杀三次。最后我就是用这只右手把他的三条命全部解决掉了，况且每一次还都夺去了他的兵器。如果我能回到从前，我绝不会和你艰难告别，墨赞提乌斯也不会这么肆无忌惮，让这么多的生灵惨死在他的剑下，不会让城里的妇女变成了寡妇。天上的神，还有你朱庇特神啊，至高的天神之王啊，同情我这个阿尔卡狄亚王吧，听一听一位父亲的祷告吧。如果您愿意，命运允许，让我的帕拉斯免受伤害，为我而保全他，倘若我可以活着见到他，同他在一起，我可以承诺我可以忍耐任何困难。但是命运之神啊，若你要造成任何难以忍受的苦难，那么现在，现在请让我从这残酷的生活中死去吧。因为恐惧悬而未决，而未来的希望不可知。而你，我挚爱的孩子，你是我晚年唯一的欢乐，我仍然拥抱着你，就让我摆脱这残酷的人生，不要让任何噩耗伤了我的心。"这些便是这位父亲在最后离别时的祈祷，他说完就晕过去了，而他的仆人便搀扶着他，回住处去了。

这时骑士们通过大开的城门出了城。队伍最前面的是埃涅阿斯和忠诚的阿卡特斯，他们身后跟着其他特洛亚的勇士。帕拉斯则在队伍的中间位置，他穿的斗篷和颜色鲜明的武器让他格外引人注目，就像启明星一样——在发光的星星中，维纳斯最爱的就是启明星。他刚刚在海洋的波浪中沐浴过，抬起他神圣的面孔，迅速将黑暗驱散。母亲们在城垛上惶恐地张望着，目光紧跟着扬起的尘土和队伍中闪着光亮的青铜武器。身穿铠甲的战士们穿过灌木丛，抄捷径向目的地进发。一声令下，他们组成阵列，马蹄声震撼着大地。寒冷的凯列河附近有一大片树林，向来为周围广大地区的人们所崇拜敬畏。弯弯曲曲的山岗上遍布黑松围绕着这片树林。相传古代的佩拉斯吉人最先定居在拉丁姆，他们把这片树林尊为圣林，献给掌管农田和牲畜之神西尔瓦诺斯，并为他设立了专门的节日。塔尔康和厄特鲁利亚的部队驻扎在离此不远一个安全的地方，从高处可以看到他们的全部的部队遍布整个平原。领袖埃涅阿斯和他挑出来精壮战士们抵达了那里，他们已走得人困马乏，不得不停下来休息。

这时女神维纳斯透过云朵出现在天际并带来了礼物。当她从远处看到她的儿子在幽静的山谷里，独自在清冽的溪水旁时，她便走上前去，向他说道："看，这是我承诺给你的礼物，它是我丈夫用他的技艺打造的武器。我的孩子，你可以毫不犹豫地去迎战任何一位狂妄自大的劳伦土姆人，甚至挑战图尔努斯本人。"女神说完，将儿子拥入怀中。她把那闪闪发光的武器放在他面前的一棵橡树下。能收到女神的礼物及其所具有的至高的荣耀令他感到很是高兴，埃涅阿斯欣喜地审视着每件武器，不停地看着。他把它们捧在手中，挂在臂上，翻来覆去地看。那头盔装饰着羽毛，像是在喷出火焰。还有一把能让人没命的剑，一副青铜坚甲，它尺寸很大，颜色深红，就像一团暗红色的云，在太阳照射下，反射着耀眼的光芒；那光滑的胫甲，是由多次冶炼的金合银打造；那根长枪及那面盾牌，有着无法形容的精细。

火神听说了那些关于罗马人的预言，知道未来之事，于是在盾牌上刻上了意大利的历史，罗马取得的历次胜利，阿斯卡纽斯的后裔的所有支系以及他们先后要打的仗。埃涅阿斯看到了盾牌上雕刻的母狼，她躺在战神青绿洞中的地上，刚刚分娩完，双胞胎兄弟罗木路斯和雷木斯，围着母狼的乳头玩耍，毫不畏惧地吸吮母狼的奶水，母狼抬起光滑的脖颈轮流爱抚他们，用舌头舔他们的身体。在他们附近，火神雕刻上了罗马城和萨宾族妇女，她们是在竞技场上举行大赛时被非法掳夺而来的。盾牌上还雕刻有罗木路斯和老塔提乌斯以及库列斯人民之间突然发生的大战。接下来，同样是那两位国王，全副武装站在朱庇特的祭坛前，举着酒杯，杀猪祭献，缔结盟约。紧接这幅图的是四匹马把墨土斯撕裂，阿尔巴人啊，你本该信守诺言的！还有图鲁斯拖着这个骗子的尸体穿过树林，荆棘上粘上他湿乎乎的血。波尔森也在上面，他正在命令罗马人接受被流放的塔尔昆纽斯，并大举包围城池。另外，还有埃涅阿斯的后代拿着刀剑为自由而战。波尔森又出现了，怒气冲冲，因为科克勒斯竟胆敢拆桥，也因那女子克洛厄利亚弄断枷锁，泅水而逃。盾牌的顶端刻有塔尔皮亚城堡的守护者曼琉斯，他站在庙宇前，守护着高耸的卡匹托山；山上有罗木路斯的茅屋，是用新的茅草铺了房顶的。还有一只银色大雁飞过镀金廊柱，咯咯叫着警告高卢人已到家门口了；高卢人借着黑夜的掩护，在灌木丛中行进，即将兵临城下。他们有着金黄色的头发，身穿金黄色的衣服，与他们身披的条纹斗篷相映照，显得非常闪亮；他们白皙的脖子上戴着金项链，每人手执两根短短的阿尔卑斯枪，携着长盾来保护身体。伏尔坎还刻上舞蹈祭司和裸体的卢佩卡尔祭司，羊毛帽子和从天而降的椭圆形盾牌，圣洁的母亲们坐着软车穿过城市，一幅神圣的景象。离这些景象很远的地方，伏尔坎刻上了塔耳塔路斯地狱，冥府高高的大门，受惩罚的恶人，还有喀提林，他被悬挂在陡峭得吓人的悬崖上，见到复仇女神三姐妹时战栗的景象。别的地方则刻有好人，其中卡托正在颁布法律。在画面中间，是一条金色的条带象征着浩瀚的大海，波浪泛着白沫，银光闪闪的海豚用弧形的尾巴劈风斩浪，在水中游来游去。在盾的中心位置，可以看到用青铜包头的船队在阿克提姆作战，你可以看到留卡特岛上人们备战时的狂热景象，波浪闪烁着金光。一方是奥古斯都·恺撒站在高高的船尾，带领意大利人战斗，和他一起的有元老们、民众和家神，还有掌管国家命运的大神。他的额头射出两道火焰，他的头上显现出他父亲的星。另一方是阿古利巴，借着顺风和诸神之力，率领着他的船队前行，他头戴像船首的海军冠，那标志着他赫赫战功。安东尼在他们对面，他征服了东方和红海沿岸的国家，满载财宝和稀奇的武器，他船上有埃及人和东部的甚至远至巴克特里亚的士兵，还带着他埃及的配偶，真是可耻。所有的船只奋力向前，整个大海被船桨和三叉船头搅扰得泛着白沫。他们往深海航行，他们高大的船只让人误以为是漂在海浪上的库克拉德斯群岛，或者是高山彼此相撞。士兵们投出的火把和箭矢如雨般乱飞，海神的土地被伤亡士兵们的鲜血染红了。居中的埃及女王用本国的摇铃催促她的舰队，这时她还没想到她背后命运为她准备的那一对毒蛇。号叫的人身狗头神以及各种各样她尊崇的妖怪向海神、维纳斯和雅典娜挥舞着武器。在战斗中，身穿钢甲的战神和冷酷的复仇女神耀武扬威，穿着撕烂的衣服的不和女神高兴地大步走来，女战神贝罗娜手执沾着血污的鞭子，跟在她身后。阿克提姆的阿波罗从天上看到这场景，准备弯弓射箭。每一个埃及人、印度人、阿拉伯人和所有的萨拜人都惊慌逃窜。只见女王亲自祈祷顺风，张起船帆。火神描绘她乘西北风破浪前进，脸色苍白得就像快要死去的人，召唤着那些失败者来到他的避难所。

接着奥古斯都出现了，他在三日庆祝节期间乘车进入罗马城；他向意大利众神郑重宣誓，要在城里筑起三百座宏大的庙宇。街上充满了欢笑声、嬉戏声和掌声。每座庙宇中都有一群妇女在跳舞，每座庙宇里还都刻有祭坛，宰好的牛就躺在祭坛前的地面上。奥古斯都自己坐在明亮的阿波罗庙那雪白的门廊前，检视着各国献来的贡品并把它们全部挂在华丽的柱上；俯首称臣的各族人鱼贯而入，他们说的语言、穿的衣服、佩戴的武器都互不相同。伏尔坎雕刻出他们来，这里有非洲的诺玛德族人、穿着长衫的阿非利加洲人，那里是来自小亚细亚的勒勒格人和卡列人、善射的勒隆尼人；可以看见幼发拉底河，它的波浪比以前更小了；还有来自遥远高卢的摩利尼人和双角的莱茵河，尚未被征服的斯库提亚的达海人和人们无法在其上架起桥梁的阿拉克塞斯河。

火神伏尔坎打造而母亲送来的盾牌，上面雕刻的景象让埃涅阿斯惊叹不已，久久凝视。他对未来发生的事情毫不知情，可是盾上的画令他兴奋不已，他将这代表光荣和预知后代命运的盾牌拿起，挎在了肩上。

卷九

引言——图尔努斯利用埃涅阿斯出门访问厄凡德尔的时候，发起了进攻。纵火烧毁了特洛亚人的船队（女神把船只变成仙女），进攻他们的营寨。被围困的特洛亚人派出尼苏斯和欧吕阿鲁斯冲出敌圈去找埃涅阿斯。但他们双双阵亡。他们的友谊、慷慨就义以及英勇的事迹千古流传。

在遥远的帕兰特乌姆，当发生这些事情的时候，朱诺从天上派遣伊里斯到图尔努斯那里去，他的脾气很暴躁。此时图尔努斯正坐在祖先皮鲁姆努斯的圣谷中的树林里。陶玛斯的女儿轻轻张开玫瑰色的嘴唇对他说道："图尔努斯，没有哪个天神敢答应你的事，尽管你特别想得到。现在不等你请求，它却主动找上门来了。埃涅阿斯现在留下他的营寨、同伴和船队，去访问帕兰特乌姆王国厄凡德尔王了。而且，他还到达了科吕图斯各城市，招募了一批吕底亚的乡民，并把他们武装起来了。你还等什么？现在一刻也不要拖延了，立刻集合好你的军队，赶快去偷袭他们的营寨，打他个措手不及。"她说完展开平稳的翅膀飞走了，飞过之处还都留有一条长长的彩虹在云端。图尔努斯认出了她，他高举双手伸向天空，向飞远的伊里斯高喊道："伊里斯，我的上天，是谁派你穿过云层来到我这里？

为什么天气突然晴朗了？我看见天空从中央裂开，群星在苍穹徜徉着。不管你是谁，既然叫我战斗，我就听从你的伟大的预言。”说完他就走向水滨，捧起一捧水，仰望苍天，向诸神祈祷。

如流水般的战马和身披铠甲的士兵，向平原进发。墨萨普斯打前锋，提鲁斯的少年子弟断后，作为统帅的图尔努斯走在队伍的中央。他手持武器，比别人高出一头来。他的队伍就像由七条平静的支流汇集而成的恒河悄悄地上涨，又像尼罗河在泛滥之后河水从平原退落，沿着河床安定下来一样。这时守卫营寨的特洛亚人望见平原上忽然升腾起的黑色尘土。站在高处的凯库斯首先高喊道：“同胞们，那滚动着的一团黑雾是什么啊？快，拿起你们的刀来，准备好枪支，爬上寨墙去，敌人来了，嗨！”特洛亚人大声呐喊着，从各个寨门躲进营寨，土墙上站满了人。他们杰出的领袖埃涅阿斯在出门前告诫过他们：在他离开的时候，一旦有敌人来进犯，绝不能冒险到平原上去作战，而是只要保住四面有土墙营寨即可。尽管出于荣誉感和义愤，他们都非常想好好地打一仗，但是他们还是听从了埃涅阿斯的告诫，紧闭寨门，在城堡里等候敌人。

图尔努斯的队伍走得很慢，图尔努斯领着二十名精骑兵飞快地跑到队伍的前头，很快就到了特洛亚人的营寨。他骑的是一匹特拉克种的白马，头上戴的是插着红翎的金盔。他喊道：“青年勇士们，有谁愿意第一个和我向敌人冲去？”说着，他把长矛抛向空中，作为开始战斗的信号，挺身向战场杀去。他的队伍一声呐喊，也跟了上去，杀声震天，让人胆战心惊；但是特洛亚人不肯出战，而是老老实实地待在自己的营寨，这倒使图尔努斯有些吃惊。他一面纳闷儿，一面骑马绕城侦察情况，看看有没有突破口可以进去，然而他却失望了。他就像一条在半夜里出没的野狼，正在挤满羊群的羊圈外面候着，向篱笆圈内号叫，羔羊在母羊的庇护下咩咩地叫个不停，而这条凶狠的狼怒火中烧，对着吃不到嘴的美味急得发疯，这让它感到难受，它的嘴发干还失去了血色。图尔努斯望着特洛亚人营寨的土墙，心里也同样像火燎似的。怎样才能找到一个入口，用什么办法才可以把蜷缩在营寨里的特洛亚人逼出来，把他们赶到平地上来呢？有了，他们的船队——这船队隐蔽在离他们不远的营寨的栅栏墙边，有一道堤岸和河水将其圈住——图尔努斯就直奔船队而去并叫他的随从们取来火把。他急切地把燃着的松枝拿过来，握在手里。在图尔努斯的启发下，他的部下也跟着捅开炉火，人人拿起冒着黑烟的火把。冒烟的松枝发出漆黑的火焰，司火神伏尔坎把夹着火星的烟灰吹上了天空。

众位女诗神啊，请你们说一说是哪位神灵让特洛亚人避免了这场可怕的灾难？是谁把烈火驱散保护了船只？这件事，古人是信以为真的，即使传到今天仍然留在人们记忆之中。当初埃涅阿斯在弗利吉亚的伊达山上造船，准备出海的时候，据说众神之母库别列对大神朱庇特曾这样说过："我的儿子，你要答应我的请求，你现在是奥林匹斯的主宰了，你要答应你亲爱的母亲对你提出的要求。我有一片松林，这林子长在我的山峰上，是我多年来的心血，人们经常到这里奉献祭品，这片林子长着茂密的黑松和枫树。现在有个特洛亚的青年勇士要造船，我很高兴把这些树给他用，但是我心里感到很不安，很害怕。我要你给我解解忧愁，让你母亲的祈求得以实现，那就是希望他的船只在航行时不要因颠簸而破裂，不被狂风暴雨所征服。因为这些船是在我的山上造成的，让它们得到安全吧。"她的儿子，即在天空驱使星辰运转的朱庇特回答说："母亲，你为什么要逆转命运的规律？你这些要求到底要达到什么目的？凡人的手造出来的船能永不毁灭吗？埃涅阿斯可能经历那些无法预知的险境而平安无事吗？哪个天神有这么大的权力啊？不行啊。但是当他们历尽险阻一旦到达了他们的目的地意大利的港口，凡是在海上没有覆灭而把特洛亚王子安全运到劳伦土姆田野的船只，我都剥下它们的凡俗的形象，而让它们变成大海上的神女，就像在海上突进的涅瑞乌新的女儿多托和噶拉特阿一样。"朱庇特说完，他指着弟弟冥王普鲁托的斯提克斯河的漆黑的激浪和两岸的黑色深渊，点头表示同意，他一点头，整个奥林匹斯都为之震慑。

现在朱庇特所许诺的日子已到，命运之神规定的时间也已到期，图尔努斯想加害于她的神圣船舶这一意图倒是提醒了这位众神之母，一定要消除这场灾难。突然，一道从未见过的光在人们的眼前闪现，从东方出现一大片云彩，伴随着伊达山上一列列跳着舞蹈的神女，驶过天空。接着，空中发出了一个可怕声音，响彻特洛亚和鲁图利亚人的队伍之中。这声音说道：“特洛亚的人们，不要因为害怕而急于去保卫我的船舶，也不必拿起武器；我可以让图尔努斯把大海烧干，也不会让他烧毁我的用松木制造的船舶。你们的这些船舶还有你们都可以走了，我放你们走，你们已经是海上的仙女了；我是你们的母亲，我现在命令你们。”每条船都迅速地挣脱了系在岸上的缆绳，船头扎进水里，快速地钻进了大海的深处。随后，它们又从海里冒了出来，都已变成少女的模样，她们的数目和以前靠在岸边的船舶的数目一样，她们在海上欢快地游着。

这情景让鲁图利亚人害怕了，连墨萨普斯也吃惊不小，他的马匹变得焦躁不安，连第表河水也停止了流动，河神第伯里努斯也从大海里游了回来。但是善战的图尔努斯并未丧失信心，反而他说了下面一番鼓舞士气的话，也可以说是责备他们：“这征兆是针对特洛亚人的，朱庇特不等我们鲁图利亚人向特洛亚人使用武器和投掷火把就撤走了他们经常使用的逃跑工具。因此，特洛亚人从海上逃走的路已经被切断，他们没有任何逃跑的希望了：他们已经失去了一半的领土，而陆地就在我们手里，况且意大利的族人已有成千上万人拿起了武器。尽管特洛亚人鼓吹命运之神有过预言，我也丝毫不怕。维纳斯的预言已经实现了，因为特洛亚人已经到达了意大利的肥沃的田野。和他们一样，我有我自己的命运，他们夺走了我的妻子，我命中注定要把他们这些可诅咒的族类斩尽杀绝；不仅墨涅劳斯和阿伽门农经历过这种痛苦，而且米刻奈有权利拿起武器。特洛亚人也许会说：‘我们已经遭到一次毁灭，这也够了。’我现在回答，犯一次罪也够了，用不着再这样要与世界上所有的女性过不去。他们以为四周有了营寨就可以高枕无忧，他们的壕堑让他们的胆子变大，其实这种脆弱的防御也阻挡不了死亡；他们难道没有看到尼普顿缔造的特洛亚城在大火中毁灭吗？我的骁勇的战士们，你们哪一个准备好了就去杀出一条血路来，和我一起冲进城堡里去？我不需要伏尔坎打造的武器，也不需要一千条战船，就能打败这些特洛亚人。让他们的厄特鲁利亚的同盟军马上来同他们会合吧。他们无须害怕有谁趁着黑夜偷走雅典娜的塑像，还在卫城顶上杀死守卫，我们也不会藏在什么黑洞洞的马肚皮里，我决定在光天化日之下公开地用火把他们的栅栏包围起来。我要让他们知道他们不是同希腊人打交道，那一仗，赫克托尔一直打了十年。勇士们，现在白天已经过了大半，剩下的时间，大家好好休息，等着战斗吧。”同时命令墨萨普斯布下警戒线，堵住寨门，在寨墙四围点起火来。又选出十四名鲁图利亚人在墙外看守、巡逻，每个人又带领一百名武士。有的跑着去执行各种不同的任务，有的在草丛里尽情饮酒。四面火光辉映，守卫的士兵彻夜不眠，做些游戏打发时间。

特洛亚人从营寨的上面注视着发生的一切，他们在高处紧握着武器，他们怀着惶恐的心情检查了各个寨门。墨涅斯特乌斯和勇敢的色列斯图斯出来指挥一切，埃涅阿斯临走时曾交代，一旦有什么意外发生，就由他们两个来统率军队。全体人员都沿着寨墙警戒，抽签决定谁去最危险的地方值勤，每个人有自己的岗位。

尼苏斯是许尔塔库斯的儿子，骁勇善战，他把守着营寨的一座城门。特洛亚的伊达山的狩猎女神派他跟随埃涅阿斯，他掷枪射箭，又快又准。他的伙伴欧吕阿鲁斯紧跟着他，埃涅阿斯部下的战士，没有一个比得上他的英俊。他们两个亲如兄弟，打仗的时候也没分开过，现在他们共同守卫着同一座城门。尼苏斯对他说道：“欧吕阿鲁斯啊，是不是天神启发了我们心中打仗的热忱，还是我们每个人把自己这种可怕的欲望归之于神？我早就想打他一仗或干点什么大事业了，对这种平淡的生活我早已感到乏味。你看这些鲁图利亚人多么狂妄，只有稀稀拉拉的几点营火，酒足饭饱后，躺下就睡觉，营地里一片安静。你听一听我在想什么。我们的长老们和百姓们都要求派人去把我们的真实情况告诉埃涅阿斯，并请他回来。如果他们答应给你我所要求的奖赏——至于我自己，只要我的事迹能够给我留下名声就够了——我相信我能够沿着那边土冈的脚下找到一条到达帕兰特乌姆城的路。”欧吕阿鲁斯听了，突然有了精神，这些话激起了他对荣誉的渴求，因此他对尼苏斯说道：“尼苏斯，难道你不希望让我和你一起去完成这件崇高的任务吗？难道我能叫你独自一人去冒这样大的险吗？我的父亲是沙场老将俄弗尔特斯，我自己是在希腊人发动战争、特洛亚遭受危难之时长大的，他没有这样教导我；我跟随宽宏大度的埃涅阿斯，我和你在一起经历最恶劣的命运，也从来没有这样做过。这里有一颗心，它藐视生命，为了获得你想要追求的荣誉，即使牺牲了生命，也是值得的。”尼苏斯回答道：“老实说，我从来没在这方面怀疑过你，也不应该有怀疑；我只愿伟大的朱庇特以及那些以公正的眼光看我们行事的神灵，能让我胜利地回到你身边。如果出现意外，我失败了——做这么危险的事，失败是常见的——我希望你能继续活下去，你比我年轻，生命对你更有价值。一旦我战死沙场，我希望有人把我的尸首抢回来，或用钱赎回来，把我埋葬；即使尸骨不全，也请给我立一座墓碑。不要因为我的死而给你可怜的母亲带来太大的悲伤，在许许多多的母亲当中，只有她敢于一路跟随自己的儿子，不留恋伟大的阿克斯特斯的城市。”但是欧吕阿鲁斯回答道：“你举出如此多的理由，没有用处，我意已决。我们赶快行动吧。”他一面说，一面唤醒其他岗哨。他们走上前来，接替了岗位。欧吕阿鲁斯和尼苏斯一同去找他们的王子阿斯卡纽斯去了。

世界上的一切生物都在安眠，他们忘却心里的烦恼，消除忧虑，但是特洛亚人的领袖和俊杰们，却正在商讨国家大事，谁去向埃涅阿斯报信。他们都站在营寨中心的广场上，手拿盾牌，倚着长矛。忽然尼苏斯和欧吕阿鲁斯来了，说有要紧的事。阿斯卡纽斯欢迎这两个神情紧张的来者，并且让尼苏斯说明来的目的。于是许尔塔库斯的儿子尼苏斯说道：“埃涅阿斯的各位部下，请不要带着偏见来听我的话，也不要把我们计划要做的事看成痴人说梦。鲁图利亚人喝足了酒，昏昏入睡；我们两人亲自侦察之后，发现鲁图利亚人的包围圈有个漏洞，那地方就是离海最近的那座寨门外面那条双岔路，他们的篝火圈在这里有个缺口；如果你们让我们利用这绝好的机会，到帕兰特乌姆城去找埃涅阿斯，你们会看到我们很快会凯旋。我们不会迷路，因为我们在打猎的时候，从山谷的隐蔽处注意到了那座城市，对那条河的一切情况了如指掌。”熟虑深思的阿勒特斯老者回答道："永远保护着特洛亚的、我们祖国的神灵，你们给我们送来了这样勇敢而坚定的壮士，看来你们还不准备把我们特洛亚人彻底消灭了。"他一面说，一面拍着他们两人的肩膀，泪水从脸上淌了下来。接着他又说："我该如何恰如其分地奖赏你们这莫大的功劳呢？首先，天神赐予你们本身的品格将会给你们最美好的奖赏，其他的奖赏，正直的埃涅阿斯会很快颁发给你们，年幼的阿斯卡纽斯也永远不会忘记你们的卓绝功劳。"阿斯卡纽斯插话道："是的，我绝不会忘记；我父亲能否回来，关系到我的安全。尼苏斯，我以伟大的家神的名义，以祖先阿萨拉库斯的保护神和灰发维斯塔女神的圣龛的名义，庄严地向你们请求，我把我的命运和信心全部托付给你们了；请把我父亲召唤回来，让我能再见他一面，他一旦回来，我的忧愁也会随之而去的。我将给你们两只精美的银制酒杯，这是我们征服阿里斯巴的时候带回来的；还要给你们一对三足鼎、两大塔伦的黄金、一只古碗，这是西顿的狄多女王给我父亲的一件礼物。如果我父亲真的征服了意大利，掌握了权柄，论功行赏，你见到过图尔努斯骑着的那匹马吧，还有他的盾牌和红翎头盔，我将从所有掳获物当中挑出来犒赏你。尼苏斯，从现在起这些都已属于你了。此外，我父亲还要给你十二名精挑细选的妇女、男俘虏以及他们身上的武装，还有拉提努斯王现在所占有的土地。至于你，欧吕阿鲁斯，可敬的少年，你我年纪相差不远，我会全心全意拥抱你，不论发生什么你我都要形影不离。凡是我赢得的一切荣誉，都有你的一份；不论我打仗或生活在和平环境，我都对你坦诚相待。"对此，欧吕阿鲁斯回答道："如果哪一天我的行为不符合我今天的坚定果敢，我希望那一天永远不要到来；我只希望我的命运顺利，没有坎坷。但是在你给我的所有的赏赐之外，我还有一事相求，我有个母亲，她属于普利阿姆斯这支古老的宗族，可怜的母亲，伊利乌姆的土地和阿克斯特斯王的都城都没有能把她留住，她一直跟着我在外面这样流浪。我现在要离开她了，她对我这次冒险出行一无所知，我也没有跟她告别——黑夜和你的右手可以作证。因为我不忍心看到我母亲流泪。但是我恳求你，如果她缺什么，你去帮助帮助她，如果她感到孤单，你去安慰安慰她。我相信你能做到，那样我就将更有勇气去面对任何情况。”特洛亚人听了十分感动，大家都哭了，俊美的阿斯卡纽斯哭得尤其凄惨。

他说道：“你放心，你的母亲就是我的母亲，只是你的母亲不叫克列乌莎罢了，她生了你这样一个儿子，人们对她感激还来不及呢。不管你这次执行任务会遇到什么情况，我指着我的头起誓，就像我父亲从前常指着我的头起誓一样，万一有什么意外，凡是我答应在你顺利完成任务安然返回之后给你的一切，我照样把它们给你的母亲和你的亲属。”他一面说着，一面不停地流着泪；他从肩上取下一把镀金短剑，这是克诺索斯的吕卡翁凭他奇妙的手艺打造的，配了一个象牙剑鞘把它套上。墨涅斯特乌斯赠给尼苏斯一张兽皮，是一张从狮子身上剥下来的毛茸茸的狮皮，忠心耿耿的阿勒特斯和他交换了头盔。佩带好武器后，他们就立刻出发了。所有在场的领袖将他们送到寨门，为他们祈祷。至于俊美的阿斯卡纽斯，虽然年少，却已具备了成人的思维，他向他们交代了许多要对他父亲说的话。

他们走出营寨，越过壕沟，在夜幕的掩护下向敌营走去，在他们自己牺牲之前，他们将要杀死更多敌人。他们看到在草丛里躺着许多人，喝醉了酒在昏睡着，战车立在岸边，驾车人躺在车轮和缰绳之间，武器和酒杯散得到处都是。尼苏斯说道：“欧吕阿鲁斯，咱们该出手了。那边是我们要走的路。你注意周围，掩护我，不要让他们从后面袭击我们；我去杀了他们，然后带你走上大路。”他说完就不做声了，拿着钢刀向傲慢的拉姆涅斯进攻，拉姆涅斯正躺在一大堆被褥上酣睡着，胸口一起一伏，还在打鼾；他本人也是位国王，同时又是图尔努斯王最得宠的仆人，但是他不能拯救自己。尼苏斯又杀死了拉姆涅斯身边三个家丁，这三个人胡乱地躺在他们自己的刀枪旁边。还杀死了雷木斯的武弁和驭手，这是尼苏斯偶然发现他们在自己的马匹底下躺着，然后用刀把他们垂下的头割了下来；接着他又砍下他们主人雷木斯的头颅，留下一具尸体，血一滴滴地流着，流出来的血浸透了土地，把土地都变得温热，也浸透了他的卧榻。他还杀死了拉密鲁斯、拉姆斯和年轻的色拉努斯，这青年赌了大半夜，又喝醉了酒，四肢叉开躺在地上，脸庞却十分清秀，如果他那天夜里一直赌下去直到天明，也许他的命运会好一些。尼苏斯就像一头很久没有吃东西的狮子，饥饿驱使着它冲进了拥挤的羊圈，东窜西跳，对着温和的羊群又咬又扯，羊群吓得一声不吭，而狮子却张着血口大声吼叫。

欧吕阿鲁斯的斩杀也不亚于尼苏斯，他也是满腔怒火，袭击了一大批无名无姓的普通战士，杀死了毫无防备的法杜斯、赫尔培苏斯、雷土斯和阿巴里斯。只有雷土斯是醒着的，而且还看到了这一切，他害怕得躲到了大酒坛后面，后来他站起来和欧吕阿鲁斯厮杀，欧吕阿鲁斯向他胸膛刺去，一刀插到底，刀还没来得及拔出来，雷土斯就已死了，他流出的血还夹杂着酒味。欧吕阿鲁斯乘兴继续偷袭，来到了墨萨普斯部下的所在地，在这里他看到最后的篝火已经暗淡，马匹拴得牢牢的，正在吃草。尼苏斯感到欧吕阿鲁斯杀人杀得红了眼，于是对他说了一句："我们克制一下吧，天亮后就对我们不利了。我们给他们的惩罚已经够了，我们通过敌阵的道路已经打通了。"于是他们就丢下了许多战士用的纯银镶造的武器、酒碗和华丽的被褥。但是拉姆涅斯身上有些勋章饰物和一副镶着金纽的腰带，这些东西是富豪凯逖库斯从前赠送给提布尔的勒木鲁斯的礼物，以代替当面联盟结好，后来勒木鲁斯临死前把这些东西留给了他的孙子。在他死后，这些东西又被鲁图利亚人占有。欧吕阿鲁斯舍不得丢下就夺过来挂在他健壮的肩膀上。欧吕阿鲁斯又把墨萨普斯常戴的、装饰着翎毛的头盔戴在头上，两人才离开敌营。

这时，从拉提努斯的城里派出的三百名携盾的骑兵在伏尔肯斯的率领下到来了，他们是来给图尔努斯王送答复的，拉提努斯其他部队则列阵在战场上待命。

当他们接近特洛亚营寨，快到寨墙的时候，他们看见这两个特洛亚人正在向左边转弯。欧吕阿鲁斯忘记摘下头上戴的盔，在朦胧夜色中，头盔反射出一道道光亮，他们暴露了。来人没有放过这情景，伏尔肯斯出列喊话道："前面来的人，站住。你们为什么这时候在路上行走？你们为什么全副武装着？你们要到哪儿去？"他们不予理睬，而是趁着夜色的掩护加快向树林里跑去。骑兵们在各个路口布好岗哨，企图拦住他们。这片树林非常广袤，里面有形状怪异的黑松，到处长满了密密麻麻的荆棘；林中小道错综复杂，很难辨别。枝影阴暗，加上身上背着沉重的战利品，使得欧吕阿鲁斯寸步难行，心里害怕让他走错了路。尼苏斯呢，他只管往前走，心里什么也没想，很快就把敌人甩在后面，并经过了后来名叫阿尔班的地方（由阿尔巴·隆加演变而来，那时是拉提努斯王的一座大牧场的所在），然后才停下来，回头再寻找他的朋友欧吕阿鲁斯时，却不见了踪影。他惊呼道："哎呀，不幸的欧吕阿鲁斯，我把你丢在什么地方了？我该往哪儿走呢？"说着，他又回到那令人迷失方向的树林去，重新走上那条错综复杂的小路，仔细寻找他走过的足迹，徘徊在那静悄悄的灌木丛中。突然他听到了马蹄声和追捕者的呼叫声。没有多久，他就听到呐喊声，并看见了欧吕阿鲁斯。欧吕阿鲁斯由于不熟悉环境，夜色难辨，又被突然的喊叫所震慑，敌不过袭来的敌人，已束手就擒了，但还在徒劳地挣扎。尼苏斯该怎么办呢？他敢去把少年欧吕阿鲁斯夺回来吗？自己是不是该痛快地结束生命呢？他突然抽回手臂，拿着长矛，望着天上的明月，大声祈祷道："女神啊，众星中最光辉的星，拉托娜的女儿，护林的神明，请你降临，从灾难中拯救我们吧。我的父亲许尔塔库斯曾为我在你的祭坛上敬献过供礼，此外我自己也曾把我的猎物献给了你，把战利品挂在了你的庙堂的圆顶上或钉在你圣殿的屋檐下，因此请你指引这支长矛飞向天空．并在敌人中引起骚乱。"他说完，就用尽全身力气把铁矛投了出去。飞矛像鞭子一样抽打着夜空，一下扎进了苏尔莫的后背，木柄折断，矛头直插进他的心里。苏尔莫倒地翻滚，从胸口涌出一股热血，小腹抽搐，大口大口地喘气，然后就僵冷了。此时尼苏斯又举起一支长矛，举到齐耳的高度，在敌人惊魂未定之际，这长矛早已嘶的一声刺穿了塔吉斯的两个太阳穴并牢牢地插在他头上，矛头也已变温热了。伏尔肯斯见此情形，暴跳如雷，但是他看不到是谁投的长矛，因此不知道向谁去进攻。于是他向欧吕阿鲁斯喊道："喂，你，现在你得用你的热血为他们两个人偿还血债了。"说着他拔出短剑向欧吕阿鲁斯扑去。尼苏斯看了大吃一惊，怒不可遏，他无法忍受如此的痛苦，他再也不能躲在暗影之中了，于是大声喊道："是我，是我干的，我在这里。鲁图利亚人，你们的刀往我身上刺吧，一切都由我来承担，那少年没有这个胆量；上天和星斗有知，他们可以作证，他来此地是因为担心我的处境不利。"话还没有说完，敌人已经把刀子插进了欧吕阿鲁斯的肋间，刺开了他洁白的胸膛。欧吕阿鲁斯在翻了几个身后，不久便死了。鲜血染遍了他俊美的躯体，头颈松弛，头垂到肩上，像那罂粟花被一阵暴雨压下来，颈项支持不住就将头垂了下来一样。他像一朵鲜艳的红花被刺刀割断，枯萎而死。尼苏斯立即冲进敌阵，在人丛中只找寻着伏尔肯斯，可敌人却聚拢过来把他层层围住。他们将他从这边赶到那边，同他肉搏。他挥舞着钢刀，最后大吼一声把刀插进了伏尔肯斯的身体，他杀死了敌人，但自己也死了。他一头倒在他已死的少年朋友的尸体上，能够这样安详地死去，也算是找到了安息之地。两个幸运的人啊！如果我的诗歌有什么力量的话，只要埃涅阿斯的后裔还住在卡匹托山，只要罗马长老还在掌权，你们的事迹是不会被人遗忘的。

鲁图利亚人胜利了，缴获了不少新的和旧的战利品。他们流着泪把伏尔肯斯的尸体抬进营里。在军营里，人们在悼念鲜血流尽而死的拉姆涅斯和在这次屠杀中丧生的其他将领，包括色拉努斯和努玛。一大群人围在死者和生命垂危的伤员的周围，新流出的鲜血使土地都温热了，血水汇集成一条条的河流。他们彼此都在辨认那些战利品；他们认出一顶耀眼的盔是墨萨普斯的，还有用血汗夺回的勋章是拉姆涅斯的。

这时黎明女神已经离开她丈夫提托努斯的金黄色的床榻，开始把光明重新洒向大地。白昼照亮了一切，图尔努斯起来武装了自己，又叫醒部下武装起来，他部下各首领又唤起兵士穿上铜甲，准备战斗，并把各路战斗情况通报下去，以激励士气。不仅如此，有人还把欧吕阿鲁斯和尼苏斯的头颅插在长矛上（多么凄惨的景象啊），其他人呼叫着跟在后边。埃涅阿斯的部队沿着寨墙左侧列阵以待（因为右侧有河围住），有的坚守壕堑，有的站在高高的碉堡里，他们心情沉重而忧伤；但当他们看到两个非常熟悉的战友的头颅挑在矛头上，还在滴着血，他们感到万分震惊和难过。

这时传递流言的女神法玛匆忙飞到了这惊恐万状的营寨，把欧吕阿鲁斯被杀的消息告诉了他的母亲。多么可怜的老人啊，她立刻全身发抖，手里的梭子滚落到地上，线轴也散开了。她悲痛万分飞跑出去，一路哀号撕扯头发，发疯一般奔向寨墙。来到了前沿阵地，却全然不顾这是男人们的战场，更不顾刀枪的危险，她哀号道："欧吕阿鲁斯，我现在看见的这东西就是你吗？你是我的唯一，你怎能抛下我一个人啊？你好狠心啊！你被派出去执行这么危险的任务，也不和我道别就走了！如今你死在他乡，去喂拉丁姆的狗和秃鹰了！你的母亲不能够把你埋葬，也不能把你的眼睛合上，把你的伤口洗净，用衣服把你装殓起来，这件衣服是你母亲为你赶制出来的，这件衣服对我这个愁苦的老人来说是个安慰。我到哪儿去找你呢？你的残缺的肢体在什么地方？孩子，你给我带回来的就这一点点吗？我和你颠沛流离，现在只剩下这一点点了吗？鲁图利亚人啊，如果你们可怜我这老婆子，就把我刺死吧，把你们所有的矛都向我投来，你们不要杀别人，就杀我一个；你，伟大的众神之父，可怜可怜我吧，用你的雷霆把我打下塔尔塔路斯去吧，我只有这样来了结我这可悲的生命啊。"听了她的哀号，大家都为之难过，到处一片悲痛和叹息声，战士的斗志消沉了。伊利翁纽斯和阿斯卡纽斯命令伊代乌斯和阿克托尔两个把她扶起来，带回家休息去了。

从远处传来了可怕的号角声、呐喊声，响声震天动地。沃尔斯克人排列成龟背阵在加速前进，准备填埋壕堑，推倒栅栏。一部分人在那守卫薄弱的地方寻找攻城的突破口，或搭梯爬墙。特洛亚人由于经历过长期的战争，对守城很有经验，他们拾起各式各样的武器向敌人投去，并用结实的长竿把进攻者戳了下去。他们又推下沉重的滚石，希望能够砸破龟背阵，但是龟背阵下面的人一点都不惧怕。后来，一大群特洛亚人聚拢，把一块极大的石头推了下去，砸散了盾牌阵，砸倒了一大片鲁图利亚人。鲁图利亚人慢慢地减弱了进攻，不再盲目地躲在盾牌下作战，而是远距离抛掷武器迫使守卫营寨的人后退。

在另一处，凶狠的墨赞提乌斯挥舞着松枝，把冒着浓烟的火把投向特洛亚营寨，驯马能手墨萨普斯则在找攻城的云梯，准备在寨墙上打开一个缺口。

女神卡利俄佩啊，我请求你给我灵感，让我述说图尔努斯是怎样大肆杀戮的；请你和我一起来描绘这个画面吧。女神们啊，你们是记得这件事的，你们有能力述说这件事的。

寨城上有一座塔楼，位置极好，从下面望去，十分高大。意大利人集中大量兵力来攻打这座塔楼，用一切办法要把它攻下来，特洛亚人则用滚石对付进攻者，保卫塔楼，并聚集在一起从窗口向进攻者投掷标枪。图尔努斯在队伍的最前列，向塔楼投掷了一支烧得旺旺的火把，火把击中了塔楼的侧翼，火乘着风蔓延开去，燃着了木板，延伸到楼柱，楼柱也烧着了。塔楼内立刻混乱起来，都想往外逃，但一切都是徒然。他们挤作一团，退到火势还没有蔓延到的地方，但是突然轰的一声巨响，沉重的塔楼坍塌了。随着这庞然大物的倒塌，特洛亚人都纷纷倒地，有的被自己的枪扎穿，有的被坚硬的碎木刺透了胸膛，只有赫勒诺尔和吕库斯逃了出来。赫勒诺尔还是个少年，他的母亲是个女奴，名叫利库姆尼亚，父亲是迈俄尼亚的国王，他母亲偷偷把他抚养大，并送他去特洛亚参军，然而他父亲极力反对他参军；他至今还未立过一次战功。此时，他发现自己处在图尔努斯的千军万马的重重包围之中，这边站着拉丁部队，那边也站着拉丁部队，他就像一头野兽被一圈猎人密密围住，面对着他们的刀枪，明明知道是自投罗网，但仍发疯似的往前冲，正好撞在猎人的枪口上。就这样，少年赫勒诺尔朝那刀枪最密的地方冲了过去，结束了年轻的生命。但是吕库斯比赫勒诺尔跑得快得多，他逃脱了敌人的刀枪，来到了城下，努力用手去抓那墙头，想抓住自己战友们的手。但是图尔努斯跟了上来，一面跑一面投枪，以胜利者的口吻骂道："傻瓜，你以为你能逃出我的手心吗？"他一面说一面揪住他悬在墙上的身体，把他拉了下来，还带下来一大片的寨墙。就像朱庇特的侍从——雄鹰用它的弯爪抓住一只兔子或一只白天鹅，飞向高空，又像是一匹狼从羊圈里抓起一只羔羊，母羊在四处寻找它。这时呐喊声从四面响起，拉丁战士们开始冲锋了，有的用乱石填平壕沟，有的把燃着的火把投向屋顶。伊利翁纽斯看见鲁图利亚人鲁克提乌斯拿着火把向寨门走来，就推下一块巨石，把他砸死了。利格尔杀死了厄玛提翁，阿希拉斯把科吕奈乌斯杀死。利格尔梭镖投得准，阿希拉斯善于从远处放冷箭。凯纽斯杀死了俄尔提吉乌斯，而图尔努斯乘胜又把凯纽斯杀了，又把伊土斯、克罗纽斯、狄俄青普斯、普罗莫鲁斯和萨拉古斯杀了，站在碉堡顶上的伊达斯也被他杀了。卡库斯杀死了普利维尔努斯。原来普利维尔努斯被特密拉斯的长枪轻轻挑伤，他却丢下盾牌去包扎伤口，结果卡库斯一箭飞来把他射中，箭深深扎进了他的左肋。还有阿尔肯斯的儿子，身穿铠甲，外面披着一件针绣的斗篷，一色的西班牙红，十分显眼。他的父亲阿尔肯斯曾让他在苏迈图斯河畔战神玛尔斯的圣林里学习武艺（在这圣林里有帕利奇神的神坛），并派他去参加埃涅阿斯的队伍。墨赞提乌斯放下手里的长矛，举起响弩绕着头转了三圈，扳紧弩弦，放出铅丸，铅丸快速飞行，几乎熔化，迎面击中了阿尔肯斯儿子的前额，他的额头被打裂，身体直挺挺地一下子就倒在了沙地上。

相传这是阿斯卡纽斯第一次用箭射人，以前他是用箭把野兽吓跑，这回他亲手把勇猛的努玛努斯打倒了。努玛努斯，他的族姓是雷木路斯，最近才和图尔努斯的妹妹结婚的。由于成了王族新贵，显得傲气十足，摇摆着魁梧的身躯，来到阵前，大喊大叫，出言不逊。他说道："你们这些亡国奴，这是你们第二次受到围困，你们蜷缩在营寨里，想靠一堵墙来求得不死，这能办到吗？就凭你们这个样子，还想掳得我们的妇女！是什么神，还是你们自己丧失了理智，叫你们到意大利来的？

"这里没有墨涅劳斯和阿伽门农，也没有花言巧语的奥德修斯。我们种族天生就强悍，孩子们一生下来，我们就把他们抱到河边，放到彻骨冰冷的河水里，让他们坚强；少年时期，他们日夜打猎，他们的游戏就是跨马搭弓；到了青年时期，他们能吃苦耐劳，拿着锄头去地里干活，一旦有战争，他们就披挂上阵。不管年纪大小，我们身上都有铁器造成的伤痕，赶牛也是用倒持的长矛；即使到了老年，动作变慢，但我们还是头脑清晰、精力充沛，我们用盔盖住我们的白发，以抢劫为生，把掠夺物品当作一种快乐。你们喜欢的是绣着黄花和紫得耀眼的衣服，过着懒散的生活，整天不是唱歌就是跳舞的，你们的袍子还有袖子，帽子上还有带子。唉，你们是十足的特洛亚的女人，哪有什么特洛亚的男人，到定杜玛山上去吧，去演奏那双管的芦箫，这是你们爱听的调子，伊达山的母亲库别列的鼓和木管在召唤你们呢；把打仗的事交给男人们吧，别使枪弄棒的了。”

阿斯卡纽斯听后简直难以忍受，他拿起弓，扳住马肠做的弓弦，张开双臂，站稳脚跟，但是他引而不发，先向朱庇特祷告道：“全能的朱庇特，请允许我表现我的勇敢，我一定亲自到你的庙里庄严地向你奉献礼品，在你的神坛前献上一头角上涂金的白毛雄牛，它的头已经能和它的母亲抬得一样高，已经能用它的犄角和蹄子捣开沙地。”在他祷告之后，只听得天空中一声惊雷，同时，阿斯卡纽斯的弓弦也响了，嗖的一声箭飞了出去，正中雷木路斯头部，箭穿透了他的太阳穴。“来吧，说大话吧，嘲笑我们没有勇气！这就是两次当亡国奴的特洛亚人给鲁图利亚人的回答。”阿斯卡纽斯说道。特洛亚人顿时欢呼雀跃。

这时，坐在云端的阿波罗碰巧看到意大利的队伍和特洛亚人的营寨，于是他对取得胜利的阿斯卡纽斯说道：“祝贺你第一次成功地显示你的威力，孩子，这就是超凡成神的道路，你是神的后裔，你的后裔也将是神。一切将要发生的战争，在阿萨拉库斯族的统治之下，都将停止，这是顺乎情理的，特洛亚是留不住你的。”阿波罗说完后，就从高空降落，他拨开云团，直奔阿斯卡纽斯，他变成布特斯老人的模样。布特斯原是安奇塞斯的侍从，兼当守门人，为人老实厚道，后来埃涅阿斯派他陪伴阿斯卡纽斯。阿波罗变成布特斯之后，在年龄、声音、面色、白头发以及佩带的武器方面，和布特斯没有两样，他对心情激动的阿斯卡纽斯说道：“埃涅阿斯的儿子，你把努玛努斯射死，可你还活着；你这第一次立的功是伟大的阿波罗神赏赐给你的，你的武艺可以和他媲美，他却并不嫉妒你。但是，孩子，以后要避免战斗。”阿波罗说着就消失了，凡人的眼睛已经看不见他了，他消散在淡淡的大气之中，没有了踪影。但是当阿波罗消失的时候，有些特洛亚的领袖听到箭在箭囊里击撞，他们知道这是天神的武器的声响，知道这是阿波罗神。因此，他们听从阿波罗的劝告，不让阿斯卡纽斯参战；他们自己则又返回战场，拼死去冒险。这时，沿着寨墙到处杀声震天，他们弓弩齐发，地上散满了箭头，只听得盾牌和头盔撞击的声音，战斗愈打愈激烈，如暴雨拍打着大地那样，又像朱庇特刮来吓人的南风，炸开了天空中的云窟，大片的冰雹从云端落下敲打着大海一样。

这时，守卫寨门的潘达鲁斯和比蒂阿斯把寨门打开了。他们兄弟俩是阿尔卡诺尔的儿子，他们是由林仙伊埃拉在朱庇特的圣林里养大的。这两个青年武士都人高马大的，就像他们家乡高山上的松树一样。他们自恃武艺高强，打开了寨门，把敌人迎了进来。他们手持刀枪，头上的翎毛不停地晃来晃去。他们把住寨门，在箭楼前面左右站定。他们就像是利奎提亚河边一对高耸入云的橡树，繁茂的树尖指向天空，枝叶随风摆动，像是在向人们点头。鲁图利亚人看见寨门大开，就冲了进去，其中有鲁图利亚的奎尔肯斯、全身披挂的阿奎库鲁斯、性情冲动的特玛路斯和战神的宠儿海蒙。然而鲁图利亚的士兵有的立即转身逃跑，有的立即在寨门前丧了命。特洛亚人的斗志高涨，他们聚集到同一地点，鼓足勇气向外冲去，与敌人进行殊死搏斗。

正当统帅图尔努斯在另一处战场杀得正酣的时候，消息传来，说是特洛亚人杀死了许多鲁图利亚人，而且他们把寨门打开了。图尔努斯听了，怒火中烧，迅速冲到特洛亚人的寨门口，看见那一脸骄气的兄弟两人站在门口。但首先上来的是安提法特斯，他是特洛亚贵族萨尔佩东的私生子，他母亲是特拜人，图尔努斯举起标枪向他投去，把他刺死，这支用意大利樱桃木制的标枪飞过湛蓝的天空，从高处落下，正中他的腹部，血从伤口流了出来，插进胸膛的矛头也变得温热了。接着他又杀死了墨洛佩斯、厄吕玛斯、阿非德努斯和比蒂阿斯。比蒂阿斯眼里冒火，口出狂言，图尔努斯知道一支标枪是刺不死他的，因此他不用标枪而是用一种弩枪，旋转着弹出去，发出一声巨响，击中了比蒂阿斯。尽管比蒂阿斯的盾牌敷有两层牛皮，他的铠甲锁着两层金叶，看似坚不可摧，却也经受不起这巨大的冲击力。他庞大的身躯倒下了，他那块大盾牌砸在他身上，发出雷鸣般的声音。就像在拜埃湾的那由巨石垒成的防波堤坍塌了一样（这种防波堤是建在伸入海里的大堆石块之上），倒卧在水底，海水被它扰混，海底的黑沙被它扰起，高耸的普洛库塔岛被它震撼，还有那伊纳里莫岛也被它震撼，这岛是朱庇特命令人们埋葬巨人提佛乌斯的地方，这里有他用以长眠的坚硬的石床。

威力无边的战神玛尔斯这时给拉丁人又增添了勇气，用锥子刺他们的胸膛，又派了两名小神“逃跑”和“黑脸恐惧”到特洛亚人当中去。拉丁人得到战神的激励，来到可能有战斗的地方。潘达鲁斯见他兄弟的尸体直挺挺地躺在地上，以及目前的不利处境，就用他那宽大的双肩顶住寨门，用力把寨门推动，门轴转动了，他把自己的部分队伍关在了门外，继续进行着艰苦的战斗，而另一部分则和他一起关在了寨里，这部分人是从战场上退败下来的。但是他却干了一件蠢事，他没有看见鲁图利亚王正在人群中厮杀，却主动把他关进了寨内，这如同把一只猛虎关进了毫无抵抗能力的羊群里一样。图尔努斯立刻又恢复体力，摇动着武器，发出吓人的号叫声，盔顶上血红色的盔缨在颤动，盾牌发出一道道光芒。突然间，特洛亚人认出了他，认出了他那张让人憎恶的脸和他那巨大的身材，大为震惊。但是魁梧的潘达鲁斯闪了出来，想起兄弟的死，他怒火中烧，于是说道：“这里不是阿玛塔的宫殿，这里也不是阿尔代阿城堡，可以把一个图尔努斯保护起来。你睁大你的狗眼看看，你休想从这里逃出去。”图尔努斯笑了笑，平静地回答道：“如果你有胆量，放马过来吧。”没等他说完，潘达鲁斯鼓足了劲，举起粗杆长矛向图尔努斯投去；但是一阵风把它吹歪了，朱诺为图尔努斯化险为夷，这支长矛扎到了寨门上。图尔努斯说道：“但是你可逃脱不了我手里拿着的强有力的武器！”他举起手中的刀，一个纵身，一刀砍在潘达鲁斯的前额，从两个太阳穴的正中劈开，伤口一直裂开到下颌。只听轰的一声巨响，他笨重的躯体倒在地上，身体缩作一团。

特洛亚人吓得四散溃逃，这时如果得胜的图尔努斯一拳把门闩打断，让自己的部队拥进寨门，这一天就可以结束战事，这一天也可能成为特洛亚族的末日。但是图尔努斯满心怒火，他那疯狂的杀人欲望刺激着他去找对手。他先袭击了法勒利斯，接着袭击了居格斯并砍破了他的膝盖。随后，他又拿起枪向逃跑的人们的后背戳去，朱诺一直给他鼓劲。他刺穿了弗格乌斯的盾，把他刺死，又杀死了哈吕斯、阿尔坎德尔、哈琉斯、诺厄蒙和普吕塔尼斯，这些人毫无戒备。这时林凯乌斯从对面向他冲来，图尔努斯从右面堡垒挥舞着钢刀把他拦住，图尔努斯一刀下去，林凯乌斯人头落地。图尔努斯接着又杀死阿弥库斯。阿弥库斯最擅长在武器上涂油膏，给铁器蘸毒，连野兽都怕他。接着他又杀死埃俄鲁斯的儿子克且提乌姆和诗神的伴侣克列特乌斯。克列特乌斯最爱唱歌和弹琴，他为凤尾琴谱曲，经常歌唱有关武士、骏马以及战斗的故事。

当特洛亚人的将领墨涅斯特乌斯和勇猛的色列斯图斯听到了他们的部下被敌人杀害，他们跑来一看，只见部队七零八落，而且敌人已经进了营寨。于是墨涅斯特乌斯喊道："你们要往哪里跑啊？除了这座营寨，还有哪里可以藏身？同胞们，想一想在这高高的寨墙里，居然让一个人大肆杀戮而毫无顾忌，他让我们最精壮的战士一个个地死去，这说得过去吗？你们这些胆小鬼，一想到我们不幸的祖国、我们古老的神祇和我们伟大的埃涅阿斯，难道你们不觉得羞愧吗？"这一番话点燃了特洛亚人的斗志，他们又坚强起来，又重新把队伍集合起来。图尔努斯渐渐撤出战斗，朝河流拐弯处走去。这时特洛亚人的勇气倍增，大声呐喊，在后面追赶着他，就像一队猎手举着枪追赶一头凶残的猛狮，这狮子害怕极了，瞪着眼睛看着猎手，身子却往后退，他能往哪里逃啊！尽管它很想反攻，可猎人会给他机会吗？图尔努斯就像这么一头狮子，慢吞吞地迈着脚步向后退却，怒气在他心里沸腾了。诚然，他两次冲进敌军，两次把敌人打得七零八落；但是特洛亚人又迅速把队伍从营寨里组织起来，朱诺也不敢再给他鼓气，因为朱庇特从天上派来了伊里斯，传达给他的妹妹朱诺他的严厉的命令，说如果图尔努斯不退出特洛亚人的营寨，将会遭到严厉的惩罚。因此，这位猛将在四面刀枪袭击之下，盾牌都拿不动了。他的头盔被兵器打中，在他头颅周围不断地发着声响，盔的铜皮被投石砸裂，翎毛也被打落，特洛亚人，尤其是墨涅斯特乌斯，像闪电一般，向他投掷标枪。图尔努斯毫无还手之力，浑身冒汗；他浑身颤抖，已是筋疲力尽，痛苦地喘着粗气。最后他纵身一跳，跳进了河里。河水接纳了他，身体漂在缓缓流动的水面上，河水洗净了他身上的血污，把他送回到自己的队伍去了。

卷十

引言——朱庇特在奥林匹斯召集众神开会，号召大家停止挑起特洛亚人和意大利人之间的战争。在埃涅阿斯带领一批厄特鲁利亚部队从海路回来时，血腥的战斗已经开始了。图尔努斯和帕拉斯单独交锋，帕拉斯被歼灭。埃涅阿斯和墨赞提乌斯单独交锋。墨赞提乌斯负伤，他的儿子劳苏斯来救他，埃涅阿斯不得已才把劳苏斯杀了，他为此深感痛心，抱起劳苏斯的尸体交给了对方。墨赞提乌斯听到儿子的噩耗，准备和埃涅阿斯决一死战。随后，他因受了重创便像一个英雄战士那样死去了。

万能的朱庇特在奥林匹斯的宫里敞开了大门，因为众人和众神之父要召集一次会议。他高高地坐在天上的宝座上，可以看见世上的一切，他看见特洛亚人的堡垒，也看见拉丁人。在这有两个大门的大厅里，等各位神仙坐下，朱庇特开始说话了："各位伟大的神仙，你们为什么改变了主意，互相敌对起来，引起了这样一场大的争执？我当初不让意大利人去进攻特洛亚人，为什么你们违背我的禁令？是谁挑起双方的恐惧心理而让他们拿起刀枪互相厮杀？正义的战争会来到的，但是不能太急，将来凶狠的迦太基会从阿尔卑斯山杀来，冲进罗马城堡，给它带来浩劫，到那时你们怎样还击都可以。但是现在就算了吧，我要你们乐意按我的要求去做。”

朱庇特简短地说了这么几句话，但是维纳斯的回答却不简单。她说道：“父亲啊，人世的永恒的统治者啊，我还能向谁祈求赐予力量？你看见了吗？多么傲慢的鲁图利亚人，多么盛气凌人的图尔努斯，驱赶着马队冲进特洛亚人的城堡，在战神玛尔斯的鼓动下，横冲直撞。特洛亚人的营寨也关不住了，保护不了他们；鲁图利亚人已经闯开寨门，在寨墙下展开了混战，鲜血流满了壕堑。埃涅阿斯出去了，这一切他都不知道。你是不是永远不让人去给他们解围呢？当特洛亚即将获得新生的时候，它又遭到一支敌军的威胁，阿尔皮的狄俄墨得斯又起来反对特洛亚人了。我相信，我还将遭到重创，作为你的女儿，我正在推延一个凡人的进攻。如果特洛亚人进发意大利是没有得到你的祝福并违反了你的意志，那么他们既然触犯了你，就该让他们受到惩罚。但是天神和亲族的亡灵给他们许多暗示，他们是按这些暗示行事的，那么为什么现在竟然有人不听你的命令，为他们安排另一种命运？对于他们的船只在厄利克斯的岸边被烧毁，风王把狂风从埃俄利亚驱赶出来，伊里斯从云端降落，这些事我不必再说了。现在她却招来一帮妖魔鬼怪，把疯狂的复仇女神阿列克托从阴府带到人间，在意大利的城市里横行霸道。我现在对权力已经毫无兴趣，从前倒是依赖过权力，现在你愿意让谁胜利就让谁胜利吧。如果你那狠心的妻子不肯给特洛亚人藏身之处，那么，我恳求你看在一片残垣断壁、快要灭亡的特洛亚的分儿上，让我把阿斯卡纽斯安全地撤出来，让我这孙儿活下去。让埃涅阿斯在他国的反抗中沉沦，但是请让我尽我所能地保护住他的儿子，把他从战争的恐怖中带出来。我还有几处家园：阿玛图斯、高山上的帕佛斯、库特拉和伊达利乌姆，让他放下武器，在我的家园度过他的余生。你赶快下命令吧，让迦太基把意大利置于它的铁蹄之下吧，阿斯卡纽斯决不对推罗城邦设置障碍。假如特洛亚人得不到拉丁姆，不能重建一个新的特洛亚，当初就不必冒死冲出希腊人的包围，历尽茫茫大海和无边陆地的种种危险！待在祖国的最后一寸土地之上，待在曾经是特洛亚的土地上，不是更好吗？天父啊，我请求你把赞土斯河和西摩伊斯河还给那些可怜的特洛亚人，让他们再去遭受一次灾难吧。”天后朱诺听了，激动不已，回答道：“是你逼着我打破沉默，公开我压抑下去了的怒火！是哪位强迫埃涅阿斯选择战争的道路，去和拉提努斯王作对？他征服意大利是受命运的指使吗？不是的，是发了疯的卡桑德拉唆使的。是我叫他离开营寨、冒生命的危险的吗？是我叫他把战争大事、守卫营城的大事交给一个孩子的吗？是我叫他动摇厄特鲁利亚对墨赞提乌斯王的忠诚，去破坏各族之间的和平的吗？不是我促使他去犯这种错误的，这和我朱诺没有关系，从云端降落下来的伊里斯和这也没关系。你说意大利人不该在新生的特洛亚周围放火，那么特洛亚人就不该拿着漆黑的火炬猛攻拉丁人，抢走本来不属于特洛亚人的财富。就不该想娶谁家的姑娘就娶谁家的姑娘，把已经订婚的闺女从爱人怀里夺走。就不该一面伸出双手祈求和平，而船头却高挂着各种兵器。你既然可以把埃涅阿斯从希腊人手里偷走，用云气和清风把他遮住，你既然可以把他的船只变成一群女仙，难道我就不应该帮鲁图利亚人？说埃涅阿斯不在，那就让他继续不在吧。你又说你在帕佛斯、伊达利乌姆和库特拉有家园，那么你为什么要来到这危机四伏的城市，招惹这些脾气暴躁而凶狠的人呢？难道你以为是我想彻底推翻特洛亚人的国家吗？它本来已经摇摇欲坠了。是我吗？还是那个把可怜的特洛亚人，投向希腊虎口的人？欧罗巴在亚细亚兴兵打仗，原因何在？是哪个人用卑鄙的手段破坏了双方和平相处的关系？是我指引特洛亚那个强盗去偷袭斯巴达的吗？是我给他提供了武器，利用他的欲望挑起战争的吗？你当时应该多为你的特洛亚人想一想，现在你来埋怨我，把一些毫无根据的谩骂向我抛来，这既不公平，也为时太晚了。”

朱诺申辩完毕之后，所有的天神纷纷议论起来，有的同意朱诺，有的同意维纳斯。犹如大风初起，发出嗡嗡的声音，警告水手们大风暴即将到来。但是全能的天父，掌握世间最高权力的天父，开口说道（当他说话的时候，高大的众神之殿一片寂静，高高的天宇也寂静了，西风停止，大海平息了它的波涛）：“你们要注意听我说的话，把它记在心里。既然不准意大利人和特洛亚人结成盟友，你们两人的争执也无法结束，那么不管今天是谁得胜，特洛亚人也好，鲁图利亚人也好，我都一视同仁，我也不管特格亚营寨被包围是由于意大利人的命中注定，还是由于特洛亚人的愚蠢和错误或听了恶意的建议。我也不偏袒鲁图利亚人。每个人的祸福都是他自己取得的。朱庇特对所有的人来说都是个正直的君王。命运会解决问题的。”朱庇特说完点了点头，整座奥林匹斯也为之震荡；并以他兄弟冥王的河水、漆黑的河岸和两岸间的黑色旋涡发了誓，接着朱庇特从他的黄金宝座上起身，天国众神簇拥着他，把他送到殿门外。

与此同时，鲁图利亚人包围了所有的寨门，想要斩杀守寨的士兵，在寨墙四周纵起火来。埃涅阿斯的部队被困在城堡里，想逃却逃不了。他们站在高高的碉堡里，愁眉苦脸，四面守城的只剩下稀疏的几个人。在第一条防线的是英布拉苏斯的儿子阿修斯、希克塔翁的儿子提莫厄特斯和阿萨拉库斯两兄弟、年老的廷布里斯和他的伙伴卡斯托尔，在第二条防线的有萨尔佩东的两个弟弟、克拉鲁斯和泰蒙，都是从吕西亚高地来的。吕尔涅苏斯的阿克蒙用尽全身气力推着一块大岩石，他不比他父亲差，也不弱于他的哥哥墨涅斯特乌斯。他们都竭力保卫营寨，有的在投标枪，有的在推礌石，有的用力掷火把，有的把箭搭在弓弦上。在人群的中央，正是那年轻的特洛亚王子，真可以说配得上维纳斯的钟爱，他脱掉了头盔，露出俊美的面容，就像一颗闪闪发光的宝石，镶在耀眼的黄金上，可以佩在颈上，也可以戴在头上，又像光润的象牙嵌在一块黄杨木或乌木上一样；他披散的头发垂到乳白色的后颈，用一个柔软的金箍拢住。还有他的同族人伊斯玛鲁斯，只见他用毒汁浸泡箭矢，他出身迈俄尼亚的贵族，那地方土地肥沃，人们以耕种为业，帕克托洛斯河用金水灌溉着这些耕地。守将之中还有墨涅斯特乌斯，他刚刚在寨墙外打退了图尔努斯，因而获得了很高的荣誉；还有卡皮斯，康帕尼亚的卡普阿城就是由他而得名的。

就这样一场恶战在双方之间展开了，而埃涅阿斯的部队也日夜兼程地迅速赶来。埃涅阿斯离开厄凡德尔，就来到厄特鲁利亚王的城堡，通报了自己的姓名和宗族，并陈述了自己的要求和自己能提供些什么，并说到墨赞提乌斯已经争取到了哪些武装力量，以及图尔努斯的性情是如何的凶暴，又提醒他处理事情不能过于轻信，最后提出了自己的请求。塔尔康毫不怠慢，立即和埃涅阿斯联合，订立了同盟；厄特鲁利亚族已经偿清了命运的债务，遵照神意上了特洛亚人的船，把自己交付给一位异邦的领袖。埃涅阿斯的船在前面开路，船头上刻着几头弗利吉亚的雄狮，雄狮上面刻着伊达山，让流放的特洛亚人感到万分亲切。伟大的埃涅阿斯坐在船头，思考着战争的各种可能性，帕拉斯紧挨在他的左边，问他黑夜天空的星星指向什么方向，又问他关于他陆上和海上的经历。

众位女诗神啊，我请你们现在打开赫立康山，告诉我该怎样去描写当时跟随着埃涅阿斯离开厄特鲁利亚海岸的那批厄特鲁利亚大军，他们怎样驾船在大海上航行。

为首的厄特鲁利亚将领叫玛希库斯，他的船头包着铜，破浪前行。他手下有一千名青年勇士，他们有的是从克鲁希乌姆城来的，有的是从科塞城来的，箭是他们的战斗武器，肩上挎着轻巧的箭囊，只要中了他们箭的人都将必死无疑。和他一起的还有凶狠的阿巴斯，他的队伍装备精良，船头上刻着金光闪闪的阿波罗像。他来自波普罗尼亚城，带了该城六百名骁勇善战的青年，另外他还从盛产卡吕贝斯铁的伊尔瓦岛带来三百名勇士。第三位将领叫阿希拉斯，他能预测天下大事，能从兽肠判断吉凶，能识星象、辨鸟语，能知雷霆闪电的征兆；他指挥着来自皮塞城的一千名士兵。这皮塞城原是希腊阿尔弗斯河畔的度塞城的居民迁到厄特鲁利亚土地上建造的。接下来是一个名叫阿斯图尔的将领，英姿飒爽，擅长骑术。他手下的三百名战士对他忠心耿耿，有的来自凯列，有的来自弥尼俄的农村，有的来自古老的皮尔吉，有的来自瘴疠弥漫的格拉维斯凯。

不得不提的还有库那鲁斯——利古里亚人的英勇善战的统帅，以及手下人马不多的库帕沃。你们的父亲变成了天鹅的样子，你们头上插的天鹅羽毛便是他的标志。据说库克努斯因为他最心爱的法厄通之死而悲痛万分，于是就在白杨树的枝叶之间，在他姐妹们的荫蔽之下吼叫，用歌声排遣失去爱友的伤愁，正当他吟唱之际，他身上长出了像老人须发一样的柔软的白毛，就这样离开了人世，一边唱着一边飞上了星空。他的儿子现在率领着一批同他年龄相仿的战士乘着“肯陶尔”号巨舰正划桨前进，肯陶尔这半人半马的雕像高耸在波涛之上，雕像上挂着一块巨石，长长的船身像耕犁一样划过深海。

此外还有俄克努斯，他也从他的祖国召集了一支军队来。他的母亲是能卜吉凶的曼陀，他的父亲是厄特鲁利亚的第表河神，他创建了曼图阿城。并用他母亲的名字为该城命名。曼图阿的宗族兴旺发达，但他们并非一个宗族，而是由三族组成，每族四支，他们都奉曼图阿为宗主，曼图阿人都属厄特鲁利亚血统。墨赞提乌斯带着五百人的部队来了，为首的一条船的船头上刻着敏奇乌斯河的形象，头上蒙着灰绿色的芦苇，这河是伯那库斯湖的儿子，后面跟着一队松木制的战舰。俄克努斯的兄弟奥勒斯特斯的船用一百根树干做桨，他和水手们用力划着，船桨落水之处，荡起阵阵浪花。他乘的船是巨大无比的“特里东”号，特里东的螺角震惊了深蓝色的大海，他的上身是人形，前面长满了茸毛，他肚皮以下则是海兽，他凫水前进，海水在这半人半兽的怪物的胸前汩汩作响，泛起水沫。这些就是厄特鲁利亚的精兵猛将，他们乘了三百条战舰前来支援特洛亚人，包着铜皮的船头冲破一望无际的大海。

这时天暗了下来，慈祥的月神佛厄贝驾着她的夜行车来到了天空。埃涅阿斯心神不定，不能入眠，独自一个人坐在那里掌着舵，控制着船帆。途中他忽然遇见一队自己的同胞，他们已遵照慈祥的库别列的命令把船只都变成海仙，其数目同早先停泊在岸边的船头裹铜的船只的数目一样，现在她们和他并排凫水，破浪前进。她们从很远就认出他是她们的统领，并绕着他跳舞，向他致敬。她们之中最善于辞令的是库莫多刻阿，她跟在埃涅阿斯的后面，用右手搭住他的船尾，她的左手悄悄地在水底下划动。埃涅阿斯有点莫名其妙，库莫多刻阿对他说道：“埃涅阿斯，神的后代，你醒了吗？醒来吧，放松绳索，张开船帆。我们原本就是你的船只，是神圣的伊达山巅上的松树制造的，如今成了海上仙女。当背信弃义的鲁图利亚人用剑和火攻击我们的时候，我们不得已砍断拴船的缆索，到海上来找你。弗利吉亚之母——女神库别列，动了恻隐之心，把我们变成了现在这样子，在海浪上飘摇。但是年幼的阿斯卡纽斯却被困在寨墙壕堑里面，四面都是刀枪和气势汹汹的拉丁队伍。现在阿尔卡狄亚的骑兵和强壮的厄特鲁利亚人已经会合，进入了指定的阵地，但图尔努斯妄想阻止他们和营寨内的队伍会合。因此，起来吧，在黎明到来的时候，命令你的部下做好战斗的准备，你也拿上火神亲自给你的、镶着金边的、不可战胜的盾牌吧。如果你相信我说的话，明天你将看到大批的鲁图利亚人死在战场。”她说完，临走时用手推动高高的船尾，船在海上走得比梭镖还快，比那追风的箭还快。其他的船跟在后边，也加快了速度。安奇塞斯的儿子、特洛亚的埃涅阿斯，虽然感到惶惑不安，但是从这征兆中也获得了勇气。他望着苍穹，简短地祝祷道：“伊达山之母，众神之母，套着一对雄狮的女神，我现在要去战斗，需要你的引领，请赶快实现你的预言，请你站在我们特洛亚人这边，为我们祝福。”这时天已亮了，虽然只是露出了一点点的霞光可也驱走了黑夜。埃涅阿斯做的第一件事就是命令他的部下站在他们的旗帜后面，准备投入战斗。

这时埃涅阿斯站在高高的船头上，远远地望见特洛亚人和特洛亚营寨，他立刻用左手高高举起那透亮的盾牌。特洛亚人站在寨墙上欢呼呐喊，他们找到了希望，鼓起了勇气，投出的标枪就像乌云之下一群斯特吕蒙的鹤飞过了天空，好生热闹。鲁图利亚王图尔努斯和意大利的众领袖见此情况很是惊愕，但是随后他们看见有船只向岸边驶来，整个大海变成了船的海洋，滚滚而来。埃涅阿斯戴的头盔金光闪闪，盔顶的翎毛像火焰一样，盾牌上的黄金护心吐出一片火光，就像晴朗夜空里一颗血红色的彗星散发出了不祥的光彩，又像火一般的天狼星升起，给不幸的人们带来干旱和疾病，它的凶光让天空阴沉下来。

但是勇猛的图尔努斯并没有丧失信心，他坚信能够及时赶到海岸并把来犯之敌赶走。他说了一番鼓励士气、略带责备的话：“你们所希望的和祈求的机会来到了，粉碎他们的机会也来到了，战争的胜败控制在你们这些勇士的手里。现在你们每个人都要想想自己的妻子和家人，想想你们父兄的伟大的业绩和他们所赢得的荣誉。趁他们刚刚上岸，脚跟还没有站稳，让我们赶快奔向海边去迎击他们。命运女神只帮助那些勇敢的人。”他一面说着，一面盘算着该派谁去迎敌，该派哪些信得过的人去攻打城池。

这时，埃涅阿斯也叫他的部下从高高的舰船上踩着跳板登陆了。战士们满怀信心地跳上浅滩，一些人则撑着桨跳上了岸。塔尔康看了看海岸线，没有拍岸的海涛，只见海面平静，海流悠然涨落，于是他就突然掉转船头，号召水手们：“用力划桨啊，好汉们，让你们的船升出水面，冲向前去，让你们的船头切开这块敌人的土地，让龙骨犁出一道道垄沟来。只要我们能够占领海滩，即使我们的船破了，我也在所不惜。”塔尔康说完之后，他的同伴们一齐努力划桨，激起阵阵浪花，把船划向拉丁人的田野，不觉船桨已经碰到干土，船身稳稳地停在沙滩上，没有受到损伤。但是塔尔康自己的船却被冲上了浅滩，碰到了一块礁石，悬在礁石上，左右摇摆了很长一段时间，但是抵不住海浪的冲击，船身破碎了，船上的人都被抛到海里，断桨和漂浮的座板阻碍了他们泅水，这时正好赶上一股退潮好似抓住了他们的腿一样就把他们卷走了。

图尔努斯毫不迟延，立刻调动全部人马向特洛亚人进攻。埃涅阿斯第一个向拉丁人冲去，这是个战斗的吉兆。来迎战埃涅阿斯的叫特隆，埃涅阿斯一剑刺穿了他的铜锁甲，刺穿了他的金页短衣，他鲜血流尽而死。不久，硬汉齐塞乌和野蛮的居阿斯正在抡着粗棒槌把整队整队的特洛亚人撂倒，埃涅阿斯又把他们杀死。他们用的赫库列斯式的大棒槌，他们有着过人的臂力，他们的父亲是墨兰普斯（这墨兰普斯乃是赫库列斯为大地除掉许多灾害时的伙伴）——然而这对他们来讲却是毫无帮助。还有法鲁斯，当他正在高声吹嘘时，埃涅阿斯把一支长矛向他投去，插进了他正在喊叫的喉咙里。还有不幸的库东，他正跟在他的新欢克吕提乌斯（他的两颊刚刚长出金黄色的茸毛般的髭须）的后面，他险些遭到悲惨的下场，险些被特洛亚人打倒，险些从他对少年的恋情中永远解脱出来，幸亏他的一群兄弟——佛尔库斯的七个儿子，聚拢过来把埃涅阿斯挡住。他们向他投出七支标枪，有的被他的头盔或盾牌撞回，没有伤着他，有的只轻轻擦着他的身体，因为被他的慈母维纳斯拨开了。埃涅阿斯转身对忠实的阿卡特斯说道："给我抱一堆标枪来，就像从前在特洛亚战场上我的标枪击中希腊人的身体一样，我每投一支必然会击中鲁图利亚人。"他说完，就拿起一支长矛投了出去，长矛直向迈翁飞去，打穿了他的铜盾，刺破他的铠甲，穿进了他的胸膛。迈翁的弟弟阿尔卡诺尔上来救他，他倒在了弟弟的怀抱里。埃涅阿斯又投了一支矛，刺穿了阿尔卡诺尔的臂膊。尽管矛上沾染着淋淋鲜血，可它还一直往前飞，直到阿尔卡诺尔的臂膊从肩上垂下失去了活力。接着鲁图利亚的努米托尔从他兄弟身上夺过长枪向埃涅阿斯投去，却只擦了身躯魁伟的阿卡特斯的大腿一下而已。这时库列斯的克劳苏斯上来，他年轻力壮，从远处投过一支硬枪来，正中德吕俄普斯的下颏，刺穿了他的喉咙，他还在说话的时候，就被夺去了生命，他前额触地，口里吐出浓血。埃涅阿斯又用不同的方法杀死了三名特拉克人，都是波湖阿斯族的贵族，还有伊达斯的三个儿子，他们都是伊斯玛拉国派来的。接着奔来的是哈莱苏斯和一队奥隆卡武士，后面跟着海神尼普顿的儿子墨萨普斯，他的骑术十分出众。他们奋力驱赶来犯的敌人，就在这意大利的国境上展开了搏斗，像在广阔的天空两股逆风展开了战斗，彼此的气势和力量相当，互不相让，双方久久相持不下。特洛亚和拉丁两军的对峙和这毫无二致。

另一场战斗是在河床上展开的，到处都是洪水冲下来的滚石，河滩上散布着冲断了的树木。帕拉斯看到，他率领的阿尔卡狄亚部队因不善于步战而转身就跑。因为在大水的冲刷之后，河床变得崎岖难行，帕拉斯没有别的办法，只能用严厉的词句来燃起他们的勇气："战友们，你们要逃往何方？请你们想想你们自己的英勇事迹，想想你们统帅厄凡德尔的英名以及你们所赢得的战争，不要以为拔腿就跑是个办法。我们必须冲进敌阵，杀出一条路来。光荣的祖国要求你们和我——你们的领袖帕拉斯所做的是冲向敌人最密集的地方。我们的对手不是神，向我们进攻的敌人和我们一样都是凡人，我们有着和他们一样多的部队。大海像一面屏障把我们包围了，陆地上也无处可逃，我们是下海呢？还是寻找特洛亚？"他说罢就向敌阵最密的地方冲了进去。

第一个出现在他面前的是拉古斯，他正在搬一块笨重的巨石，帕拉斯对准他投了一枪，正中他的两排肋骨当中的那条脊梁骨，帕拉斯正在把插在骨头里的枪拔出来，希斯波立刻奔来想跳上去抓住他，但是失手了，因为当他由于战友惨死而疯狂地莽撞地冲来的时候，帕拉斯早有准备，一刀刺进了他气鼓鼓的胸膛。接着帕拉斯又去攻击斯特纽斯和安克摩鲁斯，后者出身于古老的罗厄图斯家族，他胆大妄为，竟然曾经和继母通奸。此外还有两人也在鲁图利亚战场上丧生，他们叫拉里德斯和廷姆贝尔，是道库斯的一对孪生子，他们长得一模一样，竟连他们的父母也都分辨不清，由于经常弄错而闹出过不少笑话；但是这回帕拉斯却给了他们不同的待遇，他用厄凡德尔的刀把廷姆贝尔的头砍了，把拉里德斯的右手砍了。然而拉里德斯的手指还在痉挛，还紧握着刀柄，好像在寻找自己的主人。阿尔卡狄亚人受到帕拉斯的鼓舞，看到他光辉的战绩，愧疚感顿时化作了杀敌的力量。

接着罗厄特乌斯驾着双马战车驶过，帕拉斯把他刺死，伊鲁斯却得到片刻喘息的机会。原来先是帕拉斯从远处向伊鲁斯狠狠地投了一枪，这时罗厄特乌斯正因特洛亚的英勇的条特拉斯和提列斯两兄弟追赶而逃跑，半途中正好中了帕拉斯的枪，他从战车上翻了下来，倒在了鲁图利亚的田野上，两脚还在抽搐。就像夏天里牧羊人所祈求的风刮起之后，牧羊人就在丛林中这里那里点起火来，突然间各处的火连成了一线，变成了一条熊熊的火龙，又扩散到广阔的田野，而牧羊人怀着胜利的心情坐观这所向无敌的火势，同样帕拉斯的队伍会合成一片，来支援帕拉斯。然而急于求战的哈莱苏斯前来迎战，用一副盾牌保护着自己，他接连杀死了拉东、费列斯和德谟多库斯；斯特吕摩纽斯举起手想掐住他的喉咙，他举起雪亮的刀把斯特吕摩纽斯的手砍断；接着他又用石头砸中托阿斯的脸，砸碎了托阿斯的头骨，顿时脑浆迸溅。哈莱苏斯的父亲早就知道命运的安排，因此曾把他藏在密林里，可在父亲死后，命运之神就动手来抓他的儿子了，并且要他的儿子死在厄凡德尔的刀下。帕拉斯祷告道："第表河的老河神啊，请你为我举着的武器祝福，让它能直穿坚强的哈莱苏斯的胸膛吧。那人身上的盔甲我将作为战利品挂到你的橡树上去。"然后帕拉斯向他攻去，当时哈莱苏斯去掩护他的同伴伊玛翁，一点防备也没有，被帕拉斯的长枪刺中。

但是劳苏斯这位部队统领并不会让他的部队因为哈莱苏斯遭到重大打击而吓倒，他首先把前来迎战的关键人物阿巴斯杀了。接着他又杀了许多阿尔卡狄亚人、厄特鲁利亚人，以及许多没有被希腊人消灭的特洛亚人。两军交锋，旗鼓相当，殿军拥向前锋，挤成一团。一面是帕拉斯压下来，一面是劳苏斯反击，两人年纪相仿，都十分英俊，然而命运女神决定了他们两个都回不了老家了。伟大的奥林匹斯的主宰不让他们两个打交手战，他们两人很快将死在比他们各自更强的敌人手中。

这时，图尔努斯的姐姐茹图尔娜叫他去帮助劳苏斯一下，于是他就驱车前去。当他看见他的战友，就对他们说道："你们退出战斗吧，让我一个人来对付帕拉斯，他由我一个人来处理就够了，我真希望他的父亲能亲眼看到这场厮杀。"鲁图利亚人就退下了，年轻的帕拉斯听到图尔努斯狂妄的命令，用惊异的眼光从头到脚打量着他那魁伟的身躯，用同样傲慢的语气回答道："不论是光荣牺牲，还是从一个大将身上夺得战利品，我很快就要出名了；不论是哪种结局，我的父亲都早有准备。收起你那外强中干的话吧。"说完之后，他就直冲战场。图尔努斯跳下战车，准备在地上和他肉搏，就像一头狮子从高处看见平川上站着一头公牛正在准备角斗，于是就飞也似的冲下去了。当帕拉斯估计图尔努斯到达了标枪射程之内的时候，尽管他气力不如对方，但他首先迎上前去，希望能够取胜，于是他对上天祈祷："赫库列斯啊，看在我父亲曾经款待过你的分上，我请求你在我要立大功的时候助我一臂之力吧。让图尔努斯临死前看看我是怎样把他沾满血污的大刀从他手里夺过来的，让他垂死的双眼痛苦地谛视着他的征服者吧。"赫库列斯听见了这位青年勇士的祷辞，极力克制内心的感叹，却压不住泉涌似的眼泪。这时天父朱庇特对儿子赫库列斯和蔼地说道："对每一个人来说，寿限都极其短暂，人死不能复生，但是一个有勇气的人是靠他的功绩延长他的名声。在特洛亚的高城之下，有多少天神的子孙倒下了，连我的儿子萨尔佩东也和他们一起死了，图尔努斯的命运在召唤着他，他也已经到了他的寿限了。"天父说完，就把眼光从鲁图利亚的田野上移走了。

帕拉斯用尽全力把枪投了出去，又从剑鞘里抽出闪亮的宝剑。标枪击中了图尔努斯的护肩，又刺透了盾牌的边缘，擦伤了图尔努斯魁伟的身躯。图尔努斯举起一支带有铁头的橡木长枪，对准帕拉斯投去，并高喊道：“让你看看我这支枪是不是扎得更深些。”尽管包着许多层铁皮、铜皮以及牛皮，顿时帕拉斯的盾牌早被图尔努斯的锋利的枪尖刺中盾心，刺穿了护身甲，刺进了他宽大的胸膛。帕拉斯连忙把炽热的枪从伤口拔出来，但是已经晚了，鲜血从伤口处流了出来。他慢慢地倒下了，倒在了敌国的土地之上。他死了。图尔努斯站在他尸体旁，高声喊道：“阿尔卡狄亚人，把我的话传达给你们的厄凡德尔王去，我会把帕拉斯送还给他，帕拉斯这下场是厄凡德尔咎由自取。我答应你们厚葬他，让你们通过葬礼得到一点安慰。但是他款待了埃涅阿斯，那是要付出昂贵的代价的。”他一面说，一面把左脚踏在帕拉斯的尸体上，把他那沉重的挂剑腰带扯下，这腰带上镂着一幅可怕的图景：一群新郎在他们结婚的夜里全部被杀害，污血溅满洞房，这幅图景是欧吕图斯的儿子克罗努斯用大量的黄金镂刻的。得到这件战利品，图尔努斯欣喜若狂。人是何等的无知啊，他怎会想到未来的命运啊，当胜利让他飘飘然的时候，他却不懂得要保持谦逊！终究有一天图尔努斯会为今天夺得战利品而悔恨的。且说帕拉斯的同伴们，又是哭泣，又是哀号，围着他的尸体，把它平放在他的盾牌上，抬了回去。帕拉斯啊，你父亲见你回来，该是多么痛苦呀，又该是多么骄傲呀，今天是你第一天参战，也是你在今天离开了你的同胞，但你却是把鲁图利亚人杀得尸横遍野才离开战场的！

这一噩耗飞快地传到了埃涅阿斯那里，说他的部下已濒临死亡，该是去援救的时候了。埃涅阿斯满腔怒火，手持钢刀，像割麦子一样把身边的敌人全部砍倒，在乱军中杀出一条血路，去寻找那刚刚杀了许多人而得意扬扬的图尔努斯。帕拉斯、厄凡德尔以及厄凡德尔伸出右手缔结盟约的情形呈现在他的眼前。他一路杀死了苏尔摩的四个年轻的儿子，又杀死乌劳斯抚养的四个儿子，他想用他们来祭奠帕拉斯的亡魂，将这些俘虏的血洒在火葬堆的烈焰上。他随后又从远处对准玛古斯投了一枪，但玛古斯巧妙地躲过，那枪颤动着从他头上飞过，他抱住埃涅阿斯的两膝哀求道："看在你亡父和正在成长、前途无量的尤路斯的分上，我请求你保全我的性命以便和我的儿子、我的父亲团聚。我有一座高大的宅子，埋着上百两的纹银，我还有大量的黄金。特洛亚人的胜利不是取决于将我杀死，一条人命是不能决定胜负的啊。"埃涅阿斯回答道："你把你的那些大量的金银留给你的儿子们吧。图尔努斯杀死了帕拉斯，是他首先阻断了媾和之路。我的亡父安奇塞斯和我的儿子尤路斯都会这样想的。"说着，他左手抓住玛古斯的头盔，把他的头颈往后一扳，尽管他还在哀求，埃涅阿斯却一刀刺了进去。离埃涅阿斯不远是海蒙尼德斯，他是日神弗博斯和女神狄阿娜的祭司，他头上箍着祭司的飘带，着一身白袍。埃涅阿斯撞见了他，在田野上奋力追赶他，埃涅阿斯迅速来到他旁边，像杀一头牲口一样把他杀了。接着色列斯图斯收拾起他的武器，扛在自己肩上拿走，作为献给战神玛尔斯的胜利品。

这时伏尔坎的后代凯库鲁斯和来自玛尔希亚山的翁勃罗已列好阵势。埃涅阿斯在盛怒之下前去和他们对阵。他斩断了安克苏尔的左臂，安克苏尔相信语言会助长他的威力，曾说过一些大话，也许他是希望得到不朽的光荣，也许希望白头长寿吧。接着就是穿着一身耀眼盔甲的塔尔奎土斯跳了出来，他的父亲是林神法乌努斯，母亲是林仙德吕俄佩，他的出现挡住了狂暴的埃涅阿斯的去路。埃涅阿斯把枪抽回，再一刺，正好刺中塔尔奎土斯的护胸铠甲和盾牌，塔尔奎土斯还在徒然哀求之际，埃涅阿斯早已举刀把他的头砍落在地上，用脚滚动着他的温热的尸体，站在尸体旁边，对他说道："你要我们怕你，现在你就躺在这儿吧。你的母亲不会来埋你，也不会把你的遗体运走，你将被抛弃在这里去喂鸳鸟，或被丢进海里让饿鱼来吸吮你的伤口吧。"说完，他又立即去追赶安泰乌斯和鲁卡去了，这两个都是图尔努斯的先锋；他还追上了勇士努玛和金发卡摩尔斯，卡摩尔斯是气度宏大的沃尔肯斯的儿子，他在意大利人当中最富有田产，一度统治着静谧的阿米克莱。这时的埃涅阿斯活像埃该翁，据说埃该翁有百臂百手，他的五十张嘴、五十个胸膛都能喷火，他能用五十面一色的盾牌，抄五十把宝剑，去抵挡朱庇特的雷电。埃涅阿斯的尖刀一旦尝到热血，他就到处厮杀，而且无往不胜。当看到尼法乌斯乘着驷马战车出现时，埃涅阿斯直对着他冲去。当这些马看到埃涅阿斯从远处奔来，吓得转身向后奔逃，把他们的主人从战车上颠下，拖着战车向海滩跑去了。

这时，鲁卡古斯驱着一对白马拉的战车来到阵前，还有他的兄弟里格尔，这里格尔操着缰绳，控制着马匹，鲁卡古斯则凶狠地挥着出鞘的宝剑。埃涅阿斯不能忍受他们的疯狂恣肆，他冲上前去，一柄长枪就对准了他们。里格尔对他说道："你眼前看到的不是什么狄俄墨得斯的战马，也不是阿奇琉斯的战车，更不是什么特洛亚战场。现在战争就要在这块土地上结束，现在是我要结束你性命的时候了。"特洛亚的英雄埃涅阿斯却不用语言回答，而是向敌人投了一枪，这时鲁卡古斯正探身用刀背抽马，赶它们快跑，他左脚伸出，埃涅阿斯的枪正好刺穿他闪亮的盾牌的下缘，随即又刺透他的左下腹，他摔出车外，滚到地上，奄奄一息。埃涅阿斯奚落他道："鲁卡古斯，这可不是因为你的马胆怯逃跑，扔下你的战车，也不是因为它们见了鬼才掉头怯敌，而是你自己从车上跳下来，把你的马抛弃的。"埃涅阿斯说着一把拉过这两匹马，鲁卡古斯的兄弟可怜巴巴地从车上蹭了下来，无力地伸出双手，对埃涅阿斯说道："特洛亚的英雄，看在生养出你这样的一个伟大人物的父母分上，饶了我的性命，也可怜可怜我这苦苦哀求的人吧。"他还在说下去，但埃涅阿斯打断了他的话："刚才你的口气可不是这样啊，弟弟不要抛弃哥哥嘛，你给我受死吧。"于是他一刀刺进了他的胸膛。就像山洪和黑色旋风一样，这位特洛亚领袖在战场上散布死亡。少年王子阿斯卡纽斯和特洛亚的精锐部队在打退意大利人围攻之后，冲出了营寨。

在这一切发生的时候，朱庇特对朱诺说道："我的妹妹、最亲爱的妻子，你的判断没有错，果然是维纳斯在支持特洛亚的军队，而不是他们的战斗力有多么强大。"朱诺谦逊地回答道："我最亲爱的夫君，你那无情的命令已经够叫我害怕的了，为何还取笑我？如果我对你的爱还像从前那样能够打动你，万能的神，你恐怕不会拒绝我把图尔努斯撤出战斗，要把他安全地保护起来，让他父亲道努斯放心吧？可是现在，只好让他用自己的鲜血去还敌人的债了，只好让他死了。然而他的名字却是源于我们神统的啊，他四代祖宗是皮鲁姆努斯，皮鲁姆努斯经常带来许多重礼献到你的庙阶前。”奥林匹斯的天王简短地回答道：“如果你请求的只是暂时推迟他的死期，虽然他最后还是注定要死的，而且你要知道这是我做的临时安排，那么你就让图尔努斯逃跑吧。如果在你的请求后面还藏着什么其他更隐蔽的要求，如果你认为整个战局会有什么变动的话，那你的希望就要落空了。”朱诺听了，哭着说道：“我真希望你嘴里不肯却在心里答应，让图尔努斯的寿命能够延长。现在呢，一个无辜的人要落个不幸的下场，不然就是我想错了。唉，但愿我想错了，但愿你改变你的想法，我相信你会做到的。”

朱诺说完这番话之后，凌空而去，离开了高高的天宇，直奔那特洛亚战场和拉丁人的城堡。这位女神取过一朵云彩，把它变成了埃涅阿斯的形状，并用特洛亚武器把他武装起来，配上了他的盾牌。女神在他的盔顶上插了翎毛，让他说话不连贯，走起路来也活像埃涅阿斯，就像传说中人死后到处游来游去的魂灵，又像人熟睡后看到的梦幻。这幻影在图尔努斯阵前轻盈地跳跃着，用枪去激怒图尔努斯，还用话去挑衅他。图尔努斯向他冲去，从远处投了一枪，这枪呼啸而去，那幻影转身拔腿就走。图尔努斯以为埃涅阿斯被击败而逃窜了，一时陶醉在虚妄的希望之中，因此喊道：“埃涅阿斯，你往哪儿逃？不要放弃啊，我可以把你跋山涉水所追求的土地奉送给你。”他一面说，一面紧追那幻影，挥着出鞘的钢刀，却殊不知这只是一个梦。

正巧这时有一条船靠在一块高高的岩石边，梯子、跳板都已准备好了，这条船是俄西纽斯王从克鲁希乌姆来到拉丁姆时所乘坐的。埃涅阿斯的幻影一路奔逃，慌慌张张地蹿到了船上，想躲藏起来，图尔努斯脚步也不慢，跨越层层障碍，跳上了陡峭的跳板。他刚跑到船头，朱诺就把缆绳砍断，把船推到大海里去了。埃涅阿斯一路上又杀死了敌人的许多精兵。

这时船上的幻影已不再找地方躲藏起来，而是飞上了天，融在一片乌云之中；而图尔努斯则一直在大海中央，任凭海风吹动。他对自己的处境感到莫名其妙，他并没有因为脱离战争的危险而感到庆幸，他回头谛视，两手伸向苍天呼唤道："全能的天父，你真认为我犯了这么严重的罪吗？你真打算让我受这么严厉的惩罚吗？我会漂到什么地方去呢？我是从什么地方漂来的呢？我还能见到劳伦土姆的城市和堡垒吗？跟随我作战的部下现在怎样了？我害怕他们遭到不可名状的死亡！我似乎看见他们在四散奔逃，听见他们在呻吟中倒下了！大地啊，你为什么不裂开一道深沟把我吞没呢？大风啊，还是你来可怜可怜我吧，把这条船往岩石上撞去吧。我恳求你们，或者把它推到无情的浅滩流沙之中，这样鲁图利亚人也不会找来，我也不会留下可耻的名声。"蒙受了这样的奇耻，他的精神变得恍惚了，他不知道是引刃自戕，让无情的钢刀插进胸膛，还是投身波涛，泅水到岸，再回去和特洛亚人厮杀。每条路他都试了三次，然而朱诺对这位青年勇士生了恻隐之心，三次都被伟大的朱诺阻止了。就这样他在大海上漂流着，在风力和海流的帮助下，他被送到他父亲道努斯的古都。

这时候，墨赞提乌斯得到朱庇特的通知，他火急火燎地上阵助战，向正在高兴之中的特洛亚人发起进攻。厄特鲁利亚部队从四面奔来，所有的人把全部仇恨和密集的枪支都集中到他一个人身上。他却像一座磐石屹立在大海中岿然不动，抵住了那大风的狂暴，经受住天上和海上的威胁。他首先把多利卡翁的儿子赫布鲁斯打翻在地，接着是拉塔古斯和急于逃命的帕尔姆斯。拉塔古斯是被他用山上掰下来的一块大石头砸在他嘴上和脸上砸死的；他把帕尔姆斯的腿腱砍断，由他在地上打滚，然后他把帕尔姆斯的武器给了劳苏斯，要他挂在肩上，并把帕尔姆斯的翎毛插在他的盔顶上。他还杀死了弗利吉亚的厄凡特斯和密玛斯，这密玛斯乃是帕里斯的同龄人和亲密伙伴，他们是同一个晚上出生的，他的母亲是特阿娜，父亲是阿弥库斯，帕里斯死在他祖先的都城，而密玛斯却死在这劳伦土姆异乡。墨赞提乌斯像高山上跑下来的野猪，被一群狗追咬着。它原是多年躲藏在维苏鲁斯山的松林里，多年在劳伦土姆沼泽的苇丛里就食的，最后却掉进了这张网里，但它还想顽抗，发出凶狠的怒吼，耸起鬣毛，没有哪个猎人敢去接近它，而只敢在远处安全地带向它投枪、向它喊叫，但它并不畏惧，四面张望准备反击，咬牙切齿，把投在它背上的枪抖下来。墨赞提乌斯正像这头野猪，尽管人们憎恨他，但没有一个人敢拔刀去和他交战，只是从远处向他投枪，向他高声喊叫。

在特洛亚军中有个叫阿克隆的希腊人，他是从古国科吕图斯来的，他没有能够完婚就被放逐。他头上插着深红色的翎毛，身上穿着未婚妻赠给他的深红色的袍子，这时正在军中乱冲乱杀。墨赞提乌斯从老远就看见他了，如同一头饥饿的狮子从幽深的洞穴里蹿出来，正巧看见一只奔跑的獐子或者一只昂头伸角的鹿，喜出望外，张着血盆大嘴，耸起浑身鬣毛，匍匐着紧紧抓住这顿美餐，把五脏六腑大嚼起来，满嘴流着鲜血，残酷而令人作呕。墨赞提乌斯迅猛地杀进密集的敌阵，不幸的阿克隆被他杀死，在断气的时候，他还用脚不住地踩那黑色的土地，他的血溅在折断的枪上。至于俄罗德斯，墨赞提乌斯还不想轻易杀死他或趁他不备投他一枪把他刺伤，而是绕到他面前，和他面对面，一对一地交起手来，来证明他不是靠阴谋而是靠枪法取胜的。俄罗德斯被打倒后，墨赞提乌斯一只脚踩住他，还把枪拔出来，说道："看啊，不可一世的俄罗德斯倒下了。"于是他的部下附和着他呼叫起来。但是垂死的俄罗德斯却说道："不管你是谁，你胜利了，我的仇还都没有报，你不要高兴得太早，和我一样的命运也在等候着你呢，这块土地很快也要把你埋葬。"墨赞提乌斯听了压下怒气，笑着说道："你去死吧。至于我，自有众神之父、万民之王来安排。"俄罗德斯的眼睛慢慢地合上了。接着凯狄库斯杀死了特洛亚的阿尔卡托乌斯，萨克拉托尔杀死了许达斯佩斯，拉坡杀死帕尔特纽斯和最顽强的武士俄尔塞斯，墨萨普斯杀死了克罗纽斯和吕卡翁的儿子厄利凯特斯，克罗纽斯是从脱缰的马背上坠落倒在地上被杀死，但厄利凯特斯却是步战时被杀倒在地的。吕西亚人阿吉斯也是步战时，瓦列鲁斯把他砍倒的，这瓦列鲁斯的武艺和他的祖父不相上下。特罗纽斯被萨琉斯砍倒，而萨琉斯又被涅阿尔克斯杀死，这涅阿尔克斯以投枪和从远处放冷箭闻名。

这时，严峻的战神玛尔斯操纵着双方，使双方的死伤一样惨重，双方都大砍大杀，双方都有人倒下，既有胜利，也有败绩，但双方都不肯退却逃跑。在朱庇特的天宫里，诸神看到双方这种无谓的疯狂杀戮，看到这些总有一天要死的凡人还要经受这么悲惨的折磨，很是怜悯他们。维纳斯和朱诺互相对视，都谛视着下方，脸色苍白的复仇女神提希丰涅正在千军万马中肆虐。这时，墨赞提乌斯挥着一柄大枪正疯狂地向战场挺进。他就像巨星猎户俄利翁在涅瑞乌斯深海中央披水开路，两肩露在水面的高大形象，又像俄利翁从山巅拔下一棵老桉树扛着，两只脚在平地上，头却淹没在云层之中一样。墨赞提乌斯一身武装，他的高大形象如同俄利翁。

埃涅阿斯从远处看见了墨赞提乌斯，于是准备和他面对面交锋。墨赞提乌斯毫无惧色，像高山一样巍然屹立，静静等待着敌人，他用两眼测量着距离以便投枪，口中念道："我的右手，你就是我的天神，还有我正举着的枪，你们来帮助我吧！我发誓要把海盗埃涅阿斯身上的武装剥下来，作为战利品披在我儿子劳苏斯身上。"他说着就从老远投了一枪，那枪呼啸飞去。但它却被埃涅阿斯的盾牌挡住，而刺中了离他不远的安托尔腰部和大腿之间。这安托尔原是赫库列斯的随从，自从阿尔各斯被逐之后，他就归顺了厄凡德尔，定居在意大利。他死得很不幸，因为这一枪本来不是投向他的，他临死还望着苍天，心里还在想念美丽的阿尔各斯。埃涅阿斯也投了一枪，这一枪刺透了墨赞提乌斯用三层铜皮、多层麻布、三张牛皮制成的盾牌的边缘，到了他的下腰就停住了，而没有力量穿透他的身体。埃涅阿斯看到这厄特鲁利亚人流出了血，心中不胜欢喜，立刻从腰间拔出宝剑，趁热向那发颤的敌人冲去。劳苏斯见此情形，出于对父亲的爱，眼泪夺眶而出。

墨赞提乌斯由于敌人的枪扎进了他的盾牌，他一直想把它拔出来，又没有人帮助，因此不得不退下阵来。这时年轻的劳苏斯冲上前来，投入战斗，埃涅阿斯正纵身举起右手想要给墨赞提乌斯一击，劳苏斯上来挡开了埃涅阿斯的刀。劳苏斯的同伙们为他高声喝彩，他的父亲在儿子的盾牌保护之下得以撤退，其他人又纷纷向他们的敌人埃涅阿斯投枪，迫使他不得靠近。埃涅阿斯虽然心里冒火，也只好隐蔽起来。就像当大片的冰雹从云端落下，所有犁田耕地的庄稼人都纷纷从田里跑开，过往的行人也找一个安全的地方躲起来，有的躲到河岸下，有的躲在高高凸出的山崖下，看那倾盆大雨落在地上，等到太阳再次出现，他们才能继续工作。同样，埃涅阿斯受到从四面八方来的雨点般的枪支的攻击，忍受着战争的风暴，直到雷声全都停止，他略带威吓地对劳苏斯说道："你为什么往死路上走，你太大胆了，太不自量力了。你对你父亲的爱让你误入歧途。"但是劳苏斯仍然疯狂地进攻，特洛亚的领袖不禁怒从心起，命运女神也收起了劳苏斯最后一缕生命之线。埃涅阿斯抽刀向那青年腹部猛刺过去，一把刀全部插进他体内，刀尖刺透了他的盾牌，刀尖刺透了他的袍子，鲜血溅满了衣裳，这是他母亲用柔软的金线织成的，他就这样悲惨地死去了。看着他临死前脸上呈现出一种奇怪的苍白颜色，埃涅阿斯动了怜悯之心，深深叹了一口气，劳苏斯对他父亲的爱使埃涅阿斯也想起了自己的父亲，于是他伸出右手说道："可怜的孩子，虔诚的埃涅阿斯能赠给你什么东西才配得上你这样崇高的美德？才能表示出我对你的赞颂呢？你所喜爱的武器，仍旧归你保留吧，我一定把你交付给你已故的祖宗。不幸的人，你虽然惨死，但你是死在伟大的埃涅阿斯手里，这一点是可以给你安慰的。"接着他又把劳苏斯的畏缩不前的部下骂了一通，亲自把劳苏斯从地上抱起来，他梳得很光洁的头发已沾满血污。

这时，劳苏斯的父亲正在第表河边用清水洗涤伤口，然后倚在一棵树干上休息。他的铜盔挂在不远的树枝上，沉重的铠甲放在草坪上。他的亲兵站在他周围，他感到极其疲倦，喘着粗气，他手抚着头颈，他的一绺长须直梳到胸前；他不断打听劳苏斯的情况，多次派人去召他回来。但是劳苏斯已经断了气，正由他的部下放在盾牌上往回抬着，他的死不愧是英雄之死。墨赞提乌斯预感到凶讯，老远就听到了哀号声。他双手伸向苍天，然后伏在儿子的尸体上说道："我的孩子，难道我真这样贪生怕死，为了我的安全竟让你死于敌手？你死了，我活着，这说得过去吗？我现在真正尝到了作为远离亲人的流放者的苦楚，现在我的心真正被刺痛到深处！孩子，是我的罪恶玷污了你的名声，人们痛恨我，把我推翻，剥夺了我的宝座和祖宗传下来的权杖。我欠祖国和人民的债太多了！我应该主动地交出我这有罪的灵魂，死上一百回也都不为过，可是我现在还活着。”他忍住大腿的剧痛，站起身来，虽然重伤使他无力，行动缓慢，但他毫不气馁，叫人把他的马牵来。他以这匹马自豪，这匹马一向给他极大的安慰，还跟随他打过无数胜仗。他对这匹垂头哀伤的马说道：“莱布斯，我们已经活得很久了。今天，要么你把染着埃涅阿斯鲜血的战利品和他的头颅胜利地驮回来，和我一起为劳苏斯所受的苦难报仇；要么筋疲力尽，走投无路，和我一起倒下。因为我相信，勇敢的你是绝对不肯忍受外国人的役使，去听从特洛亚主子的命令的。”他说完就跨上坐骑，两手拿着沉重的尖矛，向战场飞奔而去。他感到无限的羞愧，面带哀伤，失去儿子的痛苦也激起他的复仇心。

他三次高声向埃涅阿斯叫阵。埃涅阿斯听出他的声音，高兴地祷告道：“愿众神之父和崇高的阿波罗让我的愿望实现！开始交手吧。”他说完举枪前去迎战。墨赞提乌斯说道：“野蛮人，你把我儿子夺走了，还想吓唬我吗？我不怕死，我也不把什么神放在眼里。动手吧，因为我是抱着必死的决心而来的，不过首先接受我给你带的这些礼物。”他说完就向埃涅阿斯投了一枪，接着又是一枪，又是一枪，但埃涅阿斯的金心盾牌都把它们一一挡回，他本人却岿然不动。墨赞提乌斯绕着埃涅阿斯转了三圈，不住向他投枪，这位特洛亚英雄也随着他转了三圈，他的铜盾上扎满了枪，像一座奇异的树林。战斗还在慢慢地耗着，埃涅阿斯把枪头一个个地拔了下来。对方又占据了有利位置，他不得不动起脑子来，最后他跳了起来，向那战马的两个太阳穴当中投了一枪。那马直立起来，马蹄在空中乱踢，把骑马人摔倒，马身紧紧地压在他身上，马头朝下倒伏在地。埃涅阿斯飞奔到墨赞提乌斯跟前，从剑鞘里拔出宝剑，居高临下地对他说道：“墨赞提乌斯的勇气到哪儿去了？怎不见他那野蛮凶狠的样子？”这位厄特鲁利亚人恢复了知觉，吸了一口气，眼睛望着天回答道：“死敌，你为什么奚落我？为什么以死威胁我？打仗杀人是理所当然的，我来战斗并没抱什么幻想，我的儿子劳苏斯也没和你订立什么条约。作为被征服的我只求你一件事，就是希望你能把我的尸骨埋葬了。我知道我的人民痛恨我，我求你保护我的尸骨，不要让他们对我的尸骨泄愤，我还求你把我和我的儿子葬在一起。”他说完就引颈自刎了，鲜血涌上他的铠甲。

卷十一

引言——埃涅阿斯把从墨赞提乌斯身上剥下的战利品献给战神玛尔斯，还安排了帕拉斯的葬礼并致悼词。拉丁阵营派人来要求协议停战十二天，以便埋葬阵亡的将士，埃涅阿斯完全同意。德朗克斯向埃涅阿斯致谢，抨击图尔努斯。图尔努斯反驳德朗克斯，骂他怯懦。女英雄卡密拉帮助图尔努斯对付敌人骑兵，在战斗中阵亡。拉丁人全线败北，都城已被层层包围。

这时黎明女神已经起身，离开了俄刻阿努斯河，虽然埃涅阿斯很想埋葬阵亡的同伴，也为他们的死感到不安，然而当东方发亮的时候，他首先要向天神还愿。他砍掉一棵大橡树，削净四周的枝条，把它插在一座土堆上，用从敌将墨赞提乌斯身上剥下的武器装点起来，作为战利品献给伟大的战神，又把他那滴着鲜血的头盔和折断的长矛以及他的十二处被刺穿的护身甲都放在上面，他把墨赞提乌斯的铜盾拴在树干的左边，把他的镶着象牙柄的宝剑挂在树肩上。他的部下紧紧地拥在他的周围，他鼓励他们说："战友们，我们取得了很大的胜利，今后的一切都不必害怕，这些战利品是从一个骄纵的国王墨赞提乌斯身上夺来的，这里躺着的就是败在我手下的墨赞提乌斯。现在我们应当向拉提努斯王和拉丁都城进军了。拿起武器，振奋精神，为重新投入战斗做好准备。一旦天神批准我们部队出发时，大家不可因无准备而耽搁，不可因顾虑重重而踌躇不前。目前，让我们先把我们战友的尸首掩埋，这是对死者表示敬意的唯一办法了。去吧，去向他们的英灵致最后的敬礼吧，是他们用自己的鲜血为我们赢得了这片安身的土地。首先让我们把帕拉斯送到厄凡德尔的还沉浸在哀痛之中的都城去，帕拉斯可不是怯懦之辈，他是被黑道凶日夺去了生命。”

他一面说着一面流着泪走回了营地。帕拉斯的尸体安放在营地前，由阿科厄特斯老人看守着，这阿科厄特斯原是厄凡德尔在阿尔卡狄亚本国时的侍从，后来担任了一个很不幸的差事，那就是他跟随帕拉斯出征，负责照顾和监护他。尸体四周围着帕拉斯的全体家丁和一群特洛亚人，包括特洛亚妇女，她们按照风俗把头发披散以志哀悼。当埃涅阿斯来到高大的营帐门口的时候，大家都在捶胸并大声哀号，营帐里也是一片嗡嗡的深沉悲痛的声音。只见帕拉斯脸色雪白，在他光洁的胸脯上，被意大利人的枪刺出的伤口张开着。埃涅阿斯泪如泉涌，说道：“可怜的孩子，当命运女神向我微笑的时候，是不是她又嫉妒我，才把你从我手里夺走，不让你看到我将要建立的王国，不让你作为胜利者凯旋回到你祖先的家园？当我向你父亲告别的时候，我答应他的事现在却落空了，当时他拥抱着我送我出征要去打出一个天下来，并谆谆告诫我说敌人是顽强的，我们在和一个剽悍的民族作战。他现在可能还抱着很大的幻想，还在祝祷，还在往祭坛堆礼品，而我们却在陪伴这失去了生命、对天神已无义务的青年，行着这无济于事的礼节。不幸的父亲，你见到的将是你儿子的葬礼！难道这就是我们所期望的凯旋吗？我所接受的重托就是这样完成的吗？不过，厄凡德尔，你所见到的儿子可不是可耻的逃兵，作为父亲，你也不会不希望儿子安全逃回来，若这样，你一定会把他咒死。唉，意大利和我的儿子都失去了一个伟大的屏障！”

他哭诉了一番之后，就命人把可怜的帕拉斯的尸体抬起来，并在他的全体队伍里精选了一千名士兵，派他们随同去参加最后的葬礼。对巨大的悲痛，这不过是微不足道的安慰，但这也是一个痛苦的父亲所应得的。

一些人用杨梅树的柔枝和橡树的枝条编了一个柔软的灵床，又用树叶做了一个凉棚搭在高高的灵床上遮阴。人们把青年帕拉斯庄严地安放在灵床上，他就像少女们用手指掐下来的一朵花，一朵温柔的紫罗兰或垂着头的风信子，虽然还没有失去光彩，但大地母亲已经不再滋养它，不再给它力量了。然后埃涅阿斯取出两件笔挺的衣服来，这是当年狄多怀着欣悦的心情，以精巧的手艺亲自为他制作的。埃涅阿斯拿出其中一件给青年帕拉斯穿上，作为最后向他表示的敬意，又用另一件包上他的即将要火化的头发；此外他又堆了大量帕拉斯在劳伦土姆战斗中赢得的战利品，又命人把他夺获的东西取来排成一长列，他又增加了马匹和帕拉斯从敌人手里夺来的兵器。他事先还绑了一批俘虏，双手缚在背后，准备把他们杀了，把他们当作祭品送到阴曹地府，用他们的血洒在焚尸的火焰上；他又命令各个将领亲自抱着树干，上面装饰着敌人的武器，并在上面刻出敌人的姓名。在送葬行列中有阿科厄特斯，可怜他年老体衰，要人搀着才能行走，他一会儿用拳头把胸膛打得青紫，一会儿用指甲抓脸，最后直挺挺地倒在了地上。人们还推着一些战车，上面布满了鲁图利亚人的血迹。车子后面还跟着帕拉斯的战马埃唐，鞍辔都已卸下，马流着大滴大滴的眼泪，把脸都浸湿了。另一些人捧着帕拉斯的枪和头盔，他的其他武装则已被图尔努斯拿去了。再后面跟随着默哀的队伍，有特洛亚人，也有全体厄特鲁利亚人，还有阿尔卡狄亚人，都拿着武器。在这长长的送葬队伍走过之后，埃涅阿斯停住脚步，深深叹了一口气，又说道："可怕的命运在召唤我们继续进行战斗呢，我们还要流泪呢。伟大的帕拉斯，我祝你永远得福，我们永别了。"他说完就向高高的营寨走去，回到了自己的城堡。

这时从拉丁王的都城来了一批使者，他们拿着橄榄枝，来向埃涅阿斯求情，希望他把战死的士兵归还他们，准许他们掩埋尸体，并请他对曾经接待过他的拉提努斯好一些。他们的请求很难拒绝，善良的埃涅阿斯答应了，并且还对他们说："拉丁人啊，命运把你们卷入这场残酷的战争，使得你们和我们的友情疏远。你们是在为战场上被战神夺去生命的死者向我乞求和平吗？我答应，我甚至愿意给生者以和平。我来到这里，是命运安排我在这个地方建立家园，我不是在同你们整个民族作战，是你们的国王抛弃了我们，抛弃了他的客人，宁肯信赖图尔努斯的武力。该死的是图尔努斯而不是这些死者。如果他认为能用武力结束战争，赶走特洛亚人，他就该和我以及我手里的武器一决高下；如果天神要他活，或他的武力胜过我，那他就可以活下去。好了，你们走吧，去把你们可怜的同胞焚化了吧。”埃涅阿斯说完，大家一言不发，面面相觑。

德朗克斯老人开口说话了，他一向憎恶图尔努斯，经常咒骂他。德朗克斯说：“特洛亚人，你的声名显赫，你的武功更加显赫，我用任何赞美之词都不为过。我是先赞美你的正义感呢，还是先赞美你征战的功劳？我们很愿意把你这番话带回我们的首都去，我们也愿意促成你和我们拉丁王的联合。老实说，我们很愿意帮助你们建造坚强的城堡，建立新特洛亚。”德朗克斯说完，大家同声附和。他们规定了十二天的休战期，有了和平的保障，特洛亚人和拉丁人便毫无顾忌地相互混杂，徜徉在山林之间。为了造焚尸的柴堆，他们用双刃铁斧砍倒那高大的桉树和那参天的苍松，用楔子把坚固的橡木和香杉劈开，并用车子载着拉走。

这时法玛女神飞去把这噩耗告诉了厄凡德尔王，传遍了他的王宫和都城，然而不久前她还在报告帕拉斯在拉丁姆胜利的消息呢。厄凡德尔属下的阿尔卡狄亚人纷纷奔到城门口，按照古礼拿着送葬的火把，一长列火把将路照得通明，把广阔的田野分成两半。特洛亚人的队伍从对面来，和阿尔卡狄亚哀号的送葬人群会合在一起。厄凡德尔来到人群中间，待人们把抬帕拉斯的床放下，他一头扑到帕拉斯身上，抱住他放声大哭，最后终于节制了哀痛。他说道：“帕拉斯啊，你答应过我在战场上要加倍小心的，你现在这样子可不能算实践了你的诺言啊。我完全理解你初次穿起军装时的骄傲心情，初次参战就夺得荣誉，那滋味是多么甜蜜啊！唉，年纪轻轻就得到这样悲惨的结果，我的誓言和我的祈祷，没有一位天神听到呀！我的神圣的王后，你死了是幸福的，你无须再活着忍受痛苦了！我却相反，我战胜了我的命运而活着，可是我却失去了儿子。我真该跟着特洛亚友军被鲁图利亚人的刀枪刺死！我甘心交出我的生命，那么这送葬的队伍就是送我归家，而不是送帕拉斯归家了！但是，特洛亚人，我是不会责备你们的，我们的联盟，我们友好的携手，这些都没有错。我老年遭此厄运是命中注定的，我的儿子虽然不幸早死，让人感到欣慰的是，在他死以前，他带领着特洛亚人向拉丁姆进军，杀死了数以千计的沃尔斯克人。帕拉斯啊，虔诚的埃涅阿斯、弗利吉亚的显贵们、厄特鲁利亚的众位将领和厄特鲁利亚全体将士，给你安排这样隆重的葬礼，我也不能比这办得更好了。他们给你抬来你亲手杀死的敌人，并以此作为战利品，来纪念你伟大的胜利。假如帕拉斯和图尔努斯年龄相当，有着同样大的臂力，图尔努斯啊，你现在也会作为战利品放在这里，像在一棵大橡树上挂着你的盔甲。但是我不应只顾悲切，耽误了特洛亚人作战。你们出发吧，请你们记住把我的要求转达给你们的领袖，对他说：'我的儿子已经死了，我之所以还苟且地活着，就是因为你是强有力的，你知道你这力量应当用在图尔努斯身上，来为我们父子报仇。这是你施展勇气和获得成功的唯一机会。我不求快乐的生活，我只求能给我这个在地府深处的儿子送去一些安慰。'"

这时黎明女神发出慈祥的光明，照在可怜的人类的身上，同时给人类带来了苦难。埃涅阿斯和塔尔康王已在海湾上筑起了许多木堆。按照祖先的惯例，人们把阵亡者的尸体抬来，把冒黑烟的火把放在木堆底下将它点燃。随后，滚滚的浓烟就笼罩了高高的天宇。人们穿着明亮的铠甲在燃烧的木堆周围绕了三圈，他们骑着马围绕着悲惨的葬礼之火绕了三圈，嘴里发出哀恸的哭声。眼泪顺着铠甲和武器洒落一地，人们的呼叫声、号角的哀鸣声直冲云霄。有的人把从拉丁人那里夺来的战利品，诸如头盔、雕饰华美的刀剑、鞍辔、转得发热的车轮，全部都投到火里；有的人把死者常用的东西，如他们的盾牌或对他们没有起作用的刀枪，也扔出来作为祭品。人们又杀了许多头雄牛献给死神，杀了一些鬃毛倒竖的野猪和从周围田野里抢来的羊群，把它们喉咙里冒出来的血浇在火焰上。沿着整个海岸，人们看着同伴们的尸体被火化，守护着没有烧尽的火堆，迟迟不肯离去，直到黑夜从天边袭来。

同样，拉丁人在战场的另一处也在伤心地筑起无数的木堆，人们将一部分战士的尸体埋进土里，另一部分则被抬着送到附近的田野，准备送回城里去。其余的则被胡乱地堆成一大堆然后通通烧掉，无边的田野里到处是点点火光。直到第三天的早上，人们才悲痛地扒开一堆堆的灰烬，从中找出杂乱的骸骨，用余热未尽的土把它们掩埋起来。在富有的拉提努斯的首府和王宫里，这里聚集着死者们的老母和他们可怜的媳妇们，怀着手足之情而悲伤的姐妹们，失去了父亲的孩子们，他们都在诅咒残酷的战争和图尔努斯的婚事。图尔努斯想得到意大利的王位和最高荣誉，他就应该独自上阵去决一胜负。怒气冲冲的德朗克斯说他可以证明埃涅阿斯只向图尔努斯一个人挑战，要和他单独决斗。同时也有许多人发表不同意见，为图尔努斯说话；此外，他有王后阿玛塔的保护，王后的大名还是相当起作用的；而且他曾赢得许多战利品也拥有很高的声望。

看，正在这各持己见混乱之时，使臣们从狄俄墨得斯都城回来了，他们怀着忧闷的心情带回了狄俄墨得斯的答复。尽管他们做了各种努力恳切请求出兵，包括送了金银礼物，但还是没有效果；他叫拉丁人要么向别人去请求军事援助，要么就去向特洛亚王讲和。这真是巨大的不幸，神灵早已警告过他们，埃涅阿斯注定要建立统治的，眼前这些新坟就是见证。因此，拉提努斯王传令召集国内的重要人物，在他高大的宫殿里开了一次高级会议。这些人穿过拥挤的街道，齐聚王宫。拉提努斯年纪最为年长、权力也最大。他坐在正中，一脸严肃的表情。他命令从狄俄墨得斯回来的使臣把狄俄墨得斯的答复一五一十地讲出来，这时宫殿里鸦雀无声。首席使臣维努鲁斯遵命发言，他说："同胞们，我们经过种种危险，我们见到了狄俄墨得斯和希腊将士。我们握了那只葬送伊利乌姆国土的手。在被他征服的雅普吉亚土地上，噶尔噶努斯山下，他正在建造阿尔居里帕城，这是用他祖先的族名命名的。我们晋见了他，我们把礼物呈了上去，报了我们的姓名和宗族，告诉他谁在向我们开战，我们为什么要到阿尔匹来。他听了之后，面色恬静，回答道：'啊，你们这些幸运的部族，萨图努斯统治过的国家，古老的奥索尼亚的人们，是什么不寻常的事扰乱了你们的安宁，还怂恿你们去挑起你们所不擅长的战争？凡是用武力侵犯过特洛亚国土的希腊人——且不说我们在特洛亚高墙下作战所受的极大的痛苦和那些已经葬身在西摩伊斯河里的将士，都将流落天涯，受到无法言表的惩罚，我们为我们所犯的罪行付出了沉重的代价；普利阿姆斯见了也会怜悯我们这伙人的。敏涅尔伐的无情的星、欧波亚的海岬、执意要惩罚我们的卡菲琉斯地角，都可做见证。那次战争结束后，我们都分散在天涯海角，阿特柔斯的儿子墨涅劳斯一直流亡到普洛条斯石柱，奥德修斯见到了埃特那火山下的库克洛普斯巨人。至于涅俄普托勒木斯的王国的悲惨景况，伊多墨纽斯家园破败，洛克利亚族移居到利比亚沿岸，这些我都不必多说。就连阿伽门农本人——米刻奈的王、伟大的阿凯亚的领袖，一进家门就被他那无耻的妻子杀害，他虽然征服了亚细亚，殊不知家里有奸夫等着要他的命。我自己也遭到天神的妒忌，不让我回到我父亲的神坛，不让我和我日夜思念的妻子团圆，不让我再见我美丽的邦土卡吕东。这回又出现了一个可怕的异象：我的同伴们忽然长出了翅膀，飞上了天，消失得无影无踪，这对我的人民来说真是可怕的惩罚啊。他们变成鸟之后，在各条河流上游弋，他们的哀号声响彻了山谷。其实我早就应当预料到这些事情的发生，我当初发了疯，竟然拿起刀向天神维纳斯进攻并刺伤了她的右手。你们千万不要再逼我去打仗了。自从特洛亚城堡被颠覆之后，我和特洛亚人之间从来没有发生过战争，我想起从前那些不幸的事件就感到很不舒服。你们从家乡给我带来的礼物，你们去送给埃涅阿斯吧。我领教过他那锋利的长枪，我和他交过手，请你们相信我，他举起盾牌纵身跳起，力大无比，他的枪投出来就像一阵旋风。如果特洛亚的土地曾经再生出两个像他这样的人，特洛亚人早就渡海进攻希腊的城邦了，胜负就会颠倒过来，倒霉的就会是希腊人。在特洛亚的城池边，我们之所以没有进展，就是因为有赫克托尔和埃涅阿斯阻碍我们希腊人获胜。这两人都十分英勇，武艺超群。你们去和埃涅阿斯握手言和吧。’最尊贵的陛下，你听到了狄俄墨得斯王的答复了，看到了他对这场战争的态度了。”

使节刚把话说完，意大利人便你一言我一语地纷纷议论起来，就像岩石阻挡激流，旋涡受到了拦阻后发出的吼声。等到众人的心情平静下来，拉提努斯坐在高高的宝座上，先向天神致意，然后说道：“同胞们，我真希望在这件重大的事情上，我们早已做出了决定，那是最好不过的，不要等到敌人兵临城下的今天才召集会议。同胞们，我们现在作战是不合时宜的，我们的对手是神的后代，是不可战胜的人，他们打起仗来不知疲倦，即使打败了也不要放下武器。放弃这种梦想，狄俄墨得斯不会和我们建立军事联盟。你们都亲眼看到，亲手摸着，我们的实力已经被彻底摧毁了。我不责备谁，我们已经竭尽全力了，王国将全部力量都投入了战斗。现在我想把我所想到的但还没有把握的意见透露给你们，请你们认真听。紧靠着第表河，我有一片祖传的土地，一直伸向西方，甚至越过西卡尼亚的边境，这片土地由奥隆卡人和鲁图利亚人耕种，他们在贫瘠的山坡地上种庄稼，他们在最瘠薄的地方放牧。为了友谊，让我们把这地区，还有那覆盖着松林的高山地带，都让给特洛亚人，我们和他们订立一个平等的条约，请他们作为盟友住进我们的王国来，如果他们乐意，就可以定居下来建造城市。但如果他们打算另外找一片国土，他们完全可以撤出我们的国土，我们可以用坚固的意大利橡木给他们建造二十条船，如果二十条不够，还可以再多造些。所需的木料都在海上漂着呢，他们可以自己决定船数和船的种类，我们提供铜、人工和船坞。此外，我还打算派一百名出身贵族的拉丁使节把我的意思转达给他们，和他们订约；使节们将手持和平的橄榄枝，带着礼物、黄金、象牙和象征我的权威的宝座和王袍。请你们大家考虑，怎样挽救我们的颓势？”

这时，德朗克斯站了起来，他和从前一样对图尔努斯满怀敌意，图尔努斯的名气激怒着他，使他又恨又妒。他家业殷实，擅于口辩，尽管他对打仗不甚热心，但还是比较擅长出谋划策。他的母亲出身贵族，因此把傲慢的脾气也传给了他，可他的父亲却出身不明。他怒气冲冲地说道：“好心的陛下，你的建议对我们每个人来说再明白不过了，用不着我再来多费口舌，大家都知道国家正面临着什么样的糟糕景况，但是只敢窃窃私语。让他给我们一点说话的自由吧，停止他那些空洞的大话吧，由于他的该受诅咒的领导和罪恶的脾气——即便他用武力和死威胁我，我也要说——我们已经看到有多少将领被夺去了生命，全城还都沉浸在哀痛之中，而他却去试探特洛亚人的营寨，其实他知道打不赢可以逃跑。最圣明的陛下，你已经叫人送给特洛亚人这么多礼物了，你何妨再送一件，只这一件，而且任何人不得加以阻拦，我的意思是你作为父亲，不妨把你的女儿嫁给一个人才出众的男人，一个配得上她的丈夫，通过永久的联姻，达成持久的和平。假如我们从心底里就怕他，那么就让我们当面求他，请他给我们一点情面，请他看在国王和祖国的分上，放弃他个人的权利。图尔努斯，你是拉丁姆苦难的罪魁祸首，你为什么一再把你可怜的同胞们投进去？战争不能使我们得救，我们大家都希望你给我们和平，希望你交出能够赢得和平的唯一确凿的保证。即便你已把我当仇敌看待，就算是你的仇敌，我也不在乎，我第一个出来请求你。可怜可怜你的同胞们吧，放下你的傲气，承认失败吧。我们看够了逃跑和死亡，我们的家园也荒芜得差不多了。但是，如果你还想追求名声，如果你的心还是那样狠，如果你还想得到这座王宫，那么你就继续逞强吧，你就面对面地去和敌人拼杀吧。请问，为了让图尔努斯娶一位公主，难道我们的性命就那么不值钱，就要去战死沙场，而无人掩埋、无人哭泣？当然，假如你有能力，假如你有你父亲那样的战斗精神，敌人在召唤呢，快去接受敌人的挑战吧。”

听了这番话之后，图尔努斯大发雷霆。他大吼一声，从内心深处爆发出一席话来：“德朗克斯，只要开会，你总是第一个到，你的话总是最多的，可是打仗靠的是力气。你没有权利在这议事堂上大发议论，我们有城墙把敌人拦住，我们的壕堑也没有流淌着战士的血。德朗克斯，你可以继续口若悬河地说下去，你也可以骂我胆小，因为你曾把特洛亚人成批地杀死，战场上到处摆放着你的战利品啊。你完全可以去试一试你有多大的勇气，敌人就在眼前嘛，他们就在我们城市的周围。我们一块向敌人冲去，好吗？你为什么不动？难道你的勇武精神永远只表现在空谈和拔脚逃跑上吗？你不是说我被打败了吗？大家都看见我让第表河泛滥着特洛亚人流的血，厄凡德尔的宫殿全部夷为平地，他的子孙纷纷倒下，他的阿尔卡狄亚军队也被夺去了武装。还有成千的特洛亚人被我在一天之内就送到了阴曹地府，尽管当时我被围困在敌人的城墙之内。你认为战斗拯救不了我们吗？你这调子拿去唱给特洛亚的头目听。你就继续散布恐怖，不断地把一切都搅混，把那两次被人征服的民族吹捧得如何之强大好了，把拉丁人的武力贬得不名一文好了。你甚至可以说连阿奇琉斯率领的密尔米东的众将领在特洛亚军队面前都瑟缩发抖，包括狄俄墨得斯和阿奇琉斯本人在内，连奥菲都斯河都被亚得里亚海追赶着往回倒流了。你们看他，他装得好像怕和我争执，真是个狡猾的东西，其实他是想借此把我抹得更黑。你不用害怕，你那条不值钱的命，我一抬手就绕过了，你可以保留你那条命，让它留在你身体里吧。

“陛下，现在回到你的重大建议上来。如果你对我们的武力不抱任何希望，如果我们真是处在众叛亲离的境地，如果一次败仗就使我们一蹶不振，我们的命运确已无法挽回，那么就让我们伸出驯服的手去乞求和平。但是如果我们还有丝毫的勇气的话，谁都不愿看到这种可耻下场，即使战死沙场都值得。况且我们现在还有资源，我们还有迄今为止都没有负过伤的青年战士，我们还有不少意大利的城市和人民支援我们，再说特洛亚人也是付出很多鲜血才赢得胜利的，战争是一视同仁的，他们也有伤亡。既然如此，那么为什么我们刚刚踏进门槛就自认失败了？为什么号角未响，就浑身战栗？随着时间的迁移，情况往往会好转，性情喜变的命运女神常常爱戏弄人。狄俄墨得斯不肯帮我们的忙，但是还有别人肯帮忙的，像墨萨普斯、托伦纽斯，还有其他许多民族派来的将领，这些人都是拉丁姆和劳伦土姆的精英，还有出身于高贵的沃尔斯克族的女将卡密拉，她手下有穿着花团锦簇般的铜甲的骑兵。但是如果特洛亚要找我单独作战，幸好迄今为止胜利女神还不憎恶我，是不会阻止我施展我的力量的，因此我绝不退缩，决定试一试身手以满足大家的希望。即便他比阿奇琉斯的气力还大，即便他穿的是和阿奇琉斯一样的、伏尔坎亲手打造的铠甲，我一定去迎战他。我，图尔努斯，已把我的生命献给了你们和我的岳父拉提努斯。埃涅阿斯只是向我一个人挑战吗？我希望如此，我接受他的挑战。我不愿德朗克斯代我去犯神怒而死，如果挑战是代表神怒的话，我不愿让他夺去这个荣誉。”

正当他们就难以断定的处境争论不休的时候，埃涅阿斯已经在发动他的队伍了。一个报信人飞快地把消息传到了拉提努斯的宫殿，消息说，特洛亚人和厄特鲁利亚的部队已经做好作战准备，就要从第表河方面向整个平原冲下来了。顿时引起一阵骚乱，全城笼罩在恐惧之中，他们挥着拳头，青年人喊着拿武器来，老年人却悲凉地哭泣着。接着，到处响起了呐喊声，那声音就像成群的鸟落到高高的树梢上发出的叫声，又像天鹅在鱼群游弋的帕杜萨河边引吭嗥鸣，鸣声在水面回绕那样。图尔努斯不失时机地说道：“这回可好了，我的同胞们，接着开会吧，祈求和平吧，人家都拿起武器来夺取这王国了。”他不再说下去了，而是纵身站起来，飞也似的离开了王宫。“沃鲁苏斯，快下命令叫沃尔斯克部队拿起武器来，把鲁图利亚人也组织起来。墨萨普斯、科拉斯，还有你的兄弟，把你们的骑兵散布到广阔的战场上去。派一部分人把守城市的出入口，一部分人守卫碉堡，其余的人跟我来，按照我的指挥作战。”

人们立刻从全城各处涌向城边。拉提努斯王停止了会议，在这不幸的时刻，他心慌意乱，频频责备自己，不该接纳埃涅阿斯，认他做了女婿和城邦的盟友。有的在城门前掘壕堑，有的在搬运石料和木桩。粗粝刺耳的号角声宣示着血腥的战争开始了，这号召所有的人做最后的挣扎。穿着杂色衣服的妇女们和儿童们围着城墙站了一圈，连王后本人也由一群妇女簇拥着，手捧着祭礼来到卫城之巅敏涅尔伐女神的庙宇，和她一起的还有公主拉维尼亚，她美丽的眼睛低垂着，她正是这场大灾难的起因。妇女们登上庙阶，烧了香，香烟充满了殿堂，她们在高大的庙门口，用痛苦的声音祝祷道：“全能的女神敏涅尔伐，司掌战争的女神，请你把那特洛亚强盗的枪折断了吧，把他砍倒在地，让他躺倒在我们高大的城门脚下吧。”这时图尔努斯准备投入战斗，他已经穿上了橙红色的铠甲，那铜制的甲片像鱼鳞一样张着，十分吓人；他用金护腿包着小腿，腰间佩挂着宝剑。他从卫城上冲下来，就像一匹脱缰的野马，冲出马厩，跑到了辽阔的旷野，或是奔到一群牝马在吃草的牧场，或是跑到它所熟悉的河边，浸在水里，像从前那样洗了个澡，然后跳出来，把头高高昂起兴奋地叫着，它的鬃毛在它的颈上和两肩飘动。

这时卡密拉由沃尔斯克部队陪同奔来和图尔努斯会合，这位女王在城门前下了马，随从的队伍也翻身下马，站到地上。她说道："图尔努斯，如果勇敢的人有权利感到自信的话，我就是一个勇敢者，我愿自告奋勇去抵挡埃涅阿斯的骑兵，我愿单独去迎战厄特鲁利亚的马队。请你让我冒险去打先锋，你自己率领步卒留在城外，守卫城池。"图尔努斯两眼盯住这位令人生畏的姑娘回答道："姑娘，你不愧是意大利的光荣，我能用什么话来感谢你，能用什么东西来报答你呢？现在既然你有如此大的勇气，那么我就和你分担这次任务吧。据我派出去打探消息的人报告，顽固的埃涅阿斯已派出他的轻骑兵作为先遣部队去扫荡平原，而他本人则越过山岭，穿过荒凉地带，正向城市挺进。我准备在树林里的低凹小道上设下埋伏，让士兵堵住这条小路的两头。你集结起你的队伍去迎战厄特鲁利亚骑兵，勇猛的墨萨普斯与拉丁骑兵，还有提布尔图斯的队伍都将协助你作战。"他说完又用类似的话鼓励墨萨普斯和其他将领去投入战斗，他自己也直奔敌人而去。

这是一条蜿蜒的山谷，最适宜设埋伏，两边是山坡，黑压压的浓荫遮蔽着它，有一条羊肠小径通到这里，形成一道狭窄的关隘。中间有一片人迹罕至的平地，伏兵可以安全地隐蔽在这里，左右方都可以进攻，也可以留在顶上，把碾石推下去。年轻的图尔努斯沿着小路和熟悉的方向，向这里进发，他占领这阵地后，在树丛里守候着。

这时狄阿娜正在和俄丕斯在天庭谈话，俄丕斯是位天仙，是陪伴狄阿娜的一个侍女。狄阿娜忧心忡忡地对她说道："姑娘，卡密拉正面临一场残酷的战争，尽管她装配着我的武器，但也没多大用。要知道她是我最心疼的人啊。她的父亲墨塔布斯为人骄横，滥用权力，引起人民的仇恨而遭到驱逐，失去了王位。当他离开他古老的都城普利维尔努姆的时候，他带着他的幼女，穿过战火，逃往他国，这幼女就成了他流放中的伴侣，将他女儿母亲的名字卡斯密拉变换了一部分，给她起名叫卡密拉。他用衣襟裹着她，紧紧抱在胸前，沿着漫长的山岭向寂寞的森林走去，但无情的枪矛从四面向他袭来，原来散布在附近的沃尔斯克军队把他包围起来了。他继续逃跑，但中途横亘着一条阿玛塞努斯河，由于刚刚下过一阵暴雨，河水正在泛滥。他准备泅渡，但是出于对怀中女儿的怜爱，仍有些犹豫，是他觉得她是个累赘。他思前想后，终于做出了决定。这位善战的勇士手里正好握着一柄长矛，矛柄粗壮，布满木结，是用烤过的橡木翻成的，他先用从树林里软木树上剥下来的树皮把女儿包好，然后把她稳稳当当地绑在矛柄的中间用强壮的右臂举起长矛向苍天呼道：‘狄阿娜，慈爱的姑娘，林木的保护神，我做父亲的现在把我的女儿献给你做奴婢，她拿起来的第一件武器就是你的武器，她将飞越天空，逃脱敌人，恳求得到你的恩典。我祈求你，女神啊，接收她吧，她属于你了，现在我就把她托付给不知吹向何方的风了。’他说完，抽回手臂，把那长矛投了出去，只听河水吼叫了一声，可怜的卡密拉缚在嗖嗖作响的长矛上，飞越了急流。这时后面的大批追兵逼近，墨塔布斯跳进河里，成功地游到了河对岸，从绿草岸上把长矛连同已经献给了狄阿娜的女儿拔了出来。由于他脾气粗暴，没有哪个人家、哪个城市肯收容他，而且他还不愿寄人篱下，因此他就在荒山里和一些牧民一同生活。他在马群里找到一匹产崽的母马，让他小女儿吸吮母马的奶头，有时还把野兽的奶头塞进她娇嫩的嘴唇里给她吃野兽的奶汁。当小家伙第一次迈步走路时，他就把一柄尖矛放在她手里让她习武，又在她小小的肩膀上挂起弓和箭袋。她的头发不用金箍拢住，身上也不穿长袍，却披了一件雌虎的皮，从头顶一直盖到脊梁。别看她小小年纪，她的嫩手已经会投儿童用的梭镖了，也会拿一根光滑的皮条在头上兜圈甩动，打下一只斯特吕蒙河飞来的鹤或是一只白天鹅。厄特鲁利亚各城邦有多少个母亲都看中了她，想着要她来做儿媳，但都成了泡影，因为她只想跟随狄阿娜，一心要保持处女的贞洁。如果她没有卷进这场战争，没有去向特洛亚人挑战，那该多好，她现在还能得到我的珍爱。但是现在残酷的命运正在逼近她，女仙，你现在飞到下界去，到拉丁国去看看，一场恶战正在那里进行。从箭袋里抽出一支箭来，我准备报仇，因为谁要是伤害了她，使她的圣洁的身体遭到玷污，不管他是意大利人还是特洛亚人，我都要用那支箭去向他讨还欠我的血债。然后我将用云雾把这可怜的姑娘的尸体包起来，连同她没有被人掳去的武器，驮到墓地，把她安葬在她祖先的国土上。”待狄阿娜说完，俄丕斯轻身从天空向下界飞去。

这时特洛亚的军队已经逼近都城，厄特鲁利亚的将领们和全部骑兵也临近城下。马蹄跳跃的声音响遍原野，骑兵勒紧缰绳，马匹死命挣扎，一望无边的枪头像火一样在战场上闪烁着。和他们对阵的是墨萨普斯、拉丁骑兵、科拉斯兄弟，还有卡密拉姑娘的马队，他们将长矛伸向前方，不住抖动矛头，人在挺进，马在嘶鸣，气氛愈来愈炽热。两军前进到有一投枪之远的地方就停住了，突然间一声呐喊，阵势散开，双方都狠命踢马，马匹就像发疯一样，标枪到处乱飞，密得如同雪花，罩住了天空。提连努斯和勇猛的阿康特乌斯鼓足气力，冲杀起来，首先阵亡的他们两个人，倒地之声，震耳欲聋。阿康特乌斯是被甩下来的，像从弩机上弹出来的重型石球，被抛在很远的地方。

一时间，阵势大乱，拉丁人用盾牌护着后背转身逃跑。特洛亚人后面紧追，为首的是率领着骑队的厄特鲁利亚人阿希拉斯。当他们快接近城门的时候，拉丁人又是一阵呐喊，勒转了马头，特洛亚人往后逃跑，他们放松了缰绳，退到了很远的地方，就像大海回荡的波涛，时而冲向陆地，拍打着岸边岩石，激起浪花，浸没了大片的沙滩；时而急速退落，带走了许多滑溜的卵石，留下了一片裸露的海岸。厄特鲁利亚人两次把鲁图利亚人驱赶到城边，而他们自己也两次被鲁图利亚人击败退却。当他们重整旗鼓第三次交锋的时候，每个人选中了自己的对手，全线的战士打得难解难分，只听得一片垂死的呻吟，只见武器和尸体横在深深的血泊中，死人中间夹杂着半死的战马，而战斗越发激烈。这时特洛亚人俄尔希洛库斯看见意大利的雷木路斯，于是向他的马投了一枪，刺中了马耳的下部，马受到打击，那伤痛使它难以忍受，它像发了疯一样，挺胸站立起来，高举前蹄，不住摆动，把雷木路斯摔了下来，翻滚在地。图尔努斯的盟友卡提备斯打倒了伊俄拉斯和赫尔米纽斯。战斗让人们用刀枪带来死亡，他们通过伤害别人寻求自己光荣的归宿。

这时卡密拉像个阿玛松女战士，身佩箭囊，雀跃般地跳进这杀人如麻的战阵。一会儿把标枪像雨点一样投向敌人，一会儿又不知疲倦地挥舞着双刃斧。她把一张金弓——狄阿娜常用的武器——举到齐肩的高度，弦响箭飞。即使当她被迫退却时，她也要一边逃跑，一边反身弯弓射箭。在她周围有精选的亲兵，拉林娜姑娘、图拉和挥舞铜斧的塔尔佩亚，她们都是意大利的女英豪，作为狄阿娜女神信徒的卡密拉把她们选来，来充当她的忠实随从，给她增添了不少光彩。她们就像特拉刻的阿玛松，穿着鲜艳的铠甲，驰骋在特尔墨东的河流边，簇拥着希波吕特作战；又像当战神玛尔斯的女儿彭特希莱亚乘着战车作战归来的时候，她手下的女战士们拿着新月形的盾牌，大声嘶喊，雀跃欢呼。

凶狠的姑娘，你要打倒的第一个人是谁？谁又是最后一个被你打倒的？你要让多少人倒地而死？第一个被她杀死的是克吕提乌斯的儿子欧涅乌斯，他冲到她面前，被她用杉木柄长矛刺穿了没有穿护甲的胸膛，鲜血像川流一样从他嘴里喷射出来，他倒在地上，嘴啃着沾满血污的泥土，临死还捂着伤口在地上翻滚。接着她又杀死了里利斯和帕噶苏斯，里利斯的马被刺伤倒地，他摔下马来便倒地而死了；帕噶苏斯前来支援战友，丢下了武器，伸出右手想去扶里利斯，结果两个人都倒在了一处摔死了。此外她还杀了希波塔斯的儿子阿玛斯特鲁斯。她又俯身追赶特琉斯、哈尔帕吕库斯、德谟佛翁和科罗米斯，从远处向他们投枪，这姑娘每投出一支枪，就有一名特洛亚战士倒下。不远的地方，有个战士叫俄尔尼图斯，他原是个猎户，此时他穿上他不习惯的武装，骑着一匹雅匹克斯马，他扯了一张牛皮披在了他宽阔的肩膀上，还拿着一柄猎户用的枪作为兵器。他在阵前走动，高出众人整整一头。由于部队的退却，卡密拉轻而易举地把他截住，并把他刺倒，居高临下地站在他旁边，倾吐她胸中的仇恨：“你这厄特鲁利亚人，你以为你是在树林里追逐野兽吗？终有一天你们的大话会被一个女子用她的武器打倒的，这一天已经到来了。但是当你去见你在阴间的祖宗的时候，你仍可以不失体面，因为你是被卡密拉杀死的。”

紧接着她又杀死了俄尔希洛库斯和布田，这两个特洛亚人的身材都硕大无比，布田骑在马背上背对着她，他左手里拿的盾牌又垂在一旁，她照他的铠甲和头盔之间一枪刺去；俄尔希洛库斯兜着大圈子追赶她，但是她巧妙地兜了一个小圈子，在马背上挥动着大斧，照准他的铠甲和骨骼连砍数刀，脑浆从伤口辘漉汩汩流出，流了一脸。接着和她遭遇的是住在阿本宁山的奥努斯的儿子，由于突然撞上她，他竟吓得呆住了。他是个诡计多端的利古里亚人，但他还不是最狡猾的。他想：即使拼命跑也无法避免一场战斗，无法逃脱女王的攻击，于是心生一计，对她说："当个女战士可真了不起，但你靠的是这匹强壮的马，那算什么本事？骑马只便于逃跑，应把它丢掉，不要靠它，下来站在平地上和我交手，很快你就会发现是谁在说大话，自欺欺人。"听他说完之后，卡密拉满腔怒火，怀着刺心的愤恨，把马交给了一名随从，站到地上。和对方一样，她只用出鞘的刀和一副盾牌作为武器却毫无畏惧。那利古里亚青年发现她中了计，立刻扭转缰绳，狠命用铁制的踢马刺刺那马腹，之后便逃跑了。卡密拉对他喊道："你这愚蠢的利古里亚人，不要得意，你只会落得一场空欢喜，你的处境不妙，你施展你那祖传的诡计是白费心思，你的狡猾并不能叫你安全地回到你狡猾的父亲的身边。"这女战士的话没说完，就像一道火光似的拔起如飞的双脚，跑过去拦住他的去路，面对面地揪住缰绳，把他杀死。这情景就像神鹰从高山上振翅冲下，在云端里追捕一只飞鸽，轻而易举地把它捉住、抓紧，用尖利的爪子掏出它的腑脏，鲜血和捣烂的羽毛从空中飘落下来。

这时人和神的创造者在高高的奥林匹斯山巅举目眺望，早看到了这一切。于是这位天父就激励厄特鲁利亚的塔尔康去狠狠地打一仗。塔尔康骑上骏马杀向尸横遍野的战场，这时厄特鲁利亚部队正在退却，他用各种方式鼓动队伍前进，他叫着每个战士的名字，要他们振奋精神，挽回颓势，重新投入战斗。"厄特鲁利亚人，你们怕什么？难道你们永远不知羞耻吗？永远是软骨头吗？难道怯懦已深深占据了你们的灵魂了吗？一个女人居然能把你们打得落花流水，让你们的队伍望风而逃！手里的钢刀是做什么用的？为什么拿着武器不用？可是在风流的勾当上，你们却是毫不怠慢的；只要号角一吹响，你们就马上狂欢舞蹈。那你们就等待庆功宴吧，等待丰盛的酒席吧——这是你们所热衷和追求的——到那时候，占卜师自会向你们宣布他占卜的是吉祥之光，肥嫩的牺牲自会把你们召唤到林丛深处的！”他说着就踢了坐骑，宛如一阵风冲向乱军之中。当他和维努鲁斯遇到时，一把就将他从马上拖下，抱了过来，横放在自己鞍前，用足气力，把他掳走了。所有拉丁战士都回过头来观看，只见塔尔康像一道火光，按住鞍前的敌人和他的武器，掠过了平原，他把敌人的铁枪头拔下，在他的铠甲上找到一处空隙，将枪头扎了进去，但对方极力反抗，不让塔尔康的手接近自己的喉咙，就像一只金黄色的老鹰抓住一条蛇，在高空飞翔，它的脚爪紧紧地扣住蛇身，那蛇虽然受伤，仍旧不停地挣扎，时而挺直身躯逆鳞倒竖，发出嘶嘶的叫声。那鹰也不示弱，用钩嘴折磨着挣扎的蛇，两翼同时不住地扑打着气流。塔尔康从提布尔人阵前掳走了维努鲁斯。厄特鲁利亚人仿效他们领袖，冲杀出去，取得同样的战绩。这时阿伦斯——他是注定要阵亡的——手持长矛，先围着飞奔的卡密拉转，盘算着各种计谋，想找一个最容易攻击她的机会。每当这位姑娘疯狂地冲锋陷阵，阿伦斯就逼近她，不声不响地尾随着她；不论她是胜利归来还是从敌阵退却，这位年轻的战士总是偷偷地赶忙扭转马头，拿着那无情的长矛，在她身边伺机进攻。

这时克罗瑞乌斯正巧出现，他长期以来是库别列女神的祭司，他身穿光彩夺目的弗利吉亚铠甲；他骑着一匹白色的快马，马背上披着一件用铜页编成、用金线穿连的铠甲，像一身羽毛似的。他本人穿了一身绛紫和深红的衣服，非常鲜艳；他肩上斜挂着贴了金的弓和箭；他头上戴的是祭司的金盔；他那橙黄色的麻布法衣，褶子挺得沙沙作响，他用一个赤金别针把它拢成一个结子，他的衣服和外国样式的裤子上都绣着花。也许卡密拉希望夺得那特洛亚人的武装去挂在庙门上，也许她希望用夺来的金光闪闪的服装打扮好自己，能够在打猎的时候炫耀一番，她怀着妇女特有的贪图战利品的强烈欲望，在乱军阵中只盯住他一个人紧追不放。这时阿伦斯终于抓住时机暗暗地举枪向她投去，一面高声向上苍祈求道："至高的神，圣索拉克特山的保卫者，阿波罗啊，我们厄特鲁利亚人最崇拜你，我们燃起松木堆祭祀你，我们笃信你，我们赤脚走进深深的火烬之中，表示对你的膜拜，万能的天父啊，请允许我用我的武器消除我们的耻辱。我不求从这姑娘身上夺得什么战利品来纪念对她的胜利，我将用别的业绩来赢得赞美，我只求能亲手给这祸害和孽障带来创伤，把她打败、打倒，那么我即使默默无闻地回到家乡也甘心了。"阿波罗听到了他的祈求，决定满足他的一部分请求，其余的就撒向天空任风飘走。他答应阿伦斯可以出其不意突然把卡密拉打倒杀死，但没有答应他高傲的祖国能看到他的凯旋，因而风暴就把他的这部分祈求声送到南风神那里去了。只见他将手中的那支长矛投了出去，穿过天空，嘶嘶作响，所有的沃尔斯克人都惊慌失措，眼睛都转向了女王。当长矛在天空飞过时，女王自己全然没有感觉到它的声音和气流，直到这支矛牢牢扎进了她的胸膛，深深地吸吮着这姑娘的血。她手下的战友慌慌张张地聚拢，把他们倒下的女将领扶起。阿伦斯比所有的人更加惊慌，不敢再动用自己的刀枪，也不敢再面对那姑娘的刀枪，怀着又高兴又害怕的心情，混杂在乱军之中逃跑了。他就像一头狼杀死了一个牧羊人或一头大公牛，不等有人拿着刀枪来追赶，就急急忙忙躲进人迹罕至的深山里，因它自知干了一件胆大包天的坏事，就将耷拉着到地的尾巴夹在了两腿中间，往树林里逃去。垂死的卡密拉用手去拔那长矛，但铁制的矛头已扎进肋骨缝里，肋下的伤口很深，始终拔不出来。血流尽了，她倒下了，两眼凝滞，失去了生机，往日脸上的红晕也消失了。在她断气的时候，她看着阿卡。阿卡是她的一个同龄人，是她最亲信的一个人，曾和她同甘共苦。她对阿卡说道："阿卡，好妹妹，我所能做的就到此为止了，这难忍的伤势把我毁了。你赶快逃跑，把我最后的嘱咐带给图尔努斯，让他继续战斗，挡住特洛亚人，保卫城邦，永别了。"她说着就慢慢松开了手，缰绳也不由自主地落到了地上。她身体僵冷，柔软的头颈和被死亡征服了的头颅垂了下来，武器也抛在一边，带着啜泣和不平，她的灵魂游往地府去了。卡密拉倒下之后，哀恸之声直冲布满金星的苍穹，战斗更加激烈，所有特洛亚部队、厄特鲁利亚的将领和厄凡德尔的阿尔卡狄亚骑兵开始了密集攻势。

狄阿娜的哨兵俄丕斯坐在山顶上一直静观战斗，当她从远处看见卡密拉遭到无情的杀害，又见一群发疯似的队伍大声哭喊，她叹了一口气，自言自语道："姑娘啊，你为了向特洛亚人挑战，付出的代价太大了！你是狄阿娜的信徒，肩上背着我们常用的弓箭。你崇拜的女神会赐给你应有的荣誉，你也不会蒙受饮恨而亡的羞辱。那个残害你的人，不管是谁，一定要他抵命，他必定死有应得。"在那座高山脚下有一个大土丘，这是古代劳伦土姆王德尔肯努斯的陵墓，它是用土堆成的，有一片橡树遮荫。女神俄丕斯迈着矫健的步伐来到了这里，站在这高高的土堆上眺望阿伦斯的踪迹。当看见他穿着耀眼的铠甲趾高气扬的时候，她对他说道："你为什么转身要走啊？到这儿来，我要叫你死，你杀了卡密拉，来接受你应得的报应吧。你这样的家伙还不配死在狄阿娜的刀下呢！"她说完就从嵌金的特拉刻箭袋里抽出一支箭，使劲地拉弓弦，直到弓的两角几乎要碰到一起，两手持平，左手贴着铁镞，右手把弓弦一直拉到胸前。就在这一瞬间，阿伦斯听到空中嗖的一声，铁镞已经牢牢地扎进了他的身体。他的战友们把他丢下不管了，任他倒在田野里垂死呻吟，也还是被人忘却了。俄丕斯振动下双翼就飞往奥林匹斯天界去了。

最先逃跑的是卡密拉的失去了领袖的轻骑兵，鲁图利亚人也慌张地逃跑了，连精神抖擞的阿提那斯也逃跑了，失去了队伍的将领和失去了将领的队伍都在寻找安全的去处，大家都纷纷转身向城堡飞奔而去。没有一个人敢抵抗来势汹汹的特洛亚人，没有一个人敢阻拦他们，他们肩上的弓弦松弛了，肩膀也垂了下来。驰骋的马蹄震动着原野，捣烂了原野上的泥土，尘土像滚滚黑烟卷上城头。母亲们站在碉楼上捶胸号啕，这些妇女的哀号直冲云霄。一批人飞马奔进敞开的城门，后面紧跟着一大群敌人和他们混在一起进了城门，因此他们也未能逃脱惨死的下场，他们死在了自己的家门口，死在了他们世世代代居住的城市里，死在了本可以给他们安全的房舍里。他们只好把城门关了，不敢给自己人打开，即使他们哀求，也不敢让他们进来，一场惨不忍睹的屠杀开始了，保卫城门的人都死在了刀枪之下。亲人们只好眼睁睁地看着他们被关在城外，有的在乱军压阵之际纷纷跌进了护城河里，有的则纵马盲目地往城门和门柱上撞。甚至站在城头的那些母亲，看到战死的卡密拉，也激发出爱国之情，有的颤颤巍巍地投出梭镖枪矛，有的抄起坚硬的橡木桩和烘烤过的尖桩来做武器，人人争先愿为保卫城池而死。

报信人阿卡向图尔努斯报告了这一残酷的消息，她说沃尔斯克人的部队全军覆没了，卡密拉战死，敌人攻势锐不可当，他们乘胜扫荡了一切，城里已是一片惊惶。图尔努斯听后大怒，他疯狂地奔下荫蔽的山冈，离开了草莽林丛。他前脚刚离开来到平川，埃涅阿斯后脚就走出了浓密的林莽，来到这已无人守卫的咽喉要道。这两人各自率领着全部人马同时向城市奔去。埃涅阿斯望着远处烟尘弥漫的平原，看到了劳伦土姆队伍，同时图尔努斯听到了蹄声和马嘶，也认出了全副武装的凶猛的埃涅阿斯。他们恨不得立即开战，看看究竟鹿死谁手，但是脸色赤红的日神弗博斯召回了白昼，黑夜不久就到来了。他们在城边安营扎寨，筑起了工事。

卷十二

引言——图尔努斯准备和埃涅阿斯单独决斗，双方宣誓。茹图尔娜煽动破坏了协约，暗箭射伤埃涅阿斯。维纳斯用仙药治愈了他的伤口，埃涅阿斯重回战场和图尔努斯决战，埃涅阿斯杀死图尔努斯。史诗完。

图尔努斯看见战争已挫败了拉丁人的队伍，他们已经没有战斗力了，每个人的眼睛都盯着他，好像要他兑现他许下的诺言。他心中那难以平息的怒火早已燃烧起来，他迫不及待要战斗，就像非洲沙漠里的一头雄狮，胸口受到猎人的严重创伤，最后拼死一搏。它雄赳赳地抖动颈上茂密的鬣毛，无畏地咬断猎人插进它身上的枪，张开血口大声怒吼。图尔努斯正是这样，变得越来越狂躁不安。他烦躁地对国王拉提努斯说道："我，图尔努斯不耐烦再拖延了，埃涅阿斯手下的那些懦夫们没有理由收回他们的挑战或放弃契约。我要战斗。父王，请准备好祭供的牲口，缔结条约吧。你们拉丁人可以坐着观战，要么用我这手把那特洛亚人、那个亚细亚的逃亡者送下地府，用我的剑让他还清我们大家所遭受的耻辱；要么我们被他打败，让他娶拉维尼亚为妻。"

拉提努斯平静地回答道："勇气超人的年轻国王，你在功夫及勇气方面越是表露出色，我就越应该谨慎周全地考虑每一种的可能性。你从你父亲道努斯处继承了一个强大的王国，还有你攻占的许多城市。而我，拉提努斯，有的是金银和一颗友善的心，拉丁姆城和劳伦土姆各地有的是出身高贵、身世显赫的未婚的女子。不管真实情况如何让你心痛，让我直言不讳地说出我的心里话吧，你要把我的话牢记在心：所有天神和祭司都警告过我，不能把我的女儿嫁给任何一个先前的求婚人。可是因为我喜爱你，我们是亲戚，我的王后的悲伤和眼泪又打动了我，所以我打消了一切疑虑，接受了你的求婚，结果却引发了这场罪恶的战争。如你亲眼所见，图尔努斯，自开战以来，这残酷的战争，还有失利后的军事怎样使我备受煎熬，你自己也身受其害，遭受了这么多苦难折磨。我们在两次大战中都败了，现在又被围困在城中，这使我们对意大利的未来不抱多少希望，至今我们的热血还流淌在第表河水里，广阔的原野上遍地都是我们的白骨。我怎么老是跑题呢？我疯了吗，为什么如此糊涂？倘若我准备和特洛亚人结盟，结束这场战争，为什么不选择在图尔努斯生前而要选择他死后呢？如果只因为你想娶我的女儿为妻，却把你推上死路，愿命运证明我的话毫无根由，那么你的亲人、鲁图利亚人，甚至意大利其他各族人会怎么说呢？请想想，战争总是变化莫测；你也该可怜可怜你的老父，他正为远方的儿子担忧呢。”

他的这些话不但没有改变图尔努斯的坚定决心，反而更加激怒了他，真是病越治越厉害。等他稍微平息了怒气，又能重新开口说话的时候，他说道：“父王，请你不要为我担心，让我以死去争取荣誉。我还能继续战斗，还能一样有力地投掷钢枪，我若刺伤敌人，他同样也得洒出生命的血。他的女神母亲决不会使用在他身边施以浓雾来让他逃跑这样的计策，即使他想躲藏在阴暗处，那也是没有用的。”可是王后惧怕再打仗，摆出一副临死时的样子，淌着泪水，抱住她那暴躁的女婿说：“图尔努斯，我求求你，请你看在我眼泪的分儿上，请你顾念一下阿玛塔的情分，你现在是我唯一的希望，是我悲惨晚年唯一的安慰，拉提努斯的名誉和权力都寄托在你身上，我们这即将败落的家室也要靠你支持，我只求你一件事：不要跟特洛亚人打仗了。无论你在战斗中遭受了怎样的命运，图尔努斯，那都是我未来的命运；倘若你死了，我也不会苟活在这可恨的世界，我决不愿成为俘虏，认埃涅阿斯做女婿。”拉维尼亚听到了她母亲乞求，眼泪顺着她火热的面颊流淌，炽热的红晕布满了她的脸颊，就像匠人将一片血红的颜色抹在印度象牙上了，又像洁白的百合花混在玫瑰丛中反映出红光。那姑娘脸上的颜色就是这样。

图尔努斯一片深情凝视着她的脸，这使他想奔赴战场的愿望更强烈了，他对阿玛塔王后简短地说道：“母亲，我求你，不要用这不吉祥的眼泪送我上那无情残酷的战场，图尔努斯没有理由延迟这场生死决斗。伊德蒙，你去向特洛亚那位统领传我的话，他是不高兴听这些话的，告诉他，明早黎明的曙光染红天空的时候，叫他不必派特洛亚人来跟图鲁利亚人作战，双方部队好好休息，这次战争的胜负就让他和我的鲜血来决定，拉维尼亚属于谁，也须在战场由输赢说了算。”说完他迅速回到王宫里，吩咐人准备好马匹，他高兴地看着这些在他面前不停地嘶叫的马，这些马都是北风神俄利提亚的妻子送给他祖父皮鲁姆努斯的。它们色白胜雪，奔驰如风。尽心的驭手站在马的周围，用空掌啪啪地拍着马胸脯，鼓励它们，又梳理它们颈上的鬃毛。图尔努斯披上一副硬挺的镶金白铜铠甲，挂上宝剑和盾牌，戴上红缨头盔。火神亲自给他父亲道努斯锻造的那宝剑，并在冥河里淬过火。接着他紧握着靠在大厅中央一根高柱上的沉重的长矛，那是夺自奥隆卡人阿克托尔的。他挥舞着长矛，说道：“我的长矛啊，你向来不辱我给你的使命，现在时候到了。英雄的阿克托尔曾使用过你，现在我图尔努斯的手里握着你了，我要靠你去打败那个特洛亚的埃涅阿斯，用我强有力的双手剥下他身上的盔甲，我要把他那用热铁铗卷过并抹了香膏的头发拖在泥土里。”他因激动而疯狂，满脸被愤怒的火焰烧得通红，眼睛冒出愤怒的火光。就像一头准备战斗的公牛，开始咆哮发威，愤怒得直用它的角去抵撞树干，冲去与风相搏，踢起地上的沙土，在战场上初试锋芒。

这时埃涅阿斯穿着他母亲给他的盔甲也同样摩拳擦掌，振奋精神。同时他高兴的是图尔努斯提出用单独交手的方法来结束战争。他说些使他的部下和尤路斯安心的话，说这些事都是命运支配的。他又叫人把他的答复传给拉提努斯王，宣布他的和平条件。

清晨，黎明刚把朝霞洒在山巅，太阳神的骏马刚从海水深处升起，高昂着鼻孔喷出光明，鲁图利亚人和特洛亚人已在伟大的都城墙外丈量出一块决斗的地方，他们在场地中央准备了祭祀双方共同敬奉的神祇的火盆和祭坛。祭司们穿着礼服，戴着草冠，捧来了水和火。意大利的兵团排着队列穿过拥挤着人群的城门。在另一方，装备着各式武器的全体特洛亚和厄特鲁利亚的军队也涌了上来，严阵以待，只要一声令下，就冲进沙场。各方将领，有阿萨拉库斯族的墨涅斯特乌斯、勇猛的阿希拉斯；驯马高手、海神之子墨萨普斯身披金紫，傲视群雄，穿梭在千军万马中。一声号令，双方人马各自后退到指定的地方，把长矛插在地上，盾牌靠长矛放着。接着，妇女们、手无寸铁的群众，不论老弱，都先后从家里拥出来。他们站在城楼上、房顶上，甚至高高的城门顶上。

这时朱诺站在山巅上往下瞭望（现在这山叫阿尔巴努斯，当时那里却是个默默无闻还没有名称的地方），她俯视着这片平原，看到了劳伦土姆和特洛亚双方的部队，以及拉丁努斯的都城。她立刻对图尔努斯的姐姐（她也是一位女神，天帝朱庇特封她掌管湖泊和奔腾的河川，作为夺去她的贞操的补偿）说道："宁芙，河川的荣耀，我的最爱，你知道吗？在那些被执着的朱庇特强拉到他床上的拉丁少女中，你是我最钟爱的，我也很高兴给你一个在天上的位置。茹图尔娜，我要你知道你将要遭遇的不幸，不然你会埋怨我的。只要命运允许，只要命运女神还眷顾拉丁姆，我总是保护着图尔努斯和你的城市的，但是今天我看到他将遭到他所改变不了的命运，命运注定的日子和敌人的威力即将来到。我不想亲眼看到这场单独决斗和订立盟约。倘若你敢给你的弟弟有力的援助，你只管放手去做吧，现在正是帮助他的时候。也许你们姐弟二人的前途会光明些。"朱诺的话刚说完，茹图尔娜的泪水就流淌了出来，三番五次地用手捶着她美丽的胸膛。朱诺又说道："这不是哭泣的时候，你要快些，想个办法出来让你的弟弟免于死亡，要不然，你就去破坏双方所订的盟约，重燃战火。我允许你这样做。”她在说了一番告诫的话后就走了，留下茫然不知所措的茹图尔娜独自黯然悲伤。

这时国王们纷纷来到战场。拉提努斯领着大批随从，乘坐四马套驾的华丽战车，头戴闪烁着十二道金光的王冠，耀眼夺目，标志着他是太阳神的后裔；图尔努斯乘坐一辆由两匹浑身雪白的骏马拉着的战车，手里拿着两把阔刃长矛。对面走来族长埃涅阿斯，他是罗马人的先祖，神采奕奕地拿着闪着光芒的盾牌和天神打造的武器；他的儿子阿斯卡纽斯在他身边，是伟大的罗马的第二代希望。一个身穿白袍的祭司把一头猪鬃蓬乱的崽猪和一只没剪过毛的两岁绵羊赶到燃着烈火的祭坛前。国王们面向初升的太阳，捧起拌过盐的谷物，割下牺牲头顶的毛，用美酒祭洒祭坛。虔诚的埃涅阿斯抽出宝剑祷告道：“太阳之神，请你做我的见证，意大利的土地，我召唤你，为了你，我才有勇气去忍受这么多的艰难困苦；还有你，全能的天父和你，天后朱诺，我希望你对我们友善些；还有你，鼎鼎大名的玛尔斯，战争之父，你左右着一切战争；我还要召唤一切泉流河川，天上和海洋里的所有神灵：倘若胜利属于图尔努斯，作为战败者的我们将离开这里到厄凡德尔都城去。尤路斯放弃他对这块土地的权利，从此埃涅阿斯的人将永远不再重启战端，执刀枪向这王国挑战。但是倘若胜利是属于我们，战神玛尔斯也偏袒我们这方，而我相信多半是这样的，愿天神能证实这一点；那么我绝不会命令意大利人服从特洛亚人的，我自己也绝不会称王称帝。让我们这两个没有被对方所征服的民族在平等基础上缔结永恒的条约。我将引进特洛亚的风俗礼仪和神祇；但是拉提努斯作为我的岳父将掌握一切武装和享有至高无上的权力；特洛亚人将为我建造我们自己的城市，它将以拉维尼亚的名字命名这座城市。”

埃涅阿斯先说了，接着轮到拉提努斯，他仰望苍穹，向天空伸出右手祈祷道：“埃涅阿斯，我也指着大地、海洋和星辰起誓，还有拉托娜的孪生儿女、两面神雅努斯、地府诸神和冷酷的狄斯的庙堂起誓，愿天父能听到我的誓言，因为要由他发出霹雳才能使一切誓约变得有效，同时还是神圣而不可侵犯的。我现在把手放在神坛上，我请这里的神祇和我们中间的圣火来做我的见证：无论将来的命运如何，绝不能破坏意大利各民族间的和平联盟，愿这一天永远不会到来；没有任何力量可以改变我的意志，即使那力量可以使洪水泛滥，横扫大地，可以让苍天粉碎堕入地狱，我的意志坚定不移，就像我的这把权杖（碰巧他手里握着一根），自从它在树林里被齐根砍下还削去了嫩绿的枝叶后，它再也不能生根发芽给人提供阴凉了。从前它就是一棵树，现在却被匠人巧妙地包上精美的铜饰，持在拉丁姆的长老们手里。”

在双方将领的目视下，他们两人就以这样的誓词完成了彼此间的约定。然后他们就按照礼节在圣火旁宰了牺牲，挖出鲜活的脏腑，把丰盛的祭品堆在祭坛上。虽然如此，鲁图利亚人早就认定这是一次不公平的决斗，他们的心情因为矛盾而感到不安。现在他们亲眼看见双方力量悬殊，越发感到不安，又见图尔努斯默默无语地走上前来，双目低垂向祭坛躬身行礼，一脸稚气面色苍白，他这情形更增添了他们的焦虑。这时他的姐姐茹图尔娜注意到众人开始谈论，群众的情绪也在波动，于是就扮成卡摩尔斯的模样。这卡摩尔斯是名门望族出身，他的父亲是出了名的勇士，他自己也骁勇善战。茹图尔娜扮成卡摩尔斯的模样大踏步走到队伍中，完全清楚自己的任务是什么，她散布着传言煽动他们道：“鲁图利亚人啊，你们让一个人去对阵来拯救全军，难道不感到害羞吗？我们的人数和力量难道不跟他们相当吗？你们数一下对方特洛亚人、阿尔卡狄亚人，还有与图尔努斯为敌被命运支配的厄特鲁利亚人，你们将发现我们的军队更加强大，倘若我们与他们交手，恐怕还有一些找不到对手。图尔努斯无疑会荣升天上神祇之列，他现在正在坛前把自己献给天神，他的声名将流芳百世；但是如果我们现在袖手旁观坐在地上，我们将丧失我们的祖国，被迫去服从那些傲慢的老爷了。”

茹图尔娜这样说着，那些青年战士听了这些话后，头脑发热而且还愈来愈热，大家嗡嗡地纷纷议论，不管是劳伦土姆人还是拉丁人都改变了主意。先前还希望停止战争以好获得休息和安全的人，现在却要拿起武器，同情图尔努斯受到了不公平的遭遇，并希望没有缔结停战的协约。茹图尔娜还不罢休，她给意大利人送上了吉祥的征兆，这一幕景象更是大大地迷惑了意大利的人心，使他们误解了它的意义。原来朱庇特的金雕正飞翔在红霞满天的天空，追逐着一群叽叽喳喳乱叫的水鸟，忽然间这雕俯冲向海面，用它那无情的爪抓住了一只美丽的天鹅。意大利人警觉起来，注视着这惊人的景象，只见这群鸟高鸣着绕圈飞翔，它们形成一大片，遮蔽了天日，就像一团黑云逼迫它们的仇敌后退，直到这雕承受不了它们的压力，支持不住自身的重量，只好把抓住的天鹅丢到河里，自己远远飞走，向白云生处去了。鲁图利亚人看到这个吉兆，高兴得欢呼起来，他们手执剑柄，倾听预言者托伦纽斯的解释，他说："让我告诉你们，这是我时常祈求的征兆。我欢迎它，我从中看到了神意。我将带领你们，拿起你们的武器来吧，我可怜的同胞们，那残酷的侵略者用战争威胁着你们，要践踏你们沿岸的疆土，还要把你们当成一群软弱好欺的鸟。但是只要你们团结一心，他也会逃跑的，他将会开船逃往远方。把队伍整顿好，通过战斗来拯救你们孤军奋战的王。"

他说罢便向前冲去朝着敌人投去一枪，那樱桃木的枪划过长空，发出嗡嗡的声响。同时也只听见人们欢呼叫喊，旁观者们鼎沸起来，个个兴奋激动。那长枪继续向前飞，在它飞行的轨迹上碰巧站着九个高大的同胞兄弟，他们是一母所生，他们忠实的母亲是厄特鲁利亚人，父亲是阿尔卡狄亚人叫居利普斯。那枪击中了其中一个兄弟，刺进了他的腹部，就是带扣扣住腰带两端的地方；他是个青年战士，身穿明亮的甲胄，英姿勃勃。长枪穿透了他的肋骨，他倒在了黄沙地上。他的兄弟们义愤填膺，团结一致。有的拔剑出鞘，有的抓起铁枪，盲目地向敌人冲杀过去。劳伦土姆的部队迎面冲来，于是特洛亚、厄特鲁利亚和穿得五光十色的阿尔卡狄亚的部队像洪水般冲上去作战，大家都热切希望用刀枪解决问题。他们拆除了祭坛，一阵乱枪遮天蔽日般飞向天空，然后又像雨点般落了下来，他们搬走了祭神的酒碗和火炉。拉提努斯王自己也逃跑了，条约已经失效，他带走了那蒙羞的神祇。有些人驱动了战车，有些人翻身上马，拿着宝剑准备厮杀。墨萨普斯急欲撕毁条约，纵马去战头戴王冠的厄特鲁利亚的国王奥勒斯特斯，吓得他往后退去。在他慌忙后退的时候，不幸绊住了身后的祭坛，头和肩摔在地上，墨萨普斯骑马飞奔而来，手持长矛怒目而视，高高地站起把那像梁一样粗的矛狠命地刺向他，不顾他乞求饶命，喊道："这次休想再逃了，要把牺牲品献给神，这个好多了。"意大利人蜂拥而上，从那还温热的尸体上抢夺战利品。这时特洛亚人柯吕奈乌斯迎面奔来，从祭坛上抓起一根还在燃烧的柴棍，朝拉丁人厄布苏斯的脸上戳去，这厄布苏斯正跑来迎战他，他那浓密的大胡须着了火，发出烧焦的味道。柯吕奈乌斯继续进攻，用左手揪住心慌意乱的对手的头发，用膝盖顶住他的身体，使出全身的力气把他压倒在地，然后狠狠地一剑刺进了他的腰间。另外，特洛亚人波达利琉斯拿着赤裸裸的刀追赶着鲁图利亚的阿尔苏斯。阿尔苏斯是个牧羊人，在前线的飞枪箭雨中迅速奔跑，当波达利琉斯逼临他头上的时候，他扬起斧头，朝波达利琉斯的脸部砍去，从中劈开，鲜血溅满了他身穿的盔甲。铁一般的睡眠关闭了波达利琉斯的双眼，这双眼睛永远看不见光明了。

这时虔诚的埃涅阿斯光着脑袋，朝天伸出并无兵器的右手，向他的部下高声喊道："你们奔往哪里去？为什么忽然又打起来？平息你们的怒气吧！我们已经签订了条约，双方都同意了条件。剩下的战斗只是我一个人的事了，让我来结束这一切吧，你们放心好了，我要靠自己的力量来维护条约，神的誓言已经示意图尔努斯让我来处置。"可是正当他高声呼喊他的人的时候，一支冷箭呼啸飞来落到了他身上，谁也不知道是什么人射来的也不知道这是巧合还是天意，但它却带给鲁图利亚人极大的荣耀，尽管没人发现这光荣的事迹是谁干的，也没有人出面邀功自称射伤了埃涅阿斯。图尔努斯看见埃涅阿斯撤离战场，手下的将领们陷于一片混乱中，忽然他又燃起希望的火花，叫人牵马驾车拿来武器。他高昂着头迅速跳上战车紧握缰绳，随即驰骋在战场上。他在敌人士兵中大肆杀戮，特洛亚人纷纷倒毙，留下的挣扎在死亡的边缘，他的战车碾压着敌人，他又拔下死人身上长枪投向逃跑的敌人。就像身染鲜血的战神玛尔斯在冰冷的赫布路斯河边疯狂地奔驰，哗啦哗啦地摇响他的盾牌，驱使着那发了疯似的马，奔扑战斗。那些马飞驰在旷野上，胜过那南风和西风，甚至特拉刻最遥远的土地在他们的践踏之下也呻吟起来，他的随从——黑脸的恐惧神、怒神和诡谲神——也在他周围随着他一齐奔跑。像玛尔斯一样，图尔努斯鞭策着汗气蒸腾的战马在乱军中横冲直撞。奔腾的马蹄践踏着那些可怜的被杀戮的敌人的尸体，溅起了一片片鲜血的露珠，扬起的尘土也染上了血。图尔努斯还杀死了斯特涅鲁斯、塔木鲁斯和佛鲁斯，前一个是他从远处投枪杀死的，后两个是在交手战中毙命；他还从远处击倒了伊姆布拉苏斯的两个儿子——格劳库斯和拉德斯。伊姆布拉苏斯在吕西亚把他们抚养成人，教他们如何近身肉搏，如何骑快马追风，还给他们配备了合身的甲胄和武装。

在稍远的地方，杰出的勇士尤墨德斯冲进了战场，他是从前特洛亚战争时期多隆的儿子，他随祖父的姓氏，也像他父亲一样英勇，武艺超群，他曾大胆要求得到阿奇琉斯的战车和战马，作为潜入到希腊军营中刺探军情的奖赏，但是狄俄墨得斯却给他以截然不同的赏赐来回报他的业绩，他没能再想要阿奇琉斯的马了。图尔努斯老远就看见尤墨德斯在广阔的战场上，他追着尤墨德斯，还隔着一段距离就向他投去一支短矛打倒他，然后停住战车跳下车来，站到垂死挣扎的尤墨德斯身旁，狠狠用脚踩住他的脖子，夺过他手里明晃晃的刀，深深地刺进他的喉头，他还骂道：“你这个特洛亚人，躺在这儿吧，用你的身体来丈量你想用战争夺取的西土的土地吧，这就是与我争锋的下场，这就是你们想建立城邦的犒赏。”接着他又投出一枪把阿斯布特斯送去和尤墨德斯做伴了，把克罗瑞乌斯、希巴利斯、达列斯、特尔希洛库斯和提摩厄特斯杀死了，这最后一个是马把他摔在地上。就像北风自埃多尼亚呼啸着刮过爱琴海，把滚滚海浪吹到岸上，又像狂风横扫天空一样，图尔努斯所向披靡，敌军溃散逃窜。图尔努斯进攻的力量，带着他勇往直前，他驱赶着战车在战场上飞驰，风把他的盔缨吹得乱舞。特洛亚的弗格乌斯不能容忍图尔努斯的攻势和叫嚣，冲上前去挡住他的战车，用他那强有力的右手抓住两匹飞奔的马，把它们的含嚼铁起泡沫的嘴扭向一边。他抱住车轭不放，却被战车拖着走，使他的侧面暴露。图尔努斯乘机刺入，矛头穿透了他的双层盔甲，但只刺破皮肤并无大碍。弗格乌斯虽然负了伤但仍继续转头迎敌，他将盾牌挡在前方，然后抽出短剑来。可是他还没来得及战斗，那急速转动的车轮就让他一头栽到地上去了。图尔努斯趁机向他的头盔和铠甲之间挥剑劈去，一下就砍掉了他的首级，留下他的尸身在黄沙地上。

图尔努斯在敌人士兵中大肆杀戮时，埃涅阿斯被墨涅斯特乌斯、忠诚的阿卡特斯以及阿斯卡纽斯一起扶回营地。他满身血污，拄着长矛，一步一拐地走回营地。他愤怒地想拔出折断在身体里的箭镞，但没能拔出，他便叫他们直接用阔刃刀把伤口割开，剜出藏在皮肉深处的箭镞。这样，他就可重返战场了。这时雅苏斯的儿子雅丕克斯正站在他身旁，阿波罗神喜爱雅丕克斯甚于任何人。很久以前出于对他的迷恋，阿波罗主动地向他传授自己的各种本领和技能，包括未卜先知的能力、弹琴和精湛的箭法。但是雅丕克斯宁愿向阿波罗学习草药治病的知识和医术，因为他的父亲那时奄奄一息，希望延长他的寿命，他情愿放弃名利，默默无闻地行医治病。这时埃涅阿斯正倚着长矛站在地上，发疯似的咆哮着，他的一大群将士围住他，其中也有难过的尤路斯，可是他不为他们的眼泪所动，一心只想战斗。年老的雅丕克斯撩起长袍掖在腰间，像医神那样急切地试着各种方法，用阿波罗的各种草药贴敷伤口，但都没有效果；他又用手去拔那箭镞，用钳子去夹它，也还不成功。他的运气不佳，他的师父阿波罗也没法帮助他。这时战场上可怕的喊杀声越来越近，一场不可避免的厮杀近在眼前。人们看见天空尘土飞扬，敌人的骑兵已经逼近营旁，空中阵阵飞枪羽矢，纷纷落到营内。战士们可怕的呐喊声、凄惨的哀号声，响彻云霄。

这时维纳斯看见自己的儿子遭受不该有的痛苦大为震惊，于是她就从克里特岛的伊达山上采来了牛至草。它茎上多叶，花是紫红色的，野山羊都知道吃它，当它们背上中了飞箭，负了伤的时候。维纳斯隐藏在云雾里，把这草带到军营中，暗将它的药性掺和在水里，这水装在一只明亮的铜锅里，又把益神的仙露和芬芳的万灵草洒到水里。老雅丕克斯就用这水来清洗埃涅阿斯的箭伤，当然他不知道这水有了疗效。忽然间，埃涅阿斯顿时感觉身上不疼痛了，血也不再从深深的伤口里流出来了。接着箭头自动从身体里退出来，掉到雅丕克斯手里，埃涅阿斯的体力又恢复得和先前一样。雅丕克斯高声喊道："快些呀，快把武器拿给我们的英雄！你们还磨蹭什么？"他第一个打起精神，也有了对敌的士气。接着他又说道："人力和我的医术都不能造成这样可喜的效果。埃涅阿斯，不是我的手治愈了你的创伤，是比我强大的神医好了你，神将保佑你去建立更伟大的功业。"

急于应战的埃涅阿斯，早已将金甲绑在左右小腿上，一点也不耽搁时间，挥动起长矛，已把铠甲穿在身上，把盾牌系在身旁。他全身戎装，紧抱住阿斯卡纽斯，揭开头盔上的面罩，轻轻地亲了一下他的嘴唇，说道："孩子，你可以跟我学到什么是勇敢，什么是坚毅耐苦，至于什么是运气，只好请别人教你了。今天，我的手可保护你在战斗中安然无恙，会引导你赢得丰富的战利品。但等你长大成人，你就要牢牢记住你的父辈们给你立下的榜样。你的父亲是埃涅阿斯，你的舅父是赫克托尔，想起他们你就会勇气倍增。"

说完他手里挥动着巨大的长矛，大步走出营外。同时，特洛亚的安泰乌斯和墨涅斯特乌斯率领着大队人马也冲了出去，全军倾巢而出，向前进发。战场上扬起阵阵尘土，大地也在士兵的脚下震动颤抖。图尔努斯看见他们从对面冲来了，他的部下奥索尼亚人也看见了，感到不寒而栗。茹图尔娜比拉丁人早听到了呐喊声，而且清楚这呐喊之声发自谁，她感到了恐惧便也退缩了。埃涅阿斯飞速行进，率领着他的队伍扫过开阔的平野。他像一片暴风云遮天蔽日，从大海飘到陆地。可怜的农民很快感觉到风暴就要来了，心惊胆战，因为暴风雨将席卷一切，折断树木、吹倒他们的庄稼，使大片的土地受灾。他就像呼啸的狂风叫嚣着奔向岸上。特洛亚的统帅就这样率领着自己的部下向敌人冲去，每个战士紧密相贴，形成并保持着一个密集的队形。这时特洛亚人廷布莱乌斯杀死意大利大将俄希里斯，墨涅斯特乌斯歼灭了阿尔克条斯，阿卡特斯砍倒了厄普罗，居阿斯杀死了乌芬斯，首先向敌人投出长枪的托伦纽斯，也死了。喊声震天。这时该鲁图利亚人掉头逃命了，他们在阵阵烟尘中四处逃窜。可是埃涅阿斯不屑去追杀这些逃兵，也不愿和那些向他进攻的或扬起长枪向他投掷的敌人作战，他在尘烟弥漫的战场中到处搜索，一心要与图尔努斯单独决战。女战士茹图尔娜惶恐不安，因她害怕这场决战的发生。于是她将图尔努斯的马夫墨提斯库斯从驾车位上推了下去，他顺车辕掉在地上，而后被车子抛在后面很远。她迅速取代了墨提斯库斯，拉起缰绳驾驭战车，又装扮成他的模样，包括声音、形态和装束也和他相似。就像一只黑色的燕子穿梭飞行在一富有人家的大院里，盘旋在那厅堂的高处，啄起残渣碎食，衔回巢去喂那些叽叽喳喳的雏鸟，在空旷的回廊里，或在庭院的水池边都听得见它的鸣叫声。这时，茹图尔娜驾着战车穿梭奔驰在战场上，穿过整个平原，她带着她的精神抖擞的弟弟，一会儿跑到这儿，一会儿跑到那儿，总是远离战场。埃涅阿斯紧跟着她绕圈子，一心想追上图尔努斯，在乱军阵中高声叫喊他。可是他每次看见敌人想竭力奔跑追上敌人的快马时，茹图尔娜就立即掉转马头离开他。埃涅阿斯茫然不知所措，像被激流冲得东倒西歪。他左右为难，拿不定主意。这时墨萨普斯正悄悄地跑过来，左手恰好拿着两支结实的铁矛，他拿出一支对准埃涅阿斯投了出去，不偏不倚地朝目标飞去。埃涅阿斯停了下来，蹲下身来躲在盾后。即便如此，来势凶猛的长矛仍然击中了他的盔顶，连同盔缨都从他的头上滚落了下来。这使他愤怒不已，这种偷袭人的行为迫使他采取了行动。他看见敌人的战车和马已跑得很远，首先呼唤朱庇特和那缔结的但又被破坏了的条约的祭台来给他做见证，接着他就向敌人中间冲去。在战神玛尔斯的帮助下，他不分青红皂白地开始乱杀起来，发泄他满腔的怒气。什么神能为我描述一下这可怕的大杀戮，各种各样残酷的死亡，还有双方将领的阵亡？在整个战场上，只见一会儿是图尔努斯，一会儿又是埃涅阿斯，追逐着各自的敌人。朱庇特啊，你为什么现在要使他们这样相互残杀，他们这些民族将来是要和睦相处的呀？埃涅阿斯首先跟鲁图利亚人苏克洛交手，首次交战阻挡了特洛亚人的攻势，但没耽搁埃涅阿斯太久，埃涅阿斯把那无情的刀刺中了他的肋，这是最快致命的地方。图尔努斯把阿弥库斯从马上掀下地来，还有他的兄弟狄俄列斯，于是双方近身搏斗，阿弥库斯拿着长矛冲来，狄俄列斯则提着刀，图尔努斯杀死他们两个还割下了他们的头颅并挂在战车上，鲜血就像露珠一样一路滴着。埃涅阿斯同时力战塔洛斯、塔那伊斯还有英勇的刻特吉库，将他们全部歼灭；他又杀死了面色忧郁的俄尼特斯，他的姓来自特拜的英雄厄奇翁，他的母亲是出身名门的佩利狄亚。图尔努斯又把一对来自阿波罗管辖地吕西亚的兄弟杀死了，还杀了一个阿尔卡狄亚的青年墨诺厄特斯，他即便憎恨战争，但却已是枉然！他家住在莱尔那河附近，靠捕鱼维持生计，家里不富裕，但从来不想依附什么权贵，他的父亲租了几亩田来耕种。就像大火烧着一片干枯的树林，烧得那些月桂树丛噼里啪啦地响，又像山洪暴发从高山汹涌奔腾而下，发出雷鸣般的吼声，洪水淹没平原，所到之处都将摧毁一切。也像这样，埃涅阿斯和图尔努斯两个奔驰在战场上到处冲杀，他们心中的愤怒达到前所未有的剧烈程度，他们那毫不屈服的心都要爆炸了，每个都竭尽全力拼死作战。穆拉努斯正在高声炫耀自己的祖先和门第，吹嘘他的家族都是拉丁王的后代，埃涅阿斯举起一块大石头向他投去，巨石像旋风一样把他砸倒在地上，缰绳和车辕压在他的身上，他被滚滚的车轮拖着，飞奔的马蹄不知道下面是它的主人，一再地践踏他。遭遇到许鲁斯时，他正傲慢自大叫喊着冲上来，图尔努斯照着他的金盔投出一枪，矛头穿透头盔，牢牢刺进了脑子。即使克勒特乌斯，最勇敢的希腊人，也没能把他从图尔努斯手里救出来啊。埃涅阿斯奔来歼灭了库本库斯，库本库斯侍奉的神也没能保护身为祭司的他，铜盾未能挡住埃涅阿斯刺来的枪，他被击中了胸口。还有埃俄罗斯，你也倒下了，仰面朝天地平躺在劳伦土姆的原野上，希腊人的军队和摧毁了普利阿姆斯王朝的阿奇琉斯都没能杀死你，现在你却在这里结束了你的生命；你在伊达山脚下，有一座令人羡慕的宅邸，另一座豪华的府邸则在吕尔涅苏斯，你的坟墓却在劳伦土姆的土地上。这时各路人马已全面展开战斗，所有的拉丁部队、所有的特洛亚部队、墨涅斯特乌斯、凶猛的色列斯图斯、善于驯马的墨萨普斯、英勇的阿希拉斯、厄特鲁利亚的全部队伍、厄凡德尔的阿尔卡狄亚军队。所有人都各自为战，使出全身力气，不喘息不停歇地奋力战斗。

这时埃涅阿斯的母亲美丽女神激励他去攻打拉丁都城，兵临城下，这样可以搅乱拉丁人的阵线。埃涅阿斯的眼睛四处张望，在战场上找寻图尔努斯的踪迹，却看见拉丁都城内一片宁静。这里没受到侵扰，好像与这样的激战没有关系。他突然想出一个办法，就是要打到城里去。他迅速召来墨涅斯特乌斯、色尔格斯图斯和凶猛的色列斯图斯等诸位将领，他自己站在一个土丘上，其余的特洛亚将士们也围聚在那里，都紧握着盾牌和刀枪，成密集队形。埃涅阿斯站在中间土丘上，朝大家发布命令："大家立即执行我的命令，朱庇特与我们同在，你们不要迟疑，要迅速行动。今天我要攻打这座城市，我们的目标就在眼前，就是拉提努斯王的都城；我要把它夷为平地，让它成为一片瓦砾和灰烬，除非他们认输，归顺了我们。难道我要等在这里，等待图尔努斯高兴跟我们打，我才跟他打吗？等这个手下败将想再打的时候，我才打吗？同胞们，这场邪恶战争的根源就在这里。快取火把来，用火焰提醒他们遵守盟约。"埃涅阿斯说完，全体士兵们精神振奋，形成战斗纵队，密密层层地朝城市进逼过去。霎时间，云梯和火把都出现了。一些特洛亚士兵反复地冲击各城门，敌人的岗哨纷纷倒地。一些人投掷枪矛，数量之多足以遮蔽天日。埃涅阿斯身先士卒，伸手指着城墙，高声指责拉提努斯，请求天神作证，谁是破坏和约的罪魁祸首，这次又是被迫作战，意大利人已经两次撕毁条约，再次与他为敌。这时城里的居民惊慌失措，意见分歧。有人主张打开城门，让特洛亚人进城来，把国王拉上城楼去议和；有人则手执武器，执意要保卫城市。就像一个牧羊人发现了一群蜜蜂居住的巢穴，将刺鼻的浓烟往岩窟里灌，里面的蜜蜂霎时间慌作一团，在它们蜡造的堡垒里带着满腔的怒火高声嗡嗡地到处乱飞，同时黑烟从洞中滚滚涌出，只听见黑暗的岩穴深处有嗡嗡声响，也只看见黑烟一缕一缕地散入空中。

这时一场可怕的不幸降临在精疲力竭的拉丁人头上，让整个都城震撼不已。当王后站在宫殿的屋顶上看到敌人已到城下准备攻城，看到火把也已飞到屋顶上，可是到处都看不见鲁图利亚的军队准备迎击敌人，也不见图尔努斯部队的踪影。可怜的王后误以为图尔努斯已在战争中丧命，一时间精神错乱，大哭大叫，自认为她是造成灾难的罪魁祸首。之后，她像发了疯一般喃喃自语着，说是她害死了他，还说了许多悲哀的话。她决定结束自己的生命，于是她撕破身上的紫袍并将它拧成一股绳挂在高高的殿梁上，之后，在绳子的两头打了一个结，她就这样悲惨地死去了。当可怜的拉丁姆的妇女们得知王后悲惨的遭遇后，她的女儿拉维尼亚第一个扯乱了如花枝般美丽的头发，还抓破玫瑰般的面颊，其他人都围着她如痴如狂地大声哀哭，她们的哭声响彻了整座宫殿。噩耗从王宫传遍了全城，人人悲伤不已。拉提努斯穿着撕烂的衣服走来走去，王后不幸的命运和都城面临的陷落都令他茫然迷乱，他从地上抓起泥土抹在自己的头发上。他不断埋怨自己没有一开始就心甘情愿地接受特洛亚的埃涅阿斯，爽快地招他做女婿。

这时图尔努斯正在战场的另一边追逐几名散兵，他的行动已不像以前那样勇猛，策马冲击的快感越来越激发不起他的兴趣。一阵风送来了哀号之声，其中含着恐惧的意味，他竖起耳朵仔细听着从城内传到他的耳朵里的嘈杂声音，这是一种没有快乐的喧嚷之声。“哎呀，城里为什么这样混乱，还有哭声？远处的城市为什么传来一片喊叫？”他说着，茫然迷乱地勒住缰绳停下了战车。这时他的姐姐变作他的车夫墨提斯库斯的模样，手握缰绳驾着战车来到了他的身边，向他说道：“图尔努斯，我们最好继续在这里追逐特洛亚人，这儿的成功也是通向胜利之门的，有别的人在勇敢地保卫我们城里的家。既然是埃涅阿斯在追杀意大利人惹起了争端，那么我们也要毫不留情地杀死特洛亚人。当战斗结束的时候，你杀死的敌人和得到的光荣绝对不会比他们少。”图尔努斯答道：“姐姐，我早就认出是你了，当初你施展诡计破坏了和约还参加到战斗中来的时候，我就已经认出了你，你现在也不用再改装掩饰了。是谁让你从奥林匹斯山下来忍受我们人世间巨大的痛苦呢？还是想要让你看看你这可怜的弟弟临死时的痛苦呢？现在我还有什么希望呢？我又将会有怎样的命运呢？我亲眼看到穆拉努斯牺牲了，巨大的身躯就倒在我的面前，他受到重创而死，他是我最亲密的同伴，临死时还叫着我的名字。不幸的乌芬斯也阵亡了，他很有幸不会看到我遭受的耻辱了。特洛亚人占有了他的尸体和武装。我能忍受家毁人亡的耻辱吗？当然，现在毁家的耻辱还没有降临到我头上。难道我不该用剑去反驳德朗克斯对我的奚落吗？难道我要在敌人面前退缩，让意大利的大地看见图尔努斯逃跑吗？死当真如此可悲吗？地下的神灵啊，请善待我吧，天上的神灵已不再眷顾我了。我将怀着一颗纯洁的心，不带一点怯懦，去到你们那里，绝不有辱于我伟大的先辈。”他还没说完话，只见萨刻斯骑着一匹汗流浃背的马，穿过敌阵飞奔而来，他受了箭伤的脸上满是血污。他奔到图尔努斯面前，大声喊着他的名字央求道：“图尔努斯，我们大家的命都掌握在你的手中，可怜可怜你的人民吧。埃涅阿斯像雷霆一般威胁着我们，要摧毁我们意大利人的城堡，要将它夷为平地，此刻敌人的火把正往屋顶上飞呢。现在每个拉丁人的脸都朝向你，每个拉丁人的眼睛都看着你。国王拉提努斯，只会自言自语，不知该认谁做女婿，该接受谁的条件。另外，最忠诚于你的王后已自尽，永远看不见人世的光明了。只有墨萨普斯和勇敢的阿第纳斯坚守城门抵抗敌人。可是密密层层的敌人围在他们周围，高举着明晃晃的钢刀和枪矛，像禾苗一样，而你却驾着战车奔驰在这片无人的草原上来消磨时光。”

突如其来的变化使图尔努斯惊愕迷乱，他默默无语，呆呆地站在那里，思绪澎湃，心里感到极大的羞愧。混合着疯狂和痛苦，爱又被复仇的激情所驱使，他相信自己仍是有勇气的。等他心里的阴云散开，恢复光明，他急切地站在战车上眺望那伟大的都城，看着远方的拉丁姆城。只见凶猛的大火直往上蹿，一层层烧上了城墙的塔楼，这是在他的指挥下用粗大的木梁建造而成的，在这塔楼的下面安装了轮子，高处还装有吊桥。“姐姐，我现在清楚了，我敌不过命运的力量，让我们走吧，让我们去天神和冷酷无情的命运要我们去的地方吧。我已决心跟埃涅阿斯决一死战，忍受死亡所带来的任何痛苦。姐姐，你绝不会看到我置荣誉而不顾。可是我先求求你，让我在死前做这件疯狂的事吧。”说完，他跳下战车，撇下姐姐站到地上，独自伤心悲哀。一个人冲进了敌人的枪林剑雨，一阵急跑，他来到战斗的中心，就像从山顶滚下的一块大石头，也许由于暴雨冲松了泥土，被狂风吹动，也许因为时间久了，根基已松动，它以雷霆万钧之势滚落下来，落到平地时还弹跳了几下，一路上砸倒的树木、牲畜和人也都随着它滚了下来。图尔努斯就像这样冲散了敌人的阵线，朝城墙奔去，一路上鲜血染红了大地，枪矛在空中呼啸，他用手示意一下，然后大声喊道："鲁图利亚人快住手，而你们拉丁人也停止战斗，无论未来命运如何，由我一人来承担，最好由我一个人带着武器来决定盟约的大事，以好补偿撕毁契约的代价。"众人听到喊声，纷纷后退，在中间留出一片空地来。

这时特洛亚人的首领埃涅阿斯听见图尔努斯的名字，便离开了城堡。排除万难，他停下手上的工作，万分高兴地敲打着盾牌，任由雷鸣般的可怕响声四起。他伟岸的身躯好比阿托斯山，又如厄利克斯山，甚至像老父亲阿本宁山，那山上的橡树被风吹得左右摇晃，沙沙作响，有着皑皑白雪的山峰欢快地伸向天空。所有的鲁图利亚人、特洛亚人和意大利人都凝神屏气地看着他，城墙上的守卫、在城下用大锤攻打城墙的人，大家都从肩上卸下武器。连拉提努斯王本人也惊愕地看着这两个出生在不同地方的英雄，现在碰到一起，要以刀枪一决胜负。人们让出一片空地，两人就不约而同地冲上前来。在距离还很远的地方，他们相互投掷飞枪，接着就交上手来。铜盾相撞发出震耳欲聋的响声，大地也为之叹息。他们拼命用剑劈砍着对方。混战中，很难分辨胜负。就像在广阔的苏拉山林或塔布尔努斯山顶上，两头公牛抵头搏斗一样，吓得牧人向后退，牛群吓呆了静立在原处，只有小母牛们在嘀咕着，猜测哪头公牛会胜出而成为牧场的主宰，成为牛群的领袖。那两头牛打得不可开交，用尽全力要把角牢牢刺进对方。它们的头颈和两肩受到创伤，鲜血直流，整座山林回荡着它们痛苦的吼声。特洛亚的英雄埃涅阿斯和鲁图利亚的英雄图尔努斯也是这样拼死搏斗的，盾与盾相互撞击发出的声响响彻宇宙。天神朱庇特拿着一台天平，仔细调准平衡后，在秤盘上分别放上两人的命运，看看谁会逃脱苦难获得幸福，谁将因重量下沉而死亡。这时图尔努斯看到一个破绽，瞅准时机便迅速冲上去，他举起钢刀用尽全力砍向埃涅阿斯。特洛亚人和悬着一颗心的拉丁人都高声喊叫起来，所有的目光都紧张地注视着他。可正当他满腔热火地挥刀要砍下去的时候，他的刀却背叛了他，刀不结实，一下就断了。他看到手上已没了武器，只剩一把陌生的刀柄了。他便因此飞奔逃离，跑得要比东风还快似的。

相传当初他登上战车准备投入战斗，因为赴战心切，忘了带上祖传的宝刀，匆忙间抄起了马夫墨提斯库斯的刀，那刀迎战溃逃落后的特洛亚士兵绰绰有余，可是一旦与伏尔坎神锻造的武器交锋，那凡人打造的刀就不堪一击，有如脆冰裂成碎片，散落在黄沙地上闪闪发光。这情况使图尔努斯惊恐万分，在开阔的平原上乱窜，一会儿这儿，一会儿那儿，盲目地绕圈圈。因为他被特洛亚人团团围住，他的一边是一大片沼泽地，而另一边则是高高的墙堵住了他的去路。埃涅阿斯穷追猛打，只是他膝盖受了箭伤使他跑得不快，但是他还是拼命地去追逐惊慌失措的敌人。他像一条猎犬追逐一只被河水所阻的鹿，或闯进了有彩色羽毛的猎网里的鹿，它紧紧追随，边跑边叫，那头鹿百般逃窜，害怕落入猎网又怕掉进深水，可是那条翁勃利亚猎犬穷追不舍，张着大嘴死盯着它，时时刻刻都准备扑上去咬它，像是已经咬住了似的，但每次都落了空没能咬住。这时一声巨大的怒吼，响彻了天空，周围的湖泊和河流也都在回响着这声音。图尔努斯一路奔逃，同时叫着每个人的名字，责骂所有的鲁图利亚人，叫他们快把他的宝刀拿来。埃涅阿斯则用死亡来威胁走近帮忙的人，吓得他们发抖，尤其是他扬言要踏平都城时，这把他们都吓坏了。虽然他受了伤，但仍紧追不舍。这时他俩已经绕着城跑了五圈，又掉转头反方向跑了五圈，他们角逐的可不是那微不足道的奖品，他们争夺的是图尔努斯的性命。在那地方恰巧有一棵野生的苦叶橄榄树，是林神法乌努斯的圣树。过去为航海者所尊崇，每当他们安全航海归来时就要向劳伦土姆的神还愿，把许过愿的衣服挂在这棵树上，还要在上面挂上一些礼物。但是特洛亚人却不知这是棵圣树便将它连根拔起，为了腾出地方来打仗。埃涅阿斯早先向图尔努斯投出的长矛正击中树桩，紧紧地扎进了树根，力量之大，牢不可移。埃涅阿斯弯下身想拔出矛头，用它去投那些赶不上他的脚程的敌人。图尔努斯惊恐万状，忙祈祷道：“法乌努斯，我求求你，可怜可怜我，还有我亲爱的祖国大地，我向来尊崇你们，而那些特洛亚人却用战争来亵渎你们，请你紧紧咬住那矛头吧。”他呼唤着神的帮助，他的祈求得到了回应，可即便埃涅阿斯跟那树桩周旋了很久，也使足了劲但仍不能松开那矛头。当他用尽全身力气拔枪的时候，鲁图利亚的女神茹图尔娜又变成马夫墨提斯库斯的模样走到她的弟弟身旁，交给他宝刀。维纳斯见这女仙如此胆大妄为，一时间愤怒不已，她就走过去把那深深插在树根里的矛拔了出来。两位斗士就这样重新获得了自己的武器。他们振作精神，斗志昂扬，一个倚仗自己的宝刀，一个高举长矛。他们就这样胆也大了、气也壮了，相互对峙着准备继续开展又一场激烈的战斗。

这时奥林匹斯山上的万能之王从彩云之巅凝视着下面的战局，回头对妻子朱诺说：“我的王后，这场战争的结果将是怎样呢？在这最后时刻，你还有什么可做呢？你自己知道，并且你也承认，埃涅阿斯将会成为意大利的神灵而升入天庭，他命运注定要在众星之中占有一席之位。你还有什么打算呢？你现在待在这寒冷的云里还抱有怎样的幻想呢？一个神应为一个凡人给她的创伤而心怀愤怒吗？你让图尔努斯重得宝刀——没有你的帮助，茹图尔娜是无能为力的——你给战败者增添力量，难道不有失神的体统吗？这该结束了，罢手吧，听从我的劝告，别让愤怒默默地吞噬你的心，也别让你甜蜜的嘴一再地诉苦，都到此为止吧。你已经用你的力量迫使特洛亚人在陆地和海上历尽艰辛，你还煽动了这场可诅咒的战争，让他们家毁人亡，弄得一场姻缘悲惨收场。我不允许你再这样做了。”朱庇特这样说完，朱诺低垂目光，对丈夫说道：“至高无上的朱庇特，是的，我是知道你的意愿的，所以我才情愿放弃图尔努斯而离开人间的。否则，你绝不会看见我在天上的宝座上独自坐着，忍受着各种痛苦。我早在战争前线的烈焰中，把特洛亚人拽进最残酷的战斗中了。我确实劝说茹图尔娜去救援她困苦中的弟弟，我也允许她更大胆去拯救她弟弟的性命，这些我都承认，可是我从来没要她投枪射箭，我可以指着无情的冥河源头发誓，这些都是事实，而冥河斯提克斯是天上的神祇最敬畏的。现在我就要退出了，什么都撒手不管了，因为我憎恨战争。不过我还有一个请求，命运的法律也不会拒绝这请求的，是为了拉丁姆和你的人民的尊严，我请求你：当他们互通婚姻结成联盟——随它去吧——当他们订立条约达成和平的时候，不要强迫拉丁人改变他们自古以来就有的民族名称，改称特洛亚人，或称为条克尔人，也别强迫他们放弃自己的语言，改穿外国的服装。让拉丁姆和阿尔巴王世世代代相传下来，让意大利人的优秀品质成为罗马民族发展壮大的源泉。特洛亚毁灭了，让它跟它的名字一起消逝吧。”人类和世界之王微笑着回答妻子说：“你真是朱庇特的妹妹，萨图努斯的孩子，内心深处竟然涌起这样强大的怒潮。消消气，你无须生这么大的气，你所要求的，我会让你得到满足。你胜利了，我听从你。古老的意大利民族将保留自己的语言和风俗习惯，以及他们的名称。特洛亚人与意大利人将融合在一起。我为他们订立祭祀礼仪，使他们成为说一种语言的拉丁民族。你将会看到一个由混合的血统组成的民族，其虔诚之心超过其他所有人，甚至超过神，对你的尊崇，其他民族简直无法与之相比。”听完这番话，朱诺满意地点了点头，她心里快活，改变了意志，离开了天宫。

了却此事后，天父又考虑如何让茹图尔娜离开战场，离开她的弟弟。相传黑夜神生了一对瘟神，名叫恐怖，还有她们的妹妹墨该拉，她住在地府的塔尔塔路斯。她们的母亲用蛇缠绕在她们身上，给她们能够疾飞如风的翅膀。这对瘟神蹲守在朱庇特殿厅门内的宝座旁，随时听候朱庇特泄愤时的差遣。每当众神之王要把可怕的瘟疫和死亡散播到人间，或想用战争去警告惹怒神灵的城池的时候，她们便去加剧可怜的人们的恐惧感。朱庇特这时派遣其中一个从天上迅速来到人间，去给茹图尔娜警示。她就像一阵旋风快速地飞扑到地上，又像帕尔提亚人或克里特人射的一支箭，只听见嗖嗖声响，飞速穿过云层，但却不见它的踪影。箭头淬了毒药，中毒者无药可救。这位黑夜的女儿就这样突然闪电般地来到了人间。她一看见特洛亚的阵营和图尔努斯的队伍，就迅速变成一只小枭鸟。这种鸟有时候在深夜里蹲在坟墓上或空空无人的屋顶上，在黑夜中悲鸣。这不祥之鸟在图尔努斯面前嘶叫着飞来飞去，用翅膀拍击着他的盾牌。图尔努斯吓得毛发直竖，四肢僵冷，喉咙堵塞得说不出话来。茹图尔娜老远就听出这瘟神飞行发出的呼啸声，她感到悲伤痛苦，揪扯着自己的头发，在脸上抓出一道道血痕，狠命地捶打着胸口。她哭道："图尔努斯啊，你姐姐现在能怎样帮助你呢？我在经受了如此之多的痛苦后，现在还有什么可做的呢？我怎样才能延长你在人间的寿命呢？我没有力量抗拒朱庇特的巨大神威啊？现在我必须要离开战场了。邪恶可怕的鸟，不必再吓唬我，我已经很害怕了。我知道你们的翅膀扇动发出的喧嚣，那是死亡的声音，我也清楚这是宽宏大量的朱庇特发布的不可违抗的命令。这就是他夺去我的贞操给我的报答吗？他让我永生，究竟又为什么呢？为什么取消死亡对我的作用呢？不然，我现在至少可以不再忍受这可怕的痛苦，陪着我可怜的弟弟一同去地狱！但是我却长生不死！弟弟啊，你要死了，我活着还有什么乐趣呢？但愿大地能裂开一道深沟来接纳我，把我这位女神送到鬼域和深渊去。"说完这些话，她就用一块灰纱盖在头上，哀叹不已，纵身跳向河水深处了。

这时埃涅阿斯挥动着大树一样粗的长矛逼向敌人，朝对手狠狠地说道："你还耽搁什么？图尔努斯，你还犹豫什么？我们不是来比赛奔跑的，而是用刀枪较量，来决定生死的。任你千变万化，拿出你所有的胆量和力气，或者诡计来吧，如果你愿意，你可以飞进星空，你也可以藏在地下的深洞里。"图尔努斯甩一下头答道："你这傲慢的家伙，我不会被你的大话吓倒，我只怕天神，担心朱庇特对我的敌意。"说完，他四下一望，看见地上有一块巨大而又古老的石头，原来是块界石，用来标识地界，以防田产纠纷的。今日挑选出十二个力大无穷的壮汉也休想搬动得了它，英勇的图尔努斯急忙伸手抓起石头，疾步前奔，立起身体，朝敌人投了出去。可是他完全感觉不到自己在跑，在动，在举臂，在投掷那块巨石。他的腿软了，血也凝固了。那块投出去的石头，旋转着飞过天空，没有击中目标，甚至没有飞越全部距离。就像在宁静的夜晚，我们闭上困倦的眼睛睡觉的时候，梦见自己在拼命地奔跑，可是跑不动，正在我们使出全身力气的时候，却一下子昏倒在地，舌头麻木，全身也无力了，说不出话来，也发不出任何声音。图尔努斯也像这样，无论他怎样用力挣扎都无济于事，那可怕的女神处处阻碍着他。他惶恐不安地看着鲁图利亚人，看着都城，他害怕得要命，即将降临的死亡使他战栗，他不知能躲往何处，也没力气再向敌人进攻，而战车和驾车的姐姐也看不见了。

正当图尔努斯迟疑时，埃涅阿斯举起致命的长矛瞄准他，抓住时机，竭尽全力从远处向他投去。这矛像旋风一样呼啸飞去，它的劲道比弩弓上射出来的攻城的石弹还厉害，声音比那霹雷的爆裂还震耳。那带着死亡的矛头穿透了图尔努斯七层的盾牌的边缘和铠甲的下摆，嗤的一声扎进了他的大腿正中。高大的图尔努斯中了枪伤，双膝一弯，倒在地上。鲁图利亚人跳起身来，痛苦地大声呻吟着，这声响回荡在周围的群山中和那远近高处的树林中。

图尔努斯躺在地上抬起哀求的眼睛，向埃涅阿斯伸出祈求的右手，说道："这是我自作自受，我并不请求你原谅我，你享用你的幸运去吧。假如一个可怜的父亲的痛苦能打动你的心——他跟我，就像你的父亲安奇塞斯跟你一样——请你怜悯一下年迈的道努斯，请把我，也许你不愿意，那就把我失去灵魂的躯体还给我的亲人。我承认我失败了，奥索尼亚人也都看到我失败伸手求饶了，拉维尼亚属于你了，你就抛下这仇怨吧。"

埃涅阿斯站立一旁，浑身的甲胄显得神情严峻，可是他的眼睛不住地转动，他停住自己的手。图尔努斯的哀求本已在他心里发生作用，埃涅阿斯刚想饶恕图尔努斯，可这也是他的不幸，埃涅阿斯忽然看见在图尔努斯的肩上披着帕拉斯的那条腰带，上面还钉着他熟悉的闪亮的扣子。图尔努斯杀死了他而现在他却把这腰带作为战利品披在肩上。埃涅阿斯看到这些战利品，心中又重新燃起了仇恨的怒火，一定要报仇雪恨。他对图尔努斯说道："你竟用帕拉斯所带的作为战利品装饰自己，还想逃脱我的惩罚吗？是帕拉斯，不是别人，用我的手杀你，是他在用你罪恶的血，惩罚你。"说完，他热血沸腾，一刀刺进了图尔努斯的胸膛。图尔努斯倒在地上，四肢渐渐冰冷了，他的生命呜咽着消失了，愤恨地到阴间去了。